Mrs. McKay, von ihrer Familie liebevoll »Grandma« genannt, ist alt im bittersten Sinn des Wortes. Sie ist keine rüstige Seniorin, die ihren Lebensabend bewußt zu gestalten vermag. Grandma leidet an Altersdemenz. Ein Leben lang hat sie für ihre Familie gesorgt, nun ist sie auf die Hilfe anderer angewiesen.

Margaret Forster erzählt die Geschichte eines zunehmenden Verfalls einfühlsam und realistisch, ohne falsche Scham. Es sind die Frauen in der Familie der McKays, die einen großen Teil der Tag für Tag zu bewältigenden Aufgaben erledigen: Bridget, die unverheiratete Tochter und Krankenschwester, Jenny, die pflichtbewußte Schwiegertochter, und Hannah, die siebzehnjährige Enkelin. Die Männer gehen auf Distanz: Stuart, der Polizist, empfindet die Mutter als unzumutbare Belastung, während Charlie, der Börsenmakler, sich damit beruhigt, daß er die Miete für Grandmas Wohnung und die Pflegerinnen bezahlt. Erst, als das wohldurchdachte und mühsam geknüpfte Versorgungsnetz plötzlich reißt, weil die eine Pflegerin kündigt, die andere wegläuft und Bridget mit ihrem Freund Urlaub macht, lebt die alte Debatte um einen Heimaufenthalt wieder auf.

Der Roman ist abwechselnd aus der Perspektive der Enkelin und der Schwiegertochter erzählt. Aber bei aller Tragik ist der Autorin mit ihrem Buch »etwas Erstaunliches gelungen: ein leichthändig geschriebener Roman über ein schwerwiegendes Thema, eine von humanem Humor erhellte Geschichte über ein todernstes, das Leben vieler Menschen verdunkelndes Problem« (Rolf Becker in ›DER SPIEGEL‹).

Margaret Forster, 1938 in Carlisle geboren, studierte in Oxford Geschichte und lebt heute in London und im Lake District. Sie hat mehrere Romane und Biographien geschrieben, u. a. über Elizabeth Barrett-Browning. Außerdem im *Fischer Taschenbuch Verlag*: ›Christabel. Roman‹ (Bd. 11315), ›Die Dienerin. Roman‹ (Bd. 12292), ›Nichts wird mehr sein, wie es war. Roman‹ (Bd. 13489), ›Familiengeheimnisse‹ (Bd. 14167), ›Das Vermächtnis meiner Mutter‹ (Bd. 14871) und ›Daphne du Maurier. Ein Leben‹ (Bd. 12891).

Unsere Adresse im Internet: www.fischer-tb.de

Margaret Forster

Ich glaube, ich fahre in die Highlands

Roman

Aus dem Englischen von
Sylvia Höfer

Fischer Taschenbuch Verlag

Limitierte Jubiläumsedition
Veröffentlicht im Fischer Taschenbuch Verlag,
Frankfurt am Main, Januar 2002

Lizenzausgabe mit freundlicher Genehmigung
der Arche Verlag AG; Raabe + Vitali, Zürich
Die englische Originalausgabe erschien unter dem Titel
›Have the Men had Enough?‹
by Chatto & Windus Limited, London

Druck und Bindung: Clausen & Bosse, Leck
Printed in Germany
ISBN 3-596-50507-0

Ich glaube, ich fahre in die Highlands

Hannah

Haben die Männer genug?
Kümmere dich nicht um die Männer.
Welche Männer?
Beeil dich, die Kartoffeln werden kalt.
Ich hätte gern eine Kartoffel.
Dann nimm dir eine, Grandma.
Haben die Männer genug?

Immer das gleiche. Jede Woche, jeden Sonntag. Wir sitzen dichtgedrängt um den Tisch herum, Grandma zwischen Bridget und Paula eingezwängt. Bridget lacht natürlich über alles, was Grandma sagt, während Paula nicht einmal lächelt und ein klein wenig abrückt, wenn Grandma mit der flachen Hand in die Bratensauce tappt und nach ihrer Gabel sucht.

Haben die Männer genug?
Ja danke, Mutter.
Wer ist hier die Mutter?
Du natürlich. Komm schon, Mutter, nimm dir was.
Halt den Teller ruhig.
Immer ruhig Blut.
Los, Grandma.
Haben die Männer genug?

Immer das gleiche. Dad hat zwar einen Bärenhunger, redet aber geduldig und freundlich auf Grandma ein. Adrian hat überhaupt keine Geduld. Wenn er vom

Fußballspielen heimkommt und vor Hunger fast vergeht, fällt ihm das Theater auf die Nerven, und er ist nicht bereit, auf Grandmas Gefühle Rücksicht zu nehmen. Die liebe Bridget weiß das nur zu gut, deshalb dehnt sie das Ritual aus und ermuntert Grandma, die Blicke über den Tisch schweifen zu lassen und weiter herumzufuhrwerken, bis Mum dem schließlich Einhalt gebietet und ihr den Teller auffüllt. Dann beginnt das nächste Lied, der nächste Refrain:

Gib mir das Salz.

Grandma, es ist schon alles voller Salz.

Es ist genug gesalzen.

Salz tut dir nicht gut.

Es verstopft die Arterien.

Ihre sind doch schon seit Jahren verstopft.

Adrian!

Gib mir das Salz.

Wen ärgert es mehr? Schwer zu sagen. Mum hat schon lange aufgehört, diese Salzmanie als Kritik an ihren Kochkünsten aufzufassen. Ich glaube sogar, daß sie mit einem gewissen hämischen Vergnügen zusieht, wie Grandma sich das ganze Essen verdirbt, wie die feinen Scheiben des köstlichen, in frischen Kräutern geschwenkten Hühnerfleisches, die knusprigen Bratkartoffeln und der leuchtendgrüne Lauch unter einer dicken Salzschicht verschwinden. (Grandma mag Lauch, aber nicht so, wie Mum ihn zubereitet – nur etwas in Zitronensaft und Butter geschwenkt –, sondern völlig zerkocht.)

Gib mir das Salz.

Es steht vor dir.

Schieb es ihr in die Hand.

Schieb es ihr in den Mund.

Adrian!

Es wird ihre Geschmacksnerven abtöten.

Sie hat doch gar keine.

Gib mir das Salz.

Wenn das Salz dann auf den Teller herabgerieselt ist wie ein Schuppenregen, ist Grandma zufrieden. Sie ißt mit den Händen. Paula konzentriert sich angestrengt auf ihren eigenen Teller. Bridget lobt überschwenglich die Kartoffeln, die sie geschickt aus dem Bratensaft herausmanövriert, und wir alle beeilen uns mit dem Essen, bevor das Unvermeidliche geschieht, bevor Grandma sagt, das Huhn sei zäh, was natürlich nicht stimmt. Aber lohnt es sich zu widersprechen, wenn das Fleisch uns im gleichen Augenblick auf der Zunge zergeht? Und dann nimmt sie ihre unteren Zähne heraus (die oberen sind schon draußen, sie sind irgendwann zwischen Frühstück und Mittagessen verlorengegangen und werden vielleicht im Korb mit den Wäscheklammern oder in der Keksdose wieder auftauchen). Sie benutzt sie als Schaufel, zieht sie durch die Untiefen der Sauce, um eine Kartoffel herauszufischen. Adrian lacht, Dad lächelt, Mum verzieht keine Miene, während Paula die Augen schließt und Bridget sich die Zähne schnappt, zum Spülbecken stürzt, sie unter laufendes Wasser hält und Grandma wieder in den Mund steckt.

Gibt es Nachtisch?

Du bist doch noch gar nicht mit deinem schönen Essen fertig.

Wirf es in Gottes Namen in den Mülleimer.

Hannah!

Dann gib es mir.

Adrian!

Gibt es Nachtisch?

Bridget nimmt ein bißchen von dem Huhn, das

schon ganz kalt und durch die Sauce verdorben ist, die nur Grandma bekommen hat, weil sie ohne dicke, dunkle Sauce überhaupt nichts Gekochtes essen würde, und Adrian beugt sich vor und spießt eine Kartoffel auf, wobei er Dad beiseite schubst, der nach einer trockeneren stochert. Mum trägt den Teller fort und setzt Grandma eine Schale mit ihrem ganz speziellen, wunderbaren Apfelauflauf vor, den sie aus einem Viertelliter Sahne, einer bestimmten Apfelsorte und einem unter großem Zeitaufwand selbstgemachten Biskuitteig zubereitet und den wir lieben. Sie gibt eine Extraportion Sahne dazu, um ihn für das Zahnfleisch der armen Grandma noch geschmeidiger zu machen. Grandma bekommt einen Löffel in die Hand gedrückt, aber da sie wahrscheinlich ihre Hand in die Sahne tauchen und sich das Gesicht damit verschmieren wird, hat Bridget ihr vorsichtshalber eine Serviette umgebunden. Bridget sagt: mmmmmm! und redet auf Grandma ein: »Das wird dir bestimmt gut schmecken, Mum«, und dabei lobt sie das Geschick meiner Mutter und erinnert Grandma daran, daß Jenny den Nachtisch eigens für sie zubereitet hat. Grandma nimmt einen Mundvoll, und wir ahnen schon, was dann folgt. Und tatsächlich: Sie spuckt ihn mit ekelverzerrter, enttäuschter Miene wieder aus.

Ist das sauer!

Nein, Mum, ist es nicht.

Streu ihr noch etwas Zucker drauf.

Aber es starrt doch schon vor Zucker.

Gib ihr einfach puren Zucker.

Adrian!

Ist das sauer!

Mum hat die Schale schon weggenommen und an

Dad weitergereicht, dem es völlig egal zu sein scheint, daß Grandma beim Ausspucken auch in die Schale gespuckt hat und die Sahne jetzt ungenießbar ist. Mum bringt als Ersatz eine Schale mit Schokoladeneis, das mit stark gesüßter Schokoladensauce übergossen ist. Grandma sagt, es sei wundervoll, und beginnt, das Eis in jede Runzel ihrer Haut zu schmieren, wobei einiges auch danebengeht. Bridget betrachtet sie liebevoll und freut sich, daß sie endlich still und zufrieden ist. Die allwöchentliche Qual, die schlimmste aller vergleichbaren Qualen der Woche, ist fast vorbei. Wir atmen auf. Zwischen Hauptgang und Nachtisch essen wir Salat, einen großen grünen Salat mit Knoblauchdressing. Normalerweise möchte Grandma keinen Salat, will aber auch nicht übergangen werden; deshalb bietet Mum ihr immer etwas an, und manchmal nimmt sie ein bißchen grünen Paprika oder ein Stückchen Sellerie, mit dem sie dann herumspielt. Heute aber nicht. Heute lehnt sie huldvoll ab und tut unmißverständlich kund, daß sie wirklich vollauf gesättigt sei. Wir müssen alle lachen. Jetzt steht uns nur noch ein Ritual bevor.

Hat jemand eine Zigarette?

Noch nicht, Mutter, wir essen noch.

Rauch sie zum Tee, Grandma.

Warte, bis ich aus dem Zimmer bin.

Charlie!

Es ist ihre einzige Freude, Charlie.

Hat jemand eine Zigarette?

Damit ist nun wirklich die Endrunde eingeläutet, es sei denn, jemand wäre so dumm gewesen, sich mit dem Salat zuviel Zeit zu lassen, und ist noch nicht beim Nachtisch angelangt. Dad nimmt seine Portion mit, völlig unbeeindruckt von Bridgets Vorwürfen. Bridget raucht natürlich, ebenso wie überraschenderweise auch Paula, aber ihr macht es selbstverständlich nichts aus, wenn Grandma unser Haus mit Zigarettenrauch füllt. Mum kann das nicht leiden, hält sich aber bewußt zurück, weil sie weiß, daß Dads Protest ausreicht. Nun, er bekommt wirklich leicht Bronchitis – der Rauch schadet ihm einfach. Adrian ist schon vorher hinausgegangen. Er hat etwas gegen das Rauchen, weil er einer dieser sportlichen Gesundheitsfreaks ist. Auf seine Selbstgerechtigkeit können wir verzichten. Paula ist vom Tisch aufgestanden, sitzt in einer Ecke in der Küche und öffnet, bevor sie ihre Zigarette raucht, aus Rücksicht das Fenster neben sich. Grandma fröstelt melodramatisch und verkündet düster, es ziehe von irgendwoher, und Bridget, die noch am Tisch sitzt, um ihr beim Rauchen Gesellschaft zu leisten, legt ihr ein kariertes Plaid um die Schultern. Sie macht sich nicht die Mühe, sich zu Paula umzudrehen. Paula ist keine echte Raucherin – sie läßt die Zigarette zu Dreiviertel abbrennen und pafft nur ein paarmal. Aber Bridget – du meine Güte! Die Intensität, die Kraft, mit der sie den Rauch tief einsaugt, und das scheinbar völlige Verschwinden des Rauches sind beängstigend. Früher dachte ich immer, sie würde zaubern. Ich fragte ganz aufgeregt, wo der Rauch bleibe, und Dad sagte, das sei kein Trick, sondern er verschwinde in ein paar kleinen Behältern namens Lungen, und Bridget würde, wenn sie sie herausnehmen und ansehen könnte, feststellen, daß sie dick mit Teer überzogen sind. Das ging über meinen Horizont, zumal Grandma Bridget sofort ziemlich scharf gegen ihren gemeinen Bruder in Schutz nahm und entweder: »Ein kleines Laster tut jedem gut« oder: »Das schadet nichts« sagte. Bridget ist süchtig. Wenn sie ihre Zigaretten nicht findet, bekommt man direkt Mitleid mit ihr. Sie gerät außer sich, wird fast hysterisch. Doch Grandma ist nie so. Sie ist eine elegante Raucherin, was bei einer Frau, der es sonst in jeder Hinsicht an Eleganz mangelt, verwundert. Sie hat schöne Hände mit langen Fingern und schmalen Handflächen und eine anmutige Art, die Zigarette zu halten. Bridget spricht mit der Zigarette im Mundwinkel. Ich habe sie sogar einmal so trinken sehen, aber Grandma macht das nie. Sie raucht langsam, klopft die Asche fein säuberlich ab und ist ganz entspannt. Bridget hat recht: Das Rauchen ist, neben dem Teetrinken, die letzte Freude, die ihr geblieben ist. Und jetzt bekommt sie ihren Tee, eine große gelbe Kanne mit starkem, dunklem Tee, obwohl sie immer wieder sagt, sie könne starken Tee nicht leiden. Einmal hat Mum ihr geglaubt und ihr ihren feinsten Darjeeling aufgebrüht und ihn in ein süßes, kleines, mit Rosenknospen bemaltes Täßchen gegossen. Grandma bekam fast einen Anfall, als sie das »gefärbte Wasser« sah. Schwacher Tee bedeutet für Mum einen Viertelliter Wasser pro Teebeutel und starker Tee einen ganzen Teebeutel pro Tasse. Für Grandma ist schwacher Tee ein ganzer Teebeutel in einer Tasse und starker Tee sechs Beutel in einem Viertelliter Wasser. In ihrem Becher – Grandma mag nur die großen Becher, wie Arbeiter sie haben – sind drei gehäufte Teelöffel Zukker. Es ist faszinierend zu beobachten, wie noch mal drei darin verschwinden, langsam umgerührt, gekostet und mit behaglichem Lächeln genossen werden.

Jetzt geht es wieder los. »Gut«, sagt Bridget und steht auf. Grandma beginnt sich zu erheben und fragt, wo wir hingingen, sie habe geglaubt, wir würden jetzt zu

Mittag essen. Bridget setzt sich wieder. Auch Grandma setzt sich wieder hin und sagt, sie habe Hunger. Mum sagt zu Bridget, sie solle um Gottes willen gehen, und dann kommt es zu einem chaotischen Wortwechsel.

Wo geht sie hin?

Es wird ihr gutgehen, Bridget.

Ich weiß nicht, warum du so ein Theater machst.

Es ist schlimmer, als ein Baby alleinzulassen.

Glaubst du, ich kümmere mich nicht um sie?

Ich gehe, wenn –

Wo geht sie hin?

Sie ist gegangen. Auch Paula ist gegangen, fünf Minuten später. Paula hat zu Bridget gesagt, sie werde bleiben, bis Grandma es sich bequem gemacht habe. Als ob es darauf ankäme: Grandma weiß sowieso nicht mehr, wer Paula ist. Aber Mum, die allmählich die Geduld verliert, schiebt Paula hinaus. Mum empfindet unendliche Sympathie für Paula, wie sonst keiner, am wenigsten Bridget, und sie nimmt sie immer in Schutz.

Mum sagt, Paula bemühe sich wenigstens, sie komme wenigstens vorbei, was mehr sei als das, was ihr Mann, der liebe Stuart, tue. Und denk daran, argumentiert Mum – aber für Bridget niemals überzeugend genug –, denk daran, wie schwierig es für Paula ist, die sich ja erst einmal mit Stuart einigen muß. Stuart bleibt mit den Kindern allein, und das heißt, sagt Mum, daß Paula bereit ist, am Sonntag auf das gemeinsame Mittagessen mit ihren Kindern zu verzichten, um statt dessen mit Grandma zu essen. Das findet Mum schon erstaunlich, Bridget kann darüber nur lachen. Bridget sagt, Mum lasse sich blenden. Paula tue es nur, um Stuart zu *ärgern*. Mum sagt, Paula würde nicht einmal den Versuch wagen, sie habe gar nicht die Nerven dazu. Außerdem freue sich Stuart insgeheim darüber, daß Paula allwöchentlich einmal hierherpilgere: Frauen sollten, Frauen müßten die Familie zusammenhalten. Die stille, erschrocken dreinschauende Paula mit ihrem komischen Flatterhaar und ihren altmodischen Pfennigabsätzen tue genau das Richtige.

Jetzt ist Bridget also gegangen, wahrscheinlich hat sie sich mit ihren Zeitungen und ihren Glimmstengeln ins Bett gelegt, und Paula ist zu Stuart zurückgekehrt, der unter keinen Umständen herkommen und dieses Theater mitspielen würde. Er läßt sich nur einmal im Jahr, zur Burns' Night am 25. Januar, blicken, da wird er weich (sein Bruder Charlie, mein Dad, brummt, er erscheine nur deswegen zur Burns' Night, weil er dem Whisky zugetan sei, und nicht, um Grandma eine Freude zu machen). Adrian ist nicht da, Dad sitzt vor dem Fernseher, wartet auf den Anpfiff des Spiels und fährt mit dem Finger selig den Rand seiner (und Grandmas) leeren Puddingschale entlang. Mum räumt die Spülmaschine ein und macht die Küche sauber, während ich immer wieder Grandmas Becher nachfülle und immer wieder Zucker hineinhäufe. Sie fragt mich, ob ich irgendein Gedicht auswendig könne, ich sage nein, keine einzige Zeile, und sie schnalzt mit der Zunge und sagt so etwas wie: Man brachte mir Kunde von deinem Tod, Heraklit. Ich will sie nicht provozieren, ermuntere sie also fortzufahren. Unmengen von düster klingendem Unsinn sprudeln aus ihr heraus. Grandma hat jetzt alles, was sie zu ihrem Glück braucht – Tee, Zucker, Kekse und Gedichte. Das Leben ist gar nicht so übel. Sie hat Bridget vergessen.

Dann hilft Mum ihr aufzustehen, ich stütze sie von der anderen Seite, und Grandma ist so glücklich, sich an uns schmiegen zu können, daß sie ein wenig tanzt, während wir ins Wohnzimmer gehen. Dad sagt, das sei einmal ein wirklich guter Highland Fling-Tanz, und Grandma sagt, sie überlege sich, ob sie nicht einmal in die Highlands fahren solle. Als wir sie auf dem Sofa absetzen, bittet sie uns, auf ihre Beine achtzugeben, sie täten ihr weh; dann legt Mum ihr ein Kissen unter den Kopf, und ich hole die Häkeldecke, die Grandma in ihren besten Jahren selbst gehäkelt hat, ein schönes Ding in grellen Farben, und Grandma seufzt und sagt, es sei schön, morgens aufzustehen, aber es sei noch schöner, im Bett zu bleiben. Sie schließt die Augen. Das Spiel beginnt mit lautem Geschrei. Grandma sagt, die Männer mit ihrem Fußball seien die Hölle, all die verdreckten Schuhe und Kleider, und ob das heiße Wasser fertig sei, und die Männer müßten arbeiten, und die Frauen müßten weinen. Dann nickt sie ein. Mum holt schnell ihren Mantel und gibt uns, während sie hineinschlüpft, Anweisungen: Paßt auf, daß sie immer gut zugedeckt ist, erinnert sie daran, aufs Klo zu gehen, wenn sie aufwacht – eine Tasse Tee zuviel, und sie macht ins Bett, und dann wirft Mildred die Flinte ins Korn. Dad brummt. Mum geht.

Und ich sitze hier in meinem Zimmer und denke nach. Was ich wissen möchte, ist folgendes:

Warum bringen sich nicht mehr Menschen um, wenn sie alt werden?
Warum bringen nicht mehr Angehörige ihre Alten um?
Warum hält man alte Leute überhaupt am Leben?
Haben die Frauen nicht ebenso genug wie die Männer?
Ist vielleicht jemand so nett, mir eine Antwort zu geben?

–

Es klingelt an der Haustür. Sicher nicht für mich. Es ist vier Uhr, da wird es wohl Bridget sein. Mum wird aufmachen. Bridget wird hereinkommen. Grandma, immer noch auf dem Sofa, wird wütend sein und sie fragen, wo in aller Welt sie gewesen sei. Bridget wird sagen, sie habe sich ausgeruht. Grandma wird höhnisch lachen und zum Himmel rufen, daß manche Leute wirklich Glück hätten und schon ein großes Wunder geschehen müsse, damit sie einmal fünf Minuten Zeit hätte, um sich auszuruhen. Gleich wird Mum nach mir rufen. Na bitte, da ruft sie schon die Treppe herauf: Hannah, Hannah! und Grandma beklagt sich über den verdammten Lärm, und ob denn keiner auf sie Rücksicht nehmen könne?

Ich hole Grandmas Mantel, ein gräßliches altes Ding aus Tweed mit geschmacklosen gelben und schwarzen Karos. Ich fürchte, er wird für ihren erschreckend massigen Körper zu eng sein, zumal sie auch noch zwei dicke Wolljacken trägt, eine davon selbstgestrickt aus »Fabrikwolle« – wie sie sie selber stolz nennt –, aber Bridget sagt, er passe. Bridget haßt es, genau wie ihre Brüder, Geld auszugeben, und Grandma ist ganz ihrer Meinung. Bridget und ich bemühen uns fieberhaft, Grandma in den Mantel zu zwängen. Es ist wirklich kein Vergnügen! Kaum haben wir einen Arm im Ärmel, dreht Grandma sich um, und er rutscht wieder heraus, und beinahe wäre die Rückseite des Mantels zur Vorderseite geworden – wie bei einer Zwangsjacke. Keine schlechte Idee. Hannah! Das war doch nur ein Witz, Bridget. Endlich haben wir es geschafft, da flüstert Grandma wie auf Kommando, sie müsse ins Bad (sie sagt nie Toilette, Klo oder WC). Ich stoße einen Pfiff aus. Bridget streift ihr den Mantel wieder ab, weil

Grandma ihren Schlüpfer unmöglich herunterziehen kann, solange sie den Mantel anhat. Ich sehe vollkommen ein, daß man kein Risiko eingehen darf. Grandma hat Gott sei Dank eine sehr starke Blase, und wenn sie sagt, sie muß, dann muß sie wirklich. Wir haben eine Toilette im Erdgeschoß, zu der führt Bridget sie. Dann wartet sie geduldig vor der Tür. Eine oder zwei Minuten vergehen. Ich schlendere im Flur herum und betrachte etwas gelangweilt ein Foto von Grandma, das Dad in einen alten Mahagonirahmen getan hat. Es muß etwa 1946 aufgenommen worden sein. Grandma sitzt in der Mitte, mit ihrem Baby – Klein-Bridget – auf dem Knie, rechts und links ihre beiden Jungen, Charlie und Stuart. Sie sieht so hübsch aus mit ihren lockigen, ungebändigten Haaren, der offene Kragen ihres geblümten Kleides läßt einen langen, schlanken Hals erkennen, denselben Hals, um den ich soeben einen Schal zu wickeln versucht habe, um die dicken Venen und die schlaffe Haut zu verdecken. Am Ende des Flurs öffnet sich ganz, ganz langsam die Toilettentür, und Grandma späht hervor.

Sind irgendwelche Männer in der Nähe?

Nein, Mum. Die Männer sind alle fort.

Mach dir keine Sorgen, Grandma, ich halte Wache.

Hat's geklappt, Mum?

Sind irgendwelche Männer in der Nähe?

Es hat natürlich nicht geklappt, aber dann geht sie noch einmal, und Bridget hält den Daumen nach oben und hofft, daß es diesmal wirklich klappt. Dann beginnt die Händewascherei, das lange, langsame, sorgfältige Einseifen und Abspülen, wobei Grandma das Wasser nicht etwa laufen läßt, um Himmels willen, nein! Sie braucht nur zwei Fingerhoch Wasser, den

Stöpsel fest im Abfluß. Wenn sie ihre Lady Macbeth-Nummer abgezogen hat, wird sie ein bißchen Wasser im Becken stehenlassen und uns auffordern, es noch zu benützen. Und dann kommt sie heraus. Wieder hinein in den Mantel, aber dieses Mal geht es ganz leicht. Grandma blickt auf das Foto, das ich gerade betrachtet habe. Sie sagt, sie sei sich sicher, diese Person irgendwoher zu kennen. Bridget amüsiert sich und fragt Grandma, ob sie die Dame für hübsch halte, ob sie finde, daß sie gut aussehe, und sie krümmt sich vor Lachen, als Grandma die Nase rümpft und sagt, sie sehe etwas zottelig aus, sie müsse sich mal die Haare kämmen. Wenn das so weitergeht, bringen wir sie nie nach Hause.

Es ist lachhaft, Grandmas Bleibe überhaupt als Zuhause zu bezeichnen. Es ist eine Wohnung, eine Straße weiter, gerade um die Ecke. Die Miete zahlt Dad. Die Wohnung liegt im Erdgeschoß eines Doppelhauses, und theoretisch hat Bridget die Zimmer auf der rechten Seite, und Grandma und ihren Helferinnen gehört die linke Seite. Oben, aber separat mit eigenem Treppenhaus, wohnen zwei Schauspieler, die ganz ruhig sind und niemanden stören. Bridget hat eine Küche, ein Bad, ein Schlafzimmer und ein Wohnzimmer. Grandmas Wohnung ist genauso, nur daß eine Schlafcouch in ihrem Wohnzimmer steht, für ihre Betreuerinnen. Aber die Hälfte der Zeit verbringt Bridget in Grandmas Wohnung, und die andere Hälfte verbringt Grandma in Bridgets Wohnung, und das ärgert Dad. Er sagt, es sei blanker Unsinn, für so teures Geld eine eigene Wohnung für Grandma zu halten. Er sagt, er könne Grandmas Wohnung weitervermieten und aus den Einnahmen die Helferinnen bezahlen. Aber Mum beschwichtigt ihn immer wieder. Sie sagt, Bridget müsse, zumindest theoretisch, ganz separat wohnen, das sei einfach eine psychologische Frage.

Grandma genießt den kleinen Spaziergang nach Hause. Jeder, der vorübergeht, wird wie ein alter Freund begrüßt. Kenne ich Sie nicht? ruft Grandma über die Straße, aber niemand antwortet. Sie geht so langsam, daß sie kaum vorankommt; sie sucht den Boden nach Münzen ab, wenn sie nicht gerade von irgendwelchen Leuten abgelenkt wird. Erspäht sie ein Stückchen Silberpapier, gibt es kein Entrinnen: Es muß aufgehoben, gedreht und gewendet und schließlich in die Tasche gesteckt werden, es könnte sich ja irgendwann einmal als nützlich erweisen. Sie sagt immer wieder, wie still es sei, seufzt, und wenn dann eine Autotür zugeworfen wird oder in der Ferne ein Martinshorn losheult, zuckt sie zusammen und sagt: Verdammter Lärm. Das Schlimmste ist, wenn ihr Kinder über den Weg laufen. Dann hellt sich Grandmas Gesicht auf. Krächzend wie ein Papagei bückt sie sich zu dem erschrockenen Kind hinab, ohne zu ahnen, wie abschrekkend sie wirkt. Sie fragt die Kinder, ob sie irgendwelche Lieder singen können oder ob sie ein Bonbon haben wollen. Bridget ist natürlich entzückt und leugnet wütend, daß Grandma einem Kind Angst einjagen könnte.

Bridget sagt: Wir sind da. Grandma bleibt wie angewurzelt stehen und sieht sich verdutzt um. Wir führen sie hinein, in ihre eigene Küche. Hier hängt die Uhr, die ihr Vater einmal bei einem Bowling-Wettbewerb gewonnen hat, und ein Bild des Bonnie Prince Charlie, das sie zur Hochzeit bekommen hat. Es stehen auch ein paar Nippsachen aus Bronze herum, die sie gesammelt hat, und ihre Vitrine mit dem Rest des Porzellans, das man ihr als Aussteuer mit in die Ehe gegeben hat. All diese Gegenstände sind zusammen mit Grandma von Glasgow hierhergezogen. Sie sollten ihr helfen, sich in der fremden Küche heimisch zu fühlen. Aber das ist nicht gelungen. Grandma hat nicht die leiseste Ahnung, wo sie sich befindet. Alles, was sie weiß, ist, daß die Türen am falschen Platz sind, das Bett von der Wand verschwunden ist, und sie kann nie den Herd finden. Doch die Küche sieht sehr hübsch aus. Mum hat die Wände in einem warmen, satten Gelb gestrichen und den Boden mit braunen und weißen Fliesen ausgelegt. Auf dem Tisch liegt eine gemusterte Plastikdecke, die man abwischen kann, wenn Grandma etwas verschüttet. Außerdem stehen in der Küche noch der obligatorische Herd und ein Kühlschrank. Der Staatliche Gesundheitsdienst hat einen Spezialstuhl zur Verfügung gestellt, in den sich Grandma leicht hineinsetzen kann und aus dem sie problemlos wieder herauskommt. Mum hat sich darüber geärgert, doch für Bridget war es ein Triumph. Mum sagte, wir hätten in Gottes Namen jeden Stuhl der Welt für Grandma selber kaufen können. Warum also dieses ganze Theater (das Bridget natürlich genossen hat), nur damit der Gesundheitsdienst die Kosten übernimmt?

Die Küche ist warm, zu warm. Dad sagt oft murrend, es sei heiß wie in Afrika, während Grandmas frühere Küche immer eiskalt gewesen sei, sie habe nie die Heizung aufgedreht, die ganze Heizerei abgelehnt und ihr Leben lang nur gefroren. Bridget sagt mit verkniffenem Mund, das stimme, aber jetzt liebe Grandma die Wärme, und das läßt sich nicht leugnen. An diesem schönen Spätnachmittag im September tut sie, als käme sie vom Polarkreis zurück. Bridget setzt sie in ihren Stuhl und gibt ihr eine Zigarette. Ich habe unterdessen Tee gemacht. Bridget schaltet das Radio ein, und wir unterhalten uns. Ich würde am liebsten sofort wieder gehen – aber so einfach ist das nicht. Ich warte so lange, bis Mildred kommt. Bis vor kurzem hat Mum das gemacht, aber seit die Geherei so beschwerlich ist, weigert sie sich. Sie hat mich aufgefordert, Grandma der Helferin zu übergeben, und gemeint, das sei nicht zuviel verlangt. Stimmt. Was konnte ich schon dagegen haben, meine Großmutter der Frau zu übergeben, die sich Sonntagnacht um sie kümmert?

Sonntags hat Bridget ihren freien Abend, einen von zweien. Wann sie den zweiten nimmt, hängt von den Wünschen der lieben Mildred ab. Manchmal teilt sie mit, sie selbst habe »viel zuwenig Zeit für ihr eigenes Leben, das auch nicht gerade einfach« sei, und dann bleibt eben Mum bei Grandma. Mum haßt es, über Nacht dort zu bleiben. Wenn sie das sagt, antworte ich, Dad solle es machen, Dad ist schließlich Grandmas Sohn, während Mum nur ihre Schwiegertochter ist. Das ärgert Mum. Sie fährt mich an und sagt, Dad könne nun wirklich nicht bei Grandma bleiben, weil er von ihrer Raucherei Bronchitis bekomme, und überhaupt: Wie könnte er sie an- und ausziehen und nachts zur Toilette führen? Ich antworte, daß weibliche Pfleger das alles auch für männliche Patienten täten, und Mum entgegnet, Dad sei nun mal kein Pfleger, und es wäre Grandma nur peinlich. Angesichts dieser Spitzfindigkeiten gebe ich mich geschlagen. Dad läßt sich auf keinen Streit ein. Er sagt, er würde es machen, aber er macht es nie.

Es läutet, Mildred hat einen eigenen Schlüssel, aber Sonntag abends läutet sie immer, weil sie weiß, daß ich hier bin. Bridget drückt ihre Zigarette aus, verabschiedet sich kurz von Grandma und verschwindet. Sie sagt jede Woche dasselbe: Ich muß zur Arbeit, und Grandma sagt, sie solle nur fleißig arbeiten und sich ihre Brötchen verdienen. Bridgets Tür am anderen Ende des Flurs schließt sich. Sie sperrt sie zu. Nachts muß man mit Grandma höllisch aufpassen. Sie könnte jeden unbemerkt ausplündern. Als sie bei uns wohnte, ging sie immer ganz leise von Zimmer zu Zimmer und schaffte es, die Türen so auf- und zuzumachen, daß wir nichts hörten. Jetzt glaubt sie natürlich, es sei Zeit zum Aufstehen, und sie müsse die Leute aufscheuchen und zur Arbeit schicken. Wenn Bridget ihre Verbindungstür nicht zusperren würde, würde Grandma den Weg zu ihrem Bett finden und sie um drei Uhr früh wecken. Aber Mildred rüttelt sie nicht wach. Wer würde das wagen? Bridget mag gar nicht daran denken, wie Mildred Grandma behandelt, wenn sie sie in der Nacht drei- oder viermal aufweckt. Mum fragt sie, ob Grandma blaue Flecken hat. Nein. War am Morgen mit Grandma alles in Ordnung? Ja. Na also, warum ist Bridget dann immer so besorgt?

Bridget ist wegen Mildred besorgt, und ich bin es auch. Mildred kommt herein und sagt: »Hallo, Muttchen!« Grandma blickt verachtungsvoll drein. Sie wendet sich mir zu und fragt mürrisch: »Mit wem redet sie?«

Mildred hat eine Vorliebe für Gürtel. Sie hat drei Mäntel, einen aus Tweed, einen aus Tuch und einen Regenmantel, und sie alle haben Gürtel, die Mildred fest um ihre dicke Taille zurrt. Sie müssen schrecklich unbequem sein! Aber Bequemlichkeit scheint für Mildred ohnehin nicht besonders wichtig zu sein. Sie trägt ihr graues Haar zu einem Knoten aufgesteckt, der nicht nur von einem grellen Gummiband gehalten, sondern zusätzlich noch mit unglaublich langen, breiten Haarklammern aus Metall befestigt wird. Mildred erinnert mich an einen Jeep, so kompakt ist sie, so gedrungen und schwer, so eckig. Sie war einmal Busschaffnerin, und obwohl sie längst pensioniert war, als die schaffnerlosen Busse eingeführt wurden, die nur noch einen Fahrer haben, bedeutet diese Neuerung für sie den wahren Niedergang unserer Zivilisation. Sie behandelt Grandma genau wie einen Fahrgast im Bus, und es wundert mich geradezu, daß sie ihr beim Abschied keinen Fahrschein in die Hand drückt. Jetzt öffnet sie ihren Gürtel, setzt ihren Hut ab, zieht ihren Mantel aus und fängt an, geschäftig hin und her zu rennen und ihr Revier in Besitz zu nehmen. Schließlich wirft sie ihren kleinen, kräftigen Körper auf den Stuhl, den Bridget gerade geräumt hat, und fragt Grandma, wie es ihr heute gehe. Grandma, die verächtlich vor sich hin starrt, sagt, es gehe ihr sehr gut, danke schön, aber jetzt müsse sie gehen, die Männer kämen gleich heim, und sie müsse das Abendessen für sie machen. Mildred lacht und sagt mit glänzenden Augen, heute abend sei Badeabend. Ich sage, ich würde jetzt gern gehen. Grandma sagt, sie würde jetzt auch gern gehen, und beginnt, Grimassen zu schneiden. Sie sagt, sie wolle mit mir gehen. Mildred meint, ich solle schnell gehen und mein Leben genießen, ich sei nur einmal jung. Sie werde Grandma bald ausziehen: Wir werden diese Sachen ruckzuck ablegen und dir dann schön den Rücken schrubben, was, Muttchen? Grandma erschrickt. Ich kann Bridgets Gefühle verstehen.

Oft sage ich tschüs, gebe Grandma einen Kuß und schiebe ihr zum Trost ein Pfefferminzbonbon in den Mund. Dann gehe ich hinaus, schließe die Innentür und die Außentür und mache etwas Lärm, während ich mich auf dem Kiesweg entferne. Aber dann schleiche ich zurück, kauere mich ans Fenster und lausche. Ich weiß nicht, was ich erwarte. Eigentlich ist kaum etwas zu verstehen, weil das Radio läuft. Meistens höre ich Mildred mit monotoner Stimme reden. Ich kann zwar die einzelnen Worte nicht verstehen, aber ihr Tonfall ist angenehm. Sie schreit Grandma jedenfalls nicht an. Während ich nach Hause gehe, denke ich, daß alles schlecht geregelt ist. Grandma sollte bei uns wohnen. Aber sofort denke ich: Gott sei Dank tut sie das nicht! Es wäre entsetzlich. Doch wenigstens ist sie nicht in einem Heim und wird auch nie in ein Heim kommen, sagt Bridget. Mum sagt nichts. Dad sagt, die gegenwärtige Lösung koste genausoviel, wenn nicht mehr als jedes Heim. Mildred bekommt 30 Pfund pro Nacht. Susan, die jeden Morgen kommt, bekommt 2,50 Pfund die Stunde. Lola, die an drei Nachmittagen da ist, bekommt 2 Pfund die Stunde (sie sitzt nur herum und plaudert, während Susan nebenher noch manches erledigt). Es ist lachhaft, sagt Dad. Dabei hat eigentlich keiner ein gutes Gefühl.

Ein gutes Gefühl. Ich würde sagen, Dad und Stuart und Adrian scheinen im Hinblick auf Grandma ein gutes Gefühl zu haben. Was Dad stört, ist das Geld, das er zahlt, aber das ist etwas anderes. Er macht sich keine Sorgen um Grandma. Mum liegt nachts wach und grämt sich. Bridget ist die ganze Zeit besorgt und leidet. Sie leidet, weil sie die einzige ist, die Grandma wirklich liebt. Mehr noch, sie betet Grandma an, hält sie für wunderbar, für sie ist Grandma die größte. Sie ist außerstande, auch nur einen einzigen von Grandmas Fehlern zu erkennen. Ich meine natürlich früher, als Grandma noch die alte war. Ich liebe Grandma, aber so weit geht es nicht. Da ich Mum mehr liebe, weiß ich, daß Grandma auch ganz schön gemein sein konnte. Lange bevor sie sich in ein Kind zurückverwandelte, ist sie in vieler Hinsicht gemein und falsch und mürrisch und kindisch gewesen. Aber Bridget sah nur Grandmas Freundlichkeit, ihre Wärme und Fröhlichkeit und ihren Sinn für Humor und ihre Tapferkeit – alles richtig – und vor allem, daß sie es so schwer gehabt hat im Leben. Bridget sagt, Grandma habe viele Schläge einstecken müssen, und die meisten seien ihr von Männern verpaßt worden.

Wenn man Bridget über diese Schläge und die sie austeilenden Männer befragt, kommt man nicht weit. Wie kann mein Großvater an einem Schlag gestorben sein, den er selbst austeilte? Das ist Schicksal, oder? Bridget sagt, sie meine die Zeit vor dem Tod ihres Vaters. Offensichtlich war Großvater ein Spieler mit einer Leidenschaft für Hunde- und Pferderennen. Grandma hatte es schwer mit ihm. Aber von Bridget erfahre ich nichts darüber. Dad sagt, er könne sich nicht erinnern und wisse auch nicht, wie Bridget etwas wissen könne, denn sie sei erst sechs Monate alt gewesen, als ihr Vater starb. Dad sagt Bridget ins Gesicht, sie phantasiere. Bridget bestreitet das. Sie sagt, sie wisse Dinge, von denen Dad nichts wisse, Dinge, die ihr Grandma erzählt habe. Mum meint, Grandad sei wahrscheinlich nur ein durchschnittlicher Ehemann aus der Arbeiterklasse der dreißiger Jahre gewesen.

Als ich unser Haus wieder betrete, merke ich, daß es

nach Grandma riecht. Es ist der Zigarettenrauch, aber der ist auch von Bridget und Paula. Es ist ein eigentümlicher, dumpfer, drückender, nicht unbedingt unangenehmer Geruch – Grandma wird peinlich sauber gehalten, aber sie riecht alt. Einfach alt. Sie hat ihr kariertes Plaid vergessen. Ich nehme es vom Sofa und vergrabe mein Gesicht darin. Mum kommt herein und sagt, ich solle ihr das Plaid geben, es müsse mal gewaschen werden; es grause ihr, wenn sie sich vorstelle, wie viele Male Grandma sich hineingeschneuzt, verschütteten Tee damit aufgewischt und es zum Tellertrocknen verwendet habe. Sie werde es mit Seifenflocken waschen und mit Weichspüler spülen und im Garten aufhängen, damit es im Wind trockne. Tatsächlich aber wird sie Grandma morgen helfen, es selbst auszuwaschen und hinauszuhängen. Grandma ist wirklich überglücklich, wenn sie etwas schrubben kann. Ich sehe ihr zu, wenn sie mit Mum am Waschtisch steht und die Arme bis zu den Ellbogen in der Seifenlauge hat, und ich stelle immer wieder fest, wie recht Mum hat: Waschen ist Frauenarbeit. Es erinnert Grandma nicht an die schweren Tage unablässiger Schufterei, als sie das Wasser in einem Kupferkessel heißmachen und in einem eiskalten Waschhaus stehen mußte, o nein: Es erinnert sie an ein volles Haus, in dem sie nie einsam und immer für andere da war. Grandma glaubt fest an die gute alte Zeit, und alle Beweise des Gegenteils, die Adrian, unser Statistikexperte, anführt, beeindrucken sie nicht.

Adrian kommt mit finsterer Miene herein. Er seufzt, wirft sich aufs Sofa und springt wie von der Tarantel gestochen wieder auf. Er streckt seine Hand aus, und da sind Grandmas obere Zähne, ein paar Toastkrümel kleben noch dran. Ich lache. Mum nimmt das Gebiß an sich. Adrian sagt zu mir, das sei nicht zum Lachen, ihm werde richtig schlecht davon. Ich sage zu ihm, er müsse ein zartes Pflänzchen sein, wenn es ihn schon beim Anblick eines Gebisses ekele. Adrian sagt, er könne nichts dafür. Wenn er doch bloß nicht Grandma beim Essen zuschauen müßte! Es sei so ekelhaft, sie mache ihren Mund nicht zu, und das Essen quelle wieder heraus, und er sei immer kurz davor, sich zu übergeben. Es gehe nicht darum, daß sie jetzt krank sei, fährt er fort, ihre Manieren seien immer gräßlich gewesen. Es sei immer entsetzlich gewesen, mit ihr zu essen, und dann noch das heftige Gerülpse, auch das verursache ihm Übelkeit. Mum sagt, es mache niemandem Spaß, er könne sich aber ruhig einen Tag in der Woche zusammenreißen, zumal er sie sonst nie sehe, während ich immerhin mit anpackte. Adrian ist wütend und behauptet, er würde auch mit anpacken. Putze er vielleicht nicht Grandmas Fenster? Grabe er nicht ihren Garten um? Fahre er sie nicht zur Fußpflege? Du lieber Himmel, man könne ihm doch nicht vorwerfen, er würde nicht helfen! Was sollte er denn unserer Meinung nach sonst noch alles tun? Mum sagt, er könne sie besuchen, wie ich. Zehn Minuten jeden Tag, nur reinschauen, wenn sie allein sei, ihr eine Tasse Tee machen und etwas mit ihr plaudern. Adrian sagt, sie möge keine Männer, das letzte Mal, als er vorbeischaute, habe sie ihn in der Küche eingesperrt, und er habe warten müssen, bis Lola kam und ihn befreite. Wir lachen. Sehr witzig, sagt er.

Dad ruft aus dem Wohnzimmer herunter, Bridget habe eben angerufen. Lola könne morgen nachmittag nicht kommen, ihre kleine Tochter sei krank. Mum sagt: O Gott! Dad schreit, Bridget könne nicht freibekommen, weil auf ihrer Station zwei Schwestern ausgefallen seien. Mum sagt noch einmal: O Gott! Ich weiß, daß sie morgen ausgehen will, nichts Wichtiges, nur so. Einfach nur so. Deshalb sage ich: Keine Sorge, ich mach das schon. Ich werde direkt von der Schule zu ihr gehen und bei ihr bleiben, bis Bridget nach Hause kommt. Mum gibt mir einen Kuß. Zwei Minuten später ruft Bridget mich an. Sie sagt: Danke, mein Schatz, du hast mich gerettet.

–

Ich komme um vier Uhr bei Grandma an. Als ich an der Haustür: Hallo! schreie, ruft sie zurück: Danke, heute nichts! Das heißt, sie ist gut aufgelegt. Wenn sie schlechter Stimmung ist, brummt sie, sie werde es mir schon zeigen und wo zum Teufel ich gesteckt hätte. Sie steht mit einer aufgeschnittenen Zitrone in der Hand am Spültisch. Sie drückt den Saft auf ihr Gesicht, um ihren Teint zu pflegen. Das ist ein Schönheitsrezept, das sie vor vielen Jahren einmal in der *Sunday Post* gelesen hat. Es ist auf jeden Fall besser als der Tip mit den Eierschalen. Grandma hat nämlich auch einmal gelesen, daß man, wenn man ein frisches Ei verbraucht hat, den Rest Eiweiß, der an der Schale haftengeblieben ist, mit dem Finger auswischen und sich damit das Gesicht einschmieren soll. Gewöhnlich bedeckt sie dann ihr Gesicht mit kleinen Splittern der Schale, die eintrocknen, hart werden und nur schwer zu entfernen sind. Aber für Grandmas Teint, für ihre Haut kommt jeder Tip zu spät. Ihr Gesicht sieht aus wie das von W. H. Auden, mit tausend und abertausend Furchen, und es hat eine Farbe, die an einen benutzten Teebeutel erinnert. Ich mache Tee, zünde ihr eine Zigarette an, werfe die Zitrone weg und helfe ihr, sich hinzusetzen. Ich sage, ich käme geradewegs aus der Schule.

Gehst du gern zur Schule?

Nein.

Ich bin gern zur Schule gegangen.

Warum hast du dann mit dreizehn aufgehört?

Das hat jeder.

Nein. Deine Schwester hat weitergemacht.

Ich bin gern zur Schule gegangen.

Das behauptest du jetzt.

Gehst du gern zur Schule?

Damit ist dieses Thema beendet. Wir werden zum Glück vom Radio unterbrochen, sonst hätte sie mir vielleicht noch die Laune verdorben. Grandmas Behauptung, sie wäre gern zur Schule gegangen, wird immer unglaubhafter. Ihre drei Brüder und ihre Schwester haben alle weitergemacht. Als Grandma 1908 geboren wurde, war ihre Familie nicht annähernd so arm wie zu der Zeit, als ihre Schwester Annie sich fürs Weitermachen entschied. Es ist also Unsinn zu behaupten, sie habe aus finanziellen Gründen aufhören müssen. Doch Grandma ist intelligent und belesen, und es kann nicht die Rede davon sein, daß sie für die Schule nicht gescheit genug war und Annies Vorbild nicht hatte folgen können. Was ist also schiefgegangen? Sie ist gern zur Schule gegangen, verließ sie aber bei der erstbesten Gelegenheit und nahm eine Stelle als Dienstmädchen in einem presbyterianischen Pfarrhaus an. Ihren größten Tag erlebte sie, als sie eines Vormittags einem Besucher, einem Anhänger von Eric Liddell, dem Schotten aus *Chariots of Fire,* den Tee servierte. Er gab ihr Sixpence Trinkgeld.

Grandma hört gerade im Radio eine Horrorgeschichte. Es geht um eine Vergewaltigung. Eine dreizehnjährige Schülerin ist auf dem Heimweg von zwei Jungen, die sie zu einer nahegelegenen Müllhalde geschleppt haben, je dreimal vergewaltigt worden ... Ich schalte das Radio ab.

Ist das nicht fürchterlich?

Dann hör doch weg.

Entsetzlich, einfach entsetzlich, hast du gehört –

Ich möchte nichts hören.

Beide, dreimal –

Grandma, bitte, hör auf damit.

Es wird immer schlimmer. Diese Welt ist verrückt geworden.

Sie ist nicht schlimmer geworden, wir hören nur mehr darüber.

Ist das nicht fürchterlich?

Grandma bringt eines ihrer Lieblingszitate an, das von der Unmenschlichkeit des Menschen gegen den Menschen, und das führt sie unweigerlich zu Culloden. Sie sagt, ich würde nicht glauben, was in Culloden passiert sei, es sei schrecklich gewesen, einfach schrecklich. Sie rollt das Wort so schön, zieht es in die Länge wie eine Melodie. Ich sehe, daß ich sie aus ihrer trübseligen Stimmung herausreißen muß, und frage sie, ob sie etwas gegen einen kleinen Spaziergang einzuwenden hätte. Ihr Gesicht hellt sich auf, sie steht von selber auf, sagt, sie sei ein wenig steif vom Fußballspielen, aber sie würde gern spazierengehen. Ihr Vater habe sie früher auf Wanderungen in den Highlands mitgenommen. Sie kommt ganz leicht in ihren schrecklichen Mantel, so sehr ist sie in ihre Geschichte vertieft. Sie fuhren jeden Sommer in die Highlands, und, oh! was für eine lange Reise das war, und oh! wie aufgeregt sie war, und oh! wie sie sich Wochen vorher schon die Witzblätter beiseite legte, weil sie wußte, daß sie stundenlang im Zug sitzen würden. Die Ferien waren toll, das Wetter war toll, alle Leute in dem Dorf, in dem sie die Ferien verbrachten, waren toll. Sie luden einen zum Tee in ihre Häuser ein und schrien auf, wenn sie hörten, daß man die Tochter von Charlie Cameron war. Grandma lacht und lacht, während sie erzählt, sie wird ganz lebhaft, berauscht sich regelrecht an Dialektausdrücken und Redewendungen.

Ich glaube, ich fahre in die Highlands.
Das solltest du unbedingt tun.
Ich brauche jemanden, der mich begleitet.
Fahr doch mit Bridget.
Mein Vetter hat mich gebeten, mit ihm zu fahren.
Dann fahr mit ihm.
Es hat sich bestimmt alles sehr verändert.
Die Highlands ändern sich nie, nur die Leute ändern sich.
Ich glaube, ich fahre in die Highlands.

Ich sehe nicht ein, warum sie nicht mit ihr dort hinfahren. Bridget sagt, es habe keinen Sinn, sie würde dort nur nach ihr bekannten Gesichtern suchen, die aber nicht mehr da seien, und das würde sie noch mehr verwirren. Dad sagt, es sei zu weit. Letztes Jahr sind wir nach Griechenland gefahren, im Jahr davor nach Kalifornien, aber die Highlands sind zu weit. Ich würde ganz gerne fahren, um einmal zu sehen, wo Grandma eigentlich herkommt. Dad sagt, sie komme aus den Slums von Glasgow (Bridget spricht natürlich nicht von Slums, Gott bewahre!), und das mit den Highlands habe sie alles nur zusammenphantasiert. Nun, diesen Phantasien würde ich gerne einmal selber nachgehen.

Jedenfalls machen wir jetzt einen Spaziergang, nur einmal um den Block, und Grandma erzählt mir immer noch von ihrem Vater und seinen Spaziergängen, und daß ihre Mutter gesagt habe, er überfordere sie, die Beine seiner Tochter seien kürzer als seine. Aber Grandma war ihm sehr ähnlich. Sie wuchs heran und hatte schon bald ganz lange Beine. Ihre Mutter hatte Angst, sie könnte sich zu einer Riesin auswachsen. Grandma mußte sich immer vor den Gästen aufstellen, um ihnen mit ihrer Größe einen Schrecken einzujagen. Noch so eine komische Geschichte! Ich bin nur einsachtundsechzig und trotzdem größer als Grandma.

Ich beschließe, in dem rund um die Uhr geöffneten indischen Geschäft an der Ecke eine kleine Pause einzulegen. Grandma ist begeistert. Sie hat eine Vorliebe für Geschäfte aller Art. Den größten Teil ihres Lebens scheint sie damit verbracht zu haben, ihre Einkäufe nach Hause zu schleppen, riesige Taschen voll. Daß Mum dabei systematisch vorgeht, kann sie nicht begreifen. Grandma zerbrach sich jeden Tag den Kopf darüber, was sie für die Männer zum Abendessen kaufen sollte, und jeden Tag machte sie sich auf den Weg und brachte eigentlich immer mehr oder weniger dasselbe mit nach Hause: Kartoffeln, Karotten, Zwiebeln und Hackfleisch. Und natürlich Tee und Zucker. Zucker sogar kiloweise! Zucker für Porridge, Zucker für Tee, Zucker zum Marmeladeeinkochen, Zucker für Pudding, Zucker für Kuchen und manchmal nur dafür, den Finger hineinzustecken und ihn abzulecken. Als Bridget und Dad damals Grandmas Zimmer in Glasgow ausräumten, fanden sie einunddreißig Kilotüten Zucker. Und ansonsten herzlich wenig.

Ich manövriere Grandma durch die Gänge des vollgestopften Ladens. Die Inderin an der Kasse lächelt und nickt. Sie sehen mich gern mit meiner Grandma. Sie finden es gut und richtig, daß ich, die Junge, mich um sie, die Alte, kümmere. Grandma liest die Preise laut vor und ist entsetzt – besonders über den Preis ihres heißgeliebten Zuckers. Es ist nicht zu fassen, um Gottes willen! ruft sie immer wieder aus. Ihre Stimme ist tief, rauh und kehlig. Sie hat mir einmal erzählt, daß ihr das früher Kummer bereitet hat. Ihre Mutter habe ihr eingeredet, sie würde eine Riesin, und sie selbst habe sich eingeredet, sie würde ein Mann. Sie spricht breiten Glasgower Dialekt. Für die Leute hier ist es schwer, Grandma zu verstehen, wenn sie erst einmal richtig in Fahrt ist. Wenn Dad nur so sprechen würde! Aber bei ihm hört man nur an den Vokalen ganz schwach, daß er Schotte ist, und bei Bridget merkt man überhaupt nichts. Nur Stuart hört man deutlich an, daß er Schotte ist, aber er war ja auch schon zwölf, als sie in den Süden, nach Newcastle, zogen.

Nach Newcastle zog Grandma nach dem Tod ihres Mannes. Sie hatte keine andere Wahl, sagt Bridget. Sie hatte kein Geld, konnte nicht einmal die Miete bezahlen. Sie ging zu ihrer Schwester Annie, obwohl noch zwei ihrer Brüder in Glasgow lebten. Bridget sagt, keiner der beiden habe sie aufnehmen wollen. Dad sagt, Bridget solle um Gottes willen nicht unfair sein. Wie hätten sie denn eine Frau mit drei kleinen Kindern aufnehmen können, wenn der eine nur zwei Zimmer und selber vier Kinder hatte, der andere bei der Marine und unverheiratet war und so etwas wie ein Zuhause überhaupt nicht hatte? Wie dem auch sei, Grandma zog zu ihrer Schwester Annie, und Annie nahm sie freundlich auf. Ihr Mann nicht. Er fand es sehr schwer, mit Grandma und den Kindern zurechtzukommen, und brachte ihr, wie Bridget sagt, nur »kühle Nächstenliebe« entgegen. Zu diesem Thema ist aus Dad kein Wort herauszubringen, nicht einmal, wenn Bridget ihn aufhetzt. Er sagt nur, daß es ihm in Newcastle besser gefallen habe als in Glasgow. Er wollte nicht nach Glasgow zurück, aber Annie starb, und da war's dann aus.

Grandma flüstert, sie hätte gern ein paar Zigaretten. Sie hat aber kein Geld dabei. Bis vor kurzem hatte sie eine Handtasche, aber die Angst, sie zu verlieren, bereitete ihr und uns so viel Ärger, daß Bridget sie schließlich wegräumte. Jetzt vermißt Grandma sie. Und da sie immer noch hysterische Anfälle bekommt und fragt, wo ihre Handtasche sein könnte, sehe ich nicht ein, warum man sie ihr nicht wiedergibt. Jedenfalls habe ich Geld, das ich im Moment nicht brauche.

Ich möchte ein paar Zigaretten.
Okay. Welche Marke?
Ich habe kein Geld bei mir.
Aber ich. Wie viele? Zwanzig? Zwei Päckchen?
Fünf.
Päckchen?
Zigaretten. Fünf reichen.
Sie werden nicht in Fünferpackungen verkauft, Grandma.
Ach, du meine Güte!
Ich nehme zwanzig. Welche Marke?
Ich möchte ein paar Zigaretten.

Ich lächle der Inderin zu, und wir gehen an der Kasse vorbei. Ich habe die Zigaretten in meine Manteltasche gesteckt und fünf herausgezogen, die ich in

Silberpapier einrolle und Grandma überreiche. Sie drückt mir die Hand und umschließt die Zigaretten fest mit den Fingern. Sie sagt, es werde schon dunkel. Das stimmt nicht, aber ich gebe ihr recht. Sie sagt, sie müsse ihre Wäsche hereinholen, die Overalls der Männer seien trocken, verdammt schwer zu waschen, diese Dinger. Sie bleibt an einem Laternenpfahl stehen und verkündet, wir hätten großes Glück, eine Laterne vor unserer Tür zu haben, und der Laternenanzünder werde gleich kommen, und dann sagt sie irgend etwas über Kinder, die sich nachts ganz fest einmummeln. Als wir wieder im Haus sind, ist mir die gute Laune vergangen. Ich schalte das Radio ein. Grandma dreht sich um sich selbst wie ein Hund, der seinem Schwanz nachjagt, und sieht mir dann ins Gesicht. Sie fragt mich, wo ich den ganzen Tag gewesen sei, so eine Frechheit, sie hätte gewartet und gewartet, und wo bliebe eigentlich diese Bridget? Ich sage, sie sei bei der Arbeit. Grandma schnaubt nachdrücklich und voller Verachtung. Eine schöne Geschichte, sagt sie, sie wisse doch genau, daß sie sich irgendwo herumtreibe. Sie sind alle gleich, alle gleich, alle nur hinter den Männern her. Nur sie selbst nicht.

Schon wieder diese Leier! Keine Lieder, keine Gedichte, keine Geschichten, keine Erinnerungen mehr. Plötzlich überkommt sie schlechte Laune. Sie schlurft hinaus und zieht die Tür hinter sich zu. Ich nehme ein Buch aus meiner Tasche, *Bleak House,* eines von Grandmas Lieblingsbüchern. Grandma hat alle Bücher von Dickens sechsmal gelesen, zumindest prahlt sie damit. Zweifellos aber kennt sie sich sehr gut aus und verwendet selbst eine Menge Dickensscher Phrasen. Ich gehe ihr nicht nach, achte nur mit halbem Ohr auf sie. Wahrscheinlich zieht sie jetzt sämtliche Handtücher aus dem Wäscheschrank und wirft sie auf den Boden. Nun, die sind schnell wieder eingeräumt. Oder – was noch wahrscheinlicher ist – sie zerreißt in der Toilette Klopapier in winzig kleine Fetzen. Sie macht eine Schweinerei, aber wer regt sich schon darüber auf? Bridget wahrscheinlich. Bridget wird sagen, Grandma darf das nicht machen, denn es ist eine entsetzliche Verschwendung, und Grandma selbst wäre wütend, wenn sie es merkte, weil ihr jede Vergeudung zuwider ist. Wenn irgend jemand auch nur ein Krümelchen übrigließ, hat Grandma immer betont, wie sehr sie Verschwendung hasse. Ich habe dann geantwortet, ich würde sie auch hassen und Grandma habe ihr *Leben* vergeudet, und das sei die einzige sündhafte Art von Vergeudung. Grandma machte nur große Augen und fragte, ob das Mädchen verrückt sei.

Als Grandma nach einer halben Stunde noch immer nicht wieder aufgetaucht ist, mache ich mich auf die Suche. Bridget wird bald zurück sein, und ich möchte, daß Grandma guter Stimmung ist, damit es so aussieht, als hätte ich gute Arbeit geleistet. Keine Grandma im Schlafzimmer. O Gott! Es ist schon vorgekommen, daß sie ausgebüxt ist und dann ein paar Straßen weiter gefunden wurde. Bridget wird mir die Hölle heiß machen! Doch sie ist nur im Bad und verstreut Vim. Ich führe sie behutsam in die Küche zurück. Tee, eine Zigarette, nette, harmlose Musik im Radio. Bridget kommt sogar früher, als sie gehofft hatte. Sie stürmt herein. Auf Grandmas Gesicht tritt ein breites Lächeln. Bridget gibt ihr einen Kuß.

Ich bin mir nicht schlüssig:

Ist das nun eine rührende Szene?

Oder eine abstoßende?
Ist Bridget eine Heldin?
Hat Grandma Glück?
Ist das eigentlich noch normal oder schon krankhaft?

Jenny

Als das Telefon läutete, schlief ich tief und fest, aber um drei Uhr nachts ist das kein Wunder. Wir haben keinen Anschluß in unserem Schlafzimmer, ich hörte es unten läuten. Ich blieb liegen, lauschte und überlegte, wer alles im Haus war: Charlie, Adrian, Hannah – wir lagen alle glücklich in unseren Betten. Vielleicht hatte sich jemand verwählt. Oder vielleicht war es Bridget. Ich schlüpfte aus dem Bett und lief aufgeregt die Treppe hinunter. Vielleicht war Grandma tot. O Gott, was für eine Erleichterung das wäre – ein sanfter, schmerzloser Tod in der Nacht. Alle Probleme auf einen Schlag gelöst. Ich überlegte, was ich sagen würde, die Formalitäten für das Begräbnis, Trostworte für Bridget, ihr versichern, daß nichts Besseres hätte passieren können, wenn man bedachte, was angeblich noch alles auf uns zugekommen wäre. Während ich mir das alles in Gedanken zurechtlegte, nahm ich den Hörer ab. Es war tatsächlich Bridget, aber meine Schwiegermutter, Grandma, wie sie von allen genannt werden möchte, war nicht tot. Sie war durchaus lebendig, lag aber auf dem Boden. Bridget bat mich, Charlie zu wecken und zu ihr hinüberzuschicken, sie könne Grandma nicht allein hochheben. Ich sagte, ich sei schon unterwegs, und legte den Hörer auf, ehe sie anfangen konnte, mit mir zu diskutieren.

Hinter der Küchentür hing mein alter Regenmantel, und im Schrank unter der Treppe standen meine Stiefel. Ich mußte also nicht ins Schlafzimmer zurück und riskieren, Charlie aufzuwecken (obwohl er wahrscheinlich sowieso nicht wach geworden wäre). Bridget versteht das nicht. Er braucht seinen Schlaf. Sie glaubt, er habe ein geringeres Schlafbedürfnis als sie. Arbeitet Charlie vielleicht im Schichtdienst, und ist er für eine ganze Station und das Leben aller Patienten dort verantwortlich? Verbringt er vielleicht zwei Nächte pro Woche mit seiner Mutter und wird immer wieder, manchmal stündlich, aufgeweckt? Nein. Charlie schläft tief, ungestört, jede Nacht, und sein Job ist, Bridgets Meinung nach, nicht so anstrengend wie ihrer. Sein Schlaf brauche nicht beschützt zu werden. Hat sie eine Ahnung! Charlie ist Börsenmakler und hat sich auf Metalle spezialisiert. Er trifft jeden Tag seines Lebens Entscheidungen, bei denen es um Tausende von Pfund und Hunderte von Arbeitsplätzen geht, und steht ständig unter Druck. Bridget hat sich immer geweigert, Verständnis für den Beruf ihres Bruders aufzubringen – er ist »irgendwas in der City« und wird großzügig dafür entlohnt. Außerdem dient er nicht wie sie und Stuart der Gesellschaft. Sie ist enttäuscht von ihm, wenn es nach ihren und Grandmas Vorstellungen gegangen wäre, wäre er Lehrer geworden.

Wenigstens ist es nicht kalt draußen, als ich aus dem Haus schlüpfe, genauso leise, wie ich aus dem Bett geschlüpft bin. Ich beeile mich. In Grandmas Wohnung sind sämtliche Lichter an. Bridget weiß Charlies Großzügigkeit nicht zu schätzen, obwohl er doch immerhin die Miete für die Wohnung bezahlt. In ihren Augen gleicht er damit nur sein schlechtes Gewissen aus, weil er Grandma nicht zu sich nimmt, und so ist es auch. Aber Charlie hätte diese Wohnung nicht zu mieten brauchen. Er hätte darauf bestehen können, daß Grandma in einem Heim untergebracht wird. Er bräuchte – trotz des großen moralischen Drucks – nicht mit Bridget zu kooperieren. Stuart, der Älteste, tut gar nichts, aber er ist in Bridgets Augen entschuldigt. Polizisten sind nicht reich, sind nicht »irgendwas in der City«. Was Bridget nicht sieht, ist, daß Geld nicht alle Probleme löst. Sicher, Charlie hat das Geld, um die Miete für die Wohnung zu bezahlen, aber er kümmert sich auch um die Instandhaltung, und das kostet viel Ärger. Die Wohnung hat alte Rohrleitungen, Risse in den Decken, alle möglichen Probleme tauchen auf, und für alles ist Charlie zuständig. Das erfordert Zeit und Mühe und nicht nur Geld, wie Bridget glaubt. Charlie hat die Nase gestrichen voll von dieser Wohnung.

Ich habe einen eigenen Schlüssel, brauchte also nicht zu läuten. Als ich das Schlafzimmer betrat, sah ich sofort, daß Bridget hysterisch war. Wenn auf ihrer Station eine alte Dame hinfallen würde – allerdings arbeitet Bridget nicht auf einer geriatrischen Station –, würde Bridget die Ruhe bewahren und sie im Nu wieder auf die Beine bringen. Aber jetzt war ihr Gesicht vor Angst verzerrt, und ihr beruflicher Sachverstand hatte sie verlassen. Grandma lag auf dem Boden, zwischen Bett und Wand, und wirkte ganz froh und munter. Sie sang, oder besser murmelte »Hey, Johnny Cope« und unterbrach die Melodie gelegentlich durch einen Pfiff. Warum in aller Welt dieses ganze Theater? Bridget hatte eine Decke über sie gebreitet und ihr ein Kissen unter den Kopf geschoben. Sie sagte, sie glaube nicht, daß irgend etwas gebrochen sei, aber Grandma sei schlimm gestürzt, sie könne nicht sicher sein, bevor Grandma nicht alle Glieder bewegt habe, ohne Schmerzen zu verspüren. Ich sagte – wahrscheinlich ein bißchen spitz –, Grandma habe beim Fallen bestimmt viel Lärm gemacht, weil sie so schwer sei, und ich glaubte, sie fühle sich ganz wohl, warum man sie nicht einfach bis zum Morgen so liegen lassen könne. Bridget sagte, das gehe nicht, Susan dürfe sie in der Frühe nicht so vorfinden. Susan kommt um neun Uhr, eine Stunde, nachdem Bridget das Haus verläßt. Grandma wird im Bett gelassen, Susan weckt sie dann und macht ihr Frühstück.

Bridget hatte natürlich recht. Ich schämte mich. Susan würde bestimmt erschrecken! Und es gibt noch einen wichtigeren Grund, an den Bridget mich erinnerte: Solange Grandma eine muntere, liebe alte Dame ist, die nur »ein paar Schrullen« hat, ist Susan gern bereit zu helfen, aber als wir sie engagierten, erklärte sie uns klipp und klar, daß sie nicht die Verantwortung für eine Pflegebedürftige übernehmen wolle. Ich sagte Bridget, sie solle nicht in Panik geraten, es sei sicher nur ein einmaliger Unfall gewesen. Dann machten wir uns an die Arbeit und versuchten, Grandma hochzuhieven. Ich faßte sie an den Schultern, und Bridget versuchte, ihre Beine lang zu strecken, aber Grandma schrie uns an. Wir befanden uns in einer sehr ungünstigen Lage, eingeklemmt zwischen Bett und Wand. Doch das größte Problem war, daß Grandma überhaupt nicht aufstehen wollte und kein bißchen mithalf. Sie erklärte, alle anständigen Leute seien jetzt im Bett, und fragte uns, ob wir sie umbringen wollten. Wir sollten ihr bestätigen, daß sie niemals einer Fliege etwas zuleide getan habe. Wir setzten sie aufrecht hin und machten dann eine Pause. Sie musterte uns, prustete plötzlich los und rief: »Wie seht *ihr* denn aus?!«

Ich bat Bridget, mich mit Grandma allein zu lassen. Solange sie hier war, würde sich Grandma nicht rühren. Sobald sie draußen war, schloß ich die Tür und beugte mich – ziemlich bedrohlich, nehme ich an – über Grandma. Ich zog ihr die Decke weg, und sofort begann sie zu frösteln und zu stöhnen, es sei kalt. Ich gab ihr recht. Ich forderte sie auf, mit mir ins Bett zu gehen, und stieg selbst hinein, zog die Decken über mich und sagte laut, wie gemütlich warm es da drinnen sei und wie kuschelig. Grandma kam mühsam auf alle viere, griff dann nach dem Bettrand und zog sich ganz, ganz langsam hoch (ich hielt den Atem an). Sobald sie aufrecht dastand, sprang ich aus dem Bett und schob sie hinein. Sie schloß die Augen, lächelte und sagte: »Gute Nacht, träume süß!« und schlief sofort ein.

Bridget bedankte sich. Sie hatte natürlich an der Tür gelauscht. Ich verachtete sie ein bißchen dafür, daß sie mir nicht traute. Glaubte sie wirklich, ich würde ihrer geliebten Mutter etwas zuleide tun? Ich sagte, sie solle sich keine Gedanken machen. Sie entschuldigte sich, daß sie zu einer solchen Zeit angerufen hatte, und ich sagte, sie habe recht daran getan. Wir setzten uns und tranken Tee, und ich mußte einfach die Gelegenheit ergreifen: »Bridget«, fragte ich, »wie weit muß es kommen, bis du die Waffen streckst?« Sie tat nicht einmal so, als hätte sie mich nicht verstanden. Sie hielt ihren Becher Tee genauso fest in der Hand wie ihre Mutter, wich meinem Blick aus, genau wie ihre Mutter es tut, und sagte: »Wenn sie mich nicht mehr erkennt. Wenn ich mich nicht mehr richtig um sie kümmern kann. Dann vielleicht.« Dann zündete sie sich eine Zigarette an, nahm einen tiefen Zug, zog die Augenbrauen hoch und schnitt eine Grimasse. Gefühle sind Bridget peinlich, wie ihrer Mutter, wie Charlie und Stuart. Die McKays zeigen ihre Gefühle nicht, keinerlei Gefühle. Ich habe nie einen von ihnen weinen sehen. In Augenblicken größten Schmerzes oder äußerster Belastung werden sie höchstens still, ganz still.

Vielleicht war Mr. McKay anders, aber wer weiß das schon? Grandma bestimmt nicht. Sie kann sich nicht einmal an ihren eigenen Hochzeitstag erinnern, so wenig hat er sie beeindruckt. Alle Geschichten, die sie über ihren Mann erzählt, klingen ein wenig abfällig. Sie berichtet, wie die Kinder und sie einmal krank waren und »er« keinen Finger rührte, gar nichts tat, während sie alle »das heulende Elend« hatten. Dann lacht sie bewundernd auf. Oder sie erinnert sich, wie sie einmal wegen ihrer Krampfadern im Krankenhaus lag und die Ruhe dort genoß. Da kam »er« auf die Station und sagte, sie müsse aufstehen und heimkommen, die Kinder bräuchten sie, und es seien auch keine sauberen Kleider mehr da, und dann kam die Krankenschwester und schrie ihn an, er solle gefälligst Rücksicht nehmen auf seine Frau. An dieser Stelle lacht Grandma wieder laut auf, als würde sie einen guten Witz erzählen, und am Ende wiederholt sie, nach Luft ringend: »Rücksicht!« Wenn sie solche Geschichten erzählt, will sie eine Einheitsfront gegen die Männer bilden. Es ärgert sie, wenn ich aus der Reihe tanze und sage, nicht alle Männer seien rücksichtslose Egoisten. Ich erzähle ihr, wie zärtlich ihr eigener Sohn mit unseren Kindern umgeht, wenn sie krank sind, und wie liebevoll er mich umsorgt, wenn ich einmal krank bin, aber das überhört sie geflissentlich. Wenn ich bemerke – was ich die ersten hundert Male getan habe, als ich diese Stories hörte –, daß ihr Mann wohl ein rechtes Ekel war, reagiert sie ganz entrüstet: »Überhaupt nicht, überhaupt nicht, er war nur ein Mann.«

Wie dem auch sei, er ist früh gestorben. Bridget wurde 1945 geboren, in dem Jahr, in dem ihr Vater im Krieg starb. Jetzt, da Charlie und ich schon Silberhochzeit gefeiert haben, muß ich mir immer wieder vor Augen halten, daß Grandma nur dreizehn Jahre verheiratet war, halb so lange also wie wir. Sie ist seit dreiundvierzig Jahren Witwe; das ist ungefähr dreimal so lange, wie sie verheiratet war. Ist es also ein Wunder, daß sie sich kaum an ihren Mann erinnern kann? Nun ja, wenn man bedenkt, woran sie sich überhaupt erinnert. Der Arzt hat es uns erklärt: Das Langzeitgedächtnis bleibt auch dann erhalten, wenn das Kurzzeitgedächtnis längst erloschen ist. Grandma kann sich nicht erinnern, was sie vor einer Stunde zu Mittag gegessen hat, aber sie erinnert sich bis ins kleinste Detail an das, was sie in den zwanziger Jahren während ihrer Zugfahrten in die Highlands gegessen hat. Und das macht sie glücklich. Es scheint sie nicht im geringsten zu beunruhigen, daß sie sich an den Vornamen ihres Mannes oder die Farbe seiner Augen nicht erinnern kann oder daran, was er mochte und was nicht. Er ist nur als Gegenstand nicht gerade schmeichelhafter Anekdoten in ihrem Gedächtnis geblieben, und wenn sie ihn mit einem Wort charakterisieren soll, sagt sie gern, er sei eben »ein Mannsbild« gewesen.

Stuart kann sich wahrscheinlich am besten von allen an ihn erinnern, denn er war acht Jahre alt, als sein Vater in den Krieg zog, und zwölf, als er fiel, aber Stuart schweigt sich über dieses Thema ebenso aus wie über die meisten anderen. Stuart hat nichts für Erinnerungen übrig. Er ist unser schweigsamer praktischer, solider Bruder – der geborene Polizist. Wie sich Grandma freut, wenn sie ihn in seiner Uniform sieht! Bridget in ihrer Schwesterntracht und Stuart in seiner Polizistenuniform – was könnte ein Mutterherz höher schlagen lassen? Charlie in seinem Anzug imponiert ihr nicht, obwohl sie seine elegante Art bewundert. Stuart will über nichts diskutieren, nie, denn für ihn ist jede Art von Diskussion »unmännlich«. Er hält Charlie für verrückt, weil er für Grandmas Wohnung aufkommt, die Rechnungen bezahlt und überhaupt ihre ganzen Angelegenheiten regelt. Mit einem für ihn völlig untypischen Wortschwall, der aus mindestens vier Sätzen bestand, hat er einmal dargelegt, daß Grandma seiner Meinung nach in ein Heim gehöre, und das Heim solle in Glasgow und ein städtisches Heim sein. Grandma habe immer ihre Steuern bezahlt, und sie habe ein Anrecht darauf – Punktum! Sie sei nicht mehr klar im Kopf, da könne man nichts machen, es tue ihm sehr leid, aber Tatsachen seien nun mal Tatsachen, und denen müsse man ins Auge sehen. Bei ihren Landsleuten da oben sei sie besser aufgehoben. Da ging Bridget aber in die Luft! Worauf Grandma ein Anrecht habe, schrie sie, sei Liebe und Geduld und Güte – all das, womit sie früher auch Stuart überschüttet habe. Sie sei sehr wohl noch klar im Kopf, sie erkenne ihre Familie, und das sei auch eine Tatsache, der man ins Auge sehen müsse. Und sie sei in keiner Anstalt besser aufgehoben. Bridget forderte Stuart auf, ihr zu sagen, in wie vielen Altenheimen er gewesen sei, sie, Bridget, sei nämlich in vielen gewesen, und keines davon sei gut genug für eine Katze, geschweige denn für ihre Mutter. Stuart sagte, er wolle mit alldem nichts zu tun haben. Das war vor fünf Jahren, und er ist dabei geblieben.

Vielleicht war Grandmas Mann wie Stuart: stattlich, zuverlässig, phantasielos und langweilig. Vielleicht heiratete sie ihn aus den gleichen Gründen, aus denen Paula nach ihren eigenen Aussagen Stuart geheiratet hat: Weil er ihr Vertrauen einflößte und nicht lockerließ. Grandma benutzt diesen Ausdruck: »Er hat nicht lockergelassen.« Am Anfang, in meiner neuen Rolle als Schwiegertochter, als ich tief in der Familiengeschichte herumgrub, pflegte sie zu sagen: »Ich wurde ihn einfach nicht los. Wohlgemerkt. Ich hätte an jedem Finger zehn Männer haben können, aber ich ließ mich nie aus der Ruhe bringen. Ich mochte sie nicht, aber sie haben nie lockergelassen.« Nun, wenn Mr. McKay wie sein Sohn Stuart war, dann hat niemand sie nach der Heirat mehr belästigen dürfen. Grandma war vierundzwanzig, als sie heiratete. Nicht besonders jung, aber sie muß viel Zeit gehabt haben, um sich jemanden auszugucken und ausgeguckt zu werden. »Heirate nur nicht zu früh!« sagt Grandma immer wieder zu Hannah und fügt stets hinzu: »Halte immer hundert Pfund in Reserve.« Hannah lacht und fragt, wozu, und Grandma sagt: »Damit du immer davonlaufen kannst.«

–

Am Morgen war Charlie wütend. Nicht, wie man vielleicht denken könnte, weil ich an seiner Stelle gegangen war, sondern weil ich überhaupt hingegangen war. Am meisten aber ärgerte ihn, daß Bridget angerufen hatte. »Wenn sie jetzt auch noch damit anfängt«, sagte er, »dann reicht's mir aber endgültig!« Ich zählte Bridgets Gründe auf und erinnerte ihn daran, daß Susan, wenn sie Grandma auf dem Boden liegend vorgefunden hätte – aber Charlie unterbrach mich. Was ihn interessiere, sei die Zukunft. Es sei Zeit, daß Grandma in irgendein Heim ginge, und je eher sich Bridget an diesen Gedanken gewöhne, desto besser. »Bridget«, sagte ich, »wird deine Mutter nie in ein Heim lassen, niemals.« Charlie sagte: »Wenn ich aufhöre, sie zu unterstützen, und du auch, wird ihr gar nichts anderes übrig bleiben.«

Das war zwar richtig, aber völlig überflüssig zu erwähnen, denn weder er noch ich würden je aufhören, sie zu unterstützen. Wie könnten wir? Bridget trägt ohnehin die Hauptlast. Verglichen mit ihr tun wir kaum etwas. Mein Beitrag sieht so aus: Ich hole Grandma dreimal die Woche für zwei Stunden zu uns; ich gehe für sie einkaufen; ich kümmere mich um ihre Wäsche; ich passe sonntags auf sie auf und kontrolliere die Helferinnen. Charlie hat die Bezahlung der Rechnungen und die Instandhaltung der Wohnung übernommen. Aber Bridget – Bridget schläft zwei Nächte pro Woche bei ihr, und sie lebt mit ihr zusammen, ständig in Alarmbereitschaft. Ihr ganzes Leben kreist um Grandma. Und was am schwersten wiegt: Bridget leidet, wir nicht. Wir empfinden nur Überdruß, Unbehagen und Langeweile. Bridget aber empfindet wirklichen Schmerz. Sie kann es nicht ertragen, zusehen zu müssen, wie Grandma immer mehr abbaut, hilflos und verloren ist und nur noch die Liebe ihrer Familie braucht. »Männer«, sagt Bridget zusammen mit Grandma über Stuart und Charlie und jetzt sogar schon über Adrian, »Männer«.

–

Heute habe ich Dr. Carruthers angerufen. Es war Charlies Idee. Dr. Carruthers ist Facharzt für Geriatrie. Er hat Grandma schon einmal untersucht, als sie hierherzog. Bridget hält ihn für unbrauchbar, räumt aber widerstrebend ein, daß er in ihrem Kollegenkreis hohes Ansehen genießt. Sie regte sich damals auf, als wir ihn zu Rate ziehen wollten; sie sagte, alles, was Grandma fehle, könne durch ein paar Wochen liebevoller Pflege wiedergutgemacht werden, aber Charlie insistierte. Charlie war es gewesen, den die Nachbarn alarmiert hatten, denn nur Charlie hatte daran gedacht, für alle Fälle eine Telefonnummer bei ihnen zu hinterlegen. »Sie spaziert nachts in der Gegend herum«, berichteten sie, vor Wohlanständigkeit bebend, »sie geht um zwei Uhr nachts im Nachthemd auf die Straße. Es könnte alles mögliche passieren!« Und sie schreie, sie öffne ihre Eingangstür und schreie wirres Zeug wie: »Weg mit euch allen!« Ihre Milchflaschen blieben auf der Stufe vor der Haustür stehen, und die Zeitungen würden nie aus dem Briefkasten gezogen. Bridget fuhr also zu ihr hinauf und war entsetzt. Überall Lebensmittel verstreut, überall Reste von gebuttertem Toast und Spuren von Tee, der auf Teppiche und Kissen verschüttet worden war. Dann fuhr Charlie hoch, und sie brachten sie gemeinsam von Glasgow herunter, weil Bridget den Zustand unerträglich fand. Es schien ihr die einzige Lösung zu sein, und keines von Charlies Argumenten konnte sie umstimmen. Das wäre nie passiert, sagte Bridget, wenn sie nicht von zu Hause weggezogen wäre.

Genau das war der springende Punkt: Sie war im reifen Alter von fünfunddreißig Jahren von zu Hause weggegangen. Sie hatte sich endlich abgenabelt, ein bißchen spät, und litt jetzt unter schrecklichen Schuldgefühlen. Sie hatte Grandma allein gelassen und ein einziges Mal an sich selbst gedacht, und der Schmerz, den sie ihr zugefügt hatte, war grausam gewesen. Nicht, daß Grandma sich ihr in den Weg gestellt hätte. Es gab keine Szenen, keine Beschuldigungen, nicht den geringsten Versuch einer moralischen Erpressung. Grandma war tapfer. Und das machte alles nur noch schlimmer. Sie hatte Bridget sogar ermuntert auszuziehen. Sie forderte sie auf, sich zu amüsieren. Sie erklärte, sie sei unabhängig. In ihrer Verzweiflung sagte Bridget, sie wolle eigentlich nicht weg, aber sie werde befördert. Wenn sie in den Süden zöge, bekäme sie eine Stelle als Schwester auf der Kinderstation eines sehr bekannten Lehrkrankenhauses. Sie wolle nur dorthin, um Erfahrungen zu sammeln, und werde dann wieder zurückkommen. Grandma sagte, sie solle ruhig gehen und auf eigenen Beinen stehen. Zum Abschied ließ Bridget Grandma versprechen, ihr zu schreiben, wenn sie sie wieder bei sich haben wolle. Grandma sagte, das sei nicht nötig, und: »Ab mit dir!« Aber es kam anders: Nach fünf Jahren Alleinsein – fünf Jahre, in denen Bridget nur dreimal im Jahr für je eine Woche nach Glasgow fuhr – sagte Grandma zu Bridget: »Erinnerst du dich, daß du mich gebeten hast, ehrlich zu sagen, wenn ich dich wieder bei mir haben will?« Bridget erzählte mir später, daß ihr ganz schwach geworden war, als sie die gefürchteten Worte hörte, und daß sie nur noch habe nicken können. »Nun«, sagte Grandma, »dein Bett muß angewärmt werden. Du bist lange weg gewesen.« So einfach war das. Innerlich aufgewühlt, erklärte Bridget, wenn sie ihre Stelle jetzt aufgäbe, würde die Station darunter leiden. So einfach könne sie nicht verschwinden, es sei kein Job wie jeder andere. Sie werde zurückkommen, sobald sie ihre Stelle mit Anstand aufgeben könne und in Glasgow eine vergleichbare Stelle frei sei. Grandma war zufrieden.

Ich weiß nicht, ob Bridget auch nur pro forma den Anschein erweckte, als wolle sie hier kündigen oder sich dort um eine Stelle bewerben. Ich habe den Verdacht, daß sie bestenfalls die Stellenangebote in der *Nursing Times* überflog. Doch der Augenblick, da Grandma sie bat, zu ihr zurückzukommen, markiert für Bridget den Beginn des geistigen Abbaus ihrer Mutter. Sie ist überzeugt, daß alles anders gekommen wäre, wenn sie gleich nach Hause zurückgegangen wäre. Aus diesem Grund konsultierte Charlie damals Dr. Carruthers. Er wollte wissen, ob Grandma krank war oder nur deprimiert. Bridget konnte uns diese Frage – trotz ihrer medizinischen Kenntnisse – nicht beantworten. Sie meinte, Grandma habe vielleicht einen »leichten Schlaganfall« gehabt, aber dafür gab es keine Anhaltspunkte. Grandmas Hausarzt hielt es für unwahrscheinlich. Dr. Carruthers war derselben Meinung. Er kam und verbrachte eine ganze Stunde allein mit Grandma und schrieb dann einen Bericht. Bridget sagt, sie hätte ihn auch selbst abfassen können, es liege ja alles auf der Hand, doch wir fanden ihn hilfreich. Grandma, so hieß es in dem Bericht, leide an einer milden Form von Altersschwachsinn. Sie wußte, wie sie hieß, wie alt sie war, kannte die Namen ihrer Kinder und Enkel und wußte, wo sie wohnte. Sie konnte ohne fremde Hilfe essen, sich ankleiden und bewegen, hatte aber jedes Zeitgefühl verloren. Sie wußte weder das Datum noch das Jahr, noch wer Premierminister war oder wie die Königin hieß. Sie wußte nicht, ob sie heute gegessen hatte oder nicht. Sie hatte keinen Orientierungssinn. Die Prognose war vorsichtig formuliert: Mit der Unterstützung ihrer Familie könne ihr Zustand durchaus über mehrere Jahre stabil gehalten werden. Charlie rief Dr. Carruthers an, um die entscheidenden Fragen zu stellen: Wird sich ihr Zustand zwangsläufig verschlechtern? Ja. Und wie lange dauert dieser Prozeß normalerweise? Fünf Jahre. Was kommt dann? Der Tod.

Das erste, was Dr. Carruthers mich heute fragte, als ich ihn endlich erreichte, war, wann er meine Schwiegermutter zuletzt gesehen habe. Es war vor vier Jahren. »Sie hat sich also ganz wacker gehalten«, meinte er. Ich stimmte zu, sagte aber, wir hätten das Gefühl, es habe sich etwas verändert, und wir würden sie gern erneut begutachten lassen. Wir vereinbarten einen Termin. Ich überprüfte zuerst den Wochenplan – o ja, wir haben einen Wochenplan, das ist wichtig! –, um sicher zu sein, daß Bridget zu diesem Zeitpunkt nicht da sein würde. Bridget würde sofort ahnen, was wir im Schilde führen. Und wir führen etwas im Schilde: Ich habe ein Heim angerufen, das einzige, von dem man mir mit einem gewissen Respekt erzählt hat. Ich habe gefragt, ob ich mich dort einmal mit Charlie umsehen könne. Es ist seltsam – allein die Tatsache, daß ich die beiden Termine vereinbart habe, gibt mir das Gefühl, etwas geleistet zu haben. Zu lange haben wir uns Bridgets leidenschaftlicher Überzeugung gebeugt, ihre Mutter dürfe niemals in ein Heim gehen. Wir haben uns nie eines angesehen. Wir haben einfach ihr, der Krankenschwester, geglaubt, daß alle Heime entsetzlich sind. Wir müssen uns selbst ein Bild machen. Ich freue mich, daß ich endlich einmal handcle und nicht nur nachdenke. Doch ich habe auch Schuldgefühle, weil ich es hinter Bridgets Rücken tue, und ich mache mir Sorgen. Angenommen, Dr. Carruthers bestätigt, daß es Grandma viel schlechter geht und sich ihr Zustand wahrscheinlich rasch weiter verschlechtern wird? Angenommen, uns gefällt das Heim, mit dem ich einen Besichtigungstermin vereinbart habe? Was dann? Was wird Bridget sagen? Was für schreckliche Streitereien kommen auf uns zu? Was für ein Recht haben wir, das zu tun, was wir vorhaben?

Hannah

Irgendwas muß los sein, die beiden schauen so grimmig drein, alle fünf Minuten Geflüster, geheimnisvolle Telefonanrufe, Mum übernervös. Was es auch sein mag, Grandma merkt mal wieder nichts. Sie sah so süß aus, als ich heute heimkam. Sie saß am Küchentisch, vor sich einen Haufen Kartoffeln zum Schälen und eine Schüssel mit Wasser, in der sie abgewaschen werden sollten. Sie schält schrecklich gern Kartoffeln. Sie hat so starke Handgelenke und hält jede Kartoffel ganz fest in der Hand, ja sie streichelt sie fast. Jetzt sieht sie nicht mehr so süß aus. Sie sollte eigentlich die Kartoffeln schälen, die Schalen auf der einen Seite auf ein Stück Papier fallen lassen, die geschälten Kartoffeln ins Wasser tauchen und sie dann in die bereitstehende Pfanne legen. Nichts zu machen. Ich esse einen Krapfen, trinke heiße Schokolade und beobachte die Szene. Die Kartoffel ist ordentlich geschält, aber dann landen die Abfälle in der Pfanne und das Messer im Wasser. »Wo ist mein verflixtes Messer?« fragt Grandma. »Wer hat mein Messer geklaut?« Ich nehme es aus dem Wasser und gebe es ihr, nachdem ich es abgetrocknet habe, zurück. Sie beißt in die Kartoffel und fragt Mum, ob sie Zucker dahabe. Mum stellt eine Schale Zucker vor sie hin, Grandma stippt die Kartoffel hinein, lutscht an ihr und strahlt. Ich sage zu Mum, ich hätte eine Menge

Hausaufgaben zu machen und außerdem schreckliche Kopfschmerzen.

Als ich so alt war wie du, hatte ich nie Kopfschmerzen –

Wie kann man nur so einen Blödsinn daherreden!

Hannah!

Wie kann sie nur so etwas behaupten?

Beachte sie doch gar nicht.

Es wird immer schlimmer.

Als ich so alt war wie du, hatte ich nie Kopfschmerzen.

Du alter Glückspilz, sage ich zu ihr, aber wenn du keine Kopfschmerzen hattest, was ich nicht glaube, dann mußt du, verdammt noch mal, zumindest gräßliche Zahnschmerzen gehabt haben. Grandma schimpft, und Mum sagt »Hannah!«. Ich rede wütend weiter, ich habe es satt, auf Grandma einzugehen. Deine Zähne müssen von Anfang an kaputt gewesen sein, sage ich, von dem ganzen ekelhaften Zucker, den du in dich hineinstopfst, pfui Teufel! Grandma äfft mich nach, schiebt den Kopf nach vorn und wiederholt: pfui, pfui, und dann fragt sie, ob mir eine Laus über die Leber gelaufen sei. Vor Wut bin ich ganz zappelig geworden.

Hat dich ein Floh gebissen?

Nein. Aber vielleicht dich.

Hannah!

Na ja, sie kratzt sich doch ununterbrochen.

Sie kann nichts dafür.

Wenn es nach dir geht, kann sie nie etwas dafür.

Hat dich ein Floh gebissen?

Und dann kommt die Geschichte von ihrer Mutter und deren Flohphobie, wie sie einen die Kleider ausziehen ließ, wenn man sich kratzte, damit sie einen ganz genau in Augenschein nehmen konnte. Ich erinnere mich, als wir in die Highlands fuhren usw. usw. Jetzt äffe ich sie nach und sage: Ich erinnere mich, ich erinnere mich. Das war ein Fehler.

Ich seh's, ich seh noch das Haus, in dem ich geboren wurde.

O Gott, nicht schon wieder dieses gräßliche Gedicht!

Es ist ein schönes Gedicht.

Es ist Blödsinn.

Wir haben es bei Mr. Fairfax gelernt.

Schade, daß ihr bei ihm kein vernünftiges Gedicht gelernt habt.

Ich seh's, ich seh noch das Haus, in dem ich geboren wurde.

Sie erinnert sich tatsächlich. Sie kann sich nicht erinnern, wo mein Dad zur Welt kam, aber an die Zimmer in Glasgow, wo sie gewohnt hat, bis sie zwanzig war, an die erinnert sie sich. Es hört sich schrecklich an: zwei Zimmer und eine Küche, jeder Raum mit einem Bett in einer Nische, und sie zu siebt – drei Jungen, zwei Mädchen und ihre Eltern –, ohne Bad oder Toilette in der Wohnung. Sie spricht mit viel Gefühl von diesen Häusern. Dad hat uns einmal dorthin mitgenommen, nur, um sie von außen anzusehen. Große, hohe, schmutzige Gebäude, keine Gärten, kein Grün, enge Gassen und auf der Rückseite die Waschhäuser und Toiletten, die damals für alle gemeinsam waren, heute aber nicht mehr benutzt werden, und über allem der Schatten der Fabrik, die Schlackenhalde, auf der Grandma, wie sie sagt, »so gerne« spielte. Großartig! Warum in aller Welt ich ihr die Erinnerungen vermiesen will, kann ich mir nicht erklären. Laß sie ihr doch, soll sie sie sich doch ausmalen, sie ausschmücken, in Glanzpapier einwikkeln! Es sollte mir doch egal sein.

Adrian stürmt herein. Er gibt Grandma einen Kuß. Sie strahlt zu ihm hinauf.

Hast du fleißig gearbeitet?
Ich bin fix und fertig, Grandma, eine
Zwölfstundenschicht.
Auf deinem Hintern abgesessen.
Hannah!
Irgend jemand muß schließlich die Brötchen verdienen.
Ich glaube kaum, daß du das je schaffst, du Langweiler.
Hast du fleißig gearbeitet?

Grandma sagt zu Mum, sie solle dem Mann sein Essen geben, er habe es verdient. Adrian setzt sich hin, bis das Wasser kocht, und kaut an einigen von Grandmas rohen Kartoffeln herum. Sie schaut ihm voller Bewunderung zu. Adrian sieht aus, wie nach Grandmas Meinung Männer aussehen sollten. Grandma ist eine fürchterliche Sexistin. Männer sollten groß sein, Männer sollten breit sein, Männer sollten stark sein. Wenn ich sie frage, warum, sagt sie solchen Schwachsinn wie: »Damit sie arbeiten können.« Es hat keinen Zweck zu fragen, was sie davon halte, wenn ein Mann als Friseur oder Modezeichner oder Pfarrer arbeite, was sie davon halte, wenn seine Arbeit keine körperliche Kraft erfordere. Grandma sagt nur, daß sie in jedem Fall nützlich sei. Adrian gibt ihr auf der ganzen Linie recht. Er sieht bescheuert aus, aber Grandma betet ihn an. Adrian ist groß, Adrian ist breit, Adrian ist stark. Er sieht nicht aus wie Dad, der eher schlank und schlaksig ist, sondern wie sein lieber Onkel Stuart. Adrian sieht männlich aus. Das ist er nicht, in meinen Augen ist er ein erbärmlicher Feigling, aber er sieht männlich aus. Mir wird schlecht, wenn ich ihn bloß anschaue, alles nur Muskeln und – trotz seiner hervorragenden Abschlußnoten – eigentlich kein Hirn.

Adrian fragt Grandma mit zuckersüßer Stimme, ob

sie eine Tasse Tee möchte. Ich bemerke, daß zwei Tassen mit kaltem Tee vor ihr stehen. Grandma grinst mich an und sagt, daß sie sie gerade austrinken wollte, und ja, sie hätte gerne etwas frischen Tee. Adrian bereitet ihn ihr mit viel Tamtam zu. Dann sagt er, er müsse jetzt gehen und sich vor der nächsten Schicht ausruhen. Grandma sagt, er habe alles gut gemacht, er sei ein guter Arbeiter, er solle sich sofort aufs Ohr legen, sie werde ihn schon zum Essen wecken. Nachdem er gegangen ist, steht sie ganz langsam auf und hebt das Gefäß mit dem Wasser hoch, in das sie irrtümlich die Kartoffelschalen geworfen hat. Sie trägt es vorsichtig zur Spüle, während Mum und ich zusehen. Langsam stellt sie es auf das Abtropfbrett und macht sich dann auf die Suche. Keine von uns fragt, wonach sie sucht. Wir wissen, daß sie es uns nicht sagen könnte. Es ist spannend zuzusehen, wie eine Schublade nach der anderen geöffnet, ein Schrank nach dem anderen inspiziert wird. Sie befindet sich in einem Trancezustand. Wahrscheinlich hat sie schon vergessen, wonach sie sucht. Aber nein, sie findet ein Sieb. Das also war es! Zurück zur Spüle, wo sie die Kartoffelschalen im Sieb schwenkt. Dann stellt sie die Pfanne auf den Herd. Sie seufzt befriedigt und erklärt uns, die Suppe werde nicht mehr lange brauchen, sie werde fertig sein, wenn die Männer heimkämen.

Sie ist völlig erschöpft. Sie schwankt, und Mum und ich eilen zu ihr. Ich schäme mich. Wäre ich doch bloß vorhin nicht so böse zu ihr gewesen! Ich führe sie nach nebenan, lege sie aufs Sofa und setze mich zu ihr. Sie murmelt ein paar Worte aus einem schottischen Gedicht und nickt ein. Aber nur für fünf Minuten. Sie klagt, ihr tue der Rücken weh. Ich hole eine Wärmflasche und lege sie ihr zwischen die Schultern, dorthin, wo es sie am meisten schmerzt.

Allen Frauen tut der Rücken weh.

Nein. Du hast nur immer zuviel getragen.

Die Kinder müssen getragen werden, die Einkäufe müssen getragen werden.

Du hättest besser aufpassen sollen.

Es steht uns nicht an, zu sinnen, zu fragen. Handle, heißt's, oder stirb.

O Grandma!

Allen Frauen tut der Rücken weh.

Ich darf sie nicht wieder beschimpfen. Ich greife nach einem Buch. Grandma seufzt, gähnt dann und sagt, es sei sehr still, sind sie denn alle im Bett, es sind so wenige Leute hier heute abend, wo sind sie denn alle hin? Wer, frage ich. Sie, sagt sie. Wer ist sie, hake ich nach. Die Männer. Welche Männer? Die Männer. Dann sagt sie, ohne sie sei es jedenfalls gemütlicher.

Es ist dumm von mir, aber ich mache es immer wieder, versuche immer wieder, Grandma zum *Denken* zu zwingen. Das tut sonst niemand. Alle sagen, man solle auf sie eingehen, sie ignorieren, sie ertragen, aber keiner sagt je, man solle sie zum Denken bringen. Man hat mir erklärt, was es mit dieser Altersdemenz auf sich hat, und ich habe selbst nachgeschlagen und es verstanden, aber ich glaube immer noch, daß auch der Geist Training braucht – genauso wie der Körper, egal in welchem Zustand er sich befindet. Es muß so sein! Ich versuche so oft, das, was von Grandmas Verstand übriggeblieben ist, zu trainieren. Ich frage sie, was sie zu Mittag gegessen hat. Sie sagt, niemand habe ihr etwas zu essen gegeben. Ich sage, doch, was war es? Hackfleisch? Sie rät nur. Ich sage, ich hätte keine Ahnung.

Sie behauptet kühn, es sei Hackfleisch gewesen. Ich frage, wie das Hackfleisch zubereitet gewesen sei. Sie sagt, es seien Karotten und Zwiebeln und ein paar kleine Kartoffeln dabei gewesen. Dabei lebt sie richtig auf, beschreibt den Geschmack des Gehackten und sucht nach den passenden Worten. Vielleicht ist alles nur erfunden, aber es hat ihr auf jeden Fall Spaß gemacht. Ich sage, daß sie natürlich sehr oft Hackfleischgerichte zubereitet habe, und sie stimmt zu, und ich frage, warum, und sie sagt, Gehacktes sei nahrhaft und billig. Ich sage, daß es schwierig gewesen sein müsse, ihre Familie ohne Geld satt zu kriegen. Sie setzt sich plötzlich kerzengerade auf und sagt wütend:

Ich hatte einen Haufen Geld!

Oh, Grandma, nein!

Ich habe meine Rechnungen immer bezahlt.

Ich weiß, aber –

Und wir hatten genug zu essen und immer eine warme Stube.

Ich weiß, aber –

Ich hatte einen Haufen Geld!

Merkwürdig, sie will nicht wahrhaben, daß sie jeden Penny zweimal umdrehen mußte und mit dem wenigen, was sie hatte, wahre Wunder vollbrachte. Es hat keinen Sinn, sarkastisch zu sein und zu sagen, ja natürlich, du hattest so viel Geld, daß du dir eine Villa kaufen konntest und einen Rolls-Royce in der Garage hattest, und wie viele Wochen im Jahr hast du gleich wieder in Monte Carlo verbracht? Sie wiederholt stur »einen Haufen Geld«.

Es gefällt mir, wenn Grandma pfeift. Sie hält jetzt ihre Hände hinter dem Kopf verschränkt und sieht so aus, als habe sie eine für ihre Verhältnisse bequeme

Haltung gefunden, denn eigentlich sieht sie immer so aus, als fühle sie sich höchst unwohl in ihrer Haut. Normalerweise setzt sie sich auf die Stuhlkante und wundert sich dann, wenn der Stuhl umkippt. Selbst im Bett bringt sie ihren Körper in die unmöglichsten Positionen. Aber jetzt ist sie völlig entspannt, liegt auf dem Sofa, ein Kissen im Rücken, eine Wärmflasche zwischen den Schultern, und pfeift »Charlie is my Darling«. Die Melodie besteht bald nur noch aus einzelnen Tönen. Manchmal kommt überhaupt kein Laut heraus, die Lippen bleiben gespitzt, und dann fängt sie wieder an. Vom Sofa aus blickt sie zu dem Fenster, das auf die Straße hinausgeht. Alles, was sie sieht, sind die Häuser auf der anderen Seite und darüber ein wenig Himmel. Sie hört auf zu pfeifen und meint: »Nicht viel los heute abend.« Dann pfeift sie weiter, bis der nächste Gedanke in ihr aufblitzt, und sie sagt: »Ich glaube nicht, daß ich heute abend in die Kirche gehe, mir tut der Rücken weh.«

Sie ist natürlich schottisch-presbyterianisch. Das ist eine schreckliche Religion. Als ich klein war, hat Grandma mich öfter in die Kirche mitgenommen, und ich hatte immer Angst – alles war so kahl und streng und düster. Wenn ich Grandma ärgern will, sage ich ihr das. Ich sage, wenn ich religiös wäre, wäre ich römisch-katholisch, wegen des Glanzes und der Schönheit. Ich weiß nicht, wie Grandma zur Kirche steht. Es macht ihr Spaß, mir zu erzählen, sie sei immer zur Kirche gegangen, immer. Wenn ich sie frage, warum, schaut sie überrascht drein, schnalzt verärgert mit der Zunge und sagt, ich solle nicht so albern sein. Zu versuchen, von Grandma etwas über Religion zu erfahren, ist so, als wollte man versuchen, sie über Liebe oder, schlimmer noch, über Sex auszufragen. Es ist unanständig, es ist kein passendes Gesprächsthema, man *braucht* einfach nicht darüber zu reden. Heute nachmittag versuche ich es erst gar nicht. Ich habe sie schon genug geärgert, aber das ist einer der wenigen Vorteile von Grandmas Demenz, daß sie schlimme Sachen genauso schnell vergißt wie gute. Jetzt möchte ich nur, daß sie sich wohlfühlt und pfeift.

Manchmal, in Momenten wie diesem, kann ich ihren Blick auffangen und weiß, daß sie klar im Kopf ist. Es muß nur alles in Ordnung sein, so wie jetzt: Sie fühlt sich behaglich, das Zimmer ist still, die Sonne scheint durch die Blätter des Baumes draußen und das Licht zerfällt in viele winzige Teilchen, die Grandma geradezu hypnotisieren. Mum ist in der Küche beschäftigt. Irgend etwas brutzelt im Backofen, und es verbreiten sich köstliche Düfte. Ich sitze vor Grandma, damit sie mich sehen kann und weiß, sie ist nicht allein. Auch ich habe die Beine hochgelegt. Ich tue, als läse ich in einem Buch. Dann schaue ich auf und sehe Grandma an, und einen Moment lang fängt sie meinen Blick auf, und ich halte den Atem an. Da ist er wieder: der klare Verstand. Wenn ich mich bewege, wenn ich spreche oder bei einem unerwarteten Geräusch wird er wieder erlöschen. Was kann ich tun? Es ist etwas so Außergewöhnliches! Ich möchte Mum rufen, damit sie schnell kommt und es selbst *sieht*. Sie ist da, wirklich, sie erkennt, sie kommuniziert. Was soll ich tun? Ich lächle. Grandma hebt die Augenbrauen. Dann läßt Mum etwas fallen, es macht krach-bum, Grandma blinzelt, und weg ist sie.

Das Pfeifen hat aufgehört. Verstohlen beobachte ich Grandma hinter meinem Buch hervor. Sie hat ihre

Füße auf den Boden gestellt und rutscht jetzt langsam zum Sofarand vor. Mein Instinkt sagt mir: aufspringen und helfen. Meine Erfahrung sagt mir: Nein. Sie weiß in diesem Augenblick, was sie tun will, und es ist besser, sie in Ruhe zu lassen. Sie ist fast auf den Beinen. Jetzt hat sie es geschafft. Sie bückt sich, hebt den Schal auf, mit dem sie zugedeckt war, und beginnt, ihn zusammenzufalten. Sie faltet sehr gern Dinge zusammen. Mum läßt sie die Wäsche zusammenfalten, das macht sie sehr schön. Sie faltet und faltet, und wenn der Schal so klein wie nur möglich zusammengefaltet ist, wird er triumphierend gestreichelt. Dann läßt sie ihn fallen. Sie sagt, sie müsse weg, die Männer kämen zum Tee nach Hause usw. Sie sagt, ihre Mutter suche nach ihr. Ich weiß, daß es zwecklos ist, sie daran zu erinnern, daß ihre Mutter vor dreißig Jahren gestorben ist. Sie würde mir sowieso nicht glauben, sondern fragen, ob ich noch etwas ähnlich Dummes zu sagen hätte.

Jetzt geht sie im Zimmer umher, hebt Gegenstände hoch und inspiziert sie. Sie sucht nach einer Zigarette oder nach einem armseligen Ersatz, einem Pfefferminzbonbon. Die Pfefferminzbonbons wird sie bald finden. Sie ist ihnen schon ganz nahe, öffnet langsam die Schreibtischschublade, späht hinein, fingert darin herum, schließt sie wieder. Dann ist sie erfolgreich. Aha! Neben der Blumenvase sind sie, in dem Holzkästchen, das Dad aus Ägypten mitgebracht hat. Sie hebt den Deckel hoch und sieht die Pfefferminzbonbons. Sie macht eine Pause, blickt sich um. Ich lese eifrig in meinem Buch. Vorsichtig nimmt sie die Tüte mit den Bonbons heraus, das Zellophan macht ein knisterndes Geräusch, das sie erschauern läßt, dann schiebt sie sie in ihre Jackentasche. Sie setzt ihre Runde fort und beendet sie dort, wo sie sie begonnen hat. Sie fragt mich, ob ich auf einen kleinen Spaziergang mitkäme. Ich sage nein, Bridget werde bald hier sein. Grandma fragt, wo zum Teufel Bridget überhaupt sei.

Ich habe diese Bridget seit Ewigkeiten nicht gesehen, dieses freche Gör.

Aber sie hat die Nacht bei dir verbracht, Grandma.

Was für ein Unsinn!

Sie lebt im selben Haus wie du.

Hört euch bloß dieses Kind an!

Bridget sieht dich jeden Tag.

Ich habe diese Bridget seit Ewigkeiten nicht gesehen, dieses freche Gör.

Sie schlurft weiter, findet die Tür, geht hinaus. Es ist lange still. Sie schaut wohl in jedes Zimmer, steckt vielleicht die Pfefferminzbonbons in einen Stiefel. Man braucht nichts zu unternehmen. Mum kommt herein, fragt, wo Grandma sei. Ich sage, sie wandere herum. Mum setzt sich hin und seufzt. Ich frage, was los sei, warum sie seufze und die Stimmung so komisch sei. Sie erzählt mir, daß Grandma in der Nacht hinfällt und daß sie darüber nachdenkt, wie wir uns auf die neue Situation einstellen sollen. Worauf? Darauf, daß Grandma in ein Heim geht, sagt Mum. Ich lache. So eine Energieverschwendung! Ungefähr zweimal im Jahr machen wir diese Phase durch, und nie passiert etwas. Und das soll es auch nicht. Da bin ich Bridgets Meinung. Du lieber Himmel, auf ihre Weise ist Grandma doch glücklich! Das mit dieser ganzen »Belastung«, von der Mum und Dad immer reden, ist doch absurd. Was soll denn das für eine Belastung sein? Ich kann keine sehen. Vielleicht, wenn sie bei uns wohnen würde. Wenn hier überhaupt jemand von Belastung reden könnte, dann Bridget, aber die beschwert sich nie. Mum ist wirklich ein lieber Kerl, aber in dieser Hinsicht scheint sie irgendwie blockiert zu sein. Grandma ist, soweit ich das sehen kann, keine untragbare Last, und doch tut Mum so, als ob sie es wäre. Das geht mir einfach gegen den Strich.

Ich glaube, das merkt man mir an. Mum wird rot. Sie sagt, sie hoffe, daß ich wisse, wie lieb sie Grandma habe. Ich sage, das wisse ich (stimmt das wirklich?). Aber wir müßten an die Zukunft denken und auch an Bridgets Zukunft. Bridgets Zukunft? Ja. Wenn Grandma nicht in ein Heim gehe, solange sie einigermaßen fit sei, würde sie keinen Platz mehr bekommen, wenn man sie zu Hause nicht mehr pflegen könne. Was soll das, frage ich, wovon reden wir eigentlich? Von Schulen? Mum sagt, es sei wie mit den Schulen. Man müsse sich anmelden. Oh, Verzeihung, sage ich. Reden wir vielleicht von privaten Schulen, privaten Heimen? Es tut mir leid, aber ich habe immer geglaubt, wir wären stolz darauf, daß wir mit privaten Schulen und privater Gesundheitsfürsorge nichts am Hut haben. Das, sagt Mum, sei etwas anderes. Der staatliche Rahmen für alte Leute wie Grandma sei sehr eng. Das geht allmählich über meinen Horizont, sage ich sarkastisch, und daß ich nicht darüber reden möchte. Wer möchte das schon? fragt Mum mit trauriger Miene.

Grandma kommt mit hochgezogenem Rock herein, was auf einen erfolgreichen Besuch auf dem Klo schließen läßt. Sie sieht hilflos aus, sie ist hilflos. Mum springt auf, streicht ihr den Rock glatt und bietet ihr eine schöne Tasse Tee an. Sie führt sie in die Küche. Niemand könnte Mum vorwerfen, sie wäre nicht liebevoll zu Grandma, sie würde sie nicht zu jeder Zeit mit großer Rücksicht behandeln, oder sie würde sich anmerken lassen, daß es ihr etwas ausmacht. Aber man braucht nur Bridget mit Grandma zu sehen, und auch der letzte Schwachkopf würde sofort den Unterschied erkennen. Bridget ist grob, sie ist frech, sie schnauzt Grandma sogar gelegentlich an, aber sie bleibt dabei immer *natürlich*. Mum nicht. Ihre Aufmerksamkeiten haben etwas Gezwungenes. Nichts an ihrer Besorgtheit ist ungezwungen. Sie meint, daß sich Grandma freut, daß sie es genießt und es zu schätzen weiß, wenn sie dieses oder jenes für sie tut. Und deshalb tut sie es. Und Grandma freut sich über diese Beweise, daß sie geachtet wird, genießt sie und weiß sie zu schätzen. Aber sie mißtraut ihnen auch. Das ist ganz offenkundig. Grandma durchschaut sie instinktiv. Egal, ob Mum ihr geliebtes Gingerbread für sie backt, lange Wege auf sich nimmt, um in einem bestimmten Laden die einzige Sorte Pfefferminzbonbons zu kaufen, die Grandma mag, oder ob sie eine Jacke aus grellvioletter Wolle – Grandmas Lieblingsfarbe – für sie strickt, immer ist es Bridget, die mit einem Lächeln belohnt wird, Bridget, die niemals backt, ungern einkauft und überhaupt nicht stricken kann.

Auch jetzt erntet sie ein Lächeln. Sie kommt herein, noch in ihrer Schwesterntracht, geschäftig und lärmend. Grandma strahlt über das ganze Gesicht. Sie sagt, hallo, Schatz, waren die Leute nett zu dir? und Bridget sagt, nein, man ist verdammt unfreundlich zu mir... Mum scheint zu schrumpfen, unsichtbar zu werden. Bridget bekommt einen Lachanfall wegen irgend etwas, was Grandma gestern abend zu ihr gesagt hat. Sie zieht die Nase kraus, wirft den Kopf zurück und lacht, als sie versucht, die Glanznummer zu wiederholen. Mum lächelt höflich, sie ist unfähig zu erkennen, was daran so witzig sein soll. Auch mir ist nicht ganz klar, was daran so witzig ist, aber das ist auch ziemlich egal. Es ist einfach schön zu sehen, wie Bridget und Grandma sich miteinander amüsieren. Es wäre schön, wenn das bei uns auch so wäre, ich meine, wenn wir uns auf diese ganz besondere Weise amüsieren würden, wenn wir soviel Spaß mit ihr hätten wie Bridget von Zeit zu Zeit. Bridget sagt oft, ihr sei ein Abend mit ihrer Mutter – in der richtigen Stimmung wohlgemerkt! – lieber als mit irgend jemandem sonst auf der Welt. Bridget erzählt immer wieder, in was für einer tollen Form Grandma war, als wäre sie ein Rennpferd. Nun muß ich doch schmunzeln, als ich mir Grandma als Pferd vorstelle, aber als großen, schwerfälligen Kutschergaul, nicht als Rennpferd, und Bridget glaubt, mir würden die Scherze gefallen, über die sie berichtet, Grandmas Scherze. Mum lächelt noch immer nicht. Bridget beendet ihre Erzählungen und fragt Mum, ob sie das denn gar nicht komisch finde. Mum zuckt die Achseln. Bridget schnippt die Zigarettenasche ab, wirft den Kopf zurück und sagt, für ihren Geschmack jedenfalls sei es sehr komisch.

Dann beginnen sie, so zu reden, wie ich es hasse. Bridget zündet sich einen Glimmstengel an, fragt, wie es »ihr« gegangen sei, und Mum sagt »gut«, »sie« sei heute nachmittag ganz fröhlich gewesen, und so reden sie weiter über Grandma, als ob sie ein lebloser Gegenstand wäre. Es ist unerhört. Ich habe es ihnen beiden schon gesagt. Aber sie machen es immer wieder so, jedesmal wenn Bridget Grandma abholt. Sie versuchen nicht, Grandma in ihr Gespräch einzubeziehen, sie reden über sie und von ihr, erörtern, was sie gegessen hat und wie oft sie auf dem Klo war, als ob sie ein Baby wäre. Dabei ist es doch Bridget, die immer behauptet, Grandma sei vollkommen normal, und dann behandelt sie sie wie einen Idioten! Wer kann es Grandma verdenken, wenn sie immer nörgeliger wird und schließlich nach einer Zigarette schreit? Endlich steht Bridget auf, ich hole Grandmas Mantel, und sie machen sich auf den Weg. Mum wünscht Bridget viel Glück für den Abend, aber Bridget sagt, sie habe mit Mildred getauscht: Sie brauche heute einen freien Abend. Mum sieht sie bedeutsam an. Bridget lächelt und sagt, nein, nichts Besonderes, nur essen gehen. Mit? fragt Mum. Ja, sagt Bridget. Na dann viel Spaß! sagt Mum mit großem Nachdruck – oder so kommt es mir wenigstens vor.

Bridgets Privatleben wird als Geheimnis behandelt. Ich begreife es nicht. Heutzutage wird doch wohl keiner ernsthaft glauben, man müsse die Tatsache, daß sie eine Affäre hat, geheimhalten? Es ist einfach verrückt. Doch wenn ich frage, ernte ich nur Achselzucken, und es heißt, das sei Bridgets Angelegenheit, ich solle sie doch selber fragen. Aber irgendwie schaffe ich es nicht. Es ist mir peinlich, wir kommen nie von selbst auf dieses Thema. Wie könnte ich nur so grob sein und meine Tante fragen, ob sie einen Freund hat? Wieso kommt es nicht einfach mal so zur Sprache? Wenn sie einen hat, warum ist er dann nicht Teil unseres Lebens? Warum habe ich sie nie mit einem Mann gesehen oder einen Mann in ihrer Wohnung angetroffen? Männer werden zwar hin und wieder erwähnt, aber immer nur im Zusammenhang mit ihrer Arbeit. Keiner von ihnen ist uns jemals vorgeführt worden. Bridget ist dreiundvierzig und unverheiratet, und sie scheint damit vollkommen zufrieden zu sein. Nie klagt sie über ihr Los, nie bekommt sie beim Anblick von Kindern feuchte Augen. Obwohl ich mich erinnere, daß Bridget, als Paula Alistair bekam und Bridget ihn im Arm hielt und ich, jung und unbedacht, fragte, ob sie nicht auch ein Baby haben wolle, etwas seltsam dreinschaute, bevor sie sagte, daß es dort, wo sie arbeite, einen Haufen Babys und genug Geknuddel gebe.

Was ich mich frage, ist:

Hat Bridget wegen Grandma nicht geheiratet?

–

Dieses Mal bin ich es, die das Telefon hört. Es läutet und läutet, und niemand rührt sich. Ich stehe auf und gehe hinunter. Mums Tür ist zu. Mum mag es, wenn sie offen steht, Dad ist es lieber, wenn sie zu ist. Ich nehme ab. Großes Gekeuche. Oho, denke ich, ein obszöner Anruf, und bin drauf und dran aufzulegen, aber dann spricht Mildred, die schreckliche Mildred. Sie sagt, Grandma liege auf dem Boden, und sie könne sie nicht hochheben, und der Arzt habe letzte Woche zu ihr gesagt, Miss Bronson hat er gesagt, Miss Bronson, Sie mit Ihrem Rücken dürfen nicht einmal ein Bügeleisen hochheben... Ich unterbreche sie. Ich bin gleich da, sage ich. Sie sagt, nein, ich solle meinen Dad aufwekken, ein junges Mädchen wie ich dürfe nicht mitten in der Nacht auf der Straße herumspazieren, wenn etwas passiere, könne sie die Verantwortung nicht übernehmen, was sie in ihrem ganzen Leben immer allzu bereitwillig getan habe, viele Leute würden in einem Fall wie dem von Grandma erst gar keine Verantwortung übernehmen, und sie würde es sich noch einmal überlegen, sie sei wirklich... eine dumme Kuh ist sie! Ich kritzele eine Nachricht hin, nur für den Fall, daß Mum mich hinausgehen hört, und nehme Grandmas Schlüssel vom Haken hinter der Tür. Er hat einen schweren Anhänger aus Messing, auf dem »10 Downing St« steht. Als Grandma noch frei über eine Handtasche verfügte, verlor sie immer ihren Schlüssel, deshalb hat Dad damals ihre richtige Adresse und ihren Namen abgemacht.

Mildred befindet sich in einem Zustand rechtschaffener Empörung. Sie macht sich mehr Gedanken darüber, was *sie* durchgemacht hat, wie sie sagt, als über das, was mit Grandma passiert ist. Mildred sieht gräßlich aus in ihrem Schlafrock aus grellgemustertem Stoff, die Haare unter einem dicken schwarzen Netz versteckt. Sie erzählt mir sofort, daß Miss McKay *anscheinend,* anscheinend (schnüffel-schnüffel) nicht zu Hause sei. Oder sich nicht rühre. Sie habe an Miss McKays Tür geklopft, weil damals, als sie die Verantwortung für Grandma in der Nacht übernahm, Miss McKay eindeutig erklärt habe, daß sie im Notfall gerade über dem Flur anzutreffen sei. Dies sei ein Notfall, aber sei Miss McKay zu Hause? Nun, wenn ja, dann habe sie sich eingeschlossen und gebe keine Antwort. Als ich einmal zu Wort komme, sage ich, daß Bridget vielleicht Nachtdienst habe, sie habe doch einen so anstrengenden Job im... Nein, schießt Mildred zurück, schwenkt einen Wochenplan in der Hand und erklärt, Miss McKay habe am Mittwoch keinen Dienst. Ich war immer noch nicht bis zu Grandma vorgedrungen. Ich sagte zu Mildred, wenn meine Tante nicht da sei, gebe es immer noch mich, und ich sei ja auch sofort gekommen, und wo denn überhaupt meine Großmutter sei. Mildred schreitet voran. Grandma liegt auf dem

Badezimmerboden, ganz eingerollt. Immerhin hat Mildred sie mit einer Decke zugedeckt. Grandma schnarcht. Ich lächle. Mildred ist bleich und sagt, da gibt es nichts zu lachen, junges Fräulein. Es sei drei Uhr morgens, und manche Leute bräuchten ihren Schlaf und würden für so etwas nicht bezahlt. Ich sage, meiner Meinung nach wäre es eine Sünde, Grandma jetzt aufzuwecken. Im Bad sei es doch warm, ob wir sie nicht einfach dort liegen lassen könnten? Mildred ist entsetzt. Sie dort *liegen* lassen? Auf dem *Boden*? Wie ich nur auf solche Ideen käme! Also wecken wir die arme alte Frau auf. Mildred ist fürs feste Zupacken: jede von uns auf eine Seite und ein kräftiger Ruck! Aber ich habe etwas von Mum gelernt. »Zeit aufzustehen«, flüstere ich, »sonst kommen die Männer zu spät zur Arbeit«, und »es ist sieben, und der Porridge ist noch nicht fertig«. Langsam ächzend und stöhnend und über die verdammten Männer schimpfend, erhebt sich Grandma, ohne sich dabei besonders anzustrengen. Wir führen sie ins Schlafzimmer und stecken sie ins Bett. Kein Problem, wirklich. Mit Mildred fertigzuwerden, ist viel schwieriger. Ich weiß, ich muß sie um Entschuldigung bitten, muß unterwürfig tun, ihr schmeicheln und ihre Arbeit loben und dick unterstreichen, was sie alles durchgemacht hat, und ihr sehr, sehr, sehr, sehr herzlich danken. Ich weiß, daß es schwer ist, Helferinnen zu finden, und daß Mildred Bronson, abgesehen von allen anderen Vorzügen, hundertprozentig zuverlässig ist, und daß es fast unmöglich wäre, einen Ersatz für sie zu finden, vor allem kurzfristig.

Auf dem Heimweg kommt mir Mum entgegengelaufen. Sie bleibt laut rufend stehen, greift nach mir und sagt, ich hätte sie wecken sollen, ich hätte nicht gehen dürfen, und ob Grandma hingefallen sei? Ich sage, ja, und erzähle ihr, was passiert ist, und spiele dabei Mildreds Empörung so weit wie möglich herunter. Wir gehen zusammen nach Hause. Mum hat nicht gefragt, wo Bridget war. Ich gehe gleich ins Bett, aber es fällt mir schwer, wieder einzuschlafen. Ich ahne, zu welchen Diskussionen es morgen kommen wird.

Wenn Grandma jede Nacht hinfällt, wird Mildred gehen.
Wenn Mildred geht, muß eine andere gefunden werden.
Wenn eine andere gefunden ist, muß sie die Wahrheit erfahren.
Wenn sie die Wahrheit erfährt, wird sie vielleicht zurückschrecken.
Mich beschleicht das gleiche Gefühl wie Mum.

–

Mildred hat gekündigt. Schriftlich. Mit haufenweise »aufgrund von« und »unvorhergesehenen Umständen«. Unmißverständlich. Dad sagte, er würde Mildred einen Zuschlag anbieten für das, was sie »gesundheitsschädigende Störungen der Nachtruhe« nannte. Er tat es. Aber es bereitete ihr das größte Vergnügen, die zusätzlichen 10 Pfund pro Nacht auszuschlagen. Sie erklärte Dad, daß ein Vermittlungsbüro Angebote unter 50 Pfund pro Nacht gar nicht erst berücksichtigen würde.

Bridget ist wütend. Sie sitzt in unserer Küche und schäumt vor Wut. Ich komme von der Schule heim, mache mir Tee und verkrümele mich in eine Ecke, um aus der Schußlinie zu sein. »So eine Unverschämtheit!« sagt Bridget zu Mum und raucht wie besessen. »Gesundheitsschädigend! Mein Gott! Sie sollte mal eine

Nacht auf meiner Station verbringen und dann an ihre Gesundheit denken! So ein Theater, so ein blödsinniges Theater, eine Lappalie zu einem solchen Drama aufzubauschen!« Mum sagt nichts, sie weiß es besser. Zwecklos, mit Bridget zu diskutieren, zwecklos, sie aufzufordern, fair zu sein, und sie zu bitten, einmal auch Mildreds Lage zu bedenken: Sie sei selber alt und habe die Stelle nur angenommen, um Grandma Gesellschaft zu leisten, nicht um sie zu pflegen. Allmählich beginnt Bridget sich zu beruhigen. Mum sagt, sie habe in allen Zeitschriftenläden in der Umgebung einen Aushang gemacht und sei sicher, daß wir viele Antworten bekommen würden, weil wir 40 Pfund pro Nacht angeboten hätten. Bridget zuckt zusammen. »Wenn Mum das wüßte, würde sie einen Anfall bekommen!« sagt sie. Mum zuckt die Achseln, sagt, das seien nun einmal die Preise, und Bridget dürfe nicht vergessen, von 6 Uhr abends bis 8 Uhr früh sei eine lange Zeit, ganz abgesehen von den nächtlichen Störungen. Bridget seufzt. Sie sagt, sie würde es ja selbst machen, wenn sie nicht manchmal Nachtdienst hätte. Schweigen. Mum sagt nicht, daß sie es tun würde. Dad hat gesagt, sie darf es nicht. Er hat davon gesprochen, Bridget unter Druck setzen zu wollen. Ich schaue meine Tante an und denke, daß ich sie nicht gern unter Druck setzen würde. Bridget ist zäh, Bridget ist stark, Bridget nimmt es mit jedem auf. Sie durchschaut unsere Heucheleien, unsere Kleinmütigkeit, unsere glatten Lügen.

Wenigstens ist Grandma nicht hier. Heute ist Susan an der Reihe. Wir alle mögen Susan. Susan ist ein bißchen jünger als Mum, sieht aber älter aus. Sie ist dumm und faul, aber sie mag Grandma, und Grandma mag sie, hauptsächlich weil sie schwarz ist und ein Baby hat. In Susans Augen ist Grandma einfach süß. Sie stürzt jeden Tag in Grandmas Wohnung, lächelt immer, ganz gleich, wie es ihr geht. Sie setzt sich hin und plaudert, und ihr Baby krabbelt herum, bringt alles durcheinander und versetzt Grandma in Entzücken. Wen stört es schon, daß Susan manchmal zwei, sogar drei Babys mitbringt, und daß sie von uns offensichtlich fürs Babyhüten bezahlt wird? Wen stört es, wenn sie die leichte Hausarbeit, die sie eigentlich erledigen sollte, einfach liegenläßt! Wen stört es, daß sie Grandma mit Toast, Marmelade und Tee versorgt und mit kaum etwas anderem? Allerdings muß es uns schon etwas ausmachen, daß Susan genauso unzuverlässig ist wie die schreckliche Mildred zuverlässig war. Susan ist eine Schlampe. Sie ist so unachtsam, wie Mildred akkurat war. Sie kommt oft zu spät, und das ist nicht egal, denn Grandma ist dann so lange allein. Mum hat versucht, Susan dazu zu bringen, daß sie versteht, welche Folgen ihre Unpünktlichkeit hat, aber sie bringt immer so abenteuerliche Entschuldigungen vor, daß Mum kapituliert hat. Susans ganzes Leben ist eine einzige Seifenoper, und sie hat Mum von Anfang an übertrumpft. Susan sagt, sie komme am Ende immer irgendwie ans Ziel (und meint damit auch, daß der Weg die meiste Zeit über Leichen führt).

Als ich gerade meinen Tee ausgetrunken habe und Bridget sich beruhigt hat und jetzt traurig und niedergeschlagen wirkt, kommt unglücklicherweise Stuart vorbei. Ich bin es, die ihm die Tür öffnet. Er hat seinen freien Tag, deshalb trägt er keine Uniform. Ich glaube, daß er mir, alles in allem, mit Uniform besser gefällt. Er kleidet sich so schrecklich! Grandma sagt, er sei immer adrett, ihre beiden Söhne seien adrett. Für sie ist es eine

Art Wunder, daß es so ist. Doch während Dads Adrettheit harmlos ist und er sie mehr für einen Spaß hält und nur für seinen Beruf braucht, ist sie für Stuart eine Waffe. Seine steifen, schneeweißen Kragen, seine Hosen mit den messerscharfen Bügelfalten und seine sauber ausgebürsteten Blazer mit den Messingknöpfen – alles ist nur darauf ausgerichtet, seinen Gegner zu überwältigen. Stuart steht da, wie ein Berg, so kühl und adrett, daß ich fast zur Seite springe. Er kommt in die Küche, füllt sie geradezu aus, nickt Bridget zu und läßt sich mit ein wenig hochgezogenen Hosenbeinen auf dem Stuhl nieder. Er fragt, wie es allen so gehe.

Bridget starrt vor sich hin, Mum redet. Sie erzählt Stuart, daß es im Moment eine kleine Krise gebe. Stuart schüttelt den Kopf und sagt, er habe uns das vorausgesagt und wasche seine Hände in Unschuld. Mehrmals. Mum sagt, wir würden schon jemand anderen finden, und erwähnt die Anzeige. Stuart fragt, wieviel. Mum sagt es ihm, er zuckt zusammen, bedeckt die Augen mit seiner fleischigen Hand und sagt, jeder könne sehen, daß wir Dummköpfe seien, daß wir ausgenommen würden und noch andere Nettigkeiten. Es sei, sagt Stuart, kriminell. Jawohl. Genausogut könne man sein Geld aus dem Fenster werfen, und wenn seine Mutter noch klar bei Verstand wäre, würde sie sich im Grab umdrehen. Bridget sagt, Mum ist nicht im Grab, genau das ist der springende Punkt. Wir versuchen, sie herauszuhalten. Ihr Ton klingt bitter, hart an der Grenze zur blanken Verachtung. Stuart ist ertappt. Ich sehe, daß er nicht den Mut hat zu sagen, wir sollten seine Mutter nicht vom Grab zurückhalten, diesem gemütlichen kleinen Grab, wo sie sich bestimmt schrecklich behaglich fühlen würde, aber er will seiner kleinen

Schwester auch keinen Sieg gönnen, schon gar nicht einen moralischen. Daher sagt er, er gebe zu, daß er sich falsch ausgedrückt habe, es sei nur so eine Redensart gewesen, das wisse Bridget doch. Mum unterbricht ihn. Sie sagt, es gebe keine andere Lösung, es habe also keinen Sinn, über das Geld zu stöhnen, wir hätten es ja zum Glück. Bridget sagt, sie wüßte nicht, was sie ohne Charlies Geld machen würde. Dann müßten wir uns alle bei Grandma abwechseln, und wie entzückt Stuart dann wohl wäre, wie entzückt Paula wäre?

Aber Stuart ärgert sich nicht über die indirekte Kritik an seiner Frau und die eindeutige Attacke gegen ihn selbst. Das ist das einzige, was ich an Stuart mag: Er entschuldigt sich nicht, sieht keinen Grund dafür. Er weiß, daß er nicht grausam ist. Er haßt seine Mutter nicht, er will nicht, daß sie unglücklich ist, aber er meint und wiederholt es ständig, daß sie »ihr Leben gelebt« habe und »fortgepackt« gehöre. Stuarts Herz bricht nicht, wenn er Grandma anschaut, er schmilzt nicht dahin wie Bridget. Er sieht alles von der praktischen Seite. Er läßt sich nicht aus dem Konzept bringen. Und was Paula anbelangt, so sagt er immer, laßt Paula aus dem Spiel, es ist nicht ihr Bier. Bridget pflegt darauf zu antworten, nein, es ist nicht ihr Bier, es ist ihre Schwiegermutter: Grandma ist genauso Paulas Schwiegermutter wie sie Jennys Schwiegermutter ist. Das, sagt Stuart, ist Jennys Sache. Heute sagt Stuart einfach nur, daß er sich, wie Bridget genau wisse, mit niemandem abwechseln würde, und daß er nicht gekommen sei, um das alte Thema wieder aufzuwärmen. Offensichtlich ist er gekommen, um Mum um einen Gefallen zu bitten. Er möchte Paula zu einem Kongreß nach Birmingham mitnehmen. Ob Mum Alistair und Jamie übernehmen könne? Mum sagt, ja natürlich. Bridget fragt, warum zum Teufel Paula nach Birmingham fahren möchte? Stuart steht auf und bedankt sich bei Mum. Bridget fragt, ob er hinübergehe, um Grandma zu besuchen. Stuart sagt, nein, sie wisse nicht, wer er sei, also wozu das Ganze? Bridget sagt, wenn er sie oft und regelmäßig besuchen würde, wüßte sie, wer er ist, schließlich wisse sie ja auch, wer Charlie ist. Stuart sagt, er bezweifle das, aber sie könne glauben, was sie wolle, ihm sei das egal. Dann geht er.

Schwein, sagt Bridget, Schwein, er ist immer ein Schwein gewesen, er hat den richtigen Job. Mum sagt: »Bridget!« Bridget stöhnt, reibt sich matt die Stirn und fragt: »Was ist eigentlich mit ihm los?« Dann, als sie sich eine neue Zigarette angezündet hat, sagt sie: »Natürlich, es ist Paula.« Mum springt sofort darauf an, sagt, es sei falsch, Paula die Schuld zu geben, Stuart sei fünfzigmal stärker als Paula, und Paula habe überhaupt keinen Einfluß auf ihn. Bridget sagt, genau, sie sollte aber Einfluß haben, und daß man Männern fast alles erklären müsse, was mit Gefühlen zu tun habe. Was Charlie für Grandma tue, tue er nur, weil Mum dahinterher sei. Mum streitet das vehement ab. Sie fragt, wie Bridget Charlie mit Stuart gleichsetzen könne. Bridget sagt, das tue sie gar nicht, sie glaube aber dennoch nicht, daß Charlie ohne Mums Einfluß so hilfsbereit wäre. Ich überlege mir, ob ich eingreifen soll, weil Bridget natürlich recht hat. Mum redet immer auf Dad ein, der zwar tatsächlich nicht so ist wie sein großer Bruder, aber andererseits auch nicht gerade vor Phantasie oder Einfühlsamkeit strotzt. Aber ich sage nichts. Mum kann das selber zurechtrücken. Und das tut sie. Sie sagt, daß Charlie Grandma sehr ähnlich sei – freundlich und gütig, aber, genau wie Grandma, auch nüchtern, und genau wie sie sperre er sich gegen alles Unangenehme. Alles, was Mum tue, sagt sie, sei, seine emotionalen Sperren zu durchbrechen, den Rest mache er allein. Bridget ist wie so oft entschlossen, das letzte Wort zu behalten, und sagt trotzig, bei Stuart gäbe es erst gar nichts zu durchbrechen, Paula müsse bei ihm schon eine Transplantation vornehmen lassen. Mum sagt, Bridget widerspreche sich selbst.

Ich lasse sie in der Küche allein. Es ödet mich an. So viel Energie wird mit diesem ewigen Hickhack vergeudet! Ich weiß, es muß sein, das Problem ist nicht aus der Luft gegriffen, aber warum müssen sie die ganze Zeit streiten? Man könnte meinen, Grandma sei ein großer schwerer Stein, den sie alle auf ihrem Rücken tragen. Ich kann das nicht ausstehen. Sie ist nur eine arme, liebe, harmlose alte Frau, und trotzdem fangen sie immer wieder damit an. Es müßte bestimmt nicht so sein. In anderen Ländern, in anderen Gesellschaften sitzen die alten Frauen einfach nur vor der Tür und beobachten, was um sie herum geschieht, und fallen niemandem zur Last. Großmütter machen einfach mit. Kein Mensch steckt sie in abgetrennte Wohnungen und gibt ein Vermögen dafür aus, daß sie versorgt werden. Sehr gut, sage ich mir, dann beantworte mir doch bitte folgende Fragen:

Meinst du, daß Grandma, in deiner Familie leben sollte?

Ja.

Möchtest du, daß sie hier wohnt?

Nein.

Na also, du Klugscheißer!

–

Das Telefon steht nicht mehr still.

Allo.

Ja?

Allo, wegen Stelle bitte.

Was? Wie war Ihr Name?

Wegen Stelle, ich machen, vierzig Pfund, ich wollen.

Kann ich Ihren Namen und Ihre Anschrift haben?

Ich jetzt kommen?

Kann ich Ihren Namen und Ihre Anschrift haben?

Was glauben diese Leute eigentlich? Keine meldet sich mit ihrem Namen, es ist zwecklos, wenn Mum sagt, ich müsse zuerst den Namen notieren, dann die Telefonnummer und die Adresse. Ich führe keine richtigen Gespräche mit ihnen. Die Münzen fallen immer so schnell durch, und sie haben kein eigenes Telefon, und ich weiß nie, was ich sagen soll. Ich scheine nur an Ausländerinnen zu geraten, aber wie können wir eine Frau zu Grandma lassen, die so schlecht Englisch spricht, daß sie nicht einmal richtig telefonieren kann?

Mum hat eine Liste gemacht. Es ist deprimierend. Vierzehn Anrufe an einem Tag und die meisten davon hoffnungslos. Vierzehnjährige Mädchen, achtzigjährige Frauen, die alle nur darauf warten, bei Grandma zu schlafen, und hinter den vierzig Pfund her sind. Keine Erfahrung, nicht die leiseste Ahnung davon, was der Job alles mit sich bringt. »Wir suchen eine mütterliche und freundliche Person«, höre ich Mum sagen. Alle, aber wirklich alle sind sowohl freundlich als auch mütterlich. Sie wissen, daß sie es sind, weil es ihnen immer wieder bestätigt wurde. »Aber was ist mit Ihrem Mann?« höre ich Mum fragen, wenn – halleluja! – endlich mal eine das richtige Alter hat, eine achtbare

Ehefrau ist und auch noch Kinder hat. »Und was ist mit den Kindern?« Oh, den Männern wird es nichts ausmachen, vier Nächte sind nichts (aber viermal vierzig Pfund auf die Hand ist sehr viel!), und was die Kinder anbelangt, die Männer sind ja da, und die Kinder wachen nie auf, und wirklich, es ist ideal. Mum entwikkelt eine Abneigung gegen verheiratete Frauen. Sie und Bridget beschließen, daß sie eine unverheiratete Frau zwischen vierzig und fünfzig wollen. Eine geschiedene Frau ist akzeptabel, am besten wäre eine Witwe. Erwachsene Kinder gehen, aber alles unter achtzehn kommt nicht in Frage. Beide wollen niemanden mit einem Vollzeitjob: Teilzeitbeschäftigte findet Mum okay, Bridget nicht. Bridget will, daß jede Bewerberin sich einzig und allein auf Grandma konzentriert. Mum sagt, ihre Ansprüche gingen ein bißchen zu weit. Von der Liste mit den vierzehn bleiben nur noch vier:

Mrs. Monro (47, geschieden, keine Kinder, geht dreimal in der Woche halbtags putzen, liebt *alte Leute);*

Cathy Gibson (40, geschieden, ein Sohn von zwanzig, arbeitet nachmittags bei einem Zahnarzt in der Anmeldung, liebt *alte Leute);*

Mrs. Callaghan (52, Witwe, nicht berufstätig, drei erwachsene Kinder, die schon aus dem Haus sind, liebt *alte Leute, insbesondere aber die, die nachts wach sind, weil sie selbst unter Schlaflosigkeit leidet); und*

Mrs. O'Malley (60, Irin, verheiratet, aber keine Kinder, ihr Mann ist Nachtwächter, liebt *alte Damen, weil sie sie an ihre Mutter erinnern).*

Mum sagt, ich könne bei den Vorstellungsgesprächen dabeisein, wenn ich wolle, solle aber den Mund halten. Sie sagt, es wäre sogar ganz hilfreich, meine Meinung zu hören, und Bridget stimmt zu. Mrs. Monro wird für 16 Uhr erwartet. Um 16.15 ist sie immer noch nicht da. Das fängt schlecht an. Bridget ist schon ganz niedergeschlagen. Zum Ausgleich erscheint Cathy Gibson etwas zu früh, um 16.25 statt um 16.30 – ein gutes Zeichen. Aber das ist auch schon fast alles. Cathy Gibson redet wie ein Wasserfall. Weder Mum noch Bridget können auch nur eine einzige ihrer schlauen Fragen stellen. Sie ist sehr intelligent, gut gekleidet und, wie Bridget hinterher feststellt, für den Job zu gut. Sie kann nur hinter dem Geld her sein. Sie hat keine einzige Frage zu Grandma selbst gestellt, nichts. Alles, was sie getan hat, war angeben. Sie ging, als Mrs. Callaghan eintraf. Mrs. Callaghan ist vielversprechend, aber ist sie auch fit genug? Sie ist sehr dick und kurzatmig und wirkt überhaupt ziemlich erschöpft. Aber sie hat ein nettes Lächeln und scheint freundlich zu sein, und sie stellt Fragen über Grandma und erzählt uns, sie habe früher in einem Altenheim gearbeitet, in einem, von dem Bridget schon gehört hat. Sie scheint etwas von Altersdemenz zu verstehen und liefert uns unaufgefordert ein paar kleine Informationen, was beweist, daß sie wirklich interessiert ist. Mum fragt sie, ob sie glaube, Grandma hochheben zu können. Mrs. Callaghan wirkt unschlüssig, sagt, es würde sie wahrscheinlich etwas Zeit kosten, aber sie denke, ja. Sie sei ans Heben gewöhnt. Sobald sie gegangen ist, sagt Bridget, mit ihr wäre es so, wie wenn ein Blinder einen Blinden führte. Mum seufzt. Mrs. O'Malley kommt ein bißchen zu spät, entschuldigt sich aber, sagt, sie habe die falsche Nummer gehabt. Sie sieht nicht wie sechzig aus. Sie ist groß, wirkt kräftig –

eindeutig kräftig genug, um Grandma hochzuheben –, sehr direkt, beinah etwas kurz angebunden, was vage Erinnerungen an die liebe Mildred heraufbeschwört. Es stellt sich heraus, daß sie einmal Krankenschwester war, und so plaudert sie eine Weile mit Bridget. Auch sie kennt sich mit Altersdemenz aus und zeigt Mitgefühl. Mum fragt sie, warum sie den Job übernehmen möchte. Mrs. O'Malley blickt ihr gerade ins Gesicht und sagt, sie wolle nicht leugnen, daß sie das Geld brauche. Ihr Mann, der Nachtwächter, verdiene nicht viel, und es sei ihr nicht gelungen, einen von den Jobs zu bekommen, die sie haben wollte, weil sie zu alt sei. Agenturen zur Vermittlung von Pflegepersonal wollten keine Leute über sechzig, und sie sei dem ohnehin nicht mehr gewachsen. Vier Nächte wären genau richtig, es wäre ein Geschenk Gottes für sie. Ihre Mutter, Gott hab sie selig!, habe bis zu ihrem Tod vor fünf Jahren bei ihr gewohnt. Sie fehle ihr immer noch, Gott sei mit ihr!

Nachdem sie gegangen ist und Mum ihr versprochen hat, ihr morgen Bescheid zu geben, meldet Bridget zu Mums Überraschung Zweifel an. Mum fragt, was Bridget denn sonst noch alles wolle? Mrs. O'Malley sei ideal, viel besser als Mildred je gewesen sei. Bridget sagt, ihrer Meinung nach sehe Mrs. O'Malley streng aus. Der Gedanke, ihr Grandma anzuvertrauen, sei ihr unangenehm. Sie kenne diesen Typ von Krankenschwester – Feldwebel, die am liebsten alles mit der Stoppuhr in der Hand erledigen wollten. Bridget, sagt Mum, in unserer Lage können wir nicht wählerisch sein, Mildred hört am Montag auf. Was machen wir, wenn wir Mrs. O'Malley nicht nehmen? Bridget zuckt die Achseln. Sie sagt, sie könne sich notfalls freinehmen, bis eine bessere

Kandidatin auftauche. Mum fragt, woher sie auftauchen solle. Bridget weiß es nicht, sagt aber, sie würde ihre Mutter nicht jeder x-beliebigen überlassen. Mum schweigt verärgert. Ich frage, warum wir Grandma und Mrs. O'Malley nicht einmal zusammenbrächten und es so einrichteten, daß Mrs. O'Malley vorbeikäme, wenn Grandma gerade hier sei? Dann könnten wir sehen, wie sie mit der Situation fertig werde. Bridget strahlt, Mum strahlt, gute Idee, Hannah. Gott sei Dank hat Mrs. O'Malley als einzige von den vier Kandidatinnen ein Telefon. Mum ruft sie an, das Treffen wird vereinbart: morgen um dieselbe Zeit, wenn Grandma bei uns ist.

–

Grandma sieht einfach süß aus. Bridget hat ihr gestern abend, bevor Mildred kam, die Haare gewaschen, und jetzt sind sie wunderbar weiß und schön. Sie hat das blaue Kleid an, das Mum ihr zu Weihnachten geschenkt hat und in dem sie sich sehr wichtig vorkommt. Sie setzt sich ein bißchen in Szene und streicht den Stoff mit ehrfürchtig vorsichtigen Bewegungen glatt. Auf ihren dicken alten Nägeln glänzt knallrosa Nagellack. Ich mag es nicht, wenn Bridget Grandmas Fingernägel anmalt: Es sieht irgendwie abstoßend aus. Aber Grandma mag es. Hin und wieder spreizt sie ihre Finger, legt sie wie einen Fächer auf ihre Wange und fragt kokett: »Hat jemand meinen Milchmann gesehen?« Dann schüttet sie sich aus vor Lachen und sagt, das hätten die jungen Hausfrauen so gemacht. Zwecklos zu versuchen, darauf einzugehen oder ihr zu widersprechen.

Ich wette, Grandma weiß, daß etwas im Busch ist. Sie

kann es riechen, es in der Atmosphäre wittern. Sie ist voller Erwartung, ohne zu wissen warum. Wir sind etwas angespannt, Bridget, Mum und ich. Als es läutet, springen wir alle so prompt auf, daß Grandma entrüstet sagt: »Herrgott noch mal!« Mum geht zur Tür. Sie bringt Mrs. O'Malley herein. Das könnte schlimmer werden als ein Einstellungstest im Außenministerium. Wir haben vereinbart, daß wir der Kandidatin freie Hand lassen wollen. Bridget wird sagen, das ist meine Mutter, Mrs. McKay, und Mum wird ihr Tee servieren und sie dann ihrem Schicksal überlassen. Bridget sagt ihr Sprüchlein auf, Mum bietet Mrs. O'Malley Tee an, doch sie lehnt ab.

Keinen Tee? Keinen Tee? Du meine Güte, was ist denn mit Ihnen los?

Ich habe gerade Tee getrunken, Mrs. McKay, vielen Dank.

Na, dann trinken Sie doch noch einen!

Eine Tasse ist genug, danke sehr.

Komische Frau! Eine Tasse ist genug ...

Sie mögen Tee, nicht wahr, Mrs. McKay?

Jeder, der weiß, was ihm guttut, liebt Tee.

Das stimmt.

Wie geht es Ihrer Mutter?

Wie bitte, Mrs. McKay?

Wie geht es Ihrer Mutter? Ich habe sie länger nicht gesehen.

Sie ist – hm – nun, sie ist gestorben.

Was Sie nicht sagen! Man weiß eben nie. Und dabei habe ich mich doch erst gestern mit ihr unterhalten.

Ihr Kleid ist wirklich sehr hübsch.

Danke schön. Ich habe es erst letzte Woche gekauft, zu einem Wahnsinnspreis.

Es steht Ihnen gut.

Ich mag rot, immer schon, es hat so etwas Fröhliches.

Ja.

Möchten Sie eine Tasse Tee?

Nein, danke.

Keinen Tee? Keinen Tee? Du meine Güte, was ist denn mit Ihnen los?

Mrs. O'Malley macht es gar nicht schlecht. Wenn sie doch nur so gescheit wäre, zu kapitulieren und wenigstens so zu tun, als tränke sie etwas Tee. Sie hat es begriffen! Gut so. Grandma strahlt. Jetzt ist sie freundlich zu Mrs. O'Malley. Sie verwickelt sie in ein Gespräch über das Wetter, wie kalt es gewesen sei (die Hitzewelle, unser Altweibersommer, ging erst vor einer Woche zu Ende), wie gefährlich das vereiste Pflaster noch sei. Mrs. O'Malley hat jetzt den Bogen heraus. Sie akzeptiert die Lügen nicht direkt, läßt sie aber durchgehen und widerspricht nicht. Bridget beobachtet Mrs. O'Malleys Gesicht aufmerksam: Ein Zucken, das darauf schließen ließe, daß sie Grandma für verrückt hält oder sie auslacht, würde ausreichen. Am Ende ist es Grandma, die aufsteht und sagt, die Männer kämen zum Tee. Mrs. O'Malley geht.

Mum sagt, wirklich Bridget, sie war großartig. Bridget sagt, ja, sie sei ganz geschickt, aber da sei immer noch etwas an Mrs. O'Malley, was ihr nicht gefalle. Vielleicht sei sie eine Trinkerin. Eine Trinkerin, echot Mum erstaunt. Ihre Nase ist ein bißchen rot, sagt Bridget. Mum meint, so ein Unsinn, Bridget wolle unbedingt ein Haar in der Suppe finden. Sie selbst würde Mrs. O'Malley am liebsten vom Fleck weg engagieren, wir wären verrückt, wenn wir es nicht täten. Bridget sträubt sich immer noch. Sie stöhnt, es kämen so viele Leute her und Grandma müsse sich an sie alle gewöhnen. Mum schweigt. Nun denn, sagt Bridget, ich denke, sie ist auch nicht schlechter als andere. Für so viel Geld sollte sie es sein...

Rundum Aufatmen.

Jenny

Gestern war Bridget ganz durcheinander. Sie setzte sich sehr ruhig hin – was an sich schon ungewöhnlich ist –, faltete die Hände und sagte, Grandma sei am Abend vorher in einer seltsamen Stimmung gewesen, und sie wisse nicht recht, was sie davon halten solle. Grandma habe den ganzen Abend einen bekümmerten Eindruck gemacht, und als Bridget sie gefragt habe, was los sei, habe sie geantwortet: »Alles ist schwarz.« Bridget sagte, es habe ihr angst gemacht, mit welcher Ruhe sie das feststellte. Sie habe Grandma gebeten, sich näher zu erklären, sie solle versuchen zu sagen, was sie damit meine. Könne sie vielleicht nicht mehr sehen? Sei etwas mit ihren Augen nicht in Ordnung? Aber nein. Grandma habe eine Pause gemacht und dann gesagt: »Ich tue Dinge, die ich nicht tun sollte.« Bridget sagte, diese Worte klängen zwar harmlos, hätten ihr aber das Herz gebrochen – es sei schrecklich, zu wissen, daß ihre Mutter merke, in welchem Zustand sie sich befinde, daß sie gegen diese schreckliche Erkenntnis nicht gefeit sei. Bridget sagt, sie habe nie geglaubt, daß Grandma sich irgendwie ihres Zustandes bewußt sei. Das einzige, was sie vor dem Einschlafen noch sagte, war: »Ist das Leben nicht eine einzige Enttäuschung?«

Heute habe ich zum ersten Mal seit einer Woche

weder Grandma noch Bridget gesehen. Ich schäme mich, daß ich mich deswegen so erleichtert fühle. Das ganze Hin und Her und die Spannungen, bis Mrs. O'Malley eingearbeitet war, das war einfach lächerlich. Der geringste Anlaß genügte, um Bridget zur Raserei zu bringen. Ich sagte ihr, ich würde Mrs. O'Malley Grandmas Wohnung zeigen und sie mit Grandmas Gewohnheiten vertraut machen, aber Bridget hat darauf bestanden, es selbst zu tun. Dann stürzte sie hierher, um uns von einem weiteren Beispiel für Mrs. O'Malleys Gefühllosigkeit und Hochmut zu berichten. Weil Mrs. O'Malley von Natur aus keine gesprächige Frau ist, hat Bridget sie als hochmütig abgestempelt. Sie sagt, sie habe an der Tür gelauscht, und Mrs. O'Malley rede manchmal ganze zwanzig Minuten lang nicht mit Grandma. Mildred habe wenigstens geredet, wenn auch nur, um Grandma Vorträge zu halten. Dieses Schweigen, behauptet Bridget, würde Grandma unglücklich machen, sie habe richtig unglücklich ausgesehen, als Bridget nach der ersten Nacht, die Mrs. O'Malley dort geschlafen hatte, nach Hause kam.

Ich hätte inzwischen wirklich lernen sollen, Bridgets Geschimpfe zu überhören. Sie muß einfach schimpfen. Neulich fragte Hannah – ein wenig betrübt, wie mir schien –, warum Bridget so reizbar wirke. Sie sagte, es ermüde sie schon, mit ihr nur im selben Zimmer zu sein. Es gibt keine Antwort auf ein solches Warum, doch die analytisch denkende Hannah ist mit ihren siebzehn Jahren eine Meisterin darin, solche Fragen zu stellen. Es regt sie auf, daß Bridget sich aufregt, sie fühlt mit ihr und spürt, wie sehr sie Grandma liebt. Ich nehme an, daß sie deshalb auf

Adrian losging, obwohl er nichts anderes getan hatte, als dieselbe Frage zu stellen wie sie.

Alles, was Adrian sagte, war, daß er nicht verstehe, warum Bridget sich wie eine Verrückte aufführe. Das war, nachdem Bridget wie von allen guten Geistern verlassen hereingestürmt war und geschrien hatte, daß »dieses verdammte Weib, diese Mrs. O'Malley« sie gerade angerufen habe, um sie zu fragen, ob sie irgendwo etwas Vaseline habe: Sie habe eine kleine wunde Stelle an Grandmas Po entdeckt und wolle etwas Linderndes auftragen, bis der Arzt sich die Sache ansehen könne – »Verdammtes Theater!« schrie Bridget. »Als ob ich nicht wüßte, daß da eine wunde Stelle ist! Ich bin selbst Krankenschwester, verdammt noch mal, sie glaubt wohl, ich kenne mich nicht aus, ich vernachlässige meine Mutter...« Adrian schaute von seinem Essen auf und sagte nur: »Warum schreist du so, Bridget? Woher soll Mrs. O'Malley das denn wissen? Was ist so schlimm daran, wenn sie nach Vaseline fragt? Du leidest unter Verfolgungswahn.« Hannah ließ Messer und Gabel fallen und sagte, er solle gefälligst den Mund halten, er sei ja bescheuert, und was zum Teufel wisse er schon, und Bridget habe ganz recht, es sei nur Theater, Mrs. O'Malley wolle nur ihre Tugendhaftigkeit herauskehren. Sie würde sich so aufspielen, damit Bridget auch ja merke, wie fabelhaft sie sei. Adrian sagte, sie solle nicht so dumm sein; Bridget sagte, Adrian kapiere nichts; Hannah sagte, er habe sich nicht einmal bemüht... Diese Woche ging es bei jeder Mahlzeit so zu. »Wenn Bridget doch bloß nicht immer genau dann käme, wenn wir beim Essen sind!« sagte Adrian, und ich pflichtete ihm bei. Hannah weinte fast vor Scham über unsere Gefühllosigkeit.

Und inmitten all dieses Trubels habe ich Grandma erneut von Dr. Carruthers begutachten lassen, und haben wir, Charlie und ich, uns das Green Valley Home angesehen.

Dr. Carruthers war auch der Meinung, daß Grandmas Zustand sich verschlechtert hat. Seine kleinen Tests, dieselben, die er vor vier Jahren durchgeführt hat, beweisen, daß die Demenz sehr weit fortgeschritten ist. Sie weiß nicht, wie viele Kinder sie hat, und kann nur Bridget beim Namen nennen. Sie weiß nicht, ob sie Enkelkinder hat. Sie weiß nicht, ob sie vor kurzem gegessen hat oder was sie gegessen hat. Sie konnte einen Kamm, eine Bürste, einen Krug nicht benennen. Sie kann weder ihre Schuhe noch eine Jacke anziehen. Sie kann nachts nicht durchschlafen. Aber, sagte Dr. Carruthers, ihre Demenz ist noch immer nicht in das wirklich schlimme Stadium getreten. Sie sei nicht inkontinent, könne gehen und sprechen. Ich merkte, daß ich ihm Fragen stellte, deren Antworten ich gar nicht wissen wollte. So fragte ich ihn zum Beispiel, ob es unvermeidlich sei, daß meine Schwiegermutter inkontinent, gehunfähig und sprechunfähig werden würde. Er sagte, ja, es werde zwangsläufig soweit kommen.

Ich hatte mir das nie klargemacht. Mit ihrem Gerede von den »kleinen Schlaganfällen« hat Bridget mich in dem Glauben gelassen, daß Grandma eigentlich gar nicht an Dementia senilis leidet. Sie hat mir nichts über den Verlauf der Krankheit gesagt. Sie hat mir vorgegaukelt – so empfinde ich es jedenfalls –, daß die Krankheit durch liebevolle Pflege zum Stillstand, ja sogar zum Abklingen gebracht werden könnte, daß Grandma vielleicht nie, wie Bridget es ausdrückte, »wirklich ernsthaft krank« werden würde. Sie muß gemeint haben, Grandma könne vorher an irgend etwas anderem sterben – wenn wir Glück hätten, wenn *sie* Glück hätte. Dr. Carruthers bestärkte mich in meinem Entschluß: Charlie hat recht, wir können nicht mehr warten. Wenn wir zu lange warten, werden wir Grandma, wenn es soweit ist, nicht mehr in einem guten Heim unterbringen können. Wer nimmt schon Inkontinente, an den Rollstuhl Gefesselte, Stumme auf? Bestimmt nur wenige Heime, fürchte ich.

Ich will jetzt handeln, in unser aller Interesse. Und ja, ich habe Angst, Angst vor dem, was aus uns allen wird, wenn wir Grandma bis zum bitteren Ende in unserer Mitte behalten. Aber das Green Valley Home ist unmöglich. Es ist uns von so vielen Leuten wärmstens empfohlen worden, die schwörten, daß ihre betagten Verwandten dort vollkommen glücklich seien, daß sie nie besser versorgt gewesen seien und sich nur wünschten, sie wären schon vor Jahren dorthin gezogen, daß es ein Vergnügen sei, sie dort zu besuchen. Man hat mir unzählige Male von der langen Warteliste erzählt und von den hohen Kosten, die die Bewerber nicht abschreckten, weil das Heim so angesehen sei. Ich kann es kaum erwarten, bis ich einige von den Leuten wiedersehe, die mir vom Green Valley Home vorgeschwärmt haben. Sie sind entweder blind oder taub oder vorsätzlich gemein. Haben sie nicht die sechs ganz eng zusammengeschobenen Betten in jedem Zimmer gesehen? Daß es keine Bilder, keinen Schmuck, nichts Persönliches gibt? Haben sie nicht den stillen, dunklen Raum gesehen, in dem um elf Uhr vormittags auf zwanzig im Kreis stehenden Stühlen je eine regungslose Figur zusammengesunken dasitzt? Haben sie nicht gemerkt, daß es nur zwei Toiletten gibt, beide ganze

Treppenfluchten weit oben? Haben sie nicht den keineswegs durch Desinfektionsmittel gedämpften Uringestank wahrgenommen? Haben sie nicht das Schweigen gehört, das Fehlen jeglicher Aktivität? Haben sie nicht die Verzweiflung gespürt, die man dort mit Händen greifen kann? Vielleicht haben sie das alles doch bemerkt und sich gesagt, daß es egal sei, weil Grandma oder Grandad ohnehin jenseits von Gut und Böse sind, daß es egal sei, weil für sie sowieso alles gleich ist. Solange es nur sauber ist (das war es) und warm (das war es) und das Personal freundlich (das ist es anscheinend auch) – *das* ist die Hauptsache.

Als wir herauskamen, waren wir wie betäubt. Weil wir nun schon einmal da waren, hatte Charlie sich pro forma nach einigen Dingen erkundigt, zum Beispiel nach den Kosten, der Länge der Warteliste, dem Aufnahmemodus. Sie haben keine freien Plätze, und auf der Warteliste stehen vierundzwanzig Namen. Leichte Fälle von Dementia nehmen sie auf – ich hörte, wie Charlie schnell behauptete, Grandma sei nur ein leichter Fall –, aber keine Inkontinenten. Als wir nach Hause fuhren, waren wir zu deprimiert, um etwas zu sagen. Ich brauchte Charlie nicht zu überzeugen. Es kommt nicht in Frage, unter keinen Umständen. Aber was dann? Charlie hat von einem Kollegen etwas über ein anderes Heim außerhalb von London gehört, doch wenn es so weit weg ist, könnten wir sie nicht jeden Tag besuchen. Würden wir sie wirklich jeden Tag besuchen, fragte Charlie entsetzt, und ich sagte, natürlich würden wir das. Einer von uns, jeden Tag. Das wäre das mindeste, was wir für sie tun könnten.

Dr. Carruthers hat eine Altentagesstätte in unserer Nähe erwähnt, nur fünf Autominuten von hier. Er sagt, sie sei hervorragend und würde Grandma bestimmt gefallen, jedenfalls vorläufig. Für später sei das keine Lösung, aber im Augenblick schon, meinte er. Sie könnte drei Tage pro Woche dorthin, tagsüber, von zehn Uhr früh bis fünf Uhr abends. Es würde uns entlasten, sagte er voller Mitgefühl. Charlie und ich hatten große Angst hinzugehen. Aber es ist schön da, wir waren ganz überrascht, richtig erleichtert. Es ist wie ein Kindergarten, nur voller alter Leute. Es gibt einen Garten, in einem Innenhof, voller Büsche und Grün. Als wir hineingingen, hörten wir Gesang, einen kräftigen Gesang, und es duftete nach Kaffee. In einem Raum waren ein paar alte Leute gerade beim Malen, in einem anderen wurde gebacken. Es sah zu gut aus, um wahr zu sein. Charlie geriet richtig in Verzückung, und es widerstrebte mir, ihn auf den Boden der Tatsachen zurückzuholen und darauf hinzuweisen, daß eine Tagesstätte sicher etwas sehr Schönes ist, aber auf lange Sicht keine Lösung darstellt, und es ist diese Perspektive, die mir Sorgen macht. Die Tage sind eigentlich nicht das Problem. Wir haben Susan und Lola, tagsüber kommen wir sehr gut zurecht. Trotzdem stimme ich zu, es ist einen Versuch wert.

Nur daß Bridget nicht so denkt! Als wir ihr den Vorschlag unterbreiteten, war sie sofort mißtrauisch. Warum sind wir dort eigentlich hingegangen? Warum haben wir ihr nichts davon gesagt? Warum haben wir sie nicht aufgefordert mitzukommen? Was geht überhaupt vor? Wir mußten Dr. Carruthers erwähnen, und da wurde sie wütend, weil wir gewagt hatten, ihn ohne ihre Erlaubnis hinzuzuziehen. Charlie protestierte. Er sagte, er brauche Bridgets Genehmigung nicht einzuholen, wovon in aller Welt sie eigentlich rede. Bridget gelang es, sich eine Art Entschuldigung abzuringen. Sie habe es nicht so gemeint, sie denke nur, wir säßen alle im gleichen Boot. Charlie sagte, das sei leider der springende Punkt: Wir säßen eben nicht mehr in einem Boot. Bridget müsse anfangen, den Tatsachen ins Auge zu blicken, und Tatsache sei, daß ihre Mutter eher früher als später in ein Heim müsse. Ob es nicht besser sei, wenn das jetzt geschehe? Bridget sagte nein, stand auf und ging.

Es war ein Silvesterabend, als Charlie mich zum ersten Mal mit zu sich nach Hause nahm. Ohne Vorwarnung. Es war eine Party im Gange, die Zimmer waren voller Leute, und Grandma stand mitten unter ihnen, lachte und klatschte in die Hände, als jemand Dudelsack spielte. Es war ein richtiger Schock für mich, als ich begriff, daß das Charlies Mutter war, die ich mir klein und zart und blond und elegant vorgestellt hatte. Grandma war dick, groß und dick, hatte dunkle Haare, und elegant war die letzte Bezeichnung, die auf sie gepaßt hätte. Ich hatte geglaubt, sie wäre scheu und eher zurückhaltend wie Charlie, und hier stand nun diese extrovertierte, laute, vergnügte Frau. Charlie wirkte nicht wie ihr Sohn, bis auf sein Lachen, dessen Klang genau dem ihren entsprach – ein lautes, heiseres und sehr ansteckendes Lachen. Aber als ich an jenem Abend Bridget sah, konnte ich sie sofort als Grandmas Kind identifizieren. Ich sah sie irgendwo im Zimmer, von Leuten umringt, rauchend, ein Glas in der Hand, den Arm um die Schulter eines Mannes gelegt (es war ihr Onkel), und ich wußte, sie konnte nur Charlies Schwester sein. Ich wußte es, weil sie dasselbe Temperament hatte wie ihre Mutter und ihr auch sehr ähnlich sah. Charlie ist anders und Stuart natürlich auch.

Grandma und Bridget haben etwas Wildes, Ungebändigtes an sich, Bridget noch mehr als Grandma. Sie sind faszinierend, von ihnen geht ein Hauch Gefährlichkeit aus, und doch hat keine der beiden in ihrem enttäuschend banalen Leben je etwas Gefährliches oder auch nur Unkonventionelles getan.

Bridget stand auf und ging. Bridget verhält sich so beunruhigend. Ich an ihrer Stelle hätte nicht so einfach weggehen können. Es war wie eine Kriegserklärung. Sie stand auf und rannte hinaus. Charlie war wütend. Er haßt Konfrontationen, fühlt sich immer von Bridget übervorteilt. Und ich war wütend auf ihn. Er hätte das mit dem Heim nicht zu diesem Zeitpunkt aufs Tapet bringen dürfen, es war taktlos, vor allem, solange wir noch kein Heim gefunden hatten. Er sagte, er habe genug von Bridget, sie sei eine Tyrannin, und er habe die Nase voll. Sie tue so, als ob sie die einzige wäre, die das Recht hätte zu bestimmen, was zu tun sei. Ich sagte: »Bridget liebt deine Mutter, Charlie.«

Das ist der Unterschied. Das gibt Bridget das Recht, über das Charlie sich so ärgert: Sie kämpft für ihre Mutter, er nicht. Ich weiß, Charlie kann sich nicht einfach hinstellen und sagen, daß er seine Mutter liebt. Nicht, daß er sie *nicht* lieben würde, aber, wenn man seine Liebe einer genaueren Analyse unterzieht, stellt sich heraus, daß es ein Schein-Gefühl ist. Er mag seine Mutter, er macht sich große Sorgen um ihr Wohlbefinden, er hat Mitleid mit ihr, er bewundert sie, aber er liebt sie nicht so, wie er seine Kinder liebt, wie er mich liebt. Und er wird auch nicht von ihr geliebt, und das hat eine Menge miteinander zu tun. Grandma würde das Wort Liebe niemals auf irgend jemanden anwenden, aber, wenn man sie dazu drängte, würde sie sagen, daß sie ihre Kinder alle gleich liebe, wie jede anständige Frau es tun sollte, und daß sie keines bevorzuge. Sie liebe Stuart, Charlie und Bridget – alle gleich. Nichts könnte sie dazu bringen zuzugeben, daß es einen Unterschied in der Interpretation des Wortes Liebe gibt, je nachdem, ob es auf Stuart oder Charlie oder Bridget angewandt wird. Tatsächlich ist der Unterschied so groß, daß es keinen gemeinsamen Nenner gibt. Grandma liebt Bridget mit einem alles verzehrenden Gefühl, leidenschaftlich, vollkommen, schön; sie liebt Charlie mit Zuneigung und auf Distanz; Stuart liebt sie als Erinnerung. Und sie alle wissen es. Grandma bekommt das zurück, was sie gibt. So einfach ist das. Sie hat Glück. Vielen Müttern geht es anders.

»Nun, was machen wir?« fragte Charlie, sobald Bridget weg war. Er kannte die Antwort. Nichts. Wir können nichts tun. Aber da fällt mir ein, daß es noch eine Hoffnung gibt. Bridget möchte ihr Privatleben geheimhalten. Über ihre Liebesgeschichten soll niemand etwas wissen, Gott allein weiß warum, denn sie sind immer völlig gewöhnlich. Sie bleibt mit keinem Mann sehr lange zusammen, ist aber nicht promiskuitiv. Ihre wenigen Affären sind immer kurz, und zwischen ihnen liegen lange Pausen. Doch sie sind sehr intensiv und explosiv, wie Bridget selbst, und enden unweigerlich mit Tränen. Grandma weiß nichts davon, zumindest glaubt Bridget das. Sicher, in ihrem jetzigen Zustand weiß sie nichts, doch ob sie immer so naiv gewesen ist, weiß ich nicht. Am Anfang, als ich in der Familie McKay noch ein Neuling war, gab es nichts, was Grandma mehr gewünscht hätte, als Bridget verheiratet zu sehen, am besten mit einem Arzt. »Die Männer umschwärmen sie wie die Fliegen«, erzählte Grandma mir mit Genugtuung. (Ich glaube, sie meinte Bienen, nicht Fliegen, wie Bienen den Honig, aber vielleicht auch nicht.) »Sie würdigt sie keines Blickes«, sagte Grandma dann noch triumphierender, »jagt sie alle fort.« Fünf Jahre später, als Adrian geboren war und Bridget ihn so entzückt in den Armen hielt, änderte sich der Ton. »Denkst du nicht, es wäre Zeit, dich allmählich zu etablieren?« fragte Grandma.

Ich weiß nicht, ob Bridget damals irgendwelche komplizierten Liebesgeschichten hatte. Ich kenne ihre intimen Verhältnisse erst seit der Zeit, als sie nach London zog und Grandmas Zugriff entzogen war. Sie hatte kein Vertrauen zu mir – wie Grandma verachtet auch Bridget den Austausch von Vertraulichkeiten –, aber als ihr kleines Geheimnis herauskam und ich zu ihr hielt, faßte sie Zutrauen zu mir und war seither immer bestrebt, mich in alles einzuweihen, was vor sich ging. Der indische Student kam in Bridgets Wohnung, als ich gerade da war. Bridget war wütend, er reumütig. Sie hatte die Affäre beendet, aber er kam nicht von ihr los. Er weinte, und er tat mir leid, weil ich wußte, daß Tränen für einen McKay das endgültige Aus bedeuten, noch ehe irgend etwas besprochen ist. So ein dummer Junge, Bridget zu kennen und das nicht zu wissen! Sie sind alle Jungen, ihre Liebhaber, und obwohl sie behauptet, sie würde sich deswegen nicht schämen, ist nicht zu übersehen, daß sie sich schämt. Sie schämt sich, und es ist ihr peinlich. Allein bei dem Gedanken, daß Grandma es wissen könnte, schwinden ihr fast die Sinne. Ihr gegenwärtiger Freund ist zweiundzwanzig, Bridget dreiundvierzig. Niemand würde es glauben. Charlie ist entsetzt. Stuart weiß nichts, genausowenig wie Adrian und Hannah. Bridget denkt da ganz rigoros: Sie will nicht, daß sie es wissen, es geht sie, verdammt noch mal, nichts an, sie *haßt* es, wenn andere Leute etwas über ihre Privatangelegenheiten erfahren.

Natürlich habe ich Karl kennengelernt. Bridget wäre es lieber gewesen, wenn es nicht dazu gekommen wäre, aber da es nun einmal geschehen ist, ist sie ganz froh darüber. Ich bin vielleicht keine Vertraute, obwohl ich jederzeit bereit wäre, in diese Rolle zu schlüpfen, aber ich bin das für sie, was einer Freundin am nächsten kommt, und sie kann sich auf mich verlassen. Es ist rührend zu sehen, wie eifrig sie bemüht ist herauszufinden, was ich von Karl halte, während sie trotzig verkündet, es sei ihr egal. Zu meiner großen Erleichterung habe ich gleich gemerkt, daß ich ihn mochte. Er ist kein unreifer Knabe, der noch nicht trocken hinter den Ohren, aber schon in den Klauen der starken Bridget gelandet ist. Ganz im Gegenteil. Er wirkt viel, viel älter als zweiundzwanzig und hat nichts von dem Draufgängertum der Jungen an sich. Tatsächlich lassen ihn seine nachdenkliche Art und seine Bedächtigkeit reif erscheinen, wie umgekehrt Bridgets Vitalität sie jung erhält. Es ist leicht, zu Karls Alter zehn Jahre hinzuzuzählen und von Bridgets zehn abzuziehen. Aber so was will Bridget nicht hören, und deshalb sage ich es nie. Es ist zu durchschaubar und würde anbiedernd wirken. Und es ist eigentlich auch ohne Bedeutung für die Beziehung, die Bridget mit Karl hat. Argumentierte ich, das Alter spiele keine Rolle, so wäre das ein großer Fehler; es sähe so aus, als wollte ich das wahre Alter verschleiern.

Ich bin mir nicht ganz sicher, was Karl macht, wo er wohnt und wie Bridget ihn kennengelernt hat. Sie behält solche Sachen lieber für sich, und ich habe Schuldgefühle, weil ich es wissen will. Alles, was ich weiß, ist, daß die Affäre schon fast ein Jahr dauert, was für Bridget einen Rekord darstellt. Sie ist selbst überrascht, überrascht, daß sie noch nicht genug hat (es war immer Bridget, die von ihren Jünglingen genug hatte, nicht umgekehrt). Karl ist jede Nacht mit ihr zusammen, die sie nicht mit Grandma verbringt, und manchmal auch dann, wenn sie bei Grandma ist. Ich nehme an, Bridget sah irgendeine Katastrophe auf sich zukommen, und hatte das Gefühl, mich für alle Fälle vorbereiten zu müssen. Jedenfalls fragte sie mich, was ich davon hielte, wenn Karl bei ihr übernachtete, während sie bei Grandma sei. Der Gedanke war erschreckend. Ich stellte mir vor, wie Grandma auf einem ihrer Mitternachtsspaziergänge in Bridgets Schlafzimmer stapft und neben Bridgets Kopf den eines Mannes auf dem Kissen sieht. Aber wahrscheinlich würde sie höchstens »verdammte Männer« murmeln und wieder hinausstapfen, unsicher, wen sie eigentlich gesehen hatte. Deshalb sagte ich, in meinen Augen sei es völlig normal – solange Bridget sich dabei wohl fühle, warum sollte sie nicht ihren Freund mitbringen? Das heißt, falls auch er sich dabei wohl fühle.

Bridget erzählte mir erst vor ein paar Wochen, Karl wolle mit ihr in Urlaub fahren. Er wolle sie nach Deutschland mitnehmen, zu sich nach Hause, nach Berlin, und dann in den Schwarzwald. Dieser Vorschlag entzückte und erschreckte sie zugleich. »Stell dir vor!« sagte sie immer wieder. »Stell dir vor! Stell dir vor, was seine Mutter denken würde!« Ich sagte, meiner Meinung nach sei das ein Zeichen dafür, daß er vollkommenes Vertrauen zu seiner Mutter habe, und sie solle es auch haben. Warum nicht fahren? Sie hat seit Jahren keinen richtigen Urlaub gehabt. Sie könnte für einen Monat wegfahren, und noch bevor sie es sagte, sagte ich: Und was ist mit Grandma? Nun, was ist mit ihr? Wir würden uns um sie kümmern. Ich würde mir Bridgets Nächte mit Charlie teilen, es wäre alles ganz einfach. Bridget sagte nichts. Später erzählte sie, daß Karl sie immer mehr bedränge, aber sie schien es ihm nicht übelzunehmen.

Ich legte Charlie also dar, daß Karl unsere Trumpfkarte sein könnte. Charlie sagte, meine Phantasie würde mit mir durchgehen. Stimmt, in Gedanken sehe ich Bridget schon verheiratet, was dumm ist. Und ich sehe, wie sie Grandma dreimal in der Woche in einem schönen Heim besucht. In diesem Traum sitzt Grandma in einem behaglichen Stuhl und plaudert mit irgendwelchen anderen süßen, weißhaarigen, lächelnden Damen, und überall stehen Blumen, irgendwo pfeift ein Kessel, und alles ist hell und fröhlich...

Hannah

Alistair und Jamie starren Grandma an. Sie schneidet Grimassen, greift im Spaß nach ihnen. Sie weichen aus. Gott, ich kann die beiden nicht ausstehen, sie sind kein bißchen menschlich, sie sind stumpfsinnig und dumm. Keiner von beiden spricht mit Grandma; sie reden überhaupt nicht viel. Grandma schnieft und sagt: Es ist sehr still, wo sind sie alle, was ist denn mit den beiden los, wer hat ihnen die Zunge gestohlen? Sie sagt, die Leute hätten ihre Mutter immer wieder gefragt, ob ihr Vater stumm sei, und lacht bei dem Gedanken. Alistair und Jamie nutzen die Gelegenheit, um sich davonzuschleichen, fort von ihrer Großmutter und hin zum Fernseher, dem heißgeliebten Fernseher, den sie besser kennen und lieber mögen als ihre Großmutter. Grandma merkt, daß jemand weggegangen ist. Sie sieht sich um, seufzt resigniert, dreht sich wieder um und erblickt mich.

Kannst du ein Gedicht auswendig?

Nee.

Was bringt man euch denn eigentlich in der Schule bei?

Keine Gedichte.

Warum nicht?

Keine Ahnung.

Kannst du ein Gedicht auswendig?

Heute habe ich keine Lust zum Streiten, keine Lust,

mit Grandma geistige Fitneßübungen zu machen. Sie sieht mürrisch aus. Ihr Haar ist nicht gekämmt. Wer war heute nacht an der Reihe, wer hat sie heute früh zurechtgemacht? Und ihre Strickjacke hat vorne einen Fleck, tz-tz-tz, was wird wohl Schwester Bridget dazu sagen? Da sieht Grandma die Pralinen, die Paula Alistair und Jamie mitgegeben hat. Mein Gott! Sie sind für Mum, dafür, daß sie Alistair und Jamie übernommen hat. Mum mag keine Pralinen. Aber Grandma! Einerlei welche Sorte, sie liebt *alle* Pralinen. Sie streckt langsam die Hand aus, läßt sie über den Küchentisch gleiten. Es dauert fünf Minuten, bis sie die Schachtel fest in der Hand hält und sie zu sich hin zieht. Sie fragt mich, ob ich eine Praline *in* meinen Tee möchte. Ich sage, *in* meinen Tee, igitt! Sie sagt, was ist denn daran so schlimm, verflixt, probier es doch erst mal. Sie wird sich jedenfalls eine nehmen, wenn sie sie schon gekauft hat, wieder so ein Wahnsinnspreis, für dich tut es auch ein Toffee, da hast du länger was davon. Sie ist die ganze Zeit damit beschäftigt, die Schachtel zu öffnen, mit unendlicher Vorsicht, ohne jede Hast. Über der obersten Schicht liegt ein Stück wattiertes Papier. Grandma fingert daran herum.

Daraus könnte man eine Bettdecke machen.

Für ein Minibett.

Wenn man sie sammeln würde, könnte man sie zusammennähen.

Hm, da bräuchte man schon tausend.

Ich hasse jede Verschwendung.

Was denn für eine Verschwendung?

Daraus könnte man eine Bettdecke machen.

Sie ißt vier Pralinen auf einmal und vermischt unbekümmert alle möglichen Geschmacksrichtungen. Ich zeige ihr die Abbildung, weil ich denke, sie würde ihr gefallen – aber sie beunruhigt sie. Das, sage ich, ist eine Walnußrosette, und das ist eine Haselnußpraline, und die hier ist aus Nougat. Welche willst du? Sie sagt, sie seien alle gut. Sie beißt in eine hinein, dann in eine zweite, stopft sie sich in den Mund, ihre Wangen blähen sich auf, und sie sagt mit offenem, schokoladeverschmiertem Mund, daß keine besonders gut sei, daß sie es aber schaffen würde, auch die übrigen noch, sie hasse jede Verschwendung.

Mum eilt herbei, schimpft mich aus, sagt, »sie« würde jetzt nichts mehr zu Abend essen. Ich sage, ich sähe nicht, was das für einen Unterschied mache: Grandma esse sowieso nicht, sie zermatsche alles nur, verschwende ihr Essen. Grandma wiederholt, sie hasse jede Verschwendung. Sie greift nach der nächsten Praline, Mum schnappt sie ihr weg, Grandma schaut empört und erhebt sich mühsam. Sie sagt, sie gehe, sie merke genau, wenn sie unerwünscht sei, sie spüre so was. Ausgerechnet in diesem Moment kommt Alistair herein; er ist auf der Suche nach etwas Trinkbarem, sieht Grandmas schokoladeverschmiertes Gesicht und sagt entrüstet, die Pralinen seien für Mum und nicht für Grandma, für Grandma habe er Zigaretten mitgebracht. Grandma wird bleich, so eine bodenlose *Unverschämtheit*, ihr zu sagen, wem die Pralinen gehören, wenn sie sie doch selbst gekauft hat. Mit der ganzen Selbstgefälligkeit eines Fünfjährigen sagt Alistair mit schriller, durchdringender Stimme, daß seine Mami sie gekauft habe. Grandma sagt: In Gottes Namen! Mum sagt zu Alistair, er solle sich nichts daraus machen. Da kommt Jamie herein und fängt an zu weinen. Grandma sagt, er solle aufhören zu plärren, daraufhin schreit er noch lauter, so laut, wie seine drei Jahre alten Lungen nur können – und das ist verdammt laut. Grandma ruft, sie halte diesen Lärm nicht aus, es sei wie im Irrenhaus, womit sie das verdient habe, sie habe ein untadeliges Leben geführt.

Als wir die Straße hinuntergehen, fragt Grandma, ob wir zur Hütte gingen. Ich frage, zu welcher Hütte denn – sie macht eine vage Geste, sagt, zur Hütte eben. Ich will auf Nummer sicher gehen und sage: Ich glaube nicht. Diese Hütte hat in Grandmas Gedankenwelt immer mehr Gestalt angenommen. Niemand weiß, was es damit auf sich hat, nicht einmal Bridget. Sie erwähnt sie normalerweise am Abend, sie möchte immer dorthin gehen, aber wo sollte es in ihrer Glasgower Kindheit eine Hütte gegeben haben? Es klingt nach ländlicher Umgebung, so, als denke sie dabei an ein Sommerhäuschen. Als ich sage, ich glaube nicht, ist sie niedergeschlagen. Sie seufzt, schaut unglücklich drein, schleppt sich mühsam in ihre Wohnung. Als ich ihr den Mantel ausziehe, sagt sie, sie wolle jetzt heimgehen, und versucht, ihren Mantel wieder anzuziehen.

Ich glaube, ich muß nach Hause.

Das hier ist zu Hause, Grandma.

Vielleicht für dich, aber nicht für mich.

Du wohnst seit fünf Jahren hier.

Geh weg.

Gefällt es dir hier nicht?

Ich glaube, ich muß nach Hause.

Mrs. O'Malley kommt; sie ist sehr gut aufgelegt. Wenigstens nennt sie Grandma nicht »Muttchen« wie die gräßliche Mildred. Grandma starrt sie an, schneidet hinter ihrem Rücken Grimassen, murmelt, sie habe diese verdammten Fremden satt, oder etwas in der Art.

Mrs. O'Malley läßt sich nicht aus der Ruhe bringen. Sie macht Tee, stellt eine Tasse vor Grandma hin, gibt Zucker hinein, fragt, ob sie einen Keks möchte. Grandma sagt, sie könne Kekse nicht ausstehen, reine Geldverschwendung. Schweigend schiebt Mrs. O'Malley einen Keks mit Karamelgeschmack über den Tisch. Grandma zerkaut ihn geräuschvoll und verstreut überall die Krümel, während sie dagegen wettert, daß es überhaupt so etwas wie Kekse gibt. Ich sage, ich müsse jetzt gehen. Grandma steht auf und verkündet, sie werde ihren Mantel holen. Mrs. O'Malley sagt ihr, sie solle ruhig sitzen bleiben, sie werde ihn holen, und führt mich dann nach draußen. Zu mir gewandt sagt sie, Grandma werde es gleich wieder gutgehen, sie vergesse schnell. Wie wahr, o wie weise! Ich verstehe jetzt, was Bridget meint. Mrs. O'Malley ist kompetent, ja im Umgang mit Grandma sogar geschickt, aber sie hat keine Wärme, sie hat keinen wirklichen Zugang zu dem, was von Grandmas Verstand übriggeblieben ist. Und Grandma fühlt das. Es passiert immer öfter, daß Grandma, kurz bevor Mrs. O'Malley kommt, nach Hause gehen möchte.

Als ich daheim bin, erzähle ich das alles Mum, und sie antwortet, Leute in unserer Lage dürften nicht wählerisch sein. Ja, natürlich nicht. Sie bringt Alistair und Jamie ihren Tee. Ich spreche kaum mit ihnen. Sie sind zwar meine Cousins, aber ich mag sie nicht, fühle mich auch nicht verpflichtet, sie zu mögen. Ich nehme ihnen übel, daß sie zu unserer Grandma nicht nett sind. Jamie ist eigentlich ein niedliches Kerlchen. Ich würde ihn gern auf Grandmas Knien sehen, wie er sich an sie schmiegt, seine Arme um ihren Hals legt. Statt dessen läuft er weg, sobald sie ihn anspricht. Mum ärgert sich über mich. Sie ist richtig sauer. Jamie sei erst drei und sehe Grandma kaum, er könne nichts dafür, und ich sei wirklich furchtbar ungerecht. Stimmt. Ich gebe – wie Grandma sagen würde – diesem Stuart die Schuld. Warum hat er seine Kinder nicht anders erzogen? In unserer Familie wird überliefert, daß Stuarts Scheidung Grandma die besten Jahre verleidet habe. Mum sagt, eigentlich habe Grandma Stuart verstoßen, bevor er dann sie verstieß (laut Bridget ist das vollkommener Unsinn). Stuart hat noch zwei andere Söhne, beide älter als Adrian. Ich habe sie einmal getroffen, auf einer Hochzeit. Grandma soll in beide ganz vernarrt gewesen sein und sie regelmäßig gesehen haben, bis sie acht und zehn waren und ihr durch die Scheidung verlorengingen. Gelegentlich fragt sie, wo Stuarts Buben seien, und es ist klar, daß sie damit nicht Alistair und Jamie meint. Stuart hält sie von ihr fern. Er sagt, es sei nicht gut, sie zu erschrecken, es sei nicht fair zu erwarten, daß sie mit einer verrückten Großmutter umgehen könnten. Bridget meint drohend, seine Zeit werde auch noch mal kommen.

Mum sagt zu Alistair und Jamie, daß ich ihnen eine Geschichte vorlesen werde. Das tue ich bestimmt nicht. Glücklicherweise kommt Adrian gerade nach Hause. Er ist gerne bereit, mit ihnen Fußball zu spielen. Da jagen sie in dem fast dunklen Garten hin und her, schreien und brüllen, Adrian wie ein großer Kutschergaul. Wie gern würde Grandma zuschauen, zuhören. Das ist das richtige für Jungen! Es beruhigt sie, wenn in irgendeiner Form von Fußball die Rede ist. Arbeit und Fußball, damit kann sie etwas anfangen. Doch jetzt hockt sie da mit Mrs. O'Malley, fühlt sich unbehaglich, wartet und sehnt sich nach der Ablösung. Das ist einfach *nicht* richtig. Ich sage das zu Mum. Sie antwortet, wenn ihr irgend jemand noch mal mit dem Wort *richtig* komme, schreie sie los. Ich werfe ihr vor, daß sie sich lieber um die beiden Ekel Alistair und Jamie kümmere als um Grandma, die liebe Grandma. Sie blickt mir gerade in die Augen und sagt: »Du hast ganz recht. Ich kümmere mich lieber um Alistair und Jamie. Na und?«

Das merkt man. Wenn man nur hört, wie sie sie ins Bett bringt, das Gekreische im Badezimmer, das Gelächter, die Jagd die Treppen hinauf und jetzt die Stille, wenn sie den süßen Kleinen, die sich in ihre Pyjamas einmummeln und so fein nach Seife duften, vorliest. Eins, zwei, drei – aaah. Zugegeben, das ist etwas anderes als Grandma ins Bett zu bringen. Auch im Bad hat man mit ihr nichts zu lachen. Wir bekommen sie schon seit Monaten nicht mehr in die Badewanne, nicht einmal wir drei zusammen – ich, Bridget, Mum. Sie will ihre Beine nicht beugen, sie hat vergessen, wie man in eine Badewanne steigt. Grandma muß überall gewaschen werden, und das ist ziemlich ekelhaft, puh, die Geheimnisse dieses Waschlappens ... Wenn wir ihr die Haare waschen, schreit sie, als wolle man sie umbringen. Mach die Augen zu, sagen wir, und sie reißt sie weit auf. Beug dich nach vorn, fordern wir sie auf, und sie neigt den Kopf nach hinten. Kein Wunder, daß wir uns abwechseln, kein Wunder, daß wir es nur alle zwei Wochen machen. Und niemand kann Grandma etwas vorlesen. Sie unterbricht einen schon bei der zweiten Zeile oder möchte, daß jemand das Radio andreht, oder geht schlafen oder steht auf und geht weg. Warum mache ich Mum Vorwürfe, daß sie lieber diese Ekel Alistair und Jamie ins Bett bringt? Ich werde allmählich wie Bridget.

Was für ein fürchterlicher Gedanke. Ich möchte nicht sein wie Bridget. Sicher, ich bin sehr froh, daß ich Bridget im *Aussehen* etwas ähnlich bin. Sie sieht ziemlich aufregend aus; mit ihren dicken, pechschwarzen, glänzenden Haaren und mit ihrer Jane Fonda-Figur würde niemand sie für dreiundvierzig halten. Ich bin froh, daß ich recht groß bin, so wie sie, und nicht so klein wie Mum, und wenn ich so alt bin wie sie, hätte ich auch gern einen ganz flachen Bauch und nicht so eine rundliche Figur wie Mum. An Bridgets Aussehen ist nichts auszusetzen. Aber ich möchte nicht so *sein* wie sie. Sie ist überspannt und anstrengend, geht den Leuten auf die Nerven und ermüdet sie. Wie ist sie wohl auf ihrer Station? Ich kann es mir nicht vorstellen. Vielleicht verhält sie sich im Krankenhaus anders. Und da ist noch etwas: Ich möchte nicht so leben wie Bridget. Sie arbeitet fast die ganze Zeit; das mag zwar befriedigend sein, aber ich möchte mehr vom Leben. Bridget hat keine anderen Interessen als ihre Arbeit. Sie interessiert sich nicht für ihre Wohnung, hat keinen Sinn für Häuslichkeit. Sie kocht nie und macht es sich nie schön. Sie geht nie ins Theater oder ins Kino. Wenn sie nicht arbeitet, scheint sie nur zu schlafen. Grandma ist ihr einziges Interesse außerhalb der Arbeit. Sie hat keine Freunde außer uns. Ich würde es nicht ertragen, so zu leben wie Mum, aber so wie Bridget fände ich schlimmer. Keine von den beiden macht jemals irgend etwas Ausgefallenes. Beide bewegen sich nur in ausgefahrenen Gleisen.

Mum sagt, wenn Grandma nicht wäre, würden sich jetzt neue Perspektiven für sie eröffnen. Sie behauptet, sie sage das ohne Bitterkeit oder Groll oder um sich zu rechtfertigen, aber ich glaube ihr nicht. Was sollten denn das für Perspektiven sein? Und in welche Richtung würden sie sich eröffnen? Was würde sie denn mit den drei Stunden an drei Nachmittagen in der Woche, mit jedem zweiten Samstag und jedem Sonntag anfangen? Sie sagt, so dürfe man das nicht sehen. Sie sei gebunden, sagt sie, durch die Verantwortung. Sie sei die Stütze der Familie. Bridget arbeite, Charlie arbeite, sie sei die einzige, die daheim sei, ohne sie würde das ganze System nicht funktionieren, und das bedeute, sie könne nicht wieder arbeiten gehen, was sie eigentlich gerne täte. Sie wird rot, als sie sagt, wie oft sie einspringen mußte, weil Susan nicht auftauchte oder Lola krank war. Sie hält mich für unfair, glaubt, ich würde nicht anerkennen, was sie tut, ich würde ihren Beitrag zu Grandmas Wohlbefinden unterschätzen. Sie sagt, statt so selbstgerecht zu sein, könnte ich selbst mehr helfen. Und was ist mit Adrian? frage ich.

Adrian macht nichts, und mein Dad macht fast nichts. Beide versichern, daß sie sich natürlich um Grandma sorgen usw. usw., aber sie tun nichts für sie. Adrian sagt im Spaß (jaja, natürlich nur im Spaß!), das sei Frauenarbeit, Grandma möchte es gar nicht, wenn Männer sich um sie kümmerten. Er sagt, sein Beitrag bestehe darin, daß er für jene männliche Präsenz im Hintergrund sorge, die sie so tröstlich finde, und daß er sie frage, ob sein Tee fertig sei. Und er lacht über ihre Späße. Die Art, wie er das macht, kann ich nicht leiden. Wenn Adrian da ist, dreht Grandma richtig auf, wird alberner und alberner, und sein Gelächter klingt so gönnerhaft. Er behandelt sie wie eine gute Nummer, und es fehlte nicht viel und er würde sie seinen Freunden als seine verrückte Oma vorstellen. Warum kann er nicht irgend etwas Nützliches tun, sie vielleicht an den

Tagen abholen, an denen sie zu uns kommt? Dann würde sie am Arm ihres großen Enkels die Straße entlanggehen. Warum kann er ihr nicht mal einen Tee machen und sich für eine Stunde zu ihr setzen, wenn er sie doch so liebt?

Was ich denke, ist folgendes:

Wenn wir, wie Mum sagt, alle in einem Boot sitzen, dann müßte die Arbeit gerechter aufgeteilt werden.

Wenn Grandma die Gegenwart von Männern so tröstlich findet, sollte man ihr ruhig mehr davon gönnen.

Wenn sie mehr davon bekommt, überwindet sie vielleicht ihre grundsätzliche Angst vor Männern.

Dann wären die Frauen weniger angebunden.

–

Alistair und Jamie sind immer noch da. Ich bin froh, aus dem Haus zu kommen und zu Grandma zu gehen. Es ist zwar nicht unser Tag, aber Lola hat angerufen und gesagt, sie fühle sich nicht so hundertprozentig. Wer tut das schon? murmelt Mum und macht ein langes Gesicht. Lola nimmt immer mehr die Gewohnheit an, im letzten Augenblick anzurufen und uns zu sagen, daß es ihr nicht gutgehe. Sie jammert. Sie zählt all ihre Leiden auf und treibt Mum damit zum Wahnsinn. Lola ist wirklich hoffnungslos, aber von allen Helferinnen ist sie am längsten da, und Grandma hat sich an sie gewöhnt. Sie ist Spanierin, und jedesmal, wenn sie zu Grandma kommt, sagt sie als erstes auf spanisch »Guten Tag« zu ihr, und Grandma ist entzückt und wiederholt es und erzählt Lola, daß sie von Überlebenden der spanischen Armada abstamme. Ein paar Schiffe seien damals an die schottische Küste gespült worden, die Matrosen hätten geheiratet, und daher sei sie ein so dunkler Typ. Lola bekommt diese Saga jedesmal aufgetischt, und jedesmal gelingt es ihr, darauf einzugehen. Schon allein deswegen ist sie unbezahlbar. Aber Mum argwöhnt, daß sie langsam auf dem Rückzug ist. Tatsächlich ist Lola zu gut, um alte Damen zu betreuen, zu begabt. Letzte Woche hat Grandma sich zweimal mit Tee bekleckert, und Lola mußte sie irgendwie umziehen – und machte ein Mordstheater daraus. Sie redet gern mit Grandma, aber das ist auch schon alles. Und sie ist nicht so verzweifelt hinter dem Geld her wie Susan. Lolas Lebensumstände sind etwas mysteriös, aber wir haben nicht den Eindruck, daß sie finanzielle Probleme hat. Wir glauben, daß sie ihre Nachmittage mit Grandma als eine Art tätiger Nächstenliebe ansieht; es gibt ihr ein gutes Gefühl. Das lumpige Geld, das sie dafür bekommt, steht in keinem Verhältnis dazu. Für Bridget ist sie eine Strafe Gottes.

Mum sagt, ich solle selbst entscheiden. Ich könne zwei Stunden bei Grandma bleiben oder sie mit nach Hause bringen. Sie überlasse es mir. Ich glaube, ich werde dort bleiben. Das bedeutet zwei Stunden tödliche Langeweile, und für Grandma ist es auch nicht so gut – der kurze Spaziergang bis zu unserem Haus erfrischt sie immer, und auch die Aufregung, draußen zu sein, irgendwohin zu gehen, tut ihr gut. Zu Hause ist es für mich außerdem leichter. Da kann ich mich besser verkrümeln. Wenn man erst einmal in Grandmas Küche festsitzt, gibt es kein Entrinnen mehr. Ein richtiges Gespräch kann nicht aufkommen, und fünf Minuten erscheinen einem wie fünf Stunden. Aber ich werde das Radio einschalten und so tun, als hörte ich zu, und Grandma wird die ganze Zeit reden und empört sein, wenn ich ihr sage, sie solle einmal richtig zuhören.

Fernsehen ist zwecklos. Sie hält jeden auf dem Bildschirm für echt und ruft »Hallo!« und winkt und wird böse, weil keiner zurückwinkt. Sie sagt, sie sollten verschwinden, wenn sie sie ohnehin nur wie Dreck behandeln wollten.

Ich stecke meinen Schlüssel ins Schloß. Er läßt sich nicht herumdrehen. Ich versuche es noch einmal, um zu sehen, ob es der richtige Schlüssel ist. Er paßt ins Schloß und läßt sich jetzt auch drehen, aber die Tür geht nicht auf. Ich drücke, und sie gibt in der Mitte ein bißchen nach, jedenfalls so viel, daß ich merke, sie ist oben und unten verriegelt. Mir fährt der Schreck in die Glieder. Ich habe einmal etwas über Einbrecher gelesen, die die Eingangstüren verriegeln, sobald sie in ein Haus eingedrungen sind. Der Gedanke, daß Grandma es mit einem Einbrecher zu tun haben könnte! Ich gehe um das Haus herum, zur Hintertür, für die ich auch einen Schlüssel habe – er ist ebenfalls an dem Downing-Street-Anhänger, wird aber selten benutzt. Zu meiner größten Erleichterung läßt sich die Hintertür öffnen. Ich trete ein und rufe: »Grandma, ich bin's nur! Grandma, ich bin's, Hannah!« Ich will sie nicht erschrecken, denn ich komme ja aus der falschen Richtung. Es ist nichts zu hören. Die Hintertür führt in einen kleinen Flur, von dem aus man in Grandmas Küche gelangt. Ich versuche, die Küchentür aufzudrücken, doch sie läßt sich nur einen Spaltbreit öffnen. Ich weiß, daß es an dieser Tür keine Schlösser, keine Riegel gibt. Dann höre ich, mein Ohr eng an den Spalt gepreßt, jemanden atmen. Bestimmt ist Grandma hinter der Tür. Was ist nur los? »Grandma«, sage ich immer wieder ganz sanft, »Grandma, laß mich rein, ich bin's, Hannah.« Endlich antwortet sie. Sie sagt, jemand habe einen Haufen Müll vor der verdammten Tür abgestellt, und es sei nicht ihre Schuld, verdammt noch mal, heutzutage seien doch alle gleich. Leichtes Kratzen und Klappern, und dann öffnet sich die Tür immerhin so weit, daß ich Grandmas mürrisches Gesicht sehe. Da fällt die ganze Spannung von mir ab. Adrian würde lachen. Sie sieht lustig aus mit ihrer gerunzelten Stirn und den gespitzten Lippen, die an eine Backpflaume erinnern – als würde sie gleich jemandem einen affektierten Kuß geben. Ich stecke den Arm durch den Spalt, zerre ein Kissen weg und kann mich schließlich durch die vergrößerte Lücke zwängen.

Verwundert erblicke ich die Barrikaden. Gegen die Tür, durch die ich soeben gekommen bin, hat Grandma den Küchentisch geschoben, darauf hat sie einen Stuhl gestellt und ihn mit zwei Kissen festgeklemmt (eigentlich drei, aber das dritte habe ich heruntergeworfen). Vor der anderen Tür, die ins Wohnzimmer führt, hat sie einen Fußschemel und einen Stuhl sowie mehrere Pfannen aufeinandergestapelt. Ich räume alles weg. Grandma sagt, sie wisse nicht, wer das gemacht habe, aber wenn sie diejenigen erwische, gäbe es Ärger. Im Wohnzimmer steht die Tür zum Badezimmer offen, aber die andere, die in den Hausflur führt, wird von einer eindrucksvollen Sammlung aller möglichen Gegenstände blockiert. Da ist ein Einkaufswagen, so ein Ding mit Rädern, in den Grandma einen Kohlkopf und einen Sack Kartoffeln gelegt hat, und ein Kleiderständer, einer von diesen schweren aus Holz, wie man sie in Restaurants sieht, und dann eine Unmenge von Mänteln. Ich trage alles fort und gehe in den Flur. Grandma kommt mir nicht nach. Sie flüstert, ich solle aufpassen, sie habe Männer gehört, und man könne nie wissen. Ich möchte mir die Eingangstür ansehen. Es ist eine sehr massive, alte Tür mit zwei Riegeln, einem waagerechten oben und einem senkrechten unten. Beide sind zu. Ich habe große Mühe, die Tür zu entriegeln, und bewundere Grandmas Kräfte. Es ist so lange her, seit die Riegel zum letzten Mal benutzt wurden, daß die Farbe abgeschabt wird, als ich sie unter Aufbietung aller Kräfte zurückschiebe.

Es dauert ungefähr zwanzig Minuten, bis ich alles sortiert und an seinen Platz zurückgebracht habe. Ich frage mich, ob Susan dagewesen ist. Sinnlos, Grandma danach zu fragen. Vielleicht ist sie statt einer vier Stunden allein gewesen, vielleicht ist das der Grund für die Panik, die sie offenbar ergriffen hat. Oder ist ein Mann dagewesen? Hat jemand sie besucht? Hat jemand durchs Fenster geschaut? Ich versuche, es herauszufinden. Ich frage Grandma, ob sie einen Verehrer habe.

Hier sind Männer in der Nähe.

Hat ein Mann an deiner Glocke geläutet, Grandma?

An welcher Glocke?

An der Türglocke.

Ich habe keine Türglocke, für mich reicht auch ein Türklopfer.

Also gut, der Klopfer. Hat ein Mann an deiner Tür geklopft?

An welcher Tür?

Der Eingangstür.

Ich habe keine Eingangstür. Was willst du eigentlich?

Also dann am Hintereingang.

Was ist mit dem Hintereingang?

Ist ein Mann dorthin gekommen?

Hier sind Männer in der Nähe.

Es gibt noch andere Spuren ihrer Erregung. In der Teekanne ist kaltes Wasser und ein Eiswürfel, auf dem Boden vor dem Abwaschbecken eine Pfütze Spülmittel. In einer langen Spur vom Schrank bis zum Kühlschrank ist Zucker verstreut. Mir fällt auf, daß es sehr kalt ist, und ich betaste die Heizkörper. Sie sind eiskalt. Ich gehe zum Boiler und stelle fest, daß er abgedreht ist. Ich sage laut, die Heizung sei abgedreht, es sei kalt, und Grandma sagt: »Kalt bläst der Wind von Ost nach West.« Burns zu rezitieren stimmt sie heiter. Sie sagt, hör dir das an, es wird dich zum Weinen bringen, und sie beginnt mit der »Highland Mary«. Ich sage, es bringe mich nicht zum Weinen, sondern zum Lachen, es sei so scheußlich rührselig. Grandma sagt, ach hör auf, aber sie ist glücklich. Plötzlich sagt sie, was für schöne Augen ich hätte, und ich weiß, das ist das Stichwort für »Das blauäugige Mädchen«. Ich habe recht. Sie fragt mich, ob ich Anna hieße. Ich sage, beinahe, du weißt es doch, ich heiße Hannah. Grandma sagt, das sei schade, weil sie ein sehr hübsches Gedicht über eine Anna kenne, das genau auf mich passen würde, »Anna, Dein Reiz entflammt mein Herz« – Pause, damit sie in Ekstase geraten kann –, aber es habe keinen Sinn, wenn ich nicht Anna sei, wie es dann mit Jean wäre, es gebe ein schönes über Jean, Bonnie Jean: »Es war 'ne Maid, und die war schön...«

Ich habe die Heizung wieder aufgedreht. Ich habe heißen, süßen Tee gemacht und einen Keks gefunden. Grandmas Wohnung ist ordentlich aufgeräumt, und sie hat es sich in ihrem Sessel gemütlich gemacht, die Füße hochgelegt und ihr Plaid um die Schultern. Ich bin ganz durcheinander. Grandma ist vollkommen in Ordnung, es ist alles schön und gut, es ist nichts passiert, sie hat es schon vergessen, aber ich bin ganz durcheinander. So etwas hat sie noch nie gemacht, sie hat sich nie verbarrikadiert, es widerstrebt mir, darüber nachzudenken, was für eine Angst sie gehabt haben muß. Es ist nicht gut, daß sie allein ist und sich ängstigt; ich trinke meinen Tee und denke nach, besorgt, mit denselben Gefühlen wie Mum, und dann, als ich aufblicke, direkt in Grandmas Augen schaue, ist wieder einer dieser Augenblicke: Wir sehen einander an, es gibt einen wirklichen Kontakt, und doch bin ich hilflos, was kann ich tun? Schnell, bevor es vergeht! Ich sage nichts, aber Grandma bricht selbst den Bann.

Darf ich fragen, ob du verheiratet bist?
Grandma! Natürlich nicht, ich bin siebzehn.
Viele Mädchen sind mit siebzehn verheiratet.
Nein, heute nicht mehr.
Ich bin zu jung zur Ehe noch, ich bin zu jung zur Ehe noch,
bin noch zu jung –
Ist das schon wieder dieser blöde Burns?
Paß auf, was du sagst!
Entschuldige.
Bin noch zu jung, es wär 'ne Sünd', nähm man mich
von der Mutter doch –
Und sie heiratet ihn und stirbt, wetten?
Nein, falsch.
Dann ist es ja mal was anderes.
Wenn Ihr im Frühling wiederkommt, bin ich schon etwas
älter, Herr.
Sexy Burns.
Sei nicht so respektlos!
Entschuldige.
Bist du schon verheiratet?

Sie erkennt mich nicht. Das ist das erste Mal, daß sie mich nicht erkennt. Ich frage sie nach meinem Namen, und sie sagt, ich müsse arm dran sein, wenn ich meinen eigenen Namen nicht wisse. Raffiniert. Ich frage sie, wie sie heißt, und sie sagt, das gehe mich gar nichts an, und außerdem habe sie das Spiel mit dem Vornamen satt, es sei lächerlich. Wenn doch bloß Bridget käme! Wenn ich Grandma doch bloß mit nach Hause genommen hätte! Aber jetzt ist es zu spät. Ich harre also aus und schaue dauernd auf die Uhr. Grandma will unbedingt reden. Sie fragt mich, wie es meiner Familie gehe, und ich frage, welcher Familie, und sie sagt: Allen, die du hast. Schlau. Ich frage sie, wie es *ihrer* Familie gehe. Sie sagt, sie wisse es nicht, es gehe allen gut, aber sie sehe sie kaum. Da stürmt Bridget herein wie ein Wirbelwind, mit fliegenden Haaren und wehendem Schwesternkittel. Grandmas Gesicht hellt sich auf, wie immer. Zumindest erkennt sie Bridget.

Bridget hat zum Abendessen Räucherheringe mitgebracht. Grandma sagt, sie habe erst zu Mittag Räucherheringe gegessen und die Nase voll davon. Aber wenn es gar nichts anderes gebe, würde sie sie schon essen. Bridget erinnert sie daran, daß es niemanden auf der Welt gebe, der Räucherheringe so manierlich esse wie Grandma, und Grandma stimmt zu und fragt, warum nicht jeder seinen Hering so essen könne wie sie. Sie nickt in meine Richtung und sagt zu Bridget, ob auch für ihre Freundin da ein Räucherhering übrig sei. Bridget macht ein bestürztes Gesicht und fragt, welche Freundin, ob sie etwa Hannah meine? Grandma sagt, na klar, wen denn sonst, sie sei doch nicht blöd, sie brauchten noch nicht zu kommen und sie abzuholen, man solle sie bloß in Frieden lassen. Und sie schlurft hinaus und erklärt in affektiertem Ton, sie müsse ins Badezimmer. Ich berichte Bridget von dem Drama am Nachmittag. Es ist lästig, so etwas mit Bridget zu besprechen. Statt über Grandmas geistigen Zustand zu diskutieren oder auf meine Bestürzung einzugehen, konzentriert sie sich auf die Frage, wer der Mann gewesen sein könnte. War es ein Fensterputzer oder der Gasmann oder jemand, der für irgend etwas sammeln wollte? Es macht mich wütend, wie sie darauf beharrt, irgendein Mann müsse dagewesen sein, Grandmas Verfolgungswahn müsse einen konkreten Auslöser haben. Als ich sage, ich hätte den Eindruck, sie phantasiere etwas zusammen, reagiert Bridget ziemlich bissig. Ich würde aus einer Mücke einen Elefanten machen, *natürlich* müsse irgendein Mann in der Nähe gewesen sein, du lieber Gott, ihre Mutter sei schließlich nicht verrückt, sondern nur ein bißchen verwirrt. Sie bedankt sich ziemlich förmlich bei mir. Ich erzähle ihr, daß Lola morgen vielleicht auch nicht kommen könne. Bridget schimpft auf die hoffnungslose Lola, teures Geld fürs Nichtstun, die sollte sich was schämen! Ich sage, Mum glaube, daß sie den Job aufgeben werde. Gut, sagt Bridget, sie sei eine Strafe Gottes, und es sei eine Erlösung, sie loszuwerden.

Auf dem kurzen Weg nach Hause denke ich über Bridgets Verhalten nach. Sie hat das Gefühl, wir nähmen Grandma nicht ernst genug. Bridget kann es nicht ertragen, wenn Grandma kritisiert wird. Sie möchte, daß jeder sie lobt, anbetet, liebt und verehrt, und vor allem will sie, daß alle der Meinung sind, sie sei nur ein bißchen verwirrt, was in Anbetracht ihres Alters eine vollkommen natürliche Sache sei. Sicher, Grandma ist das Wesen, auf das sich Bridgets ganze Liebe konzentriert. Es wäre nicht richtig zu behaupten, sie habe auch noch uns; das ist nicht dasselbe. Bridget ist alles für Grandma, und Grandma ist alles für Bridget. Was wird geschehen? Wie lange kann Bridget sich noch etwas vormachen? Mum sagt, bis es eine Krise gibt, und wenn ich frage, was würdest du eine Krise nennen, weigert sie sich, genauer darauf einzugehen. Was meint sie wohl damit? Meint sie, daß Grandma irgendwie zu Schaden kommen oder jemand anderem Schaden zufügen könnte?

Wenn ich nach Hause komme, muß ich ihnen sagen, was passiert ist, obwohl ich es lieber nicht täte. Ich erzähle es ihnen beim Abendessen, als Alistair und Jamie schon im Bett sind. Das erste, was Mum fragt, ist, warum ich es ihr nicht sofort gesagt habe, du lieber Himmel, das sei ja schon vor vier Stunden gewesen. Dad sagt, das sei es, das Zeichen, auf das er gewartet habe, und bestimmt würde auch Bridget es erkennen. Ich sage, nein, Bridget glaube, es habe nichts zu bedeuten. Mum sieht Dad an. Dad seufzt. Er sagt, er werde zu Bridget gehen. Mum sagt, gut, aber bitte keine Szenen. Er solle sich um einen Kompromiß bemühen, vorschlagen, daß Grandma, wenn Lola auch weiterhin nicht kommen könne, jeden Nachmittag in die Tagesstätte gehen solle. Mum bittet ihn, nichts zu überstürzen und daran zu denken, wie empfindlich Bridget sei. Dad murmelt, ihm gehe Bridgets Empfindlichkeit allmählich auf den Wecker. Da sagt Adrian, der bis jetzt nur still sein Essen in sich hineingeschlungen hat, ausgerechnet in diesem Augenblick: »Armer Dad.« Was, sage ich, wieso armer *Dad*? Und was ist mit der armen Grandma, der armen Bridget? Mum sagt, ich solle nicht wieder anfangen, Adrian sagt, mit Dad habe nie jemand Mitleid, und Dad sagt: »Danke, Adrian.«

Dad geht zu Bridget. Ich rechne mir aus: Wenn er länger als eine halbe Stunde wegbleibt, hat es Streit gegeben. Doch nach zehn Minuten kommt er gutgelaunt zurück. Mum ist überrascht. Bridget hat gesagt, wir könnten Grandma in die Tagesstätte bringen, wenn wir wollten, wenn *wir* (das habe sie ausdrücklich betont) es nicht schaffen würden, uns jeden Nachmittag um Grandma zu kümmern, daß sie aber wisse, was passieren werde: ein Mordslärm um nichts. Und sie, Bridget, wolle nichts damit zu tun haben. Sie werde Grandma weder dort hinbringen noch sie von dort abholen. Wir würden ja sehen, hat sie Dad gewarnt. Aber Dad hält es für einen Sieg. Er ist sehr mit sich zufrieden und wartet auf Beifall. Mum sagt, er habe es gut gemacht, ist aber nicht gerade begeistert. Sie ist mißtrauisch: Bridget habe zu bereitwillig zugestimmt, und was meine sie wohl mit der Warnung, wir würden ja sehen? Sie werde morgen anrufen und Grandma für die nächste Woche anmelden. Dad sagt, es werde ihr bestimmt sehr gut gefallen, ein bißchen Singsang, viel Gesellschaft, kannenweise Tee und jede Menge Kekse; Grandma werde kaum noch zu halten sein.

–

Mum beginnt sie langsam einzuseifen. Sie sagt zu Grandma, sie werde morgen mit ihr ausgehen. Grandma, die wie immer, wenn ich hereinkomme, am Küchentisch sitzt, sagt, das sei sehr nett, sie habe seit einem Monat keinen Fuß vor die Tür gesetzt. Mum, die zu viele dämliche Bücher über Psychologie gelesen hat, fragt Grandma, wo sie hingehen möchte. Grandma antwortet sofort, in den Highlands, mein Herz ist in die Highlands, mein Herz ist nicht hier, oh, es ist so schön da oben, wir sind immer mit dem Zug hingefahren usw. usw. Mum sagt, das sei ein bißchen weit. Sie sagt, Grandma hätte wohl gern ein bißchen Gesellschaft. Grandma sagt, sie habe nur ihre Familie gern. Mum sagt, sie kenne einen schönen Club.

Zuhause ist es schöner.

Aber es langweilt dich, hast du gesagt.

Ob Osten oder Westen, zuhause ist's am besten.

Es wäre eine Abwechslung für dich, nur für ein paar Stunden.

Es geht mir gut so.

Es wäre einmal etwas anderes.

Zu Hause ist es schöner.

Mum ist ungeschickt. Sie versucht allen Ernstes, die Sache logisch anzugehen. Es ist hoffnunglos! Sie glaubt, geschickt vorzugehen und den Boden vorzubereiten, aber davon kann keine Rede sein. Ich frage leise, ob Grandma sich verbarrikadiert hatte. Mum sagt, nein, alles war in Ordnung. Bridget sagt, Grandma habe außergewöhnlich gut geschlafen, sei kein einziges Mal aufgestanden. Mum erwähnt noch, Bridget habe zwar kein »Na bitte!« hinzugefügt, es habe aber in ihrer Bemerkung mitgeschwungen. So als ob sie, Mum, nicht glücklich wäre, wenn Grandma durchschliefe, als gäbe es eine Art Wettbewerb. Mum ist ganz aufgeregt. Ich versichere ihr, Bridget wolle sie nicht verletzen. Mum erwidert bissig, das wisse sie selbst, danke vielmals. Grandma fragt, wo *ist* nur diese Bridget, das Gör. Ich sage, sie arbeitet. Grandma schnaubt und sagt: Das soll ich glauben! Sie treibt sich herum, versucht bloß nicht, mir etwas vorzumachen! Immer dasselbe, man erzieht sie zu anständigen Menschen, und dann treiben sie sich herum.

Sie ist eine Versagerin, diese Bridget.

Sei nicht albern, Grandma.

Paß auf, was du sagst!

Bridget schuftet wie eine Sklavin, und sie tut alles für dich, du kämst ohne sie gar nicht zurecht.

Ich komme ohne alle zurecht.

Ohne Bridget kämst du nicht zurecht.

Sie ist eine Versagerin, diese Bridget.

Jetzt bin ich aber ungeschickt. Es ist zwecklos, Grandma davon überzeugen zu wollen, daß Bridget arbeitet und daß sie, wenn sie nicht arbeitet, mit ihr zusammen ist, was eine andere Art von Arbeit ist. Sie beginnt zu schmollen. Sie sagt, sie werde gehen, sie sei nicht gern an einem Ort, an dem sie unerwünscht sei. Sie sagt, sie sei als einzige noch übrig, wie die letzte Rose dieses Sommers, und blühe alleine vor sich hin. Laß sie doch gehen, wohin sie will, sagt Mum.

Sie wandert murmelnd umher. Sie steckt zwei Fünfzig-Pence-Stücke, die auf der Anrichte liegen, in die Tasche, dann findet sie Mums Handtasche und untersucht fasziniert den gesamten Inhalt. Da kommen Alistair und Jamie herein; eine Freundin ihrer Mutter hat sie von der Schule hierher gebracht. Es ist ihr letzter Tag bei uns. Paula und Stuart werden sie morgen abholen. Grandmas Augen leuchten auf. Sie sagt zu ihnen, sie seien hübsche Kerlchen. Die beiden stehen vor ihr, teilnahmslos, und brennen nur darauf wegzulaufen. Grandma berührt Jamies rötliches Haar, und er weicht zurück. Sie fragt ihn, wie er heiße, und er flüstert seinen Namen. Grandma ist entzückt. Sie lehnt sich an die Anrichte und deklamiert mit überschwenglichen

Gesten, sich selbst und das Gedicht karikierend, »Gingst von mir für immer, Jamie!« Als sie bei der Zeile: »Oh, wie oft schwurst Du, daß Nichts scheiden sollt' uns nimmer« angelangt ist, bricht Jamie in Tränen aus. Sie verliert den Faden, beugt sich vor, um ihn zu trösten, ihn zu umarmen, aber er schreit und schlägt mit seinen kleinen Fäusten auf sie ein.

Ich stürze herbei, Mum stürzt herbei. Ich lege meinen Arm um die völlig verschreckte Grandma und führe sie weg. Mum nimmt Jamie auf den Arm, zieht Alistair hinter sich her und bringt sie in die Küche. Grandma fragt, was mit dem armen Kerlchen los sei, ob es ihm nicht gutgehe? Ich sage, nein, er hat die Stuartitis. Grandma fragt, was um Gottes willen das denn sei, ob es ansteckend sei, und ich sage, nur für die Kaltherzigen. Grandma sagt: Kalte Hände, heißes Herz, und ich nehme ihre Hände. Sie sind heiß. Ich frage, ob heiße Hände kaltes Herz bedeuten. Sie sagt, heiße Hände bedeuten: Kann ich eine Tasse Tee haben? Wir lachen. Jamie hat aufgehört zu weinen. Während ich Grandmas Tee zubereite, nehme ich keine Notiz von ihm. Ich bemühe mich, Grandma mit den Augen eines kleinen Jungen zu sehen. Wenn sie ihm vertrauter wäre, wenn er sie jeden Tag sehen würde, wäre er nicht so erschrocken, aber sie ist ihm überhaupt nicht vertraut, er sieht sie nur sechs- oder siebenmal im Jahr, und ich kann nicht leugnen, daß Grandma auf einen Fremden abschreckend wirken kann. Sie ist groß und schwerfällig und sie geht gern ganz dicht an die Leute heran und berührt sie mit ihrem dunklen, zerfurchten Gesicht, und ihre Barthaare kitzeln. Dazu noch ihre Stimme, die Jamie wahrscheinlich am meisten erschreckt, so tief und rauh und schottisch. Aber ich lasse keine Entschuldigungen zu. Ganz sicher kann selbst ein Kind fühlen, daß Grandma freundlich und sanft ist.

Grandma trinkt ihren Tee. Sie seufzt vor Wohlbehagen. Dann tritt ein seltsamer Ausdruck auf ihr Gesicht, teils Unruhe, teils Überraschung. Sie zerkaut laut schmatzend einen Keks, mit leeren Augen, die Gedanken weit fort. Ich hole mir ein Buch. Grandma beginnt, sich zu erheben, und sagt, die Männer kämen zum usw. usw. Ich ignoriere sie. Es ist noch eine Stunde, bis Bridget kommt. Endlich auf den Beinen, steht Grandma wie angewurzelt da. Ich beobachte sie aus den Augenwinkeln. Sie dreht sich immer wieder um sich selbst. Dann fragt sie, warum lassen die Leute nasse Sachen auf den Stühlen liegen, wird das denn nie aufhören? Das ist neu. Ich lege mein Buch hin. Sie dreht sich immer noch, und plötzlich sehe ich auf der Rückseite ihres Kleides einen dunklen Fleck. Inzwischen ist Alistair in das Zimmer gekommen und drückt sich an der Wand entlang. Seine Augen werden größer, und ehe ich ihn bremsen kann, schreit er los: »Grandma hat in die Hose gemacht!«

Jenny

Charlie meinte, die Tatsache, daß Grandma einmal in die Hose gemacht habe, nur ein einziges Mal, bräuchte man den Leuten von der Tagesstätte nicht zu melden. Auf jeden Fall zieht er es vor, es so darzustellen, als hätte Grandma nur vergessen, zur Toilette zu gehen, und ich teile seine Ansicht. Bridget sagte sofort: »Irgend etwas muß sie aufgeregt haben«, und da hat sie natürlich recht. Wenn Kinder weinen – ob aus Wut oder vor Schmerz –, wird Grandma traurig. Es ist leicht, den unglückseligen Vorfall mit Jamie als Ursache für dieses Mißgeschick anzusehen. Außerdem hätte Hannah Grandma nicht noch mehr Tee geben sollen, aber sie konnte ja nicht wissen, daß Grandma schon drei große Becher Tee getrunken hatte. Wie Bridget sich beeilte festzustellen, war mal wieder alles viel Lärm um nichts.

Aber das stimmt nicht. Jedesmal, wenn etwas Neues passiert, ändert sich das ganze Bild. Inkontinenz ist zu befürchten. Grandma ist kein Baby, sie kann nicht einfach hochgehoben und trockengelegt werden, wenn sie sich eingenäßt hat – es ist ein Kraftakt. Ihre ganzen Kleider müssen gewechselt werden, und das dauert Stunden. Werden die Helferinnen da mitmachen? Wenn es zum ersten Mal passiert, werden dann alle gleich kündigen? Bridget regt sich schon über den

Hinweis auf, daß es unangenehm sein könnte, Grandma die Kleider zu wechseln, und daß Mrs. O'Malley und Susan und Lola sicher keinen Wert darauf legen, es mit Grandmas nassen Schlüpfern zu tun zu bekommen. Aber Bridget ist ja auch Krankenschwester. Ich bin es nicht. Ich finde es selbst ziemlich unangenehm. Offen gestanden, möchte ich es selber auch nicht machen.

Doch den Leuten von der Tagesstätte haben wir es nicht mitgeteilt. Sie hatten uns gesagt, sie könnten Grandma nicht nehmen, wenn sie inkontinent sei, und wir sagten – zu diesem Zeitpunkt wahrheitsgemäß –, daß sie es nicht sei. Vielleicht würde es nie wieder vorkommen (so wie Grandma sich nie wieder verbarrikadiert hat, seit Hannah damals die Türen verrammelt vorfand). Und wenn ja, nun, dann konnte man es auch nicht ändern. An dem Nachmittag, an dem wir Grandma das erste Mal zum Altenzentrum brachten, achtete ich darauf, daß sie vorher zwei Stunden lang keinen Tee trank und ihre Blase geleert hatte. Sie wußte, daß irgend etwas bevorstand, obwohl ich es aufgegeben hatte, sie vorzubereiten. Sie war nervös, räusperte sich andauernd, und als ich ihr den Mantel anzog, sagte sie, es schneie und sie wolle lieber zu Hause bleiben. Ich deutete auf die Oktobersonne, die durch die Fenster flutete, und auf den blauen Himmel. Ich sagte, es sei ein herrlicher Tag, und ein kleiner Ausflug würde ihr guttun. Na gut, sagte sie resigniert.

Charlie saß am Steuer, Grandma auf dem Vordersitz neben ihm. Charlie redete die ganze Zeit, Grandma schwieg, als würde sie zu ihrer eigenen Hinrichtung gefahren. Als wir vor dem Altenzentrum vorfuhren, wurden unglücklicherweise aus einem Kleinbus gerade mehrere alte Leute ausgeladen, von denen einige sehr schwer behindert waren. Grandma schaute entsetzt zu, wie sich eine Frau vornübergebeugt auf einen Gehbock stützte und sich mühsam durch die Tür bewegte, und eine andere, eindeutig durch einen Schlaganfall gelähmt, mit völlig verzerrtem Mund, von den Helferinnen fast hineingetragen wurde. Grandma sagte, sie sehe nicht gerne alte Leute, die armen Dinger. Während wir warteten, stieg als nächstes ein recht munter wirkender Mann aus dem Wagen, der sich an eine der Helferinnen wandte und sie um einen Kuß anbettelte, den sie ihm lachend gab. Dabei nannte sie ihn einen alten Lüstling. Grandma schauderte. Sie sagte, wenn sie etwas nicht ausstehen könne, dann seien das Vertraulichkeiten und Männer, sie wären alle gleich.

Grandma kann sehr gut gehen, aber um unsere Solidarität zu beweisen, nahmen wir sie in unsere Mitte. Wir übertrieben es: Charlie begeisterte sich lautstark für den Garten im Innenhof und den schönen Springbrunnen, und ich geriet in Verzückung über die Plakate an den Wänden und die bequemen Stühle, und wir beide baten sie nachdrücklich, dem fernen Gesang zu lauschen. Sie sagte kein Wort. Wir wußten nicht recht, wo wir sie hinbringen sollten, aber da kam eine Frau in einem rosa Kittel aus einem Büro heraus, lächelte, nickte und fragte, ob das Mrs. McKay sei. Gott sei Dank redete sie Grandma mit ihrem vollen Namen an. Sie sagte, sie werde Grandma mitnehmen, damit sie ihren Mantel aufhängen könne, und dann hätte sie vielleicht gern eine schöne Tasse Tee. Wir folgerten daraus, daß wir gehen sollten. Charlie gab Grandma einen Kuß und sagte, er hoffe, sie werde sich gut unterhalten. Als ich versuchte, dasselbe zu tun, zischte

Grandma mir ins Ohr: »Laß mich nicht allein – hier sind Männer in der Nähe.« Die Frau reagierte sehr geschickt. »Sie bleiben bei mir, Mrs. McKay«, sagte sie, »und ich bin schließlich kein Mann, oder?« Grandma war verlegen und sagte, sie habe nichts gegen Männer. Und dann gingen sie den Flur hinunter.

Die nächsten zwei Stunden vertrödelte ich. Charlie ging wieder zur Arbeit, und ich fuhr, nachdem ich ihn an der U-Bahn-Station abgesetzt hatte, nach Hause und machte mir Sorgen. Um diese Zeit war niemand daheim. Ich sehnte mich nach Hannah, die Verständnis für Grandmas Pathos und die merkwürdige Art hat, mit der sie uns gefühlsmäßig zu erpressen versteht, ohne es zu beabsichtigen. Es war viel schlimmer, als ein Kind zum ersten Mal allein in der Schule zurückzulassen. Ein Kind *muß* zur Schule gehen, die ganze Zukunft eines Kindes hängt von den Beziehungen ab, die es in der Schule knüpft. Aber Grandma muß nicht in die Tagesstätte gehen, und sie ist nicht mehr imstande, irgendwelche Beziehungen zu knüpfen. Es hat keinen Zweck, mir einzureden, daß sie dort ist, weil es ihr Spaß machen wird, wie Charlie beharrlich glauben möchte. Bridget hat recht, sie ist dort, um uns zu entlasten und um auf das Leben in einem Heim vorbereitet zu werden. Ich habe ein ungutes Gefühl dabei. Trotzdem war ich, als ich sie allein abholen ging, voller Hoffnung. Ich fuhr absichtlich früh los, um Grandma unbemerkt beobachten zu können, genauso wie ich bei meinen Kindern immer zu früh kam, um durch die geöffnete Klassentür zu spähen. Als ich um das Altenzentrum herumging, fand ich es immer noch so freundlich wie damals, als wir es besichtigt hatten, und ich faßte neuen Mut. Grandma war in einem Raum und sang aus voller

Kehle. Ich sah sie inmitten eines Halbkreises von Frauen und Männern, die *Afton Water* sangen. Ich winkte ihr zu. Sie nahm keine Notiz von mir. Die Frau, die für die Gruppe zuständig war, begleitete sie zu mir hinaus. Sie sagte, Grandma habe sich prächtig unterhalten, und was für eine großartige Stimme sie habe! Für das nächste Mal werde sie noch ein paar schöne Burns-Lieder heraussuchen. Während ich Grandma den Mantel anzog, sah ich verstohlen nach, ob sie trokken war – sie war es. Halleluja!

Als ich Grandma heimfuhr, war ich gehobener Stimmung. Es hatte geklappt, ein ganzer Nachmittag an einem fremden Ort, und das ohne Katastrophen! Da ich jetzt wußte, wie gut alles gegangen war, würde ich beim nächsten Mal kein schlechtes Gewissen mehr haben, Grandma dieser Prozedur zu unterziehen. Es war so viel besser für sie, als in ihrer Wohnung herumzusitzen. Ich brachte sie gleich in ihre Küche und wartete auf Mrs. O'Malley. Als ich versuchte, mit ihr über die Tagesstätte zu reden, leugnete Grandma, irgendwo gewesen zu sein; sie wußte nicht mehr, daß sie gesungen hatte, und reagierte gereizt auf meine Versuche, sie daran zu erinnern. Mrs. O'Malley sagte, sie sehe erschöpft aus. Entwickle ich allmählich denselben Verfolgungswahn wie Bridget, oder schwang in ihrer Stimme eine leise Mißbilligung mit? Wenn ja, ist es absurd, und ich werde mich davon nicht deprimieren lassen. Charlie war erfreut zu hören, daß der Nachmittag gut verlaufen war. Er sagte, es werde nicht lange dauern, und wir würden Grandma jeden Tag dorthin bringen können. Es werde uns sehr entlasten. Ich sagte, er solle das lieber nicht vor Bridget wiederholen.

Wenn Grandma eine Last ist, dann habe ich sie mir

freiwillig aufgebürdet, und Charlie weiß das. Ich hätte mich nicht so zu engagieren brauchen – niemand hat mich darum gebeten, am wenigsten von allen Bridget. Ich hätte es wie Paula machen können, sie einmal in der Woche besuchen und Distanz zu ihr wahren. Es ist ja keineswegs so, daß Grandma mich besonders mag. Was ihre Sympathien anbelangt, so stellt sie mich auf eine Stufe mit Paula. Und sie war genauso dagegen, daß ich Charlie heiratete, wie sie dagegen war, daß Paula Stuart heiratete. Wir waren beide nicht die Richtigen für ihre geliebten Söhne. Ich engagiere mich so sehr für Grandma, weil sie es wert ist. Sie ist eine gute Frau, die ein schweres Leben hatte, und sie hat Fürsorge und Zuwendung verdient. Das Gute in Grandma spricht das Gute in mir an – darin besteht unsere Verbindung. Aber ich liebe sie nicht, und ich stehe ihr nicht nahe, und als wir beide noch jünger waren, konnte ich sie weder in meinem Haus ertragen, noch konnte ich es in ihrem aushalten. Da unsere Persönlichkeiten so gegensätzlich waren, gerieten wir oft aneinander.

Hannah dagegen liebt ihre Großmutter (deswegen hat sie auch bei Bridget einen Stein im Brett). Es ist nicht gut für Hannah, daß sie immer noch so viel mit ihrer Großmutter zu tun hat. Bridget wurde wütend, als ich ihr das sagte, als ich ankündigte, daß ich Hannah, wenn Grandma inkontinent werden sollte, nicht erlauben würde, sie umzuziehen. »Warum denn nicht?« fragte Bridget. »Es ist zu abstoßend«, erwiderte ich, entschlossen, aufrichtig zu sein. »Na, du bist vielleicht ein zartes Pflänzchen«, spöttelte Bridget. »Du lieber Himmel, ich wundere mich, wie du überhaupt in dieser Welt überleben kannst! Wenn das das Abstoßendste ist, was deine Hannah in ihrem Leben wird tun müssen, dann ist sie wirklich gut dran, ich muß schon sagen!«

Wenn uns Grandma früher, in den Jahren nach unserer Heirat, besuchen kam, wusch sie immer als erstes ihre Unterwäsche aus. Sie traf am Abend ein, und das erste am nächsten Morgen war, daß sie in der Küche stand und ihren Schlüpfer auswusch. »Ich wasche nur meine Hosen aus«, flüsterte sie dann immer. Sie brauchte eine halbe Stunde dafür: einweichen in ganz wenig heißem Wasser, ausspülen in ebenso wenig kaltem Wasser, dann auswringen mit ihren unglaublich kräftigen Händen, hinausbringen in den Garten und in der Mitte einer Wäscheleine aufhängen. Hat sie nur einen Schlüpfer? fragte ich mich immer. Nein, sie hatte drei – einen zum Tragen, einen in der Wäsche und einen als Reserve. Es war einfach paradox: Einerseits war ihr jede Erwähnung körperlicher Funktionen zuwider, ja, sie fühlte sich dadurch tief verletzt (vor allem, wenn es um den Besuch auf der Toilette ging), andererseits war sie wie besessen davon, während des Familienfrühstücks ihre Schlüpfer zu waschen und empfand große Befriedigung, wenn sie sie vor unser aller Augen im Wind flattern sah. Und dann hatte sie, die an Nacktheit Anstoß nahm, eine Vorliebe dafür, sich an heißen Tagen geistesabwesend »zu entblättern«, wie sie es nannte. Da saß sie in unserem Garten und verkündete, sie werde bei lebendigem Leib geröstet, und begann ganz langsam, sich die Kleider auszuziehen. Einmal, als sie bei ihrem Unterhemd angelangt war, sagte Adrian: »Huch!«, und sie war tief getroffen (ihr Lieblingsausdruck, wenn sie beleidigt war). Sie fragte ihn, was zum Teufel mit ihm los sei, und ob er noch mehr Unerfreuliches zu sagen habe. Natürlich nannte Bridget ihn ein kleines Scheusal und ermunterte ihre Mutter, sich ganz auszuziehen.

Ihre Beine waren und sind das Schlimmste. Grandmas ganzes Leben läßt sich an ihren Beinen ablesen. Einmal hat sie sich ihre gräßlichen Krampfadern chirurgisch entfernen lassen; die Narben sehen entsetzlich aus. Und dann sind da noch die Verbrennungen. Darüber kann sie noch immer nicht sprechen, weil damals auch Stuart Brandwunden davontrug. Ich habe immer wieder versucht, sie nach dieser langen Zeit dazu zu bewegen, mir genau zu erzählen, was passiert ist, aber es schmerzt sie so, daß ich nicht weiterfrage. Sie schließt die Augen, schüttelt den Kopf, stöhnt und sagt: schtscht. Nicht einmal Bridget kennt die ganze Geschichte, aber Bridget war damals auch noch gar nicht auf der Welt. Charlie war vier, aber er sagt, er könne sich an nichts erinnern – typisch! Nach dem, was ich von älteren Familienmitgliedern stückchenweise erfahren habe, weiß ich, daß Grandma einen Topf mit heißem Wasser über sich und Stuart, der damals sechs Jahre alt war, verschüttete. Sie verbrühte sich die Beine von den Knien bis zu den Knöcheln, und Stuarts Beine von den Schenkeln bis zu den Knien. Glücklicherweise trug er lange Hosen aus Flanell, wie sie damals für kleine Jungen gerade in Mode waren, sonst wären seine Verbrennungen viel schlimmer gewesen. Ihre waren gefährlicher: Sie hatte Baumwollstrümpfe an, die das kochende Wasser aufsogen, was die Verletzungen noch verheerender machte. Natürlich war niemand im Hause – es handelte sich um kein richtiges Haus, sondern um ein paar Zimmer in dem, was »der Block« genannt wurde – bis auf den vierjährigen Charlie. Es gab kein Telefon. Sie kannte niemanden mit einem

Auto. Sie schickte also Charlie los, einen Nachbarn zu suchen, aber niemand war zu Hause. Er kam unverrichteter Dinge zurück. Sie hatte Stuart die Hosen ausgezogen und seine Schenkel mit Butter eingerieben. Ihre eigenen Beine ignorierte sie. Dann – und diesen Teil der Geschichte finde ich wirklich unerträglich – schleppte sie sich mit dem schreienden Stuart irgendwie zu einer Bushaltestelle und stieg in einen Bus ein, der zum Krankenhaus fuhr. Im Bus wurde sie ohnmächtig. Ohne die dumme Butter wären Stuarts Verletzungen relativ leicht gewesen, aber so entzündeten sie sich. Er war zwei Wochen im Krankenhaus und bekam eine Hauttransplantation. Grandma war drei Wochen dort, aber ihre Hauttransplantationen wuchsen nicht richtig an. Am liebsten – aber dazu kommt es ja nicht – würde ich jedem, der sich wundert, warum ich meiner Schwiegermutter so »ergeben« bin, diese Geschichte erzählen.

Hannah kennt sie natürlich, und sie kennt all die vielen anderen Erzählungen über Grandmas Heldenmut und ihr schweres Leben. Da Grandma nie gestöhnt oder geklagt hat und völlig davon überzeugt ist, daß ihr ganzes Leben wunderbar war, fängt Hannah erst jetzt an, sich alles zusammenzureimen. Dann wird sie böse und fragt, warum Grandma alles, was ihr widerfahren ist, erduldet hat, und die einzige Antwort, die ich parat habe, ist, daß sie keine andere Wahl hatte. Niemand hat sie gefragt, ob sie auf das Leiden vorbereitet sei, ehe es sich dann tatsächlich einstellte. Eine von Grandmas besonders bösen Bemerkungen lautete: »Wir könnten alle einen Nervenzusammenbruch bekommen, wenn wir wollten – aber bitte ohne mich!« Für Hannah ist gerade das das Rätsel: Warum ist Grandma nicht einfach unter der Last der Unglücke, Todesfälle und Mißgeschicke aller Art zusammengebrochen? Warum rannte sie, als sie sich verbrüht hatte, nicht laut schreiend auf die Straße? Warum wartete sie auf diesen verdammten Bus? Warum legte sie sich, als ihr Mann starb, nicht ins Bett und weinte? Ist es Tapferkeit – diese Art von Tapferkeit, wie sie Frauen eigen ist, die, für die es keine Orden und keinen Ruhm gibt –, oder ist es Dummheit? Wer kann das sagen? Grandma nicht und ich nicht. Es ist ein Rätsel, das Hannah für sich selbst lösen muß.

–

Mrs. O'Malley rief an, als wir gerade beim Frühstück saßen. Grandma habe eine sehr unruhige Nacht gehabt, und sie denke nur, wir sollten das wissen. Sie habe auch ihr Nachthemd eingenäßt, doch glücklicherweise nicht das Bett. Sie dächte nur, wir sollten auch das wissen. Sie sagte ausdrücklich, daß sie sich nicht darüber beklage – »Dafür werde ich schließlich bezahlt«, sagte sie –, und das war im Vergleich zu Mildred ein Fortschritt. Sie frage sich aber, ob es damit zusammenhänge, daß die Tagesstätte sie überfordert habe. Ich sagte, vielleicht, es sei sowieso nur ein Experiment gewesen. Mrs. O'Malley versprach, am Ende der Woche zu berichten, wie es Grandma ging.

Charlie war beim ersten Mal nur aus einem Gefühl von Solidarität mitgegangen. Heute fuhr ich sie allein hin. Ich ging früh los, um genug Zeit zu haben, sie zur Toilette zu bringen, ihr den Mantel anzuziehen und sie ins Auto zu verfrachten. Susan war noch da. Normalerweise geht sie um halb zwei, wenn sie Grandma ihr Mittagessen gegeben hat, doch obwohl es fast viertel vor zwei war, saß sie noch am Küchentisch, trank Tee und unterhielt sich mit Grandma. Es war ein ganz bewußt inszenierter Auftritt. Susan hatte ihre Hand in Grandmas gelegt und redete mit summender Stimme, so unnatürlich und süß, wie manche Leute meinen, mit Babys sprechen zu müssen. »Du hast schöne Haare, Darlin'«, sagte sie gerade, als ich eintrat. »Sie sind genauso wie die von meiner Mami waren, bevor sie starb. Ah, was hab ich meine Mami lieb gehabt, geradeso wie dich, Darlin', du Schatz du, deine Susan hat dich so lieb und ist so lieb zu dir, nicht wahr?« Als ich hereinkam, sprang sie scheinbar erschrocken auf und rief in einem grundfalsch klingenden Südstaatenakzent aus: »Ich muß schon sagen, Missus McKay«, genau wie in *Vom Winde verweht.* Ein Baby schmierte dem anderen Marmelade auf den Mund – sie saßen angegurtet nebeneinander in einem Zweier-Buggy –, zwischen ihnen stand ein Marmeladenglas und über ihre Knie war eine mit aufgeweichtem Zwieback verschmierte Decke gebreitet. »Das sind meine Neffen«, sagte Susan. »Mrs. McKay hier liebt die Schnuckelchen, was, Darlin'?« Grandma rollte mit den Augen, und Susan lachte und erzählte mir, wieviel Spaß sie miteinander gehabt hätten.

Bridget glaubt, daß Susan stiehlt. Sie behauptet, die Zigaretten würden nicht einfach so abhanden kommen, sondern Susan stecke sie ein. Ich kann es nicht ausstehen, wenn Bridget damit anfängt. Aber ich wage nicht zu sagen: »Was ist schon dabei?« Für Bridget ist dieses »Stehlen« – die Rede ist wohlgemerkt von ein paar Zigaretten am Tag – ein Angriff gegen ihre Mutter. Sie meint, es sei ungeheuerlich von Susan, und will es immer mit ihr »ausdiskutieren«. Oder ihr eine Falle stellen. Ich weigere mich, darüber zu debattieren – soll Susan doch die Zigaretten behalten, falls sie sie wirklich mitgehen läßt. Bridget argwöhnt auch, daß die Babys, die sie mitbringt, mit Grandmas Zucker, Grandmas Keksen, Grandmas Marmelade gefüttert werden. Ich erkläre, ich hätte sie bezahlt, und es sei mir egal, und Bridget brauche sich gar nicht aufzuregen. Bridget sagt, es gehe ums Prinzip. Grandma habe *nie* gestohlen, und dabei sei sie ärmer gewesen als Susan. Aber Bridget hält, wie wir alle wissen, ihre Mutter für vollkommen.

Ich sagte Susan, wo wir hingingen. Ihr Gesicht wurde ernst. »Das wird sie nicht mögen«, sagte sie und schüttelte den Kopf. »Sie ist glücklicher hier. Sie wissen nicht, wie die Leute dort behandelt werden.« Ich sagte, doch, das wisse ich, und daß es Grandma gefallen habe, etwas Gesellschaft zu haben und ein wenig herauszukommen. Susan wandte sich an Grandma und sagte: »Hat dir die Tagesstätte gefallen, Darlin'? Deiner Susan kannst du es ruhig sagen.« Grandma fragte, wer Susan sei. Susan lachte wieder aus vollem Halse. »Das sagt sie manchmal zu mir«, keuchte sie und hielt sich ihren dicken Bauch. »Sie sagt, wer ist Susan, und ich sage, *ich* bin Susan. Ich passe seit fast drei Jahren jeden Tag auf dich auf, und da fragst du, wer ist Susan.« Grandma sagte, sie passe schon auf sich selber auf. »Natürlich, Darlin'«, sagte Susan. Grandma fragte, ob irgend jemand eine Tasse Tee für sie machen würde oder ob sie ihn wie üblich selber machen müsse, und wenn sie ihn dann fertig habe, würden wir natürlich auch eine Tasse haben wollen.

Susan half mir, Grandma zurechtzumachen. Ich hätte auf die Hilfe verzichten können. Je mehr Susan redete, um so verwirrter wurde Grandma. Schließlich war sie überzeugt, daß es sich bei Susans sogenannten Neffen um Susans eigene Kinder handelte. »Gib ihnen einen Penny«, sagte sie zu mir. Ich sagte, sie würden das Geld nur in den Mund stecken. »Dann gib es ihrer Mutter, wo ist meine Tasche, ich habe einen Haufen Geld, die armen Kleinen.« Ich gab Susan ein Zehn-Pence-Stück. Sie drückte es mir ostentativ wieder in die Hand. Es war schwer zu entscheiden, was peinlicher war, es zu behalten oder darauf zu bestehen, daß sie die verflixte Münze annahm. Endlich gingen wir hinaus, Susan schob ab, und die »Neffen« brüllten, weil man sie ihrer Marmelade beraubt hatte. Das Geschrei setzte Grandma zu, und ich wünschte, Susan würde endlich um die Ecke biegen, wo sie das Gebrüll sicher irgendwie zu stoppen wüßte.

Als wir vor der Tagesstätte anhielten, war alles frei. Wir waren entweder vor oder nach der Ankunft des Kleinbusses mit den Behinderten da. Doch obwohl überhaupt nichts in Sicht war, was Grandma hätte beunruhigen können oder was ihr auch nur verraten hätte, wo wir uns befanden, wollte sie sich partout nicht von der Stelle rühren. Sie sagte, ihre Beine seien wie festgenagelt und sie müsse nach Hause. Es hatte keinen Zweck zu sagen, daß ihre Beine zu Hause genauso festgenagelt sein würden wie hier – logisch zu argumentieren wäre reine Zeitverschwendung gewesen. Ich stand da, schaute auf sie herunter, die Wagentür stand weit offen, und dachte nach. Grandma sagte, es sei verdammt kalt, und wenn die Leute doch nur die verflixte Tür zumachen würden, die Wärme vom Kamin entweiche nach draußen. Ich fingerte an dem Zehn-Pence-Stück herum, das Susan mir zurückgegeben hatte, Grandma starrte unbeweglich vor sich hin. Vorsichtig bückte ich mich und legte die Münze ungefähr 30 cm von der Autotür entfernt auf den Boden. Sie glänzte auffällig in der Sonne. Dann trat ich ein wenig zurück. Mein Schatten verschwand, und Grandma drehte sich um, um zu sehen, wo ich geblieben war. Auf dem schmutzigen Pflaster war die Münze unübersehbar. »Oh!« rief sie aus und zeigte darauf. »Schau, das Geld da! Jemand hat es fallen lassen. Bringen wir es zur Polizei?« Ich rührte mich nicht, sagte aber: »Es ist nur ein Zehn-Pence-Stück. Es lohnt sich nicht, es aufzuheben.« – »Um Gottes willen!« tobte Grandma los und kämpfte sich frei. Sie schwang ihre Beine aus dem Auto, murmelte, daß manche Leute es sich vielleicht leisten könnten, aber wenn man hinter dem kleinen Geld her sei, käme das große von selber, und sie habe nie gedacht, daß sie den Tag erleben würde, an dem es sich nicht mehr lohne, eine Silbermünze aufzuheben. Ich half ihr auf und stützte sie, während sie sich bückte, um das Zehn-Pence-Stück aufzuheben. Sie hielt es triumphierend umklammert. »Bringen wir es zur Polizei?« fragte sie. Ich warf die Tür zu und führte sie, ohne zu antworten, in die Tagesstätte, wo sie jedem, dem sie im Flur begegnete, die Münze entgegenhielt und fragte, ob sie ihm gehöre. Ihr Gesicht war vor Aufregung ganz rot. Ich übergab sie derselben Frau wie am Tag zuvor.

Auf dem Weg nach Hause grübelte ich über Grandmas Liebe zum Geld nach. Sie war alles andere als habgierig oder knauserig, doch im Hinblick auf Geld hatte sie die Mentalität eines Geizkragens. Grandma ist überhaupt nicht bösartig, sie würde jedem Bedürftigen ohne jede Einschränkung helfen, aber es macht ihr selbst jetzt noch Spaß, mit Geld umzugehen, es in der

Hand zu halten, seinen Wert zu schätzen und sich daran zu freuen. Wenn sie diesen Charakterzug nicht hätte, wäre sie wahrscheinlich während der schlimmsten Phase ihres Witwendaseins untergegangen. Bridget fragt sich immer, wie Grandma sich mit ihrer winzigen Witwenrente überhaupt über Wasser halten konnte. Wie hatte sie es geschafft, keine Schulden zu machen und nie zu betteln? Da gab es natürlich noch ihre ausbaufähigen Ersparnisse, die hundert Pfund, die sie zum Zeitpunkt ihrer Heirat besaß. Sie pflegte ihren Kindern lachend zu sagen, ihr Vater habe sie wegen ihres Bankkontos geheiratet, und in den dreißiger Jahren waren hundert Pfund tatsächlich ein hübsches Sümmchen. Wenn sie erzählte, wie sie ihre Familie durchbrachte, verhielt es sich mit diesen hundert Pfund wie mit der wunderbaren Brotvermehrung. Man hatte den Eindruck, alles wäre von diesen Ersparnissen abgezweigt worden. Im Umgang mit Geld war sie genial, ganz anders als die meisten Frauen ihrer Schicht und ihrer Bildung. Als Charlie, der selbstverständlich weiß, wo er sein Gespür für Finanzen her hat, ihre Angelegenheiten in die Hand nahm, erstaunte es ihn festzustellen, wie ausgezeichnet seine Mutter ihren erbärmlichen Notgroschen verwaltet hatte. Sie besaß ein paar wertlose Kriegsschuldverschreibungen, die sie sich hätte auszahlen lassen sollen, aber sie hatte auch Prämienanleihen gekauft, kleine Gewinne damit erzielt und diese dann – zweimal je fünfzig Pfund – in staatlichen Sparbriefen angelegt. Es machte ihr Spaß, mit Geld und Zahlen umzugehen. Nichts regte sie mehr auf als die Geringschätzung finanzieller Dinge. »Geld regiert die Welt«, pflegte sie zu sagen, und wenn ich, provozierend, aber mit vollem Ernst, sagte, natürlich regiere Liebe die Welt, sagte sie: »Das glaubst du doch selber nicht.«

Man konnte also Grandma immer noch damit aus dem Auto locken, daß man eine Münze fallen ließ. Aber der Gedanke an den ständigen Griff in die Trickkiste war mir unangenehm. Alles wird zum Trick – man wendet Tricks an, damit sie aufsteht, Tricks, damit sie ißt, Tricks, damit sie auf die Toilette geht. Es ist deprimierend, mit so vielen Tricks arbeiten zu müssen. Als ich nach Hause fuhr, fragte ich mich, ob die Tricks und Schwindeleien irgendeinen Schaden anrichten könnten. Was drückte Grandma wirklich aus, als sie verkündete, ihre Beine seien wie festgenagelt? Auf die einzige ihr noch mögliche Art sagte sie, daß sie nicht zur Tagesstätte gehen wollte. War das etwas, über das man ihr hinweghelfen konnte? Oder sollten wir, statt mit Kunstgriffen zu operieren, ihren Wunsch respektieren? Charlie war der einzige, der keine Zweifel hatte. Als ich versuchte, beim Abendessen darüber zu diskutieren, sagte er, selbstverständlich sei es für Grandma besser, wenn sie Gesellschaft habe, beschäftigt sei und beaufsichtigt werde, wenn sie irgendwo sei, wo es hell und freundlich sei, statt nachmittags von halb zwei bis halb vier allein in ihrer Küche herumzusitzen, bis ich sie abholte. Er sagte im Brustton der Überzeugung, daß es in ihrem eigenen Interesse sei, ins Altenzentrum zu gehen – man könne sie nicht mehr allein lassen. Sie brauche nur zu stolpern und hinzufallen, dann würde sie womöglich zwei Stunden dort liegen, bis wir es merkten.

Es ist komisch, aber Grandma ist niemals hingefallen. Ich glaube auch nicht, daß sie gestürzt ist, als Mildred sie damals auf dem Boden fand – ich glaube, sie hat sich einfach dort hingelegt, weil sie vergessen hatte, wie man sich ins Bett legt. Tagsüber ist sie noch nie hingefallen. Sie ist groß und ungelenk und unglaublich schwerfällig, aber sie ist trotzdem nie hingefallen oder hat etwas zerbrochen. Sie sagte immer, es komme daher, daß sie so langsam sei, und das könnte tatsächlich eine Erklärung sein. Sie macht alles sehr, sehr langsam und ist offenkundig immer ängstlich bemüht, nichts kaputtzumachen. Ihre früheren Zimmer waren vollgestopft mit ungeschickt plazierten Gegenständen aller Art – ein Labyrinth voller Fallen, in die sie aber nie hineingetappt ist. Es juckte mich immer in den Fingern, ihr ganzes Gerümpel hinauszuwerfen und mehr Platz für sie zu schaffen, aber sie wollte nichts davon hören. Sie mochte Unordnung. Ihre Wohnung hier unten ist viel besser eingerichtet – es gibt zum Beispiel nicht mehr diese Lampen mit den herabbaumelnden Drähten von der lebensgefährlichen Sorte, die sie so liebte –, trotzdem schiebt sie Möbel hin und her und ruht erst, wenn das Durchqueren eines Zimmers zum Hindernislauf wird.

Ich stelle fest, daß ich jetzt unablässig an Grandma denke. Ich träume mit offenen Augen, mache mir Sorgen, denke an die Zukunft. Es wäre wirklich viel besser, wenn ich sie wie üblich hier hätte, und sie Tee trinken oder keinen Tee trinken und einfach herumwandern würde. Wie Bridget mit Unterstützung von Hannah zu sagen pflegt: Wozu das ganze Theater?

Hannah

Adrian und ich bringen Grandma zur Fußpflegerin. Sie würde auch zu Grandma ins Haus kommen, aber es ist immer eine Abwechslung für Grandma, und deshalb fahren wir sie hin. Und es ist das, was Mum eine nette kleine Aufgabe für Adrian nennt: Er ist der Chauffeur. (Adrian ist *sehr* stolz darauf, daß er seine Fahrprüfung im letzten Jahr auf Anhieb bestanden hat.) Er fährt sie, aber aus Gründen, die mir schleierhaft sind, kann er sie nicht in die Praxis begleiten und ihr die Strümpfe ausziehen. Mum sagt, es wäre Grandma peinlich, wenn Adrian ihr die Strümpfe auszöge. Dann müßte er ja am Strumpfhalter herumfingern – Grandma und ihr Strumpfhalter sind unzertrennlich –, und Mum sagt, das wäre zuviel verlangt. Ich kann nicht einsehen, warum, aber Mum behauptet, daß es Grandma etwas ausmachen würde. Wie man das beweisen könnte, weiß ich nicht. Aber ich gehe trotzdem mit und betätige mich als Strumpfauszieherin. Wieder einmal Frauenarbeit.

Adrian hat keine Ahnung, wie er Grandma in das Auto bekommen soll. Er steht nur hilflos da und fragt, warum sie sich nicht einfach hinsetzen könne. Grandma steht genauso hilflos da; sie starren sich an, und Grandma fragt Adrian, ob er Duncan heiße. Er sagt nein, natürlich nicht, und sie sagt, das sei schade, weil sie ein Gedicht über Duncan Davidson kenne, das sie an ihn erinnere, und das gehe so usw. usw. Ich sage, wenn wir hier noch lange herumstehen, kommen wir zu spät. Dann ziehe ich meine Schau ab. Ich deute auf den Boden des Autos und sage zu Grandma, sie solle das Bonbon aufheben, es würde dort nur vergammeln. Sie bückt sich langsam, und als ihre Hand den Boden vor dem Beifahrersitz fast erreicht hat, lege ich ihr schützend die Hand auf den Kopf, dann gebe ich ihr von der Seite einen Schubs, so daß sie auf den Sitz fällt, und hebe ihre Beine hinein. Das wäre geschafft. Adrian ist entgeistert. Er sagt, ich sei grausam. Ich sage, er solle den Mund halten. Er hat nicht die geringste Ahnung, wie man mit Grandma umgehen muß.

Er fährt so langsam, als hätte er eine Ladung Porzellan an Bord. Grandma fragt, wie lange es dauern werde. Adrian sagt, fünf Minuten. Grandma ist erstaunt. Sie sagt, das sei schon ein gutes Stück schneller als mit dem Zug. Ich sage ihr, daß sie zur Fußpflege fährt. Grandma sagt, ihre Hühneraugen seien fürchterlich, aber es habe keinen Sinn, irgend etwas dagegen zu machen, weil die verdammten Dinger einfach nachwüchsen, und es sei reine Zeitverschwendung. Inzwischen sind wir an der Fußpflegepraxis eingetroffen. Es ist leichter, ihr aus dem Auto herauszuhelfen, als sie hineinzubekommen. Selbst Adrian schafft es. Als er Grandma beim Aussteigen hilft, kommen gerade ein paar Freunde von ihm vorbei. Einer von ihnen sagt hallo und Grandma ruft auch hallo, und der Freund lacht.

Wie geht's deiner Mutter?

Wie bitte?

Sie glaubt, daß sie deine Mutter kennt.

Ich kenne *seine Mutter und auch seinen Vater.*

Pech gehabt, Grandma, Luke hat keinen Vater.

Unsinn, jeder hat einen Vater.

Lukes Mutter kennt den Vater nicht, er ist ein Retortenbaby.

Adrian!

Arme kleine Seele, du weißt niemals die Stunde ...

Komm, Grandma, konzentrier dich.

So eine Frechheit!

Hi, Adrian.

Hi, Ben.

Hallo, hallo, wie geht's der Dame deines Herzens?

Wie bitte?

Wie geht's deiner Mutter?

Adrian schwitzt, aber seine Freunde gehen weiter. Jetzt steht Grandma aufrecht auf dem Gehsteig, rührt sich aber nicht vom Fleck. Dann fröstelt sie übertrieben und klagt über die nicht vorhandene schreckliche Kälte. Sobald wir die Praxis betreten, klagt sie über die fürchterliche Hitze, und es folgt eine ähnliche Vorstellung mit Keuchen und Pusten. Adrian sagt, er werde draußen warten. Warum nicht, sage ich zu ihm, du hast weiß Gott deine Pflicht getan.

Zweifellos gefällt es Grandma in der Praxis. Sie nickt und lächelt die beiden anderen Wartenden an und versichert ihnen, daß sie ihre Mutter kenne. Der Mann und die Frau gaffen sie an. Sie sind auch alt, aber eindeutig im Vollbesitz ihrer geistigen Kräfte und stolz darauf. Grandma flüstert unüberhörbar, sie seien ungezogen, sie verstehe nicht, was mit ihnen los sei, aber es sei ja auch egal. Sie fängt an, »Green Grow the Rashes« zu singen, und als sie bei der Zeile »Die Arme um mein Liebchen geschlungen ...« angelangt ist, legt sie ihre Arme um mich, und ich lege meine um sie, und wir lachen. Als ihr Name aufgerufen wird, ist sie immer noch bester Laune. Sie kommt nur mühsam auf die Beine und ist ziemlich aufgeregt. Ich begleite sie hinein und ziehe ihr die Strümpfe aus. Ihre Füße sehen aus wie ein Schlachtfeld. Sie sind mit verfärbten Knoten und Höckern bedeckt, und die Haut ist schuppig und blau. Solche Zehen habe ich noch nie an jemandem gesehen. Sie sind groß und ganz eigentümlich verdreht. Ich könnte heulen, wenn ich Grandmas Füße anschaue, aber sie blickt voller Sympathie auf sie hinunter.

Ich sitze draußen. Ich nehme an, die Fußpflegerin hätte nichts dagegen, wenn ich dabeibliebe, aber wenn sie mich fragt, ob ich draußen warten wolle, gehorche ich immer. Ich kann jedes Wort hören. Die Fußpflegerin fragt Grandma, ob sie irgendwelche Probleme mit ihren Füßen habe. Mir kommt die Frage albern vor. Sie sieht doch, was für Probleme Grandma mit ihren armen Füßen hat. Ich warte, daß Grandma ihre Fußprobleme aufzählt, aber nein.

Überhaupt keine Probleme, danke.

Auch nicht mit diesem großen Hühnerauge?

Bemühen Sie sich nicht, ich habe es seit Jahren.

Ich glaube, ich kann Ihnen ein bißchen helfen.

Das sagen sie alle, und alle haben unrecht.

Sind Sie zu Fuß hierhergekommen?

Ja, ich habe einen kleinen Spaziergang gemacht.

Sind Ihre Schuhe bequem?

Ja, schöne Schuhe, ich habe sie beim Co-op bekommen.

Wohnen Sie schon lange in London?

Ich habe nie in London gewohnt, bin nie aus Glasgow weg.

Langes Schweigen.

Tut Ihnen dieses Zehgelenk weh?

Manchmal schon, aber dann haue ich einfach drauf.

Haben Sie beim Gehen keine Probleme?

Überhaupt keine Probleme, danke.

Ich gehe wieder hinein, um ihr die Strümpfe anzuziehen. Die Fußpflegerin erklärt mir, was sie gemacht hat und was sie das nächste Mal machen wird. Wenn sie von Grandma spricht, sagt sie »sie« und »ihre«, als wenn sie eine Idiotin wäre. Als ich ihr die Schuhe anziehen will, gibt es Probleme. Es sind sehr alte Schuhe. Sie sind aus braunem Leder und haben Schnürsenkel und gute, feste Sohlen. Das Leder ist ganz abgewetzt. Da ist ein kleines Loch, das sich schnell zu einem Riß ausweitet, durch den sich Grandmas großer entzündeter Fußballen Platz zu schaffen versucht. Die Fußpflegerin beobachtet uns. Sie meint, »sie« brauche vielleicht einmal neue Schuhe. Grandma braust auf. Sie sagt, es seien gute Schuhe, sie hätten ein Vermögen gekostet und seien völlig in Ordnung. Ich schwitze. Grandma hilft nicht mit. Sie hält ihren Fuß ganz steif und versucht nicht einmal, die Zehen zu krümmen. Einen Schuh hat sie an, und er ist auch zugebunden, aber ich bekomme den linken Fuß nicht in den anderen Schuh hinein. Alles Drücken und Schieben ist zwecklos. Grandma wird böse. Sie beginnt, mit dem Fuß zu treten, und der Schuh fliegt durch die Luft.

Nur immer zu, bind mir den Schuh!

Grandma, benimm dich.

Paß du nur auf!

Paß du selber auf und halt den Fuß still.

Ich mag eben ab und zu ein wenig tanzen.

Nicht gerade, wenn du dir die Schuhe anziehst.

Jetzt bräuchten wir nur noch einen Geiger.
Es ist aber keiner da.
Wo ist eigentlich die Geige von meinem Vater geblieben?
Wer hat sie mitgehen lassen?
Ich habe keinen Schimmer.
Dann schau doch mal nach.
Grandma, sei nicht so albern. Halt den Fuß still, bitte!
Nur immer zu, bind mir den Schuh!

Die Fußpflegerin hat inzwischen den anderen Schuh geholt und bemerkt mitfühlend, ich tue ihr leid. Ich werde sauer und fauche sie an. Dann gebe ich Grandma den Schuh, stehe auf und sage, wenn sie sich nicht beeile, kämen die Männer zum Tee und nichts wäre fertig. Sie zieht sich ihren Schuh selber an und stockt erst, als sie die Schnürsenkel zubinden will, was ich dann schnell erledige.

Als wir nach Hause kommen, sage ich Mum sofort, daß Grandma neue Schuhe braucht, daß ihre Schuhe in einem furchtbaren Zustand sind und daß sich niemand zu wundern braucht, wenn sie immer schlechter gehen kann. Ich stecke Grandmas Füße in ihre Slipper und halte Mum dann die schrecklichen Schuhe unter die Nase. Mum sagt, ich würde ihr nichts Neues sagen. Sie sei mit Grandma in einem Schuhgeschäft gewesen, aber es gebe keine Schuhe, in die ihre entsetzlich verformten Füße hineinpaßten. Sie werde es aber Bridget sagen und sehen, ob ihr etwas einfalle. Da fährt Adrian dazwischen. Er fragt, wie es mit Turnschuhen wäre. Ich lache ihn aus, aber Mum nickt. Adrian holt seine neuen Turnschuhe und probiert sie Grandma an. Sie scheinen ganz gut zu passen. Sie sieht sehr lustig aus, wie sie da auf dem Sofa sitzt, mit Adrians weißen Turnschuhen und den baumwollbestrumpften Beinen. Wir lachen immer noch, als Bridget hereinkommt. Auch Grandma lacht, sie weiß, daß sie eine gute Nummer abgibt. Sie hat den Teewärmer von der Teekanne genommen – denselben, den sie vor Jahren selbst gehäkelt hat und den sie gern auf einer Teekanne sieht, weshalb Mum darauf achtet, ihn möglichst oft zu benutzen – und hat ihn sich über den Kopf gestülpt und gesagt, sie verspüre von irgendwoher einen verdammten Zug. Ein Ohr schaut aus der Öffnung für den Kannenschnabel heraus und das andere aus der Grifföffnung. Die leuchtend roten, blauen, grünen und gelben Streifen des Teewärmers spannen sich über ihren großen Kopf. Adrian brüllt vor Lachen, und ich kann mich auch kaum noch halten. Und nun kommt also Bridget herein. Sie reißt den Teewärmer von Grandmas Kopf. Grandma kreischt und sagt, sie solle damit aufhören. Bridgets Gesicht ist ganz rot vor Wut. Sie *haßt* es, wenn Grandma zur Zielscheibe des Spottes wird, obwohl Grandma es gern hat, wenn sie Heiterkeit auslöst. Bridget ruft wütend: »Mutter!« und reißt ihr Adrians Turnschuhe von den Füßen. Jetzt beginnt Grandma zu stöhnen, daß es ihr am Kopf und an den Füßen kalt sei. Bridget packt das karierte Plaid, das auf dem Stuhl liegt, und wickelt es um Grandmas Kopf. Sie blickt umher, findet Grandmas Schuhe und zwängt ihre Füße hinein. Mum sieht verärgert aus. Sie sagt zu Bridget, es sei nur ein Spaß gewesen. Bridget sagt, manche Späße gingen zu weit. Mum stöhnt wütend auf und geht in die Küche. Ich will etwas sagen, aber Mum fordert mich durch einen Wink auf, den Mund zu halten. Wirklich, Bridget ist sehr merkwürdig.

Aus irgendeinem Grund wirkt Mum nervös. Sie sagt zu Bridget, sie werde feststellen, daß Grandma heute nicht ihren eigenen Schlüpfer anhabe. Es habe ein kleines Mißgeschick im Altenzentrum gegeben, und man habe ihr einen Ersatzschlüpfer gegeben. Mum habe ihn ihr für den Rest des Tages angelassen, die Zeit habe ohnehin nicht für einen Hosenwechsel gereicht, denn sie habe Grandma früh von der Tagesstätte abgeholt, und dann hätten wir sie zur Fußpflege gebracht. Bridget sagt, sie habe es gewußt, sie sei immer gegen diese Sache gewesen, es rege Grandma nur auf. Aber Mum fährt fort, sie erzählt Bridget, sie habe entdeckt, daß das Altenzentrum eine eigene Fußpflegerin habe, daß Grandma also dort versorgt werden könne, und sie hätten auch einen Friseur, könnten ihr die Haare waschen und uns den Ärger ersparen. Das hätte sie besser nicht sagen sollen. Bridget wiederholt mehrmals »Ärger«, als ob sie das Wort nicht verstünde. Sie sagt, für sie sei es neu, daß diese *einfachen* Aufgaben *Ärger* bedeuteten. Mum sagt, Bridget wisse ganz genau, was sie meine. Grandma fragt, ob ihr jemand eine Tasse Tee machen könne, sie sei am Verdursten, sie habe heute überhaupt noch keinen Tee bekommen. Mum sagt, sie habe, seit sie nach Hause gekommen sei, schon vier Tassen getrunken. Grandma sagt nein, und Bridget sagt: »Komm, Mutter, wir gehen zu uns nach Hause, da kannst du so viel Tee haben, wie du willst.«

–

Plötzlich ging alles schief. Als ich das laut sage, meint Mum, es sei nicht so plötzlich. Es habe sich seit langem angebahnt und sei unvermeidlich. Mrs. O'Malley ist nach Irland zurückgegangen. Das ist die erste Katastrophe. Es heißt, die Frau ihres Bruders sei gestorben, und sie sei hingefahren, um sich um die Kinder zu kümmern. Sie hatte nicht vorher gekündigt, aber bei einem wirklichen Drama gibt es auch keine Vorwarnung. Die zweite Katastrophe ist, daß die Leute von der Altentagesstätte – gerade als Mum Grandma daran gewöhnt hatte – sagten, es tue ihnen sehr leid, aber sie könnten sie nicht mehr nehmen. Sie seien weder auf Inkontinente noch auf schwere Fälle von Verwirrung eingerichtet, und aus ihrer Sicht treffe beides auf Grandma zu. Mum fühlt sich vor allem gedemütigt. Sie glaubt, die vom Altenzentrum könnten denken, sie habe versucht, sie reinzulegen, nur damit sie Grandma aufnahmen, und die Aufnahme sei unter Vorspiegelung falscher Tatsachen erfolgt. Dabei handelt es sich doch bei der Inkontinenz und dem Grad der Verwirrtheit wirklich um neue Entwicklungen. Adrian lachte, als er es hörte, und zog Grandma damit auf, man habe sie aus der Schule geworfen. Grandma sagte, sie habe die Schule gern, sie sei bestimmt nicht hinausgeworfen worden, sie sei die Klassenbeste und würde nie im Unterricht fehlen. Einmal, als sie die Grippe hatte, habe ihre Mutter sie ans Bett fesseln müssen, weil sie unbedingt in die Schule gehen wollte, und sie habe die Schule gern usw. usw.

Viel schlimmer aber ist, daß Bridget krank ist. Sie rief heute morgen Mum an und sagte, sie komme nicht aus dem Bett. Mum stürzte sofort zu ihr, und die Erinnerung daran, daß sie sich ein paar Tage zuvor schrecklich über Bridget geärgert hatte (und daß seither eine angespannte Atmosphäre herrschte), war wie ausgelöscht. Grandma lag im Bett, und Bridget lag im Bett, im selben Bett. Grandma war dreimal in der Nacht aufgestanden, und Bridget hatte bei ihr geschlafen, um sie zu beruhigen. Mum sagte, Grandma mochte es, so eng an

Bridget geschmiegt dazuliegen, aber Bridget war kreidebleich und hatte heftige Schmerzen. Sie hat fürchterliches Rheuma. Da Bridget Krankenschwester ist, sagt Mum, gebe es an dieser Diagnose nichts zu rütteln. Aber Tatsache ist, daß Bridget deswegen nie einen Arzt aufgesucht hat – jedenfalls seit Jahren nicht mehr. Das Rheuma äußert sich darin, daß ihre Gelenke an den Beinen anschwellen, und es wirkt sich auch irgendwie auf ihren Rücken aus. Das Ergebnis ist, daß sie sich fast nicht mehr bewegen kann. Aber so schlimm ist es noch nie gewesen. Bridget konnte sonst immer noch etwas herumhumpeln. Jetzt kann sie nicht einmal mehr das, und es ist sonnenklar, daß sie sich nicht um Grandma kümmern kann. Mum hat sie mehr oder weniger gezwungen, sich unter Qualen in ihr eigenes Bett in ihrer eigenen Wohnung zu schleppen, obwohl Bridget geschworen hatte, daß sie sich nicht bewegen könne und es auch nicht wolle. Mum sagte, dann werde sie Bridget eben ins Krankenhaus bringen lassen. Daraufhin hinkte Bridget mit Mums Hilfe in ihr eigenes Bett. Mum umgab sie mit einer ganzen Reihe von Wärmflaschen und rief zu Bridgets Empörung den Arzt an. Der Arzt kam. Er sagte, Bridget habe eine schwere rheumatoide Arthritis und müsse das Bett hüten, bis die Tabletten, die er ihr gab, die Schmerzen linderten.

Nun ist das Chaos komplett. Es fehlt nur noch, daß Susan das Handtuch wirft, und wir sind erledigt. Jetzt sind es zwei Leute, um die man sich kümmern muß, zwei Abhängige. Merkwürdigerweise ist Mum ganz ruhig und hat die Sache im Griff. Sie sagt, sie stehe unter Druck, und das sei irgendwie eine Erleichterung. Sie sagt, Karl wäre glücklich, wenn er sich um Bridget kümmern könnte, aber selbst wenn sie seine Nummer wüßte, würde sie nicht wagen, ihn anzurufen, weil Bridget ihr das nie verzeihen würde. Karl? Karl? Ich kann es nicht glauben. Mum merkt, daß sie etwas gesagt hat, was sie nicht hätte sagen dürfen. Sie sagt, ich solle es vergessen. Vergessen?! Ich bin wie vom Donner gerührt und verlange Erklärungen. Ich möchte bitte schön wissen, wer dieser Karl eigentlich ist. Mum sagt, er sei Bridgets Freund. Ach du meine Güte! Ich frage, warum sie ihn geheimhalte, was mit ihm los sei? Mum sagt, nichts, er sei ganz reizend, obwohl sie ihn erst ein paarmal, und auch nur ganz kurz, gesehen habe. Eigentlich könne sie es nicht beurteilen. Sie erinnert mich daran, daß Bridget es nicht mag, wenn man etwas über ihre Angelegenheiten weiß. Ich erwidere, daß *ich*, ihre treu ergebene Nichte, doch wohl kaum »man« sei und ein Freund nicht einfach eine »Angelegenheit«. Ich kann nicht leugnen, daß ich mich gekränkt fühle. Ich hatte immer gedacht, Bridget sei meine Freundin. Warum sollte sie also versuchen, mich aus dieser Freundschaft herauszuhalten?

Mum sagt beim Abendessen, wir müßten einen Plan aufstellen. Dad sagt, wir müßten irgendeine Vermittlungsstelle anrufen, wir seien hier schließlich in London, und es gebe eine Unmenge davon, das wisse er aus der Zeitung. Mum fragt, für wen? Für Bridget oder für seine Mutter? Und für welche Aufgaben? Dad sagt, *er* wisse nicht, was zu tun sei. Mum sagt, genau, darüber wolle sie sich jetzt mit uns unterhalten. Zuerst einmal gehe es um heute nacht. Sie habe Susan überredet, am Abend noch einmal zurückzukommen. Sie sei jetzt bei Grandma, gehe aber in einer halben Stunde. Wer werde die Nacht bei Grandma verbringen? Schweigen. Ich sage, ich. Mum sagt, ich würde die ganze Nacht auf den Beinen sein und wäre dann in der Schule nicht fit. Da sagt Dad, er werde es machen. Mum sagt, er würde die ganze Nacht auf den Beinen sein und wäre dann bei der Arbeit nicht fit. Sie sagt, es liege auf der Hand, daß sie es machen müsse, aber sie sei nicht bereit, es jede Nacht zu machen. Dad sagt, das verlange auch kein Mensch. Wir müßten sofort jemanden finden, und ob Mum die Adressen aufbewahrt habe? Mum fragt, welche Adressen? Dad sagt, die Adressen der anderen Frauen, die sich damals bewarben, als wir Mrs. O'Malley anstellten. Mum sagt, nein. Dad sagt, wie leichtsinnig, und sie streiten. Dann sagt Dad, egal, er habe die Nase gestrichen voll von diesen halben Lösungen, und wir müßten entweder jemanden finden, eine Vollzeitkraft, eine richtige Haushälterin und Betreuerin, oder Grandma werde in ein Heim gehen müssen, und damit basta. Mum sagt, das sei leicht gesagt. Dad wisse genau, daß Haushälterinnen und Betreuerinnen praktisch nicht zu bekommen seien, aber er könne es natürlich gern versuchen. Und was die Heime anbelangt – hätten sie sich etwa keine Heime angesehen?

Was? Das habe ich nicht gewußt. Adrian schaut peinlich berührt drein und sagt, er habe das nicht gewußt und finde es, ehrlich gesagt, nicht richtig, die liebe alte Grandma in ein ... Weiter kommt er nicht, denn Mum schreit los: *Ich habe es satt, daß mir dauernd jemand sagt, was richtig ist, wenn nichts richtig ist.* Wir sind alle geschockt. Dad sagt, Mum reibe sich allmählich auf, und sie sagt, daran gebe es keinen Zweifel. Alles, was sie bis jetzt zu hören bekommen habe, seien Kritik und unausgegorene Ratschläge. Niemand sehe den Tatsachen ins Auge. Dad sagt, du hast recht, aber jetzt sehen wir ihnen ins Auge. Er selbst werde den ganzen morgigen

Tag an der Strippe hängen, um zur Überbrückung eine Vollzeitbetreuerin für Grandma zu finden. Er gibt zu, daß er nicht die blasseste Ahnung hat, wie das gehen soll, aber verspricht hoch und heilig, sich darum zu kümmern. Und was Bridget anbelange, das sei einfach. Er werde Paula anrufen. Paula sei den ganzen Tag zu Hause, tue nichts und könne sich um Bridget kümmern. Mum sagt, das sei Bridget sicher gar nicht recht. Aber Dad meint, Bridget könne jetzt keine großen Ansprüche stellen. Paula gehöre zur Familie, und schließlich hole sie uns auch, wenn sie etwas brauche; also müsse sie damit rechnen, auch einmal gebraucht zu werden. Adrian sagt, er könne, bevor er zur Schule gehe, hinüberfahren und Paula abholen, falls Stuart sie nicht herbringen könne, weil er Dienst hat. Dad ist zufrieden. Das sei ein konstruktiver Vorschlag, meint er. Ich sage, morgen sei Freitag, und am Samstag hätte ich keine Schule, ich könne also morgen bei Grandma übernachten, falls Dad bis dahin noch niemanden gefunden habe. Mum sagt im Flüsterton, er werde niemanden finden, und Dad sagt, das sei ein großzügiges Angebot. Mum geht um neun Uhr zu Grandma, und Dad begleitet sie, um Susan nach Hause zu fahren – Susan hatte gleich gesagt, sie könne nur abends kommen, wenn sie abgeholt und wieder heimgefahren werde.

Nach etwa einer halben Stunde rufe ich Mum an, nur um zu hören, wie es so geht. Sie sagt, gut. Bridget sei für die Nacht versorgt und brauche nichts. Grandma werde auch gleich zu Bett gehen und sage gerade »Die Maid von Ecclefechan« auf. Sie wolle noch Tee haben, aber Mum gebe ihr keinen mehr, egal, ob sie eingeschnappt sei oder nicht. Sie sei fest überzeugt, daß Grandma durchschlafen könne, wenn man ihre Flüssigkeitsaufnahme unter Kontrolle halte. Mrs. O'Malley, und vor ihr Mildred, hatten Grandma Tee gegeben, um ihr einen Gefallen zu tun und um sie ruhig zu halten. Mum sagt, da würde sie ihr schon lieber Whisky geben. Ich frage, ja, warum eigentlich nicht, das werde sie umwerfen. Mum sagt, Grandma könne Whisky bekanntlich nicht ausstehen. Sie nehme ihn zwar an, wenn ihr jemand welchen anbiete – sie sage, sie werde ihn trinken, obwohl er schrecklich schmecke –, aber dann würde sie ihn ausspucken. Stuart mache das wahnsinnig. Grandma möge nur Eierlikör. Während wir über alkoholische Getränke sprechen, höre ich Grandma im Hintergrund sagen, scharfe Drinks seien ein Fluch, und Wein ein Blendwerk, und wer darauf hereinfalle, sei ein Dummkopf.

Dad ist entschlossen, seine Pflichten zu erfüllen. Er hat schon Paula angerufen. Sie sagt, ja, die beiden Jungen seien vormittags in der Schule, und natürlich würde sie kommen und sich um Bridget kümmern, aber leider ginge es nicht, denn sie sei nicht motorisiert, und mit Stuarts Wagen gebe es Ärger, er sei in der Werkstatt, und die umständliche Fahrt mit Bus und U-Bahn würde so lange dauern, daß ... Dad unterbricht sie und sagt, Adrian werde sie abholen und wieder nach Hause bringen. Nun kann Paula nur noch sagen: Wenn das so ist, komme ich natürlich. Jetzt fertigt Dad Listen an. Er studiert die Zeitung und das Branchenverzeichnis und notiert sich die Nummern von Leuten, die er anrufen will. Er fordert mich auf, für das Schwarze Brett bei unserem Zeitschriftenhändler einen Zettel mit folgendem Text vorzubereiten: »Dringend gesucht: Betreuerin für alte Dame. Mindestens für einen Monat, Zimmer wird gestellt, 250 Pfund pro

Woche.« So viel Geld! Bevor Dad den Zettel bei unserem Zeitschriftenhändler vorbeibringt, sagt er, das sei noch billig. Aber er meint auch, daß Grandma in Ohnmacht fallen würde, wenn sie es wüßte. Ehe ich zu Bett gehe, erklärt er, man müsse das Ganze so sehen: Wir seien in der glücklichen Lage, unser Problem mit Geld lösen zu können.

Es funktioniert nur nicht. Es sieht nicht so aus, als ob man mit Geld viel lösen könnte. Als Susan kommt, kehrt Mum gerade von Grandma zurück. Sie sieht furchtbar aus. Grandma hat sie um eins in der Nacht in einem Zustand höchster Erregung aufgeweckt, um ihr mitzuteilen, sie habe gehört, daß es auf dem Markt wunderschönen Blumenkohl gebe: Los, beeil dich, wir gehen hin und holen uns einen. Um halb vier weckte sie sie wieder auf, um ihr zu sagen, daß jemand einen Eimer Wasser über ihr ausgeschüttet habe, so eine Frechheit! Mum mußte die Laken und Grandmas Wäsche wechseln. Und um halb sechs, als Mum ganz tief schlief, rüttelte Grandma sie regelrecht wach, um ihr zu sagen, sie komme zu spät zur Arbeit. Diesmal war Mum gleich aufgeblieben. Jetzt sitzt sie da und umklammert mit beiden Händen ihre Tasse mit Kaffee, den ich ihr gemacht habe. Sie wirkt wie ein Häufchen Elend und fragt, welchen Sinn das alles habe. Ich gehe zur Schule. Als ich zurückkomme, ist Dad am Telefon, heiser von all den Anrufen, die er getätigt hat, ein Vermittlungsbüro werde jemanden schicken, aber sie verlangen 10 Pfund die Stunde, am Wochenende eine Zulage, und sie könnten nicht garantieren, daß jede Nacht dieselbe Person komme. Wenn die Pflegerin irgendwelche Mahlzeiten zubereiten müsse, werde ein weiterer Zuschlag erhoben, aber sie könne zu dieser

Tätigkeit nicht verpflichtet werden. Dad meint, es werde auf 100 Pfund die Nacht hinauslaufen. Er spricht nicht mehr davon, daß Geld Probleme löst. Er ruft jetzt bei einem Heim an, dessen Namen man ihm gegeben hat, St. Alma. Sie sagen, es gebe momentan keine freien Plätze, aber Grandma könne auf eine Warteliste kommen, wenn die Leute dort sie für geeignet hielten. Dad müsse sie einmal vorbeibringen, um sie vorzustellen. Er sagt, er sei es leid, er habe genug.

Was ich so schrecklich finde, ist, daß sie so tun, als ob es Grandmas Schuld wäre. Was kann sie denn dafür? Man könnte glauben, jemand wolle sich an ihnen persönlich rächen. Ich muß mich wirklich fragen, ob sie Grandma überhaupt lieben. Wenn ja, dann haben sie eine komische Art, es zu zeigen. Ich bin ganz froh, als ich um acht Uhr meine Sachen zusammenpacken und gehen kann. Die trübselige Atmosphäre ist wirklich deprimierend. Dad begleitet mich. Er wird Susan nach Hause fahren. Wir sagen kein Wort. Gründlich nachzudenken ist nicht Dads Sache. Er ist ein Mann der schnellen Entschlüsse, nicht zum Grübeln geschaffen. Es frustriert ihn, daß er dieses Problem nicht mit Schnelldenken und Fingerschnippen lösen kann. Ich kann an ihm nichts von Grandma entdecken, bis auf seinen Humor – sie lachen genau über die gleichen Dinge – und die Scheu vor emotionalen Belastungen. Und das ist Grandma im Augenblick – eine emotionale Belastung. Dad möchte wie Stuart sein. Er will behaupten können, daß Grandma jetzt kaum noch wisse, wer sie sei, und daß es daher nur vernünftig sei, sie in ein Heim zu bringen. Aber Dad weiß, daß er damit nur dem Problem ausweichen würde. Er weiß, daß Bridget recht hat, wenn sie sagt, Grandma habe etwas Besseres verdient. Aber diese Erkenntnis geht ihm völlig gegen den Strich.

Susan hat bereits ihren Hut auf und den Mantel an und sieht etwas aufgeregt aus. Mum hat einmal den Verdacht geäußert, daß ziemlich viele »Neffen« sich selbst überlassen worden seien, damit Susan uns gefällig sein und einen Haufen Geld nebenher verdienen könne. Susan sitzt bei Grandma und tätschelt ihre Hand. Sie sagt, Grandma habe nach ihrer Mami gesucht, die arme alte Frau. Grandma fragt, wer die arme alte Frau sei, sie hoffe, man meine nicht sie, sie habe einen Haufen Geld usw. usw. Susan seufzt betrübt und steht auf. Grandma sagt, gut, daß sie geht, und schneidet hinter Susans Rücken eine Grimasse. Dad bringt Susan schnell hinaus und sagt noch über die Schulter, ich solle ihn anrufen, wenn ich ihn bräuchte, und vielleicht könne ich einmal für zehn Minuten bei Bridget vorbeischauen.

Sind die Männer weg?

Ja, Grandma, sie sind alle weg.

Gott sei Dank, diese verdammten Quälgeister.

Warum?

Was, warum?

Warum sind die Männer Quälgeister?

Wollen immer ihren Tee haben.

Ist das alles?

Was, alles?

Ist das der einzige Grund, warum die Männer Quälgeister sind?

Wer sagt das?

Sagt was?

Daß die Männer Quälgeister sind.

Du.

Ich mag Männer, immer schon.
Warum sind sie dann Quälgeister?
Wer?
Die Männer.
Sind die Männer weg?

Ich mache etwas Tee, nur eine kleine Portion, wie Mum mir gesagt hat. Mehr gibt es nicht.

Nicht viele Leute heute abend.
Wo?
Hier.
Warum sollten hier Leute sein?
Oft ist ein ganzer Haufen da.
Wer denn?
Sie.
Wer sind sie?
Bist du begriffsstutzig, oder was ist los?
Wir sind hier in deiner Küche. Warum sollte hier ein Haufen Leute sein?
Hier ist kein Haufen Leute.
Ich weiß, das habe ich doch gesagt.
Nicht viele Leute heute abend.

Ich schalte das Radio ein, irgendwelche klassische Musik. Grandma langweilt sich. Sie fragt, ob wir ins Bett gehen. Ich sage, warum nicht. Sie trinkt ihren Tee aus und fragt, ob ich die Katze hinausgelassen hätte, sie habe sie schon eine Weile nicht gesehen. Sie fragt, ob ich die Türen verriegelt hätte, es gebe so komische Männer in der Gegend. Während ich sie ins Schlafzimmer führe und anfange, sie auszuziehen, frage ich mich, ob Grandma jemals etwas passiert ist, was mit »komischen« Männern zu tun hatte. Wenn ja, so hätte es wohl nie jemand erfahren. Grandma würde es geheimhalten – egal, um was es sich handelte. Sie sagt, wenn man über unangenehme Dinge rede, würden sie noch unangenehmer. Die ganze Psychologie des zwanzigsten Jahrhunderts mit einem Satz vom Tisch gewischt. Mum sagt, Grandmas Leben sei voller großer schwarzer Löcher, voller Abgründe des Schweigens. Diese Art von anschaulicher Beschreibung amüsiert Grandma besonders. Aber sie trifft ins Schwarze.

Ich ziehe Grandma nicht oft an oder aus. Jetzt befolge ich Mums Anweisungen. Das Geheimnis besteht darin, sie auf den Bettrand zu setzen und unentwegt zu reden, sie abzulenken von dem, was man tut. Als ich beginne, die erste ihrer beiden Wolljacken aufzuknöpfen, die grellviolette selbstgestrickte mit den dicken Knöpfen, erzähle ich ihr, daß ich es satt habe, wie die Jungen aus der Abschlußklasse uns Mädchen behandeln. Ich lasse mich über ihre Grobheit aus, darüber, wie brutal sie sind, daß sie ihre Überlegenheit ausspielen und weder Einfühlsamkeit noch Feingefühl besitzen. Dabei sind die beiden Jacken, selbst die kurze braune mit den teuflisch kleinen, engen Knopflöchern, im Nu abgestreift. Der Strickpulli darunter muß über Grandmas ziemlich großen Kopf gezogen werden. Als ich ihr das verflixte Ding ausziehe, erzähle ich ihr absichtlich eine besonders vergnügliche Anekdote, eine über einen Jungen namens Alan, der sich bei der Essensausgabe vor mir in die Schlange gedrängt hat. Ihre Frage: »Hast du das denn zugelassen?« klingt gedämpft, aber der Strickpulli ist ausgezogen. Jetzt sind wir beim Unterhemd angelangt. Ich mache eine Pause. Grandma hat Hemden für die Nacht und solche für den Tag. Ich ziehe ihr das Unterhemd lieber nicht aus. Es wird schon niemandem auffallen. Sie sieht mich liebevoll an, ihre fast wimpernlosen Augen blinzeln, als blende sie das Licht. Ich merke, daß sie wissen will, ob Alan sich durchgesetzt hat. Ich sage ihr, ich hätte ihn verdroschen, und sie lacht so schallend, daß sie beinahe aus dem Bett fällt. Ich lasse Grandma das Unterhemd an, streife ihr das blaue Flanellnachthemd über den Kopf und ziehe dann den Rock über die breiten Hüften. Sie ist untenherum ganz außergewöhnlich gebaut. Als ich ihr gut zurede, damit sie aufsteht, legt sie die Hände auf den Bauch und sagt, fühl mal meinen Bauch, ich hoffe, ich habe keine Geschwulst. Der Rock ist ausgezogen, aber nicht der Schlüpfer. Also, den kann ich ihr nicht anlassen. Ich nestele unter ihrem Nachthemd herum, finde den Bund und ziehe ihn fest nach unten. Grandma sagt, laß das. Der alte Strumpfhalter, mit dem sie geradezu verwachsen ist, seit Bridget ihre Korsetts verbrannt hat, hat sich tief in ihr Fleisch eingegraben. Ich habe große Schwierigkeiten, ihn zu öffnen. Was für dumme, unpraktische Dinger! Was Grandma braucht, ist ein Trainingsanzug. Das werde ich Bridget sagen.

Ein schöner Augenblick kommt, als ich Grandma ins Bett stecke. Sie legt sich schrecklich gern ins Bett. Die Heizdecken sind seit einer halben Stunde eingeschaltet, und ihr Bett ist wie ein Brutkasten. Sie klettert hinein, seufzt wollüstig, verdreht die Augen vor Verzückung und murmelt, himmlisch, eine wahre Wonne, es sei alles, was sie sich wünsche. Auf dem rosa Kopfkissen sieht ihr weißes Haar so schön aus und ihr Gesicht so entspannt und glücklich ohne den dazugehörigen häßlichen alten Körper. Sie fragt, warum ich mich nicht zu ihr lege. Ich sage, ich hätte noch Hausaufgaben zu machen. Ich sitze eine Weile neben ihr und frage mich, warum sie nicht für immer im Bett liegen darf. Es ist der einzige Ort, an dem sie sich wohl fühlt. Mum hat mich gewarnt, ich solle mich nicht täuschen lassen. Sie sagte, wenn Grandma hoch und heilig verspreche, ihr herrliches Bett nie wieder verlassen zu wollen, und ich aus dem Zimmer ginge, hätte ich gerade Zeit genug, mich in der Küche niederzulassen, und schon werde Grandma wieder herumspazieren. Sie hat recht. Es ist unglaublich, aber sie hat recht. Kaum habe ich mich mit *Bleak House* auf einen Stuhl gesetzt, erscheint Grandma. Sie sagt, sie habe den Wekker nicht gehört, es sei schon spät, und keiner dieser verflixten Männer sei auf, um zur Arbeit zu gehen. Ich bringe sie zurück in das Bett, das sie eigentlich niemals mehr hatte verlassen wollen. Wir unterziehen uns derselben Prozedur wie vorhin. Dieses Mal bleibe ich bei ihr und halte ihre Hand unter der Bettdecke, bis sie zu schnarchen beginnt.

Es ist erst neun Uhr. Ich gehe über den Flur, um Bridget zu besuchen, und klopfe beim Hineingehen vorsichtig an die Tür. Bridget liegt im Bett und liest. Sie empfängt mich mit einem freundlichen Lächeln. Was für ein Kontrast, plötzlich Grandmas Gesicht in *jung* vor sich zu haben! Ich mache etwas Kaffee für Bridget und setze mich zu ihr aufs Bett. Sie äfft Grandma nach und sagt, ich sei ein kleiner Engel und würde nie in die Hölle kommen. Ich unterhalte sie mit einem Bericht darüber, wie ich Grandma ins Bett gebracht habe, und sie unterhält mich mit einem Bericht darüber, wie Paula ihre Florence-Nightingale-Nummer abgezogen hat. Bridget sagt, Paula habe, als sie die Wohnung saubermachte, sogar den Fernsehschirm abgewaschen. Seit Jahren habe Paula es nicht mehr so gut gehabt, sagt Bridget. Unter anderem habe sie vertrocknetes Brot im

Brotkasten gefunden, die Kühlschranktür habe geklemmt, weil Bridget immer vergesse, ihn abzutauen, und dann habe Paula noch an den unwahrscheinlichsten Stellen haufenweise Zigarettenstummel entdeckt. Bridget sagt, sie hätte Paula beinahe eine Wäscheklammer für ihre empfindliche Nase angeboten. Doch dann fügt sie eilig hinzu, daß Paula sehr brav gewesen und auch einkaufen gegangen sei, ihr ein köstliches Mahl zubereitet habe, es sei wirklich *lieb* von ihr gewesen.

Ich brenne darauf, Bridget über Karl auszufragen, aber ich traue mich nicht. Nicht, daß es unmöglich wäre, sich Bridget mit einem Mann vorzustellen. Nein, ganz und gar nicht. Was ich mir aber nicht vorstellen kann, ist, daß Bridget ihren Alltag mit jemandem teilt. Sie ist unabhängig. Solange ich denken kann, kenne ich sie nur als absolut selbständiges Wesen. Wie würde Bridget mit jemandem leben, der auf einer Stufe mit ihr steht und nicht unter ihrer Obhut? Würde sie es als Erleichterung empfinden, wenn sie sich an jemanden anlehnen könnte? Wenn ihr jemand sagte, was zu tun ist? Wenn jemand für sie plante und organisierte, und sie unter seiner Obhut stünde? Aber vielleicht ist es ja ganz anders. Vielleicht hält Bridget diesen Karl geheim, weil sie eine große Leidenschaft für ihn empfindet. Was würde Grandma sagen? Vielleicht liegt hier des Rätsels Lösung: Grandma würde Karl nicht mögen – egal, wie er ist. Was ich wissen möchte, ist:

Versteckt Bridget Karl vor Grandma?
Hat Bridget Angst, daß Grandma Karl nicht mögen wird?
Hat Bridget Angst, daß Karl Grandma nicht mögen wird?
Wenn Bridget vor der Wahl stünde, für wen würde sie sich entscheiden – für Karl oder für Grandma?

–

Ich bin vor Grandma auf. Das ist sehr gut. Ich denke gerade darüber nach, was für ein Glück ich habe, daß ich, im Gegensatz zu Mum, nicht gestört worden bin, als mir dämmert, daß ich Grandmas Wanderungen durch die Wohnung schlichtweg verschlafen haben könnte. Ich hatte am Abend den Kessel auf den Herd gestellt, aber als ich in die Küche gehe, steht er auf dem Boden, daneben ist eine Pfütze. Angenommen, Grandma hat in der Nacht versucht, sich eine Tasse Tee zu machen, und ich habe geschlafen. Ich bücke mich und untersuche beunruhigt die Pfütze. Es ist nur Wasser, verschüttetes Wasser aus dem Kessel. Ich kann mich nicht entscheiden, ob ich fortgehen oder vorher nachsehen soll, ob sie auch brav im Bett liegt. Es ist erst acht Uhr – zu dieser Zeit bin ich am Samstagmorgen normalerweise nicht auf den Beinen. Ich beschließe, durch den Türspalt in Grandmas Schlafzimmer zu spähen, bevor ich mir meinen Kaffee mache. Ich spähe also hinein, aber Grandma ist nicht da.

Ich gehe ins Schlafzimmer und sage: »Grandma?« Keine Spur von ihr, keine Antwort. Sie wird wohl im Badezimmer sein, hat wahrscheinlich Probleme mit ihrer berühmten Verdauung und will nicht gestört werden. Aber dort ist sie auch nicht. Ich stürze durch die Wohnung zu der Tür, die in den Hausflur führt. Ich habe Angst, Grandma könnte hinausgegangen sein und nach Bridget suchen. Doch die Tür ist zugesperrt und der Schlüssel abgezogen – alles ist so, wie ich es zurückgelassen habe. Das ist doch wirklich lachhaft. Ich gehe durch die Wohnung, rufe und sehe lächerlicherweise auch hinter den Stühlen und in den Schränken nach. Keine Grandma. Mir ist ein wenig unbehaglich zumute, obwohl ich mir sage, sei nicht so albern, es kann ihr ja gar nichts passiert sein. Dann, als ich zum drittenmal in die Küche zurückgehe, sehe ich ein Gesicht, das suchend durchs Fenster hereinspäht. »Oh, mein Gott!« rufe ich, »Grandma!« Ich stürze zur Hintertür, reiße sie auf, und da steht sie, mit blauen Lippen, steht zitternd da in ihrem Nachthemd, barfuß und mit einer Brotkruste in der Hand, von der sie kleine Stückchen abgerissen und um sich herum auf den Boden gestreut hat. Sie sagt: »Die armen Vögel!«

Erst als ich versuche, Grandma aufzuwärmen, fängt sie an zu frieren. Wie lange ist sie wohl da draußen gewesen? Ich habe keine Ahnung. Ich werde Mum sagen müssen, wo ich Grandma gefunden habe, und ich werde zugeben müssen, daß ich nicht weiß, wie lange sie in der Kälte im Garten gestanden hat. Es kann nicht lange gewesen sein. Sonst hätte sie doch sicher versucht, gegen das Fenster oder die Tür zu trommeln? Ich habe solche Schuldgefühle! Ich sage Grandma, daß sie nicht im Nachthemd ins Freie gehen dürfe, niemals.

Nicht im Traum! Wie kommst du nur darauf?
Du hast es gerade getan.
Paß auf, was du sagst.
Ich habe dich im Garten gefunden, wie du nur im Nachthemd und barfuß die Vögel gefüttert hast.
Die armen Vögel!
Du bist arm, stehst halbnackt im Freien.
Nicht im Traum! Wie kommst du nur darauf?

Aber sie scheint sehr mit sich zufrieden zu sein. Sie singt, während ich ihr den Porridge zubereite, und sagt immer wieder: Ich wünsch dir einen wunderschönen guten Morgen. Genüßlich trinkt sie einen großen Becher Tee und sagt, er sei schön süß und sie sei verrückt auf Süßes. Sie fragt, was wir heute machen würden. Ob wir spazierengingen, sie gehe gern spazieren, ihr Vater habe sie immer mitgenommen usw. usw., und ihre Mutter habe zu ihm gesagt usw. usw., und plötzlich wird ein neuer Schluß angehängt. Sie erzählt mir, daß sie drei Tanten hatte, alle hochgewachsen, die wie Segelschiffe aussahen, wenn sie Glasgow Green durchquerten. Isabella, Annabella und Mary. Alle groß, mit langen, wallenden Mänteln, und sie sahen aus wie Segelschiffe. Schweigen. Ich bringe Grandma den Porridge, und ich sehe sie an, und sie sieht mich an. Ihre Augen sind klar, sie ist bei Verstand. Wir sehen uns ein paar Sekunden in die Augen. Ich halte ihren Blick fest und murmele ganz, ganz leise, sanft und aufmunternd: »Isabella, Annabella und Mary?« Und sie wiederholt die Namen und sagt, sie seien die Schwestern ihres Vaters gewesen, alle drei unverheiratet, und als die letzte starb, hatten sie ihr insgesamt einhundert Pfund hinterlassen, und sie sei immer dankbar dafür gewesen, und es habe ihr leid getan, daß sie über sie gelacht hatte, wenn sie sie in ihren altmodischen Mänteln durch Glasgow Green segeln sah. Ich wage kaum, den Porridge abzustellen, doch in dem Moment, als ich es tue, ist es vorbei, und sie fragt, ob ihre Mutter schon aus der Kirche zurück sei.

Susan kommt heute nicht, weil Samstag ist. Dafür kommt Dad, und wir werden uns abwechseln, das ganze Wochenende, bis er eine Hilfe findet – jeder eine Stunde, wir vier, in ständigem Wechsel. Morgen nehmen wir Grandma mit zu uns nach Hause – wie immer. Dad stürzt herein und freut sich, daß ich Porridge gemacht habe. Zumindest weiß Grandma immer, wer er ist. Doch wenn Adrian mit Dad zusammen ist, fragt sie ihn schon manchmal, wer sein Freund sei. Dad trinkt auch Tee, worüber Grandma sich freut. Sie sagt, sie wolle gerade Speck braten, ob er auch etwas davon möchte. Dad sagt, ja bitte. Er ist schon ganz in den Sportteil der Zeitung vertieft, die er mitgebracht hat. Er wird seine Stunde Tee trinkend und Zeitung lesend verbringen und kaum ein Wort an Grandma richten. Aber sie scheint mit diesem Arrangement sehr zufrieden zu sein. Ich gebe ihr einen Kuß und gehe.

–

Es hat sich jemand gemeldet, der Grandma betreuen möchte. Als ich in die Küche komme, sagt Mum, das Telefon habe gleich, nachdem Dad weg war, geläutet. Ich sage, gut, und Mum sagt, sie wisse nicht, ob es gut sei oder nicht. Es sei ein erst zwanzigjähriges Mädchen, nicht viel älter als ich. Ich sage, daß ich sehr gut zurechtkäme, also warum sollte es diese Cynthia nicht auch schaffen? Grandma mag junge Leute. Mum sagt, Cynthia komme um zwei Uhr vorbei, wenn Adrian an der Reihe sei, und wir drei, Dad, Mum und ich, könnten sie unter die Lupe nehmen. Sie studiere Ethnologie und wohne gleich um die Ecke. Cynthia behauptet, schon ihre eigene Großmutter betreut zu haben. Sie wäre gern bereit, bei Grandma einzuziehen und als Vollzeitkraft zu arbeiten, wenn wir das möchten. Mum gefällt dieser Ton nicht: Ihrer Meinung nach klingt das alles viel zu entgegenkommend.

Cynthia ist pünktlich. Sie ist ganz anders als die Frauen mittleren und älteren Jahrgangs, die wir bis jetzt hatten. Sie sieht sogar jünger aus als zwanzig und ist sehr attraktiv – klein, etwas punkerhaft mit blonden Haaren, modischen Kleidern und einem strahlenden Lächeln. Sie gehört eindeutig dem gehobenen Mittelstand an. Was in aller Welt würde Grandma mit ihr anfangen können? Sie erzählt Dad, ihre Eltern seien beide Ärzte. Das kommt gut an: Cynthia sammelt Pluspunkte. Sie stammt aus Stratford-on-Avon. Sie gibt zu, Grandma wegen des Geldes betreuen zu wollen. Es stellt sich heraus, daß ihre hochkarätigen Eltern geschieden sind und darüber streiten, wer für ihr Studium aufkommen soll. Sie macht einiges durch. Mum zählt auf, was Cynthia alles zu tun haben wird: Grandma das Abendessen zubereiten, sich dazusetzen und mit ihr plaudern, sie ausziehen und waschen und ins Bett bringen. Sie betont, daß Grandma nichts allein tun kann, und fragt Cynthia, ob sie wisse, was das bedeute? Cynthia gibt natürlich eine geschickte Antwort. Mum sagt, sie könne mehrmals in der Nacht aufgeweckt werden oder auch überhaupt nicht. Ob Cynthia damit fertig würde? Cynthia sagt, sie brauche nicht viel Schlaf. Da greift Dad ein und fragt, wann Cynthia anfangen könne. Sie sagt, heute abend. Dad sieht Mum an, Mum zögert, Dad sagt, sollen wir es mal versuchen? Cynthia sagt, gut. Dad sagt, okay, versuchen wir es heute nacht und morgen, für beide Seiten unverbindlich, und am Montag reden wir noch einmal darüber.

Als Cynthia gegangen ist, fragt Mum Dad, wer es Bridget sagen solle. Dad sagt, Bridget brauche es nicht zu wissen, sie sei hier nicht maßgeblich, und Mum solle deswegen kein Theater machen. Wenn sie zu unserer Zufriedenheit arbeite, würden wir es Bridget sagen. Er ist fest entschlossen. Und Mum scheint sich darüber zu freuen. Dann sagt er, er habe mit St. Alma einen Besichtigungstermin vereinbart. Er sagt, er wolle Grandma jetzt dort anmelden, selbst wenn wir noch ein weiteres Jahr so zurechtkämen wie bisher. Es sei sinnlos, erst dann ein Heim zu suchen, sagt Dad, wenn bereits eine wirkliche Krise eingetreten sei. Er habe genug von dieser ganzen Unsicherheit, er wolle Sicherheit, eine Art Rückendeckung. Bridget brauche da gar nicht mit einbezogen zu werden. Mum sagt, ihr sei nicht wohl bei dem Gedanken, hinter Bridgets Rücken zu handeln. Dad seufzt. Er sagt, ihre Angst vor Bridget sei absurd. Wer Bridget denn sei, daß sie diktieren könne, was mit Grandma zu geschehen habe? Er sei Grandmas Sohn, er zahle ihre Rechnungen – übrigens verdammt hohe Rechnungen! –, und das gebe ihm doch wohl auch Rechte, oder? Mum solle also bitte Bridget aus dem Spiel lassen.

Adrian kommt strahlend und mit sich selbst zufrieden von seiner Schicht bei Grandma zurück. Er sagt, es sei schön gewesen, kein Problem. Grandma und er hätten sich das Pferderennen im Fernsehen angesehen und Tee getrunken, und sie habe sich sehr wohl gefühlt. Dann sagt er, er wisse wirklich nicht, warum wir Grandma nicht zu uns nähmen, das wäre doch viel einfacher und billiger, und ihm würde es gar nichts ausmachen. Mum sieht ihn nur an und sagt: »Wie bitte?« Adrian wiederholt, er halte es für dumm, daß Grandma nicht bei uns wohne. Er fügt hinzu, wir alle täten so, als wäre sie irgendein Ungeheuer und nicht eine reizende alte Dame. Wir könnten ja die Betreuerinnen beibehalten, sagt er, aber es wäre doch besser, wenn Grandma unter unserem Dach lebte. Sie wolle zur Familie gehören, das sei es, was sie wirklich wolle. Zum Schluß landet Adrian noch einen Volltreffer, als er sagt, er glaube, alte Leute dürften nicht abgeschoben werden, das sei seiner Meinung nach eine Schande.

Mum bemüht sich, die Fassung zu bewahren. Sie drückt die Hände an die Brust, damit sie nicht so zittern. Sie ist *sehr* böse auf Adrian, und er ahnt es nicht einmal. Ganz leise sagt sie, rein theoretisch sei seine Idee fabelhaft. Ja, Grandma würde gern im Schoße ihrer Familie leben, aber eigentlich wolle sie nicht in unserer, sondern in Bridgets Familie sein. Adrian fällt ihr ins Wort und sagt, Bridget habe keine Familie. Mum nimmt ihren Faden wieder auf und sagt mit nicht mehr so leiser Stimme, das sei genau der Punkt. Die einzige Familie, die Grandma um sich haben wolle, sei Bridget, und Bridget sei eine alleinstehende, berufstätige Frau, und deshalb sei das alles nicht praktikabel. Wie Adrian genau wisse, würde Grandma Bridget die ganze Zeit über vermissen, und ohne Bridget sei sie unruhig und unzufrieden. Es sei vielleicht Adrians Aufmerksamkeit entgangen, daß sehr viel Zeit, Mühe und Geld dafür aufgewandt werde, Grandma so viel wie möglich von dem zu geben, was sie brauche. Es dürfe aber nicht so weit gehen, daß das Leben anderer Leute ruiniert werde. Adrian spottet: »Ruiniert? Ruiniert? Wie könnte Grandma denn ein Leben, das Leben eines anderen Menschen ruinieren?« Mum atmet tief durch. Sie fragt Adrian, ob er blind und taub sei. Sie fragt ihn, ob er sich bewußt sei, wie hilflos Grandma sei, welche Gefahr sie für sich selber sei, daß sie *ständig* beaufsichtigt und überwacht werden müsse. Und die Nächte! sagt Mum, schon fast schreiend. Vielleicht dämmere es Adrian, was es bedeute, dreimal in der Nacht aufstehen zu müssen? Adrian reagiert sauer und gekränkt. Er sagt, alles, was er gemeint habe, sei, daß Grandma mit uns im gleichen Haus leben könne und wir alle Hilfskräfte beibehielten. Mum schreit fast: *Ich will aber*

Grandma nicht die ganze Zeit in meinem Haus haben! Mir wäre es jedenfalls egal, brummt Adrian. Wenn ich eine Frau wäre, die den ganzen Tag zu Hause ist wie du und nichts zu tun hat, wäre es mir ganz egal. Und er geht hinaus.

Ich sage zu Mum, sie solle ihn einfach nicht beachten, er sei ein Schwein. Mum sagt, Adrian würde nur das aussprechen, was ihre innere Stimme ihr sage. Sie kämpfe die ganze Zeit gegen das Gefühl an, es sei ungeheuerlich von ihr, daß sie Grandma nicht ständig bei uns haben wolle. In der Hoffnung, sie von ihren dummen Schuldgefühlen abzulenken, sage ich, es sei nur schade, daß Bridget nicht verheiratet sei und keine Familie habe, weil es dann dieses Problem nämlich nicht gäbe. Mum lächelt rätselhaft und sagt, kein Problem, hm? Ich frage sie, ob es ihrer Meinung nach dann immer noch Probleme geben würde. Mum sagt, sie frage sich das manchmal auch. Sie sagt, daß sich kein Mann jemals mit Bridgets Beziehung zu Grandma abfinden könnte. Er würde sich immer ausgeschlossen fühlen und nie an erster Stelle stehen. Und dann, sagt Mum langsam, dann sei da ja noch Bridget selber. Es stimme, daß sie ihre Mutter leidenschaftlich liebe und bewundere, aber die Intensität dieser Bewunderung sei eine schwere Last. Mum sagt, Bridget habe ihr einmal erzählt, daß sie sich, als sie noch klein war, nach Grandmas Liebe verzehrt habe, und daß Grandma ihr nie das gab, was sie gebraucht habe. Sie wußte, daß Grandma sie liebte, aber sie wollte es auch gezeigt bekommen, doch Grandma umarmte oder küßte oder streichelte sie nie. Und als sie schließlich Zuwendung bekam, war es zu spät, da war Bridget schon erwachsen und aus dem Haus. Mum sagt, es sei so traurig gewesen, Bridget zuzuhören. Sie habe vorher nicht gewußt, daß Stuart so viele Jahre lang Grandmas Abgott gewesen war und Bridgets Gegenwart als reine Selbstverständlichkeit galt. In gewisser Weise gebe Bridget jetzt all das, was sie selber nie bekommen habe, und sie wisse das. Für Bridget sei Grandmas Ergebenheit ihr gegenüber ein Ausdruck von Selbstsucht.

Das scheint mir eine günstige Gelegenheit, nach Karl zu fragen. Wer ist er? Liebt Bridget ihn? Warum lebt sie nicht mit ihm zusammen? Mum antwortet, da müsse ich, wie gesagt, Bridget schon selber fragen. Vielleicht, sagt sie, täte es Bridget gut, wenn jemand einmal etwas nachbohre. Vielleicht wolle sie ja von Karl erzählen, wisse aber nicht, wie sie es anstellen solle. Frag sie doch! ermuntert mich Mum. Ist er nett? frage ich. Mum lächelt. Sie sagt, das komme darauf an, was man unter nett verstehe. Ich sage, das Gegenteil von langweilig sein. Sie sagt: Na, vielleicht würdest du ihn dann nett finden. Er ist groß, größer als Bridget, und ziemlich schwer. Aber doch nicht etwa *dick*?! rufe ich aus. Nein, nicht dick, schwer, gutgebaut, wie ein Rugbyspieler, ein bißchen so wie Stuart. O je! sage ich. Und er hat ziemlich blondes, sehr kurzes Haar, fast einen Bürstenschnitt. O je! werfe ich wieder ein. Und ein viereckiges Gesicht mit unglaublich blauen Augen. Er macht einen guten Eindruck, sagt Mum, und sein Englisch ist ausgezeichnet. Willst du damit sagen, daß er *Ausländer* ist? rufe ich aus. Mum sagt, er ist Deutscher. Jetzt wird es wirklich spannend. Das klingt ja, als ob Bridgets heimlicher Liebhaber kein Langweiler, kein gewöhnlicher, uninteressanter Typ wäre, als ob es in der Geschichte sogar romantische und geheimnisvolle Elemente gäbe. Mum hat vergessen, daß sie mir nichts hatte erzählen wollen. Ich frage, ob dieser famose Karl verheiratet sei. Mum sagt, nein. Na also, sage ich, warum in aller Welt lebt Bridget dann nicht mit ihm zusammen? Mum sagt, sie habe bereits zuviel ausgeplaudert.

Jetzt bin ich an der Reihe, zu Grandma zu gehen. Ich komme zu dem Schluß, daß ihr eine fünfminütige Verspätung nicht weh tun wird, und gehe zuerst zu Bridget hinüber. Weil sie krank ist und im Bett liegt, habe ich den Schlüssel. Ich denke nie daran, so lange zu warten, bis sie auf das Klingeln reagiert. Ich läute nur, damit sie weiß, daß jemand zu ihr kommt. Als ich ins Schlafzimmer gehe, sehe ich einen Mann am Bett sitzen. Es ist natürlich Karl. Es hört sich so an, als stöhne Bridget, und sie versucht, sich unter der Bettdecke zu verkriechen. Karl steht auf, streckt mir die Hand entgegen und sagt, er sei Karl, Bridgets Freund. Ich sage, hallo, ich bin Hannah, Bridgets Nichte.

Was ich wissen möchte, ist folgendes:

Wie alt ist er?

Jenny

Für Grandma schwebt mir eine ganz besondere Art von Heim vor, ein Heim, das in meinen Augen ideal wäre und auch vor Grandma selbst und vor Bridget bestehen könnte. Es wäre klein genug, um intim zu sein, aber doch auch wieder groß genug, um eine gewisse Abwechslung zu bieten – ein Haus im Queen-Anne-Stil vielleicht, zwei Stockwerke, eine Tür in der Mitte und zu beiden Seiten des Flurs die Zimmer. Alles wäre licht und hell, und es gäbe nichts Anstaltsmäßiges und Steriles. Ich stelle mir hübsche Tapeten vor und weiche Pastellfarben statt des üblichen blendenden Weiß. Es hätte eine altmodische Küche mit einem offenen Kamin und einem großen Tisch und mehreren Schaukelstühlen. Schlafsäle gäbe es nicht. Jede alte Dame hätte zwei Zimmer und ihr eigenes Bad und würde nur die Mahlzeiten gemeinsam mit den anderen einnehmen. In einem gemeinsamen Wohnraum könnte sie Anschluß finden. Jeder Heimbewohnerin wäre eine Mitarbeiterin des Hauses zugeordnet, ihre eigene, persönliche Betreuerin. Die Angehörigen dürften kommen und gehen, wann sie wollten, und auch über Nacht bleiben, wenn sie wollten. Es gäbe täglich ein Unterhaltungsprogramm, Gastspiele von Chören zum Beispiel, und eine Auswahl der besten Beschäftigungsangebote der Altentagesstätte.

Wir hielten vor St. Alma an. Kein Queen-Anne-Haus, aber ein ganz hübscher Nachkriegsbau mit einer Fassade im Tudorstil. Der Anstrich war neu – ein gutes Zeichen, sagte Charlie, der fest entschlossen war, gute Zeichen zu finden –, und der Messingklopfer an der Haustür glänzte. Eine Frau in einem rosagetupften Kleid öffnete strahlend die Tür. Charlie strahlte zurück – schon wieder ein gutes Zeichen. Zuerst gingen wir in das Büro der Heimleiterin. Frische Blumen auf ihrem Schreibtisch, ein abgetretener, aber bunter Teppich auf dem gebohnerten Holzboden, hübsche blaue Vorhänge am Fenster. Sie sagte, zuerst würde sie uns etwas über St. Alma erzählen, und dann könnten wir ihr etwas über Mrs. McKay erzählen. Der Informationsaustausch war eine Sache von ein paar Minuten. Ich hatte den Eindruck, daß die Heimleiterin ein bißchen zu oft betonte, wie sehr sich ihr Personal bemühe, und daß Charlie zu eifrig bestrebt war, den Charme seiner Mutter zu unterstreichen. Ihre beginnende Inkontinenz, das nächtliche Erwachen und ihren Verfolgungswahn erwähnte er nicht. Dann führte uns die Heimleiterin durch St. Alma, und im großen und ganzen war es recht ermutigend. Es gab keine alten Frauen, die in dunklen, kalten Räumen schweigend im Kreise herumsaßen. Wo wir auch hinkamen, waren die Leute aktiv und redeten, und es herrschte allgemein eine geschäftige Atmosphäre. Eine Frau schien gerade eine Geburtstagsparty zu feiern. Ihre Verwandten oder die, die ich dafür hielt, drängten sich um ihren Stuhl und hoben einen Kuchen mit neun Kerzen in die Höhe. Die Heimleiterin blieb stehen und erklärte, daß heute Kittys neunzigster Geburtstag sei und daß sie am längsten in St. Alma wohne. »Im kommenden März ist sie zehn Jahre hier«, sagte jemand aus der Verwandtenschar, »und sie ist *so* gern hier, *so* gern, nicht wahr, Kitty?« Kitty sagte nichts und gab auch ihrer Liebe für St. Alma keinen Ausdruck.

Wir gingen weiter zu den Schlafräumen. Keine Schlafsäle, aber drei Frauen in einem Zimmer. Jedes Bett war so aufgestellt, daß – wie die Heimleiterin betonte – ein Hauch von Privatsphäre bewahrt blieb. Die Einrichtung war ansprechend. Die Heimleiterin sagte, jede Dame habe mindestens ein eigenes Möbelstück in ihrem Schlafzimmer – meistens irgendeine kleine Antiquität, an der sie besonders hänge. Ich warf Charlie hinter ihrem Rücken einen Blick zu und runzelte die Stirn: Welche »Antiquität« aus ihrem Glasgower Häuserblock würde Grandma wohl mitnehmen? Wir inspizierten die Badezimmer, alle peinlich sauber, und die Heimleiterin zeigte uns voll Stolz die Sitzduschen und allerhand neuartige Vorrichtungen, die alten und behinderten Menschen bequemes Baden ermöglichen. Es beeindruckte mich, wie selbstsicher die Heimleiterin war, daß es ihr so viel Spaß machte, Leute herumzuführen, und wie nervös und anbiedernd wir unsererseits waren. Wir kritisierten nichts, waren nur voll des Lobes. Im Garten geriet Charlie in Verzückung, obwohl es sehr wenig zu sehen gab, denn wir hatten schon beinahe November. Die Heimleiterin schilderte, wie gern »die lieben Alten« sich bei schönem Wetter im Garten ergingen. Sie sagte, die Rosen seien prächtig.

Am Ende unseres Rundgangs landeten wir wieder im Büro. Die Heimleiterin fragte, ob wir Kaffee oder Tee wollten, aber wir hatten schon vorher vereinbart, daß wir ablehnen würden. Wir sagten, daß wir zurückfahren müßten, das Leben sei für uns im Moment schwierig. Die Heimleiterin nickte verständnisvoll. Dann kamen wir zum geschäftlichen Teil. Charlie sagte, er habe überhaupt keine Zweifel und wolle seine Mutter auf die Warteliste setzen. Die Heimleiterin sagte, ganz so einfach sei es nicht. Wie sie uns ja bereits am Telefon erklärt habe, müsse Mrs. McKay zuerst einer Beurteilung unterzogen werden. Sie könnte jemanden vorbeischicken, der den Beurteilungstest bei Mrs. McKay zu Hause vornähme, oder wir könnten sie auch herbringen. Charlie zögerte. Ich konnte sehen, daß er abwog, welche der beiden Möglichkeiten die Chancen, daß seine Mutter aufgenommen werden würde, erhöhte. Ich benutzte diese Pause, um die Heimleiterin zu fragen, nach welchen Kriterien man beurteilt werde, was St. Alma interessiere. Sie beschrieb das Problem: St. Alma wolle nur angenehme Leute, Leute, die mit anderen auskämen. Es sei zwecklos, jemanden aufzunehmen, der so tief in seiner Familie verwurzelt sei, daß er nie einen Ersatz akzeptieren würde. Und obwohl die meisten alten Leute, die bei ihnen wohnten, ein wenig verwirrt seien, würden sie keine schweren Fälle von Altersdemenz aufnehmen, da diese für die anderen Bewohnerinnen eine zu große Belastung darstellten. Wenn sich die Demenz während des Aufenthalts in St. Alma ernsthaft verschlimmerte, wäre das natürlich etwas anderes. Dann würden sie nicht vor die Tür gesetzt, sondern man würde andere Arrangements treffen.

Ich hatte wirklich das Gefühl, daß wir die Sache gleich vergessen konnten. Es schien ein recht angenehmes Haus zu sein, aber Grandmas Chancen, dort aufgenommen zu werden, waren ungefähr so hoch, wie wenn sie sich um einen Studienplatz in einem College in Cambridge bewerben würde. Aber Charlie blieb hartnäckig. Er machte einen Termin aus, an dem seine Mutter bei sich zu Hause dem Beurteilungstest unterzogen werden sollte, und fragte noch einmal nach, wie lange sie auf der Warteliste bleiben müsse, bevor sie den heißbegehrten Platz bekomme. Die Heimleiterin zog ein Blatt Papier aus der Schublade. Wir hielten den Atem an. Sie sagte, St. Alma habe nur fünfzehn Bewohnerinnen, und im Augenblick seien vierzehn auf der Warteliste. Was Charlie für ein Gesicht machte! Es gelang ihm, sich so weit zusammenzunehmen, daß er ohne falsche Scham fragte, wie es denn mit den »Abgängen« aussehe. Die Heimleiterin zuckte zusammen und schlug einen etwas förmlicheren Ton an. Sie sagte, wenn Mr. McKay wolle, daß sie mit brutaler Offenheit rede – und selbst ein Dummkopf könne sehen, daß Mr. McKay das wolle –, dann könne sie ihm sagen, daß sie in diesem Jahr sechs neue Bewohnerinnen aufgenommen hätten, nachdem die Plätze »freigeworden« seien. Charlies Gesicht hellte sich etwas auf. Sie machte ihn sogar noch glücklicher, als sie hinzufügte, daß sich an der Warteliste oft etwas ändere; denn es komme vor, daß Damen, deren Namen auf der Liste standen, keinen Bedarf mehr hatten, wenn es schließlich soweit sei. Charlie fragte, ob er also davon ausgehen könne, daß jede Dame im Durchschnitt ein Jahr warten müsse? Die Heimleiterin nickte und sagte, jaja, so ungefähr. Charlies letzte Frage bezog sich auf die Kosten. Die Heimleiterin schob ihm eine Broschüre über den Tisch und sagte, St. Alma halte sich mit seinen 300 Pfund pro Woche in einem vernünftigen Rahmen.

Auf dem ganzen Heimweg übte sich Charlie laut im

Kopfrechnen: 2,50 Pfund in der Stunde für Susan, tagsüber, mache 37,50 Pfund in der Woche; plus 3 Pfund Zuschlag für ihre Abende mache 12 Pfund, also insgesamt 49,50 Pfund in einer normalen Woche allein für Susan. Dann 2 Pfund in der Stunde für Lola, die normalerweise zehn Stunden dableibe; das seien 20 Pfund in der Woche. Alles zusammen komme es also auf ungefähr 70 Pfund pro Woche. Wirklich teuer aber seien natürlich die Nächte: Fünf Nächte in der Woche zu dem Betrag, den wir Mrs. O'Malley gezahlt hatten, machten 200 Pfund in der Woche. Zusammen mit den 70 Pfund für die Tage ergebe das ungefähr 270 Pfund pro Woche. Von den Kosten für Strom, Heizung und Miete ganz zu schweigen – verdammt noch mal, St. Alma ist *die* Gelegenheit! Ich ließ ihn ruhig reden und hörte der Aufstellung seiner Ausgaben nur mit halbem Ohr zu. Es folgte eine Rechnung, wieviel Geld Bridget und ich durch unsere Mithilfe sparten. Lauter Hirngespinste! Grandma würde nie einen Beurteilungstest bestehen, würde nie auf die exklusive Warteliste von St. Alma kommen. Es war zu spät, wir hatten zu lange gewartet. Vor einem Jahr, ja, aber jetzt nicht mehr. Irgendwo mußten Leute mit fortgeschrittener Demenz doch unterkommen! Aber wir wußten noch immer nicht, wo. Auf jeden Fall hatte ich instinktiv das Gefühl, daß der Ort nicht so aussähe wie St. Alma. Schließlich hatte Dr. Carruthers, als ich ihn fragte, ob er uns etwas empfehlen könne, gesagt: »Empfehlen? Nein, es gibt nichts, was ich wirklich empfehlen könnte. Von ein paar Heimen könnte ich vielleicht sagen, daß sie passabel sind, aber empfehlen würde ich keines, nicht für Ihre Schwiegermutter, nicht in diesem Stadium. Eine psycho-geriatrische Station in einer psychiatrischen

Klinik wäre wirklich die einzige Möglichkeit, abgesehen von der individuellen, privaten Betreuung, die Sie ihr jetzt angedeihen lassen. Es ist wirklich das Beste, wenn Sie es schaffen, sie in ihrer gewohnten Umgebung zu lassen.« Oh, er war so darüber erfreut, daß wir das machten, das *Richtige*, sie zu Hause zu lassen; denn das gilt als ihre gewohnte Umgebung, obwohl sie keine Ahnung hat, wo sie sich befindet.

Ich dachte darüber nach, was seinerzeit mit Grandmas eigener Mutter passiert war. Ich erinnerte mich, daß ich Grandma, als sie noch klar bei Verstand war, einmal danach gefragt hatte. Sie sagte mir immer, daß sie nicht wie ihre Mutter sei – es war ihr offensichtlich sehr daran gelegen, daß mir das klar war. Sie hob hervor, daß ihre Mutter klein, flink und lebhaft gewesen war, während sie selbst natürlich groß, langsam und träge war. Sie erklärte mir, sie sei wie ihr Vater, und das erfülle sie mit Stolz. Ihre Mutter habe zu ihr gesagt, sie hätte ein Junge werden sollen, und die Leute auf der Straße hätten zu ihrem Vater gesagt, daß er nicht behaupten könne, diese Tochter sei nicht von ihm. Auch damals mußte man schon tüchtig bohren, um etwas über das Schicksal ihrer Mutter zu erfahren. Wenn ich mich recht erinnere, starb Grandmas Mutter in einem Heim, und zwar an derselben Altersdemenz, an der sie jetzt selbst leidet. Grandma hat mir das nicht erzählt. *Sie* sagte mir, ihre Mutter sei »bis zu ihrem Ende gut versorgt« gewesen, ohne Genaueres über dieses Ende zu sagen, doch Bridget hat einen anderen Verdacht. Grandmas Vergangenheit ist voller Widersprüche, aber Bridget hat einmal von irgendeinem Verwandten gehört, man habe Grandmas Mutter gefunden, als sie im Nachthemd im Schnee umherirrte, und sie sei »weggebracht« worden. Bridget meint, das sei zu der Zeit gewesen, als Grandma in Newcastle war – verwitwet, mit drei kleinen Kindern und ohne Geld. Man kann ihr kaum vorwerfen, daß sie sie vernachlässigt hätte. Aber wenn ihre Mutter tatsächlich in einem Heim gestorben ist, dann sicher nicht in einem Haus wie St. Alma.

Ich glaube, Grandma fürchtete sich ungefähr so vor ihrer Mutter, wie sie sich früher vor mir fürchtete. Auch ich bin klein, flink und lebhaft. Grandma sah mir hilflos zu, wenn ich einen Kuchen backte oder bügelte – irgendeine einfache Tätigkeit –, und stöhnte darüber, daß mir das so leicht von der Hand ging. Sie sagte, sie würde den ganzen Tag dafür brauchen. Ich wies auf die technischen Erleichterungen hin – den Mixer, das leichte Dampfbügeleisen –, aber sie wußte (und ich wußte, daß sie es wußte), daß das mit dem, was sie mit Bewunderung und Neid erfüllte, wenig zu tun hatte. Bewunderung, Neid, sogar Anerkennung, aber – und das war der springende Punkt – auch Abneigung und Abwehr. Grandma ärgerte sich etwas über meine Supereffizienz, aber sie reizte sie auch zum Lachen, und sie machte sich darüber lustig. Sie identifizierte sich so gern mit anderen, sagte: »So ein Durcheinander! Du bist genau wie ich!«, aber das konnte sie zu mir nicht sagen. Ich trieb sie zur Verzweiflung. »Kann ich dir irgendwie helfen?« fragte sie mich und fügte dann finster und traurig hinzu: »Ich nehme an, du hast schon alles erledigt, wie üblich.« Und das stimmte immer. Später, als ich klüger geworden war, übertrug ich ihr absichtlich einige Aufgaben – Arbeiten, die ich selbst nie gemacht hätte, von denen ich aber wußte, daß sie sie gern machte. Das Reinigen von Abflüssen zum Beispiel. Darin war sie eine Expertin. Sie glaubte, man müsse jede Woche einmal fünf Liter kochende Sodalösung in den Abfluß schütten. Dann rieb sie das Abflußrohr mit wahrer Begeisterung blank und stocherte mit einem Stöckchen darin herum, um alle möglicherweise verbliebenen Schmutzteilchen zu entfernen. Wo sie auch arbeitete, schuf sie Unordnung, umgab sich mit allerlei Gerätschaften, stolperte über sie und verlor sie. Am Ende aber machte sie alles, was sie tat, perfekt und hinterließ den Ort ihrer Mühen in tadellosem Zustand.

Als wir nach Hause fuhren, dachte ich zufrieden daran, daß St. Alma einen Garten hatte. Grandma, die in Wohnblocks aufgewachsen war, liebte Gärten. Eines ihrer vielen Zitate lautete: »Ein Garten ist ein gar lieblich Ding, weiß Gott!« Sie zog gern Männerschuhe an, die Schuhe von irgendeinem Mann, band sich ein Kopftuch um und ging hinaus in den Garten, obwohl sie nicht die leiseste Ahnung hatte, was sie tun sollte. Sie ging schwerfällig mit ihren klobigen Schuhen hin und her, stocherte mit einer Hacke in der Erde herum und bückte sich dann auf ihre unerträglich langsame Art, um Steine aufzulesen. Sie war glücklich im Garten, aber auch besorgt. Sie wußte, daß sie ihn nicht unter Kontrolle hatte, und konnte außer sich geraten, wenn irgendeine Pflanze sie schlug. Ja, so pflegte sie das auszudrücken: »Dieses verdammte Ding hat mich geschlagen.« Es war für sie wirklich besser, wenn jemand anderer den Garten pflegte und sie nur dessen Anweisungen befolgte, oder, noch besser, wenn man sie überreden konnte, sich hinzusetzen, zuzusehen und die Arbeiten anderer zu überwachen. Beim ersten Frühlingshauch wollte sie hinaus in den Garten. Das war –

und ist immer noch – einer unserer wenigen Berührungspunkte (nur, daß sie sich heute nirgendwo mehr lange aufhalten kann und bei glühender Hitze friert), denn auch ich bin gern im Garten und gehe hinaus, wann immer ich kann.

Unser wichtigster Berührungspunkt sollte eigentlich Charlie sein, aber er ist es nicht. Es wäre Grandma immer lieber gewesen, wenn ich Charlie nicht geheiratet hätte. Sie mochte es nicht, daß ich Einfluß auf ihn ausübte. Obwohl sie es nie aussprach, meinte sie, ich sei viel zu dominierend. In ihren Augen tyrannisierte ich Charlie genauso, wie ihre Mutter angeblich ihren Vater tyrannisiert hat. Ich brauchte nur etwas energischer zu sagen: »Um Gottes willen, Charlie, hör auf, mit offenen Augen zu träumen, und wirf diesen Brief ein. Komm schon, *jetzt gleich*!«, und schon drückte ihr Gesicht blankes Entsetzen aus. Sie hielt Charlie für zart und empfindlich – es gab eine lange, oft erzählte Geschichte, wie er mit sechs Monaten beinahe an Unterernährung gestorben wäre – und glaubte, man müsse ihn ermuntern, die Dinge leichter zu nehmen. Ich erweckte den Eindruck, als wolle ich ihn dauernd auf Trab halten. Und wenn wir miteinander stritten, während sie bei uns war, verkroch sie sich in eine Ecke und war fast gekränkt, wenn wir eine halbe Stunde später wieder friedlich miteinander plauderten.

Einmal – es ist zwanzig Jahre her, vielleicht noch länger – kam es zu einer Szene auf offener Straße. Grandma, die zu dieser Zeit noch gar keine Großmutter war, war wie üblich stundenlang durch Woolworth getrottet und hatte nach einem Kartoffelschäler für Linkshänder gesucht. Charlie und ich verloren allmählich die Geduld. Da beging er den Fehler zu sagen, es sei doch wirklich lächerlich, und seine Mutter solle sich beeilen. Daraufhin rauschte sie aus dem Geschäft hinaus und sagte, sie werde nach Glasgow zurückfahren, sie wisse genau, wann sie unerwünscht sei. Es war sehr peinlich. Wir eilten rechts und links neben ihr her, baten sie um Verzeihung, flehten sie an, doch dazubleiben, und entschuldigten uns. Ihre plötzliche, völlig unerwartete Heftigkeit hatte uns richtig beunruhigt und aufgeschreckt. Sie ist natürlich geblieben. Das Gewitter zog vorüber, und die Sache wurde nie wieder erwähnt. Es fiel mir nur neulich wieder ein, wie ungewöhnlich es war, daß sich eine erwachsene Frau so benahm. Unter denselben Umständen würde ich mich niemals so kindisch verhalten. Und Charlie schämte sich für sie – wie bei so vielen Gelegenheiten. So wie Stuart gleichgültig war und Bridget stolz, so war Charlie oft peinlich berührt, und sie merkte das, machte aber irgendwie mich und nicht Charlie dafür verantwortlich. Das ist nur natürlich. Die tüchtige, gut organisierte Schwiegertochter, der das alles zu verdanken war. Daran werde ich nichts ändern können.

–

In der ersten Nacht, die Cynthia bei Grandma verbrachte, konnte ich kaum schlafen. Ich lag da und machte mir Sorgen, und je mehr ich darüber nachdachte, desto schrecklicher erschien es mir, Grandma mit Cynthia allein zu lassen. Und ich hatte gelogen – nicht direkt, aber indirekt. Als ich zu Bridget hinüberging und sie mich fragte, wer sich in der Nacht um ihre Mutter kümmern werde, sagte ich ihr, sie brauche sich keine Sorgen zu machen, wir, wir alle, würden uns abwechseln. Bridget war beruhigt. Sie sagte, es werde ihr bald bessergehen und sie werde es wiedergutmachen. Und dann führte ich Cynthia zu Grandma. Es verwirrte mich etwas, daß sie keine Tasche für die Nacht dabeihatte, nichts. Sie hatte ein Buch in der Hand und einen Walkman, und das war alles. Wo waren ihr Nachthemd, ihre Zahnbürste, die Haarbürste, ein Handtuch? Es kam mir so merkwürdig vor, aber als ich nach Hause kam und es Hannah erzählte, lachte sie mich aus: Wie altmodisch zu glauben, zum Übernachten bräuchte man diese ganzen Sachen! Stimmt, wenn Hannahs Freundinnen über Nacht bleiben, haben sie auch nichts dabei.

Ich ging mit Cynthia die ganze Prozedur durch und zeigte ihr, wo sie alles fand. Dummerweise war Grandma schlecht gelaunt. Sie starrte uns an und sagte: »Nicht schon *wieder* eine Neue!« und fluchte noch ein wenig vor sich hin. Immerhin gab sich Cynthia Mühe. Sie fragte Grandma, wie es ihr gehe, und als Grandma brummte, daß ihr verdammter Rücken weh tue, sich aber niemand darum kümmere, sie habe es dem Arzt gesagt, doch der habe nur geantwortet, er könne gar nichts für sie tun, so eine Frechheit!, da reagierte sie sehr geschickt. Sie war so schlau, Grandma um eine vollständige Aufzählung ihrer Beschwerden zu bitten, und sie bot ihr an, eine Wärmflasche zu machen und sie ihr auf den Rücken zu legen. Doch als ich die beiden allein ließ, war ich nervös. Cynthia ist noch so jung und hat den Job, wie sie selbst zugegeben hat, nur des Geldes wegen angenommen. Bridget würde mich umbringen. Ich vergewisserte mich, daß die Tür, die auf den Hausflur führt, abgeschlossen war. Am nächsten Morgen war offensichtlich alles in Ordnung. Als ich hinüberging, war Cynthia schon auf, fertig angezogen, und Grandma aß ganz zufrieden ihren Porridge. Ich war so erleichtert, daß ich zustimmte, als Charlie vorschlug, wir sollten ihr Angebot annehmen, nach dem Probewochenende einen Monat zu bleiben. Gott sei Dank kam es gar nicht erst dazu, daß wir sie darum baten.

Letzten Endes ist Cynthia dann doch nicht so klug gewesen. In dieser Situation wäre ein wirklich kluger Mensch, der weiß, daß er von einer offenkundig besorgten und engagierten Familie umgeben ist, niemals ein so großes Risiko eingegangen wie Cynthia. Es war doch sehr wahrscheinlich, daß einer von uns einmal plötzlich hereinschauen würde – insbesondere während der Probezeit. Wie konnte sie nur so dumm sein? Ich ließ Cynthia am zweiten Abend um sechs Uhr mit Grandma allein und sagte, am nächsten Morgen werde Susan kommen. Ich sagte Cynthia, wenn Susan bis neun Uhr nicht da sei, müsse sie mich sofort anrufen. Cynthia lächelte und nickte. Ich wies sie an, Grandma ungefähr um halb neun ins Bett zu bringen und ihr nach sieben keinen Tee mehr zu geben (als Grandma das hörte, sagte sie, na so was, sie werde sich selbst so viel Tee machen, wie sie wolle.) Als ich wegging, stand Grandma auf und sagte, sie wolle mit mir gehen, aber das war nichts Ungewöhnliches. Ich setzte sie wieder auf ihren Stuhl und ging. Aber eine halbe Stunde später fiel mir ein, daß ich vergessen hatte, Cynthia über die Arthritis-Pillen zu informieren, die Grandma jeden zweiten Abend nehmen mußte. Ich rief an, aber niemand nahm ab. Ich dachte, Cynthia sei vielleicht gerade mit Grandma beschäftigt. Ich wartete und rief wieder an – immer noch keine Antwort. Da ging ich eben hinüber, um das Haus herum, zur Hintertür, weil ich die Flurtür zugesperrt hatte. Die Vorhänge waren nicht zugezogen, und durch das Fenster sah ich Grandma in der Mitte des Zimmers stehen, einen Finger an den Lippen, wie versteinert. Keine Cynthia. Beim Hineingehen dachte ich, Cynthia sei im Bad oder in Grandmas Schlafzimmer und schaltete vielleicht schon die Heizdecke ein. Aber dort war sie nicht. Ich ging in die Küche und rief nach Grandma, und sie kam angewankt, griff nach mir und dankte Gott, daß ich gekommen war. Als sie sich so an mich drückte, hörte ich ihr Herz dumpf schlagen, und ihre Stirn war von feinen Schweißperlen bedeckt. Ich atmete tief durch, beruhigte Grandma, machte ihr Tee und zündete ihr eine Zigarette an. Nach einer Minute war die Panik von ihr gewichen. Dann versuchte ich, die Tür zum Wohnzimmer zu öffnen, das auch als zweites Schlafzimmer diente. Sie war zugesperrt. Ich hämmerte gegen die Tür, aber nicht zu laut, weil ich Grandma nicht wieder erschrecken wollte. Auf dem Türsturz halten wir einen Reserveschlüssel bereit (weil Grandma in irgendeiner Phase immer Schlüssel versteckte). Ich dachte, der Schlüssel stecke vielleicht von innen im Schloß, aber nein, ich konnte den Ersatzschlüssel hineinstecken und umdrehen. Im Zimmer saß Cynthia mit ihren Walkman-Kopfhörern. Auf dem Bett lag ein junger Mann, der ebenfalls Kopfhörer aufhatte. Der Raum war völlig verraucht, voll mit widerlich süßem Rauch. Beide hielten die Augen geschlossen.

Ich stand wie vom Donner gerührt da und starrte die beiden ein paar Minuten lang an. Ich wollte warten, bis sie mich bemerkten, aber weder Cynthia noch ihr Freund rührten sich. Das Zimmer war fast dunkel, nur eine kleine Lampe brannte noch. Ich griff nach dem

Schalter für die Deckenbeleuchtung. Der Mann blinzelte und öffnete die Augen. Er bewegte sich nicht und schien auch nicht erschrocken zu sein. Cynthia drehte sich langsam um, und was ich unverzeihlich fand, war, daß sie keine Reue, kein Zeichen von Bestürzung erkennen ließ. Sie lächelte nur, nahm ihre Kopfhörer ab und stand auf. »Wir haben uns nur ein Band angehört, das Greg aufgenommen hat«, sagte sie, »nur für fünf Minuten. Er ist schnell vorbeigekommen, um es mir vorzuspielen. Alles selbstgemacht – sehr aufregend! Er hat sich nämlich ein Studio gemietet.« Und dann sagte sie – und das war der Gipfel der Unverschämtheit: »Ist alles in Ordnung? Wollten Sie etwas?« Ich forderte sie auf zu gehen, und zwar sofort. Entrüstet wollte sie wissen, warum. Ich sagte, allein die Tatsache, daß sie nicht zu wissen scheine, warum, sei ein Beweis dafür, wie ungeeignet sie für diesen Job sei. Ich sagte, ich hätte meine Schwiegermutter völlig verängstigt vorgefunden, die Tür zwischen ihnen sei zugesperrt gewesen, und zudem sei noch ein fremder Mann hier. Ich sagte, sie sei angestellt worden, um sich um meine Schwiegermutter zu kümmern, nicht, um sie auszusperren. Da antwortete sie, es sei wirklich nur für ein paar Minuten gewesen, und sie habe die Tür zugesperrt, weil Mrs. McKay sie immer wieder gestört habe. Sie hätten nur schnell das Band abhören wollen. Daran sei doch nichts Schlimmes. Ich sagte ihr, sie solle sofort gehen. Sie meinte, das sei doch lächerlich, sie habe nichts Falsches gemacht. Ich sagte, ich sei nicht bereit, darüber zu diskutieren. Zum Glück hatte ich meine Geldbörse bei mir. Ich nahm 30 Pfund heraus und gab sie ihr. Sie sagte, es seien eigentlich 40 Pfund pro Nacht, und wenn sie jetzt gehe, verliere sie das Geld für eine ganze Nacht, und sie meine, es stehe ihr zu, denn sie gehe ja nicht von sich aus. Ich sagte, sie könne das mit meinem Mann besprechen, aber jetzt solle sie bitte gehen.

Ich zitterte vor Wut und Schuldgefühlen. Was, wenn ich nicht vorbeigeschaut hätte... Aber wie Charlie später sagte, war das ein abwegiger Gedankengang. Vielleicht hatte Cynthia die Wahrheit gesagt, vielleicht war ihr Freund nur gekommen, um ihr ein Band vorzuspielen, und wäre bald wieder gegangen, und sie wäre zu Grandma gegangen und hätte sie völlig korrekt und mit freundlichen Worten und Gesten ins Bett gebracht. Damit wäre ihre Verhaltensweise nicht gerechtfertigt, aber Charlie argumentierte, man müsse nicht unbedingt auf finstere Absichten schließen. Es war klar, daß Charlie glaubte, ich hätte melodramatisch reagiert, ja, voreilig gehandelt, und das erzürnte und erregte mich noch mehr. Er schien unfähig, mit der armen Grandma Mitleid zu empfinden, und konnte ihre Angst nicht nachvollziehen. Für sie ist Sicherheit das Wichtigste; man muß ihr das Gefühl geben, beschützt zu sein, und nichts könnte ihr Sicherheitsgefühl mehr bedrohen als Fremde, die die Tür hinter sich zusperren. Charlie sagte, ich könne keineswegs wissen, was sie wirklich fühle, und das ist wahr, niemand kann das, aber Angst erkenne ich, wenn ich sie mit eigenen Augen sehe. Charlie erinnerte mich daran, daß Grandma auch schon ohne Grund in einem ähnlichen Zustand gewesen ist. Auch das ist wahr. Aber dafür können wir nichts, während wir sehr wohl etwas dafür können, wenn wir sie mit unzuverlässigen Leuten allein lassen. Charlie sagte, je eher wir sie nach St. Alma brächten, desto besser: Er habe endgültig genug.

Ich blieb die Nacht über bei Grandma und war froh, wirklich froh, meinen Fehler wiedergutmachen zu können. Ich las ihr Burns vor, rezitierte mit ihr Gedichte und gab ihr so viele Tassen Tee, wie sie wollte, selbst auf die Gefahr hin, daß es ein eingenäßtes Bett oder sechsmaliges Aufstehen während der Nacht bedeutete. Wir hörten uns ein schottisches Hörspiel im Radio an, und es machte mir nicht das geringste aus, daß Grandma während der ganzen Zeit redete. Ich saß an ihrem Bett, bis sie einschlief, und saß immer noch da und beruhigte sie, als sie zehn Minuten später hochfuhr. Sie fragte, ob ihre Mutter schon da sei, und ich sagte, ja, und ob die Kinder schliefen, und ich sagte, ja. Sie stieß einen tiefen Seufzer der Zufriedenheit aus: Ihre Welt war wieder heil. Mit verschlafener Stimme sagte sie mir vier Verse aus »Des Menschen Los ist Trauern« auf, bevor sie wieder einschlief. Ich bettete sie bequem. Als sie mich um zwei Uhr nachts aufweckte, weil sie Kleingeld für den Milchmann brauchte, den sie kommen hörte, tat ich das, was auch Bridget tut: Ich legte mich zu ihr ins Bett. Ich brachte es nicht fertig, mich an sie zu schmiegen, wie Bridget es macht, aber ich legte mich so nah zu ihr, wie ich konnte, und hielt ihre Hand. Das genügte. Sie wachte nicht mehr auf, schnarchte den Rest der Nacht durch, und ich lag da und überlegte, wer das in St. Alma für sie tun würde. Was für eine Vorstellung! Alles, worauf sie reagieren konnte, alles, was ihr etwas bedeutete, war Zärtlichkeit, und diese Art liebevoller Fürsorge würde ihr vollkommen fehlen, wenn wir sie nach St. Alma oder in irgendein anderes Heim geben würden – so gut es auch sein mochte. Wir würden ihr das einzige wegnehmen, was für sie wirklich von Bedeutung ist.

Ich hatte so ein Glück, daß ich die Nacht über blieb! Um sieben Uhr kam Bridget herein, ganz vergnügt. Sie fühlte sich viel besser. Sie stand da und sah auf Grandma hinunter, die noch im Bett lag, kniff ihr in die Wange und fragte: »Waren auch alle nett zu dir, mein Schatz?«, genau wie Grandma fragt, und Grandma lachte. Und ich war so *stolz*, daß sie in einer so glücklichen Verfassung war, und darüber, daß Bridget es sah. Da sagte Grandma, die am frühen Morgen immer für einen flüchtigen Augenblick völlig klar im Kopf ist, ganz deutlich: »Jenny war wirklich ein Schatz.«

Wie könnten wir sie »wegbringen«, wie sie selbst es nennen würde? *Wie könnten wir nur?*

Hannah

Grandma ist wieder hier, so wie jeden Tag dieser Woche. Mum steht kurz vor dem Nervenzusammenbruch. Mit seinen ganzen schönen Telefonanrufen hat Dad letzten Endes überhaupt nichts erreicht. Von Cynthia ist nicht mehr die Rede, ebensowenig von der Frau, die Dad über eine Agentur mit dem Namen »Rettungsanker« bekommen hatte und die zwei Nächte lang da war. Da es Bridget bessergeht, mußte Mum ihr etwas über diese Frau sagen, und natürlich war Bridget entsetzt. Ich bin sicher, daß die Frau gar keine Chance hatte, weil Bridget die ganze Zeit ein- und ausging, um nachzusehen, ob Grandma auch ja nicht mißhandelt wurde. Das verwirrte Grandma so sehr, daß sie natürlich nicht ins Bett gehen wollte; und sie stand prompt in der Nacht sechsmal auf und machte trotzdem ins Bett. Am dritten Abend übernahm Bridget wieder ihre normale »Schicht«. Ich weiß nicht, was wir an ihren beiden freien Abenden machen sollen, niemand weiß es. Inzwischen hat, wie erwartet, auch Lola das Handtuch geworfen, und Susan hat uns mitgeteilt, sie könne nur morgens kommen. Also ist Grandma wieder bei uns.

In etwa einer Stunde kommt eine Frau von diesem Heim, St. Alma, um einen »Eignungstest« mit Grandma durchzuführen. Bridget weiß nichts davon, aber Mum behauptet, sie werde diesen Plan nicht verheimlichen. Wirklich nicht? Mum und Dad wollen, daß Grandma auf die Warteliste kommt, ohne daß Bridget etwas davon ahnt. Zu gegebener Zeit wollen sie sie dann vor vollendete Tatsachen stellen. Sie packen die Sache zweifellos sehr klug an, sehr geschickt. Ich kann ihren Gedankengang gut nachvollziehen. Aber ob das alles auch einen Sinn hat, ist schwer zu sagen. Mum hat mich um meine Mithilfe gebeten. Sie möchte, daß ich dabei bin, wenn diese Frau kommt, sie will, daß ich helfe, »Grandma vernünftig erscheinen zu lassen«. Da muß ich aber wirklich lachen. An Grandma ist nun einmal nichts Vernünftiges. Wie denn auch? Mum bleibt dabei und sagt, ich wisse schon, was sie meine. Manchmal könne Grandma charmant und gesittet, ja sogar intelligent wirken, während sie ein andermal einfach verrückt sei. Aber warum in aller Welt glaubt Mum, daß *ich* dazu beitragen könnte, den heutigen Tag zu einem ihrer besseren zu machen? Und was ich wissen möchte, ist folgendes:

Ist es richtig, Grandma als gesünder hinzustellen als sie tatsächlich ist?
Ist es richtig, sie unter Vorspiegelung falscher Tatsachen auf die Warteliste zu bekommen?
Will ich überhaupt, daß sie auf diese Warteliste kommt?
Auf wessen Seite stehe ich?

–

Die Frau – »nennen Sie mich einfach Jean« – ist sehr freundlich. Ungefähr vierzig, etwas rundlich, Brille, Mondgesicht und stechender Blick, schlicht in Grau und Weiß gekleidet, lacht ein bißchen zuviel und zu bereitwillig. Ihr Lachen kommt bei Grandma gut an. Sie fragt diese Jean, ob sie das Lied »Der lachende

Polizist« kenne, eines von ihren Lieblingsliedern. Grandma fängt an, es zu singen oder besser zu lachen, und bekommt fast einen Lachkrampf dabei. Sie sagt, sie lache gern. Jean sagt, sie auch. Zumindest hat Grandma gute Laune. Sie sieht jetzt ganz munter aus. Jean fragt sie, wie es ihr gehe.

Gut, bis auf meinen Rücken. Und Ihnen?

Oh, mir geht es gut.

Sind Sie also mit Ihrem Problem fertig geworden?

Welches Problem meinen Sie, Mrs. McKay?

Wollen Sie sagen, daß Sie mehr als eines haben?

Haben wir das nicht alle?

Ach, ich sehe die Dinge eher von ihrer Sonnenseite.

Das ist auch am besten. (Pause) *Wohnen Sie schon lange hier?*

Kommt darauf an, was Sie lange nennen.

Also, wie lange wohnen Sie schon hier?

Länger als Sie glauben.

Grandma ist wirklich in Form. Das könnte stundenlang so weitergehen. Ich lächle verstohlen zu Mum hinüber, die wegschaut. So haben wir Grandma schon lange nicht mehr erlebt. Sie ist auf Draht, pariert gut und verrät nichts. Eine natürliche Schlauheit und Intelligenz lassen sie auf der Hut sein. Ist Jean darauf vorbereitet? Sie nimmt einen neuen Anlauf und fragt, ob Grandma immer hier gewohnt habe.

Nein, ich bin aus Glasgow.

Wann sind Sie von dort weggegangen?

Mit zwanzig.

Und wo sind Sie dann hingegangen?

Nach Perth.

Sie haben dort gearbeitet, nicht wahr?

Ja, und zwar ganz schön schwer. Ich habe mein ganzes

Leben schwer gearbeitet. Dagegen ist doch wohl nichts einzuwenden.

Nein, wirklich nicht. (Pause) *Könnten Sie mir bitte noch etwas Tee einschenken, Mrs. McKay?*

(Unglaubliche Spannung bei Mum, als Grandma nach der Teekanne Ausschau hält, sie entdeckt, den Griff anfaßt und zu unserem Erstaunen Jean tatsächlich Tee einschenkt, wobei sie nur ganz wenig verschüttet.)

Möchten Sie Zucker?

Ja, bitte.

(Grandma reicht Jean die Kekse. Mum weiß, und ich weiß es auch, daß sie sie mit dem Zucker verwechselt. Aber Jean glaubt, es sei eine Zugabe, nimmt sich zuerst einen Keks und versorgt sich dann selbst mit Zucker.)

Danke sehr. Sie haben ja Ihren Tee gar nicht getrunken, Mrs. McKay.

Er ist zu heiß, aber in Gegenwart anderer pustet man nicht auf den Tee. Das gehört sich nicht.

Ihr Tee ist ausgezeichnet. Was für eine Sorte ist das?

Brooke Bond. Ich bekomme ihn beim Co-op.

Gibt es hier in der Nähe einen Co-op?

Ein Stück die Straße hinauf.

Dann gehen Sie also selbst einkaufen?

Wer sollte es sonst machen?

Ich dachte, vielleicht Ihre Schwiegertochter ...

Oh, ich kann selber einkaufen. Das will ich doch hoffen.

Kommen Sie gut zurecht?

Ich lasse mir Zeit. Eile mit Weile!

Alles geht so glatt. Grandma hat ihren Spaß. Sie wirkt geradezu spritzig und sieht so fröhlich aus in ihrem hellroten Pullover, ihrer dicken Jacke aus Shetlandwolle und dem karierten Rock. Sie hat nichts Ausdrucksloses oder Stumpfes oder Konfuses an sich. Wird das so bleiben? Jean lacht weniger und sieht nachdenklicher aus. Sie weiß genau, daß sie Grandma noch immer nicht richtig einschätzen kann. Sie fragt Grandma, wie viele Kinder sie hatte. Wir halten wieder den Atem an.

Drei.

Mädchen oder Jungen?

Zwei Jungen und ein kleines Mädchen.

Und Ihr Mann?

Oh, mein Gott, ich hatte mal einen Mann. Einen von der Sorte.

Sind Sie Witwe, Mrs. McKay?

Jawohl.

Und wann ist Ihr Mann gestorben?

Er ist nicht gestorben, er ist im Krieg gefallen.

Das tut mir leid.

Es ist schon so lange her.

Grandma hat alle Fragen richtig beantwortet, aber unglücklicherweise haben die Worte »Krieg«, »Witwe« und »gefallen« einen dieser seltsamen, ganz plötzlichen Stimmungswechsel bewirkt, die wir so fürchten. Ihr Gesicht verfinstert sich, ihr Blick wird trübe. Hat Jean es bemerkt? Grandma versucht plötzlich, auf die Beine zu kommen. Das ist einerseits gut, denn sie sagt, sie wolle zur Toilette gehen. Auf diese Weise erfährt Jean, daß Grandma normalerweise nicht inkontinent ist. Ich gehe mit ihr hinaus. Während ich draußen bin, plaudert Jean vermutlich mit Mum. Grandma braucht ewig lang auf dem Klo und brummt: »Verdammte Verdauung.« Sie kommt schlechtgelaunt heraus und sagt, sie wolle nach Hause gehen. Ich versuche, sie in die Küche zurückzulocken, indem ich ihr einen Tee in

Aussicht stelle. Doch sobald sie Jean entdeckt, bekommt sie einen starren Blick, weicht zurück und sagt zu mir, sie könne Fremde nicht leiden. Aber sie geht hinein und setzt sich ganz brav wieder hin. Immerhin hat Jean gesehen, daß sie allein gehen kann, und das ist sicher ein großer Pluspunkt. Kaum hat sich Grandma hingesetzt, will sie schon wieder aufstehen.

Ich möchte jetzt gehen. Die Männer kommen zum Tee.

Erwarten Sie jemanden, Mrs. McKay?

Mein Vater kommt bald von seiner Schicht nach Hause, und meine Mutter wird mich suchen, damit ich den Tee mache. (Pause. Jeans Gesicht spricht Bände.)

Grandma hat ihren Mantel gefunden. Ich weiß nicht, ob ich ihr hineinhelfen soll oder nicht. Sie versucht, ihn sich selbst anzuziehen, schafft es aber nicht. Sie zieht den Mantel am Ärmel hinter sich her, während sie ins Wohnzimmer schlurft. Mum sagt schnell, dies sei natürlich nicht ihre eigene Wohnung, wenn sie bei sich zu Hause sei, habe sie keine Probleme mit der Orientierung. Jean sagt, Grandma sei offensichtlich verwirrt, aber nicht besonders stark. Sie sagt, man solle vielleicht einmal einen Test mit ihr machen, dann könnten wir sehen, ob sie sich für die Warteliste eigne oder nicht. Mums Gesicht hellt sich auf. Jean zieht einen Terminkalender heraus und fragt, wie wäre es tagsüber, nächste Woche Mittwoch? Wir sollten Grandma einfach mitbringen und sie einen Tag lang dalassen. Es werde ihr gefallen. Bevor Jean geht, sagt sie, die Tatsache, auf der Warteliste zu stehen, sei natürlich noch keine Garantie dafür, zum gegebenen Zeitpunkt auch aufgenommen zu werden – falls sich der Zustand der Bewerberin seit dem Zeitpunkt ihrer Beurteilung – hm – verschlechtert habe, besonders wenn diese schon längere Zeit zurückliege, was sehr wohl passieren könne in Anbetracht der Länge der Warteliste, dann – hm ... Mum sagt, sie verstehe.

Jean sagt auf Wiedersehen zu Grandma, und Grandma sagt hallo. Während Mum Jean zum Auto bringt, setze ich mich zu Grandma. Sie sitzt auf dem Sofa, an der gegenüberliegenden Wand hängt ein großes Ölgemälde. Es zeigt eine Strandszene, zwei Erwachsene und vier Kinder an einem Strand, irgend etwas Impressionistisches. Die Kinder bauen Sandburgen, die Erwachsenen liegen der Länge nach im Sand. Alles in freundlichem Gelb und Blau. Grandma winkt hinüber. Sie ruft: Huhu! Ich setze mich neben sie und schaue. Eines der Kinder blickt nach vorn. Ein ungefähr vierjähriges Mädchen. Sie streckt einen Arm in die Luft – um die Aufmerksamkeit auf sich zu lenken, nehme ich an. Grandma winkt ihr zu.

Hat sie schon ihren Tee und ihre Kekse bekommen?

Wer?

Das kleine Mädchen da. Sie sieht so hungrig aus.

Es ist doch nur ein Bild, Grandma.

Was?

Leuten auf Bildern kann man nichts zu essen geben.

Warum nicht? Ich glaube, sie haben genauso Hunger wie alle anderen auch.

Sei nicht albern.

Halt deine Zunge im Zaum!

Du weißt, *daß es nur ein Bild ist, Grandma.*

Ja, wirklich?

Hör auf zu winken. Warum winkst du eigentlich?

Ich winke dem kleinen Mädchen da. Hat sie schon ihren Tee und ihre Kekse bekommen?

Ich kann nicht mehr, kann nicht einfach lachen und so tun, als wäre es ein Witz. Ich springe auf und drehe das Bild zur Wand. Mein Magen rebelliert. Als Mum wieder hereinkommt, erzähle ich es ihr. Ohne mit der Wimper zu zucken, sagt sie, Grandma mache das schon länger. Mum sagt, mit Fotos sei es noch schlimmer. Sie küsse sie und sage, sie seien so kalt. Das hätte ich doch bestimmt schon einmal gesehen? Nein, hab ich nicht! Bridget kommt herein – viel früher als vereinbart. Mum wird ganz bleich, als sie die Tür knarren hört. Bridget fragt spitz, wo Grandma sei. Ich sage, sie sei im Wohnzimmer und winke den Bildern zu. Zuerst sagt Bridget: Ach, das hat nichts zu bedeuten. Und dann: Was macht sie denn da so allein? Lärmend und plappernd rauscht sie durch die Wohnung. Ich stehe in der Tür und beobachte sie. Bridget umarmt Grandma, dann zündet sie sich eine Zigarette an und eine zweite für Grandma. Sie fragt Grandma, wie es ihr so gehe. Grandma sagt, schrecklich, sie habe drei Wochen lang niemanden gesehen, alle seien Nieten, und sie sei wie die letzte Rose des Sommers usw. usw.

Wo bist du überhaupt gewesen?

Arbeiten, Mutter.

Glaub ich nicht. Du hast dich herumgetrieben.

Ach was, Mutter!

Doch, mit deinem Liebhaber.

Was denkst du denn von mir?

Nein, du bist ein braves Mädchen. Bleib nur so wie du bist.

Keine Sorge, Mutter.

Wo bist du überhaupt gewesen?

Bridget erzählt Grandma die Geschichte eines kleinen Jungen auf ihrer Station, der eine Hasenscharte hat und verschiedene Operationen über sich ergehen lassen muß. Grandma ist fasziniert. Sie gibt Laute der Bestürzung, des Mitgefühls, der Empörung und der Besorgtheit von sich. Sie sagt, die Welt sei grausam, und die Unmenschlichkeit des Menschen gegen den Menschen usw. usw. Doch schon bald ist sie wieder ganz fröhlich.

Es folgt die übliche Prozedur, Grandma in den Mantel zu helfen und uns von ihr zu verabschieden, als führe sie zum Nordpol. Bridget dehnt sie sogar noch aus, indem sie mit Mum plaudert und vergißt, sich auf Grandma zu konzentrieren, die prompt die Gelegenheit nutzt und ihren Mantel wieder auszieht. Das geschieht mehrere Male. Schließlich tritt Bridget auf die Straße hinaus, während Grandma über die bittere Kälte klagt (an so einem milden Nachmittag) und Schneefall voraussagt. Wie komisch die beiden aussehen! Bridget so groß und aufrecht und so dramatisch in ihrer Haltung und ihren Farben, und Grandma daneben so krumm und gebeugt, so schäbig und grau. Ich beobachte sie. Als Grandma stehenbleibt, weiß ich warum: Sie möchte irgend etwas vom Boden aufheben. Bridget ist geduldig. Anhalten und weitergehen, anhalten und weitergehen. Es scheint Stunden zu dauern, bis sie endlich um die Ecke verschwinden. Was ich wissen möchte, ist folgendes:

Wie kann Bridget immer so fröhlich sein?
Wie kann sie Karl wegen Grandma vernachlässigen?
Wie schafft sie es überhaupt, Zeit für Karl zu haben?
Warum will sie nicht mehr Zeit mit ihm verbringen?

–

Um neun Uhr sagt Mum, Grandmas Telefon sei kaputt und Bridgets auch. Da heute Bridget bei Grandma sei,

sei das nicht weiter schlimm, aber eigentlich wolle sie Bridget noch daran erinnern, daß sie morgen neue Schuhe für Grandma kaufen wolle und Bridget bitte daran denken solle, daß Grandma ihre dicksten Strümpfe anhabe und ausgehfertig sei, wenn Mum sie um neun Uhr abholen komme. Mum hat mit einem Geschäft in der Nähe vereinbart, daß sie zu einer Zeit vorbeikommt, wenn niemand sonst da ist und die Verkäuferin genug Zeit hat, um sich auf Grandma zu konzentrieren. Mum sagt, sie habe auch vergessen, Bridget zu sagen, daß Susan morgen früh nicht komme. Ich sage, ich könne schnell hinübergehen und ihr alles ausrichten. Mir schwirrt der Kopf von Mums stumpfsinnigen, völlig belanglosen Vereinbarungen und Gegenvereinbarungen. Während ich auf dem Weg bin, um diese überaus wichtigen Informationen an Bridget weiterzuleiten.

Da Grandma wahrscheinlich schon im Bett ist oder gerade dabei, ins Bett zu gehen, klopfe ich nur ans Fenster, damit Bridget weiß, daß jemand kommt, und dann, als ich hineingehe, rufe ich leise ihren Namen. Keine Antwort. Sie sind wohl im Schlafzimmer. Ich tappe durch die Wohnung zu Grandmas Schlafzimmer, hoffe, die beiden nicht zu erschrecken, und stecke den Kopf durch den Türspalt. Die Vorhänge sind zugezogen, das Licht ist aus, und ich kann Grandma schnarchen hören, noch ehe ich ihren weißen Kopf auf dem Kissen sehe. Die Badezimmertür ist offen – keine Bridget. Ich gehe zurück in die Küche und bemerke, daß der Telefonhörer nicht auf der Gabel liegt. Bridget muß gerade am Apparat gewesen sein, als Grandma sie plötzlich brauchte. Ich lege den Hörer auf, hebe ihn wieder hoch und horche. Das Telefon scheint zu funktionieren. Aus irgendeinem Grund muß Bridget in ihre Wohnung hinübergegangen sein. Sie wird gleich zurück sein, aber ich habe keine Lust zu warten. Ich gehe über den gemeinsamen Flur und klopfe an Bridgets Tür. Ich öffne und rufe laut ihren Namen. Ich bin schon halb durch ihr Wohnzimmer gegangen, als eine Tür zuschlägt und Bridget in das Zimmer stürzt und dabei ihren Morgenrock zuzieht. Ich zeige auf ihr Telefon und sage, Grandmas Hörer sei auch abgehoben gewesen, und Mum habe geglaubt, beide Telefone seien kaputt. Da sagt Bridget laut und deutlich: »Scheiße!« Dann lächelt sie und sagt: »In flagranti ertappt, was?« Ich werde rot, richte Mums idiotische Botschaften aus, drehe mich um und will wieder gehen. Doch Bridget kommt mir nach. Sie ruft hastig hinter mir her, daß sie gerade zu Grandma zurückwollte und daß ich nicht denken dürfe, sie würde sie die ganze Nacht allein lassen. Es sei doch nichts dabei, wenn sie in ihre Wohnung hinübergehe. Ich sage, natürlich nicht, warum auch, sie brauche mir das nicht zu erklären. Bridget bittet mich nicht, es meinen Eltern nicht zu erzählen, aber ich weiß, daß sie es eigentlich sagen will. Während ich zur Haustür hinausgehe, geht sie in Grandmas Wohnung zurück.

Was mich am meisten beunruhigt, ist, daß die Telefonhörer abgehoben waren. Na ja, ich kann verstehen, *warum.* Wenn Grandmas Telefon läutet und niemand abnimmt, wacht sie womöglich auf und ist beunruhigt, wenn sie merkt, daß sie allein ist. Und wenn es läutet und niemand abnimmt, fragt sich der Anrufer vielleicht, wo Grandmas Betreuerin ist. Das ist also irgendwie logisch. Daß aber auch Bridgets Hörer abgehoben war, ist schon viel weniger logisch. Daß Bridget ihren

Hörer von der Gabel genommen hat, scheint darauf hinzudeuten, daß sie nicht nur für kurze Zeit in ihrer Wohnung bleiben wollte. Sie wollte offenbar länger bleiben und nicht gestört werden. Warum auch nicht? Grandma schlief, sie war gut aufgehoben. Warum hätte Bridget also nicht in ihre eigene Wohnung hinübergehen sollen und tun und lassen, was sie wollte? Nun, es *gibt* Gründe, die ich mir denken könnte und die Bridget sicher auch in den Sinn kämen, wenn jemand anderer sich so verhalten hätte wie sie. Gründe, die auf der Hand liegen. Den Betreuerinnen ist immer eingeschärft worden, daß Grandma nie, niemals allein gelassen werden dürfe. Nicht nur, weil sie eine Gefahr für sich selber ist, sondern weil sie sich fürchten würde. Was würde Bridget wohl dazu sagen?

Bridget würde sagen, sie könne Grandma hören. Selbst durch mehrere dicke alte Türen? Und Grandma würde sowieso wieder ins Bett gehen. Und was geschähe, wenn sie das nicht täte? Wenn sie über den Flur wanderte? Na, dann würde sie eben an Bridgets Tür rütteln und hineingehen, und das wäre schon in Ordnung. Warum stellen wir dann aber Leute an, die die ganze Nacht über bleiben? Weil Bridget auch ihr Privatleben braucht, sie muß sich ab und zu einsperren und sich von jeder Verantwortung befreit fühlen können.

Ich erzähle Mum nichts von alldem. Ich sage ihr nur, daß der Hörer irgendwie von der Gabel gerutscht war. Ich sage, es sei alles in Ordnung. Aber trotzdem denke ich, es wäre ein großer Trost für Mum, wenn sie wüßte, daß Bridget doch nicht so perfekt ist. Und für Dad wäre es ein Triumph.

–

Adrian sitzt in seinem schmutzigen Trainingsanzug in der Küche und zieht seine verdreckten Turnschuhe aus. Mum giftet ihn an, und ich denke: Wie schade, daß Grandma nicht hier ist! Sie sieht Adrian so gern nach dem Fußballspielen – es wirkt so *männlich* –, und sie mag es, wenn Mum ihn angiftet – das ist *weiblich*. Adrian sagt, er habe Bridget gerade mit einem Mann auf der Straße gesehen. Wer ist das, fragt er, und was ist los? Mum weigert sich, ihm zu antworten, bevor er Zeitungspapier geholt, seine Schuhe daraufgestellt und auch seinen Trainingsanzug dort abgelegt hat. Dann sagt sie, es gehe ihn eigentlich nichts an, aber für den Fall, daß das Gespräch darauf komme: Bridget habe einen Freund, der Karl heiße, das sei alles. Adrian fragt, ob sie ihn heiraten werde. Ich sage: Sei nicht albern. Adrian fragt, warum das albern sei, das sei doch *normal*. Bridget solle heiraten, es mache ihm Spaß, sie sich als verheiratete Frau vorzustellen; es werde ihr guttun; sie könnte aufhören zu arbeiten und Kinder haben, und Grandma könnte bei ihr wohnen. Wir starren ihn an. Mum sagt: »Adrian, Bridget ist dreiundvierzig. Es ist nicht sehr wahrscheinlich, daß sie noch Kinder bekommt, und sie liebt ihren Beruf.« Adrian sagt, es tue ihm leid, daß er etwas gesagt habe, und stapft davon.

Als er geht, sage ich zu Mum, ich wisse natürlich, daß das, was Adrian gesagt habe, lächerlich sei, aber ob sie meine, daß Bridget diesen Karl heiraten werde? Mum sagt, nein, sie glaube es nicht. Bridget sei nicht der Typ, der heirate, und es gebe auch keine Anhaltspunkte dafür, daß Karl sie heiraten wolle. Aber er habe vor, sie einmal mit zu sich nach Hause zu nehmen, nach Deutschland. Es stellt sich heraus, daß Mum Bridget zu dieser Reise ermuntert hat. Ich frage: Und was ist mit Grandma? Mum runzelt die Stirn.

–

Es ist komisch, Grandma anzuschauen und zu wissen, daß sie sich ihrer Situation nicht im geringsten bewußt ist. Sie weiß nichts von Heimen und Pflegerinnen und davon, daß sie ein ernster Fall ist. Ich vermute, daß das die einzig angenehme Seite dessen ist, was mit ihr geschieht: Sie merkt nichts davon. Oder doch? Manchmal gibt es Anzeichen von Panik an ihr. Sie hält sich den Kopf und betastet ihr Gesicht, als wolle sie sich vergewissern, daß alles noch da ist, und wenn sie ihr eigenes Spiegelbild sieht, scheint sie vor Schreck zu erstarren. Sie dreht sich immer wieder um sich selbst, bis ihr so schwindelig wird, daß sie taumelt, und hält dabei verzweifelt nach irgend etwas Ausschau. Ich glaube, sie hat lichte Momente. Dann hat sie wohl vorübergehend Einsicht in ihre Situation, und die Welt gerät ins Wanken. Ich glaube nicht, daß sie immer im gleichen Maß vergeßlich ist.

Als wir beim Essen sind, sagt Adrian, er plane, sich ein Jahr freizunehmen und im nächsten Jahr nach Australien zu gehen.

Ich war schon einmal in Australien.

Wirklich, Grandma?

Sie ist natürlich nicht dort gewesen.

Du, paß bloß auf, was du sagst! Ich bin dort gewesen.

Wann denn?

Vor vielen Jahren.

Und mit wem?

Mit einem Soundso. Er lebt nicht mehr.

Und? War's schön?

Ja, sehr schön, vielen Dank! Die Bahnhöfe waren sehr sauber.

Das war in Kanada, Grandma, da bist du gewesen.

Dort waren sie auch sehr sauber, wirklich schön.

Also ich fahre jedenfalls mit Kevin nach Australien.

Ich war schon einmal in Australien.

Ich weiß nicht, warum Mum unbedingt abstreiten mußte, daß Grandma je in Australien war. Das regt sie nur auf. Was ist denn schon dabei? Aber Mum sagt, es sei schlecht für Grandma: Man müsse unterscheiden zwischen einer glatten Lüge, von der Grandma wirklich wisse, daß es eine Lüge sei, und einer bloßen Übertreibung. Grandma ist niemals auch nur in der Nähe von Australien gewesen. Das weiteste war Kanada. Das war vor zehn Jahren, als sie einen ihrer Brüder besucht hat. Von diesem großen Abenteuer abgesehen hat sie die Britischen Inseln nie verlassen. Adrian, dem es Spaß macht, Grandma auf den Arm zu nehmen, fragt sie, ob sie ihm für seine Australienreise irgendwelche Tips geben könne.

Nimm viel Tee mit.

Gibt es dort denn keinen Tee, Grandma?

Nicht das, was wir Tee nennen. Und Desinfektionsmittel.

Desinfektionsmittel? Für den Tee?

Adrian!

Für die Stiche, die Mücken sind gräßlich.

Bist du gestochen worden?

Ich war voller Stiche, groß wie Hühnereier.

Dann war es wohl auch sehr heiß?

Wie im Backofen.

Wie bist du denn hingekommen, Grandma?

Mit dem Bus.

Was, mit dem Bus nach Australien?

Na, bis Kanada sind wir mit dem Schiff gefahren und dann mit dem Bus weiter bis nach Australien.

Ich glaube, du meinst Amerika, Grandma.

Australien.

Ich glaube, du meinst den Ausflug, den du nach New York gemacht hast, erinnerst du dich?

Ich erinnere mich genau: Es war Australien, und wir hätten viel Tee mitnehmen sollen.

Jetzt lacht Adrian frei heraus. Er sagt, er werde Kevin vorschlagen, mit dem Bus über Kanada bis nach Australien zu fahren, hahaha. Grandma ist über seine Heiterkeit ganz entzückt. Sie nickt, lächelt, pfeift und sagt, Australien habe ihr gefallen. Ich weiß wirklich nicht, warum ihre kindliche Freude Mum so irritiert. Als Grandma wie üblich die Hand wieder nach dem Salz ausstreckt und sagt, sie sei ganz verrückt nach Salz, schnappt Mum es ihr weg. Sie sagt, sie könne es nicht mitansehen, daß man eine halbe Tonne Salz auf ihr gutes Essen streue und es verderbe. Grandma ist beleidigt. Sie sagt, sie könne Verschwendung nicht ausstehen usw. Sie sagt, kein Mensch, der den Krieg erlebt habe, würde jemals etwas verschwenden.

Ich habe fünf Kriege erlebt.

Fünf, Grandma?

Fünf.

Den Ersten Weltkrieg, den Zweiten Weltkrieg, und welche sonst noch?

Den Burenkrieg, der war schrecklich.

(Pause. Keiner weiß, wann der Burenkrieg war.)

Aber nicht so schlimm wie der Krimkrieg. Ach, war der furchtbar!

Na, Grandma, komm, so *alt bist du nun auch wieder nicht!*

Hunderte und Aberhunderte starben damals wie die Fliegen.

Und der fünfte Krieg?

Hab ich vergessen.

Der Falkland-Krieg! Das wären dann fünf Kriege.

Ich habe fünf Kriege erlebt.

Die Erinnerung an all die Kriege, die sie – tatsächlich oder in der Phantasie – erlebt hat, deprimiert Grandma. Am Anfang klingt es wie Prahlerei, aber je öfter sie es wiederholt, desto wirklicher wird es und um so trauriger macht es sie. Sie spricht nie davon, wie mein Großvater im Krieg gefallen ist. Sie kann es als Tatsache feststellen, aber das ist auch schon alles. Ich weiß nicht einmal, in welcher Schlacht er gefallen ist oder unter welchen Umständen. Aber die Erinnerung daran, Kriege überlebt zu haben, muß mit diesem Ereignis gekoppelt sein. Arme Grandma! Sie starrt ins Leere, zerkrümelt ein Stückchen Brot mit ihren kräftigen Händen und denkt über den Krieg nach. Aber sie weint nie. Gelegentlich hat sie feuchte Augen, aber Tränen werden nie vergossen. Plötzlich fällt mir auf, wie ungewöhnlich es ist, daß meine Großmutter niemals weint. Ich habe sie niemals auch nur schluchzen sehen. Mum wird von Reue gepackt. Sie springt auf und stellt den Kessel auf den Herd, obwohl wir noch gar keinen Nachtisch gegessen haben, und findet eine Dose mit Grandmas ballaststoffreichen Lieblingskeksen. Sie bestreicht sogar ein paar Kekse mit Butter, wie Grandma es mag und sie selbst es haßt. Vorsichtig stellt sie sie, zusammen mit einem Becher Tee, vor Grandma hin. Adrian hat aufgehört zu lachen. Wir alle blicken Grandma an und wollen sie aufheitern. Ihre Traurigkeit setzt mir zu, ich könnte selber heulen. Sie knabbert an einem Keks herum, dann tunkt sie ihn in ihren Tee. Nicht einmal, als Krümel und Butter im Tee schwimmen, zuckt Mum mit der Wimper. Grandma schluckt und sagt, guter Tee. Sie habe einmal eine Freundin gehabt, die einfach keinen Tee machen konnte, und sie habe es gehaßt, sie zu besuchen. Aber – und sie nimmt noch einen Schluck – das hier sei ein sehr guter Tee. Jetzt fehle ihr nur noch ein Zigarettchen. Das Zigarettchen wird ihr gereicht. Sie zündet es selber an – ein Wunder –, dann nimmt sie einen Zug, wirft plötzlich den Kopf zurück und lacht und fragt, ob wir das Gedicht »Der Speichellecker« kennen. Wir sagen, nein, aber wie geht es? Sag es uns, Grandma! Und sie rezitiert: »Auch wenn Ihr mit Grafen gespeist habt und mit Herzögen diniert – eine Laus, mein Herr, bleibt eine Laus, auch wenn sie in den Locken der Königin logiert.«

Mehr braucht sie nicht zu ihrem Glück – eine Tasse starken, gezuckerten Tee, einen Keks, eine Zigarette und ein bißchen Burns. Es ist wirklich sehr einfach, Grandma glücklich zu machen. Oder was man so glücklich nennt. Mum entspannt sich. Sie sagt, als wir klein waren, habe sie sich sehr mächtig gefühlt, weil sie genau wußte, daß sie uns, wenn sie sich ernsthaft bemühte, immer zum Lachen bringen konnte. Jetzt kann sie es nicht mehr. Aber sie kann Grandma glücklich machen. Grandma sagt plötzlich, es habe keinen Sinn, den Kopf hängen zu lassen, sie könne traurige Leute mit starren Mienen nicht ausstehen. Man könne immer lachen, meint Grandma, und schaut in die Runde, um Bestätigung für ihr Bonmot zu finden. Wirklich? Ich glaube es nicht. Doch angesichts der Tatsache, daß sie soeben aus dem Sumpf der Verzweiflung aufgetaucht ist, beschließe ich, ihr nicht zu widersprechen. Es ist nicht der richtige Augenblick für geistiges Fitneßtraining. Als Bridget kommt, sind wir immer noch beim Nachtisch, und Grandma ist überglücklich. Sie hat zwei Portionen Schokoladenpudding und ihre Verdauungsplätzchen verdrückt. Wenn Dad nach Hause kommt, wird für ihn nichts mehr übrig sein.

Als Bridget die Küche betritt, kann ich sehen, wie sie gleich die Situation zu erfassen versucht. Grandma sitzt zwischen Adrian und mir, und wegen des kleinen Mißgeschicks, das Bridget natürlich nicht miterlebt hat, sind wir beide übertrieben um sie besorgt. Adrian hat sogar seinen Arm um Grandmas Schultern gelegt. Sie ist ausgelassener Stimmung, blickt zu ihm auf und sagt, sie habe immer von einem hübschen Mann geträumt und von einem Haufen Geld. Ich löffle mit der größten Geduld meinen Schokoladenpudding aus. In einem Aschenbecher raucht still eine Zigarette vor sich hin. Neben Grandma steht eine große gelbe Teekanne. Ich sehe, wie Bridget alles wahrnimmt und erfreut und glücklich ist, daß wir Grandma so lieben und sie so umsorgen. Und ich sehe, daß sie überlegt, warum es nicht immer so sein kann. Sie setzt sich Grandma gegenüber, die erst nach einer Weile von ihr Notiz nimmt.

Du hast dir aber Zeit gelassen.

Ich habe gearbeitet, Mutter.

Das behaupten alle. Aber mir kann's ja egal sein, tu nur, was du für richtig hältst.

War's schön heute?

Was geht dich das an?

Mutter!

So eine Frechheit!

Na gut, dann gehe ich wieder.

Bitte schön, ist mir doch egal.
Kommst du nicht mit mir nach Hause?
Was heißt denn hier: nach Hause? Rede nicht so einen Unsinn.
In dein kleines Nest.
Bist du übergeschnappt?
Ich wollte dich mit nach Hause nehmen.
Du hast dir aber Zeit gelassen.

Bridget glaubt, wir würden uns geschmeichelt fühlen. Grandma sagt wiederholt, Bridget solle sie allein lassen, ja sogar, Bridget solle hingehen, wo sie hergekommen sei, und flucht auf die Leute, die sie genau dann störten, wenn sie sich gerade wohl fühle. Das ärgert Bridget. Sie sagt, Grandma habe offensichtlich keine Zeit für *sie* und wolle nur mit *uns* zusammensein. Mum kann sich kaum ein Lächeln abringen und gibt keine Antwort. Bridget fragt, ob Adrian ihr einen Gefallen tun und Grandma schnell nach Hause bringen könnte, während sie sich kurz mit Mum unterhalte?

Es ist merkwürdig, daß sie Adrian bittet und nicht mich. Ich verstehe gleich, warum. Zwischen Mum und Bridget herrscht eine gewisse Spannung. Ich habe oft das Gefühl, daß sie sich irgendwie in den Haaren liegen. Beide haben es gern, wenn ich dabei bin und sie allein durch meine wachsame Gegenwart auseinanderhalte, sie daran hindere, Dinge zu sagen, die ihnen nachher leid täten, und sie zwinge, ihre Worte so zu wählen, daß sie mich nicht schockieren. Keine der beiden will die Freiheit, die sie unter vier Augen haben könnten, und beide wollen einen Zeugen. Bridget redet nie um den heißen Brei herum, und das ist gut so. Jetzt sagt sie rundheraus, daß sie vorhabe, mit Karl nach Deutschland zu fahren und einmal richtig Urlaub zu machen. Mum sagt: Wie schön, das solltest du wirklich tun, gute Idee. Mum findet genau die richtigen Worte, aber sie klingen etwas zu emphatisch. Bridget sagt, sie wolle schon bald fahren, noch im Herbst, bevor die Tage zu kurz würden und keine Aussicht auf Sonnenschein mehr bestehe. Aber was wird mit meiner Mutter? fragt Bridget. Keine Mrs. O'Malley, keine Lola, nur Susan. Wie würden wir über die Runden kommen? Mum sagt, das sei unser Problem. Sie fragt, ob Bridget uns nicht traue. Bridget sagt: Doch, natürlich. Mum sagt: Na also, dann buche deinen Urlaub.

Ich nehme all meinen Mut zusammen und frage, wo Karl wohnt. Bridget sagt, in Berlin, und wenn sie doch bloß ein Wort Deutsch könnte! Aber in puncto Sprachen sei sie genauso hoffnungslos wie Grandma. Sie erzählt mir, daß Grandma einmal Abendkurse besucht habe, um Französisch und Deutsch zu lernen. Sie wollte nur die merkwürdigen Fremdwörter verstehen, auf die sie in Büchern stieß. Mit Französisch kam sie ganz gut zurecht, aber mit Deutsch wurde sie nicht fertig und wechselte daher lieber zum Kurs »Kreative Salate« über. Wir diskutieren darüber, wie schrecklich es ist, daß die Engländer im Fremdsprachenlernen so schwach sind. Eine Katastrophe! Bridget sagt, Karl könne fünf Sprachen sprechen und sei selbst dreisprachig, könne mühelos zwischen Deutsch, Französisch und Englisch hin- und herwechseln. Das ist mein Stichwort. Ich frage, was Karl eigentlich macht. Bridget sagt, er unterrichte Deutsch als Fremdsprache und reise damit in der ganzen Welt herum. Im Augenblick arbeite er an einer Sprachenschule in Kensington. Dabei macht sie ein spöttisches Gesicht, genau wie Grandma. Warum? Warum macht sie sich lustig über das, was ihr Freund tut? Ich frage sie, wie sie Karl kennengelernt hat. Sie sagt, auf die übliche Art, nämlich in ihrem Krankenhaus. Karl habe ein Kind auf ihrer Station besucht, einen kleinen Deutschen, den Sohn eines Freundes. Der Kleine sei sehr krank gewesen, und Karl sei oft gekommen. Bridget zuckt die Achseln und schneidet wieder eine Grimasse, aber ich weiß nicht genau, warum. Sie möchte einfach nicht über Karl sprechen: Es bringt sie nur in Verlegenheit. Mum fragt, warum sie Karl nicht einmal zum Essen mitbringe. Bridget schüttelt den Kopf und greift nach einer Zigarette. Vielleicht später einmal, sagt sie, aber jetzt noch nicht. Nicht bevor sie »durchblicke«.

Wo durchblickt? Sie ist wie Grandma, die auch lieber verstummt, als daß sie etwas erklärt. Sie sagt, sie müsse jetzt gehen, sonst werde Adrian sich fragen, ob ihr etwas passiert sei. Doch sie geht nicht. Offensichtlich ist noch irgend etwas ungesagt geblieben. Mum weiß das. Wahrscheinlich weiß Mum auch, worum es geht. Schließlich nimmt Bridget nach einem kleinen Plausch über ihre Arbeit einen Riesenanlauf. Sie steht abrupt auf und sagt, sie wolle eigentlich noch kurz mit Charlie reden; sie habe erwartet, auch ihn zu Hause anzutreffen. Mum sagt, er arbeite länger und werde nicht vor neun Uhr zurück sein. Aber sie könne ihm doch etwas ausrichten. Bridget weiß genau, daß sie mit Mum ebensogut reden kann wie mit ihrem Bruder, ja noch besser. Aber hin und wieder legt sie Wert darauf, mit Dad zu sprechen, weil er Grandmas Sohn ist und Grandma deshalb theoretisch mehr sein Problem ist. Bridget hat keinen Begriff von echter Partnerschaft – sie sollte ihn aber haben, da sie Mum und Dad kennt, trotzdem tut sie so, als hätte sie ihn nicht. Sie will mit

Dad über Grandma reden, und es muß etwas Heikles sein, sonst würde sie es Mum sagen.

Bridget kann sich nicht entschließen. Sie ziert sich, drückt ihre Zigarette aus, geht zur Tür, bleibt stehen. Sie sagt, es sei wirklich dumm. Sie sagt, sie wolle nur, daß Charlie ihr verspreche, während ihrer Abwesenheit nichts Einschneidendes zu unternehmen. Er dürfe nicht ... solle nicht ... Was? Was sie auch sagen will – sie bringt es nicht über die Lippen. Mum kommt ihr nicht zu Hilfe. Sie steht nur da und macht ein unschuldiges Gesicht. Bridget sagt, sie sehe ein, daß es sich letzten Endes vielleicht nicht vermeiden lasse, und sie gebe zu, daß eine Verschlechterung eingetreten sei. Aber sie möchte, daß Dad ihr verspreche, in der Zeit ihrer Abwesenheit keine voreiligen Entschlüsse wegen Grandma zu fassen. Mum sagt ruhig, sie sei überzeugt, daß Dad niemals übereilte Entscheidungen treffen würde. Sie fragt Bridget wieder, ob sie uns nicht traue, und ich finde, jetzt übertreibt sie aber. Bridget sieht sich gezwungen zu wiederholen, daß sie uns natürlich traue. Endlich geht, ja rennt sie los. Mum wendet sich mir zu und meint, ich würde sehr mißbilligend dreinblicken. Ich sage: Ich mag es nicht, wenn Bridget ausgetrickst wird. Mum tut empört. Ausgetrickst? fragt sie ein paarmal hintereinander, ausgetrickst? *Du,* sage ich, du weißt genau, daß ihr versucht, Grandma in einem Heim unterzubringen, und nur darauf wartet, daß Bridget euch nicht mehr im Weg steht. Du *weißt,* daß Bridget all ihren Mut zusammennehmen mußte, um von Dad das Versprechen zu erbitten, daß er Grandma während ihrer Abwesenheit nicht in ein Heim bringt. Mum sagt, davon wisse sie nichts. Wenn die Lage schwierig werde, wenn wir es ohne Bridget nicht mehr schafften, uns um Grandma zu kümmern, dann könnten wir gezwungen sein, sie vorübergehend in einem Heim unterzubringen. Aber Mum beteuert, daß es keine konkreten Pläne gebe.

Sie erzählt es Dad, sobald er hereinkommt. Er sagt, er werde nichts dergleichen versprechen, Bridget solle ihn schon selber bitten, aber sie habe sowieso kein Recht, ihn darum zu bitten. Wenn sie nur schon weg wäre! Er habe genug von Bridget. Mum sagt, er werde seine Worte bestimmt bald bereuen – spätestens dann, wenn er für seine Schwester einspringen müsse. Als Bridget krank war, habe ihn schon eine einzige Nacht fast umgebracht – wie werde er dann wohl mit drei Nächten in der Woche fertig werden? Dad macht ein entsetztes Gesicht und wiederholt: Drei Nächte in der Woche? Mum sagt, die Woche habe sieben Nächte, drei übernehme sie, drei übernehme er und eine vielleicht Hannah. Dad fragt: Warum holen wir Grandma nicht zu uns, wäre das nicht leichter? Mum sagt, nein, Grandma würde die Treppen hinunterfallen und nachts niemals den Weg zur Toilette finden. Die einzige Möglichkeit bestehe darin, sie in ihrer gewohnten Umgebung zu lassen, wo sie sich instinktiv zurechtfinde. Wenn sie hier wäre, würde jede Nacht das ganze Haus auf den Kopf gestellt. Dad sagt, es sei doch einfach unglaublich, daß es uns hier in London nicht möglich sei, dafür zu sorgen, daß eine alte Dame angemessen betreut werde. Es sei geradezu *lächerlich*. Er denkt laut darüber nach, was mit den Arbeitslosen los sei, warum sie nicht so leichtes Geld verdienen wollten. Mum sagt, er höre sich an wie Mrs. Thatcher. Dad sagt, er fühle sich auch wie sie. Er habe es wirklich satt, nach Hause zu kommen und mit der Frage konfrontiert zu werden, wer sich um seine Mutter kümmern könne, wo er doch wisse, definitiv wisse, daß es Hunderte geben müßte, die froh wären, es zu machen. Mum sagt, er sei immer schon unrealistisch gewesen. Warum er nicht verstehen könne, daß der Job bei Grandma überhaupt nicht verlockend sei? Es sei *langweilig*, mit einer alten Frau zusammenzusein, mit der man sich nicht einmal richtig unterhalten könne. Die Leute wollten es nicht machen, und warum sollten sie auch? Dad sagt: Wegen der Bezahlung, wegen des guten Geldes, bar auf die Hand und steuerfrei, ob das etwa nichts sei?

Das Problem bei Dad ist, daß er all das als Angriff auf seine Person wertet. Je mehr Mum auf die Schwierigkeiten hinweist, desto mürrischer und deprimierter wird er. Dad ist gutmütig und weichherzig, und er will, daß Grandma gut versorgt wird, aber er ist nicht sentimental. Auf seine Weise könnte er genauso rücksichtslos sein wie Stuart, wenn es Mum nicht gäbe. Sie verkörpert sein schlechtes Gewissen, und es ist ihm zuwider, daß sie diese Rolle übernommen hat. Wenn Mum ihm grünes Licht gäbe, brächte Dad Grandma sofort in ein Heim. Glaube ich wenigstens. Wenn er so ein Heim finden könnte. Das ganze Theater ödet ihn an, aber quälen tut es ihn nicht. Das ist der Unterschied. Für ihn ist es lästig, nicht herzzerreißend. Tatsächlich geht es Adrian mehr zu Herzen als Dad.

Adrian kommt von seinem Hallenfußball zurück und seufzt. Mum sagt, er sei wohl müde. Adrian sagt, es sei nicht deswegen, und seufzt wieder. Dad blickt von seiner Zeitung auf und fragt, was das für ein Geseufze sei. Adrian sagt, er müsse immerzu an Grandma denken. Dad wendet sich wieder seiner Zeitung zu. Adrian sagt zu Mum und mir, er habe den ganzen Abend daran denken müssen, daß Grandma so traurig ausgesehen habe in ihrer Wohnung, daß sie nichts wiedererkannt habe und nur nach Hause gehen wollte. Als er zu ihr sagte, das sei ihr Zuhause, sagte sie, es sehe gar nicht so aus. Adrian sagt, das sei nicht fair, sie dürfe nicht so allein sein. Mum sagt, Grandma sei nie länger als eine Stunde allein. Adrian entgegnet, seiner Meinung nach sei selbst das zu lang. Ich könnte ihn ohrfeigen! Er genießt das, unser Freund aus der Abschlußklasse – das Gewissen des sorgenden Mannes! Er macht keinen Finger krumm, aber ach, wie sein Herz blutet! Doch Grandmas trauriger Zustand geht ihm wirklich nahe, viel näher als Dad. Mum sagt, wenn er irgendeine gute Idee habe, was man tun könne, wäre sie ihm sehr dankbar.

Adrian denkt immer noch nach. Stellt wohl gerade einen persönlichen Rekord auf. Er sagt, er wisse, daß es schrecklich sei, so was zu sagen, aber wenn Leute in so einer Verfassung seien wie Grandma und es keine Hoffnung mehr gebe, warum ..., ihr wißt schon ..., also, warum ..., also, wirklich, es klingt schrecklich, aber ... Ich beende den Satz für ihn. Warum läßt man sie nicht sterben? schlage ich vor. Er nickt. Dad legt seine Zeitung hin, plötzlich bereit, in die Diskussion einzusteigen. Er sagt, man sollte es eigentlich tun, aber man dürfe es nicht. Es sei gegen das Gesetz. Es hätte eine entsetzliche Wirkung auf die Gesellschaft, wenn alte Leute umgebracht würden. Adrian unterbricht ihn und sagt, er habe nicht alte Leute allgemein gemeint, sondern nur alte Leute, die nicht mehr bei Verstand seien. Dad sagt, es mache keinen Unterschied, wenn man es einschränke, es sei in jedem Fall gefährlich, und die Leute würden sich an die Nazis und ihre Vernichtungsprogramme erinnert fühlen. Adrian sagt, er habe einmal gelesen, daß es in irgendeinem Land so gemacht werde. Dad sagt, was er gelesen habe, beziehe sich auf die Sterbehilfe in Holland, aber die Grandmas dieser Welt seien für diese Lösung nicht geeignet. Die Holländer ließen Leute einschlafen, die selber sterben wollten und deren Angehörige dem auch zustimmten. Denk mal darüber nach, sagt Dad. Grandma könne ihre Erlaubnis dazu gar nicht geben, und selbst wenn sie es könnte, würde sie es nicht tun, niemals. Und ihre Familie auch nicht, fügt er nach einer vielsagenden Pause hinzu. Adrian fragt Dad, ob er es tun würde. Dad zupft an seiner Zeitung herum und sagt, nein, noch nicht. Adrian fragt Mum. Sie sagt, ihre Meinung würde nicht zählen, sie sei nur die Schwiegertochter. Adrian sagt, sie solle sich nicht drücken. Mum sagt, ja, sie würde es tun. Dad sieht sie über die Zeitung hinweg an. Adrian sagt, daß Stuart es natürlich auch tun würde, er wäre der erste in der Schlange, und wenn Paula mitstimmen dürfte, würde sie ihm einfach folgen. Das wären also dreieinhalb zustimmende erwachsene Angehörige. Adrian fragt: Ist das nicht deprimierend?

Das ist es, deprimierend, wirklich deprimierend. Niemand fragt nach meiner Meinung. Adrian sagt nicht, was er denkt. Es hat sowieso alles keinen Sinn. Wir können es hier nicht so machen wie in Holland, selbst wenn Grandma zustimmte. Wir machen einfach weiter und sind stolz darauf, daß wir die Menschen bis zum bitteren Ende am Leben lassen. Das nennt man wohl die »Unantastbarkeit des Lebens«. Großartig. Du verlierst den Verstand, aber der Rest von dir ist irgendwie heilig. Nun übertrifft Dad sich selbst und hält eine Ansprache. Er sagt zu Adrian, daß er Grandma, solange sie noch irgendeine Freude am Leben habe, nicht sterben lassen würde (wohlgemerkt, er sagt nicht »umbringen«). Solange Grandmas Lebensqualität einigermaßen gut sei, habe niemand das Recht, ihr Leben zu beenden. Und er würde es auch nicht wollen. Das, sagt Dad, seien die Kriterien. Mum sagt, es gebe da noch etwas. Dad macht ein erstauntes Gesicht und fragt, was das sei. Mum sagt, solange die Belastung für andere kein zu hoher Preis sei, sollte Grandmas Leben nicht beendet werden. Adrian fragt – für seine Begriffe recht intelligent, finde ich –, wer denn das entscheiden solle? Wer solle die Belastung beurteilen? Wer den Preis festsetzen? Genau!

Wir gehen in gedrückter Stimmung ins Bett. Ich kann nicht einschlafen. In Gedanken stelle ich folgende Listen auf:

Grandmas Lebensqualität:
Sie ist gut aufgehoben (aber weiß sie das auch?)
Sie hat genug zu essen
hat es warm
sauber
bequem
Sie bekommt frische Luft
Bewegung
Unterhaltung
Liebe
Zuwendung

Aber:
Sie ist oft einsam
verängstigt
verwirrt
bestürzt

Sie kann fast nichts alleine tun
In gewisser Hinsicht ist sie eine Gefangene
Sie kann mit niemandem richtig kommunizieren
Ihr bleibt keine Hoffnung

Freuden in Grandmas Alltag:
Sie freut sich über Späße
Burns
die Gegenwart ihrer Familie, besonders über die von Bridget
Tee
Kekse
Zigaretten
Wärmflaschen
Heizdecken
Pfefferminzbonbons
Pralinen, besonders über Duncan's Walnußrosetten
die Sonne
den Garten
Kinder
Katzen

Beschwerden in Grandmas Alltag:
Sie hat Probleme mit dem Aufstehen
dem Rücken
den Beinen
den Augen
der Verdauung
dem Zahnfleisch
ihren Hühneraugen
ihren Kopfschmerzen
ihrem Sodbrennen

Belastungen für andere:

Für Mum: Grandma macht ihr Sorgen
kostet sie normalerweise ungefähr 15 Stunden in der Woche (aber die Situation ist fast nie normal)

Aufgaben: Einkaufen
die Wäsche
gelegentliches Kochen
die Fahrt von und zur Tagesstätte

Für Dad: Zeitlich praktisch keine
Finanziell (»normalerweise«) ungefähr 250 Pfund in der Woche, plus »normalerweise« 20 Pfund für die Rechnungen
Ärger, weil Mum herumnörgelt

Für Adrian: praktisch keine – leichte Beunruhigung, was ihm nur guttut

Für mich: dito

Für Bridget: zwei Nächte pro Woche
drei Abende pro Woche
jeden Samstag
überhaupt keine Freiheit, ihr eigenes Leben zu leben
Ärger aufgrund von Spannungen mit dem Rest der Familie
eine enorme emotionale Belastung

Ich glaubte schon, mit den Listen fertig zu sein, da fiel mir noch eine ein:

Was gibt Grandma für all das, was sie bekommt?

Sie gibt Dad: nichts (hat ihm aber viel gegeben)

Sie gibt Mum: Rückenstärkung bei Streitereien
eine gewisse Befriedigung (weil sich Mum gern um sie kümmert)
Anerkennung (manchmal)

Sie gibt Adrian: Grund zum Lachen
Sie gibt mir: Grund zum Lachen
Spaß
Zuneigung
angenehme Erinnerungen
Sie gibt Bridget: Ergebenheit
Bewunderung
ein Gefühl der Vertrautheit
LIEBE, LIEBE, LIEBE
Wer gibt Grandma am meisten?
Bridget
Wer bekommt am meisten von Grandma?
Bridget
Wer würde Grandma nie, niemals umbringen?
Bridget

Jenny

Zumindest ist es mir gelungen, neue Schuhe für Grandma zu kaufen. Bridget hält es für verlorene Liebesmühe, aber sie kann nicht leugnen, daß Grandma begeistert ist, auch wenn sie über den Preis stöhnt (dabei kennt sie nur die Hälfte des tatsächlich gezahlten!). Es sind Herrenschuhe, nicht gerade Turnschuhe, wie Adrian sie vorgeschlagen hatte, aber etwas ganz Ähnliches. Sie haben dicke Gummisohlen mit festen Absätzen, die ihren schwachen Knöcheln Halt geben, und der obere Teil ist aus weichem Leder und hat eine weite Öffnung zum Hineinschlüpfen. Weil das Hühnerauge bzw. der entzündete Ballen an ihrem linken Fuß riesig ist, brauchte sie für diesen Fuß einen größeren Schuh; deshalb habe ich gleich zwei Paar gekauft. Ja, wirklich, und ich rege mich über die sogenannte Verschwendung nicht auf. Bridget war entsetzt und sagte, ich hätte den anderen Schuh leicht ausstopfen können, aber da bin ich anderer Meinung. Grandma hat jetzt zwei gutsitzende Schuhe und kann mit ihnen entschieden besser gehen.

Sie hat auch einen Trainingsanzug. Je mehr ich über Hannahs Idee nachdachte, um so sinnvoller erschien sie mir. Nach dem Schuhkauf, der keine so große Tortur war, wie ich befürchtet hatte, nahm ich Grandma mit nach nebenan in ein Sportgeschäft und kaufte ihr einen dunkelblauen Herren-Trainingsanzug aus diesem dicken, innen aufgerauhten Baumwollstoff. Das Oberteil hat vorne einen Reißverschluß und läßt sich leicht an- und ausziehen; die Ärmel schließen mit elastischen Bündchen ab und sitzen sehr gut. Der Bund der Hose ist ganz weit und paßt bequem über ihren vorgewölbten Bauch, ohne ihn einzuschnüren. Auch unten an den Knöcheln sind elastische Bündchen angebracht, so daß die Hosenbeine nicht flattern und sie beim Gehen behindern. Der Anzug ist so zweckmäßig, so praktisch! Wenn sie darunter einen ihrer Jumper trägt, hat sie es warm und doppelt so bequem wie je zuvor. Es war in den letzten Monaten wirklich eine Tortur, sie in ihre alten Röcke hineinzuzwängen und sie ihr wieder auszuziehen.

Ich muß allerdings zugeben, daß die Sache einen Haken hat: Der Trainingsanzug läßt sich so leicht an- und ausziehen, daß Grandma es allein schafft, und das ist schlimm. Gestern bin ich um drei Uhr hinübergegangen, und da wanderte sie in Unterhemd und Schlüpfer herum und beklagte sich über die furchtbare Kälte. Es war tatsächlich kalt bei ihr, und das ist neu. Vom gelegentlichen Verbarrikadieren ist Grandma mittlerweile dazu übergegangen, bei jedem Wetter die Hintertür aufzureißen. Jeden Tag finde ich die Tür sperrangelweit offen vor, selbst wenn es regnet, und Grandma sitzt in einer Ecke und zittert vor Kälte. Charlie muß irgend etwas an der Tür anbringen, um das zu verhindern. Wenn ich versuche, raffiniert vorzugehen, und Grandma dafür tadle, daß sie ins Freie hinaus heizt, und sie darauf hinweise, daß Heizen teuer ist, sagt sie, so etwas würde ihr nicht im Traum einfallen, ich müsse jemand anderen meinen.

Sie sieht so fürchterlich aus. Wenn ich sie dieser Tage ankleide, ihr den Jumper und den Trainingsanzug wieder anziehe, frage ich mich, ob sie wohl je in Unterhemd und Schlüpfer attraktiv ausgesehen haben mag. Wahrscheinlich schon. Ich denke daran, wie goldig Kinder in ihren kleinen weißen Unterhemden und den fröhlich-bunten Unterhöschen aussehen, so süß, daß man sie am liebsten gleich auf den Arm nehmen und knuddeln möchte. Und junge Mädchen wie Hannah erst! Wie reizend sind diese enganliegenden Einteiler, diese Unterhemden und die winzigen Slips aus Satin. Wahrscheinlich sehnte sich der schwer faßbare Mr. McKay danach, Grandma so zu bekommen, in Unterhemd und Schlüpfern. Aber sie waren schottisch-presbyterianisch, löschten wahrscheinlich beim An- und Auskleiden das Licht, zogen ihre Unterhosen nur unter einem Nachthemd und das Unterhemd überhaupt nie aus. Ich habe Grandma zu spät kennengelernt, um diese Verallgemeinerungen zu wagen, aber wie könnte ich überhaupt etwas von ihrem einstigen Liebesleben ahnen? Als ich ihr zum ersten Mal begegnet bin, war sie dreiundfünfzig, sah aus wie siebzig und war seit beinahe zwanzig Jahren Witwe. Sie erzählt uns gern, sie hätte Chancen gehabt, sich wieder zu verheiraten, hätte aber »kein Interesse« gehabt. Bridget sagt, sie bezweifle, daß es solche Chancen gegeben habe. Sie kann sich nicht erinnern, daß ihre Mutter je auch nur einen einzigen Freund hatte. Kein Mann, nicht einmal ein Verwandter, kam je zu ihnen ins Haus, und Grandma scheint das Haus auch nie verlassen zu haben.

Es bringt mich zur Verzweiflung, daß sie sich nun plötzlich freiwillig der Kälte aussetzt. In welcher geistigen Verfassung sie sich auch befinden mag – gibt es denn keine instinktive, animalische Reaktion auf Kälte? Wenn sie an diesen naßkalten, feuchten Herbsttagen, wie wir sie seit kurzem haben, die Tür öffnet, fühlt sie dann nicht, wie kalt der Luftschwall ist, und möchte automatisch die Tür schließen? Nein, sie macht die Tür noch weiter auf, zittert und zieht sich die Kleider aus. Aber die Kälte macht sie unglücklich. Sie hat ihre Wohnung nie richtig geheizt, auch damals nicht, als Charlie ihre Rechnungen übernahm, lange bevor wir sie zu uns nach London holten. Diese Art von Starrsinn hat sich nur verschlimmert, das ist alles, aber im Grunde war er immer da, immer Teil von ihr: Sie stöhnte über die schreckliche Kälte, war aber zu knauserig, um auch nur einen einzigen Ofen anzumachen.

Knauserig ist nicht ganz das richtige Wort. Grandma konnte Verschwendung nicht ausstehen, aber mit ihrer Beurteilung, was verschwenderisch war, lag sie immer daneben. Ich hatte deswegen ein paar unschöne Auseinandersetzungen mit ihr. Ich wies sie darauf hin, daß mit ihren Maßstäben etwas nicht stimme. Einerseits hielt sie es für extravagant, in einem Zimmer, in dem die Fensterscheiben *innen* mit Eisblumen bedeckt waren, schon am Morgen den Ofen anzumachen, während sie es andererseits völlig normal fand, täglich zwanzig Zigaretten zu rauchen. Grandma schnaubte und ging auf Distanz. Sie sagte, sie komme bis zum Abend bestens ohne Heizung aus, und ich fiel ihr ins Wort und sagte: »Aber nicht ohne deine Zigarettchen.« Sie nannte Zigaretten absichtlich scherzhaft oder kokett »Zigarettchen«, aber wenn ich es sagte, wurde es – mit Recht – als Verachtung interpretiert. Ich verachtete ihre Raucherei, und noch mehr verachtete ich den Unsinn – in meinen Augen war es das –, einerseits mit dem Geld zu knausern und es andererseits zum Fenster hinauszuwerfen. Aber Grandma siegte immer, einfach immer. Ihr Haus blieb bis zur magischen Stunde um sechs Uhr abends eiskalt. Um elf Uhr, wenn sie zu Bett ging, war es dann immerhin so warm, daß man es aushalten konnte.

Die ganze Familie rauchte, auch wenn Charlie mitten unter ihnen saß und mit seiner Bronchitis kämpfte. Grandma rauchte mindestens zwanzig Zigaretten am Tag, Bridget vierzig, Stuart vierzig – alle pafften und sagten: Armer Charlie, was für eine schwache Lunge du hast! Meine Empörung amüsierte sie, amüsiert sie heute noch. Bei mir zu Hause, in Charlies eigenem Heim, raucht niemand so fanatisch. Es ist mein gutes Recht, es zu verbieten, und das tue ich auch. Aber Grandma und Bridget vermitteln mir das Gefühl, ein Spielverderber zu sein, ein Tugendbold, ein Querulant, ein dummer, selbstgerechter Weltverbesserer. Sie blasen den Rauch ostentativ von Charlie weg, als ob das etwas änderte. Sie schmunzeln, wenn sie sehen, daß ich ein Fenster öffne – unsere kleine Jenny ist ja so tugendhaft! Und Grandma ärgerte sich immer, wenn sie fragte, ob sie rauchen dürfe, und ich erklärte, daß Charlie empfindliche Bronchien habe. Denn damit behauptete ich ja indirekt, sie, seine Mutter, wisse nicht, was für ihn gut sei, während ich doch im Unrecht war. Charlie selbst war mir keine Hilfe. Die Weigerung seiner Mutter anzuerkennen, daß Rauch ihm Unbehagen verursachte, war ihm so peinlich, daß er sie aufforderte, ruhig weiterzurauchen, es mache ihm gar nichts aus, es störe ihn überhaupt nicht. Daraufhin hellte sich ihr Gesicht auf, und sie lächelte mich triumphierend an.

Jetzt, da ich Grandmas Raucherei weitgehend unter Kontrolle habe, macht es mir nichts mehr aus. Ich gebe ihr Zigaretten, wenn sie sie will, und empfinde ein kleines hämisches Vergnügen, wenn ich beobachte, wie sie sie kaputtmacht. Da sie überzeugt ist, daß andere ihre Zigaretten stehlen, versteckt sie sie und macht sie dabei kaputt. Sie bricht sie in ihren Jackentaschen entzwei und zerkrümelt sie langsam. Das bringt Bridget auf die Palme. Sie brüllt sie an, sie solle aufhören, die verdammten Zigaretten kaputtzumachen, und Grandma ist empört. Selbst beim Rauchen vergeudet sie sie. Einmal paffen und schon hat sie vergessen, daß sie raucht, und die Zigarette verglüht. Das ist natürlich gefährlich: Es gibt Löcher in ihren Röcken, im Teppich, in den Tischtüchern. Man darf sie nicht mit Zigaretten allein lassen, niemals. Wir bewahren die Zigaretten in einer Schale hoch oben auf dem Badezimmerschrank auf und verteilen sie in kleinen Mengen, wenn wir da sind. Sie läßt Hunderte verschwinden. Wir brauchen ein Zwanzigerpäckchen nur für eine Minute auf dem Tisch liegenzulassen, während wir Tee machen, und schon ist es weg. Die einzige sichere Möglichkeit ist, wenn sie danach verlangt, jeweils eine Zigarette aus der Badezimmerschale zu nehmen, und niemals ein Päckchen in ihrer Nähe liegenzulassen. Ich bin noch am großzügigsten. Als sie einmal klagte, seit Wochen keine Zigarette mehr bekommen zu haben, aber gerade eine im Mund hatte, gab ich ihr aus reiner Bosheit eine zweite, nur um zu sehen, was sie tun würde. Würde sie zwei auf einmal rauchen können? Nein. Sie ließ beide ausgehen und fing wieder an, sich bitter zu beklagen.

Gegenwärtig beschäftigt mich die Frage, wo mein Mitgefühl geblieben ist. Manchmal sieht Hannah mich vorwurfsvoll an, und ich weiß, sie denkt, ich sei alles andere als freundlich zu Grandma. Je weniger Grandma imstande ist, das unter Kontrolle zu halten, was mich irritiert, desto niedriger wird meine Toleranzschwelle. Es ist natürlich ganz falsch: Ich sollte *mehr* Zärtlichkeit für sie empfinden, nicht weniger. Zumindest wenn ich mit ihr allein bin, fällt es mir leicht, freundlich zu sein, und ich glaube, daß es mir gelingt, meinen Ärger zu verbergen. Bin ich aber nicht mit ihr zusammen, gewinnt dieses unselige Gefühl die Oberhand. Wenn Susan anruft und sagt, die Zigaretten seien alle, und ich weiß, daß ich am Tag zuvor ein neues Päckchen hingelegt habe, und ich weiß auch, daß sie zerkrümelt und unbrauchbar wieder zum Vorschein kommen – *dann* ärgere ich mich schrecklich. Wenn ich zu Grandma komme, um sie abzuholen, und ich weiß, daß ich sie ohne Kleider antreffen werde, *dann* könnte ich schreien – aber ich tue es nicht, nicht wenn ich bei ihr bin. Ich kann sogar die schlimmste Prüfung bestehen und sie trockenlegen und dabei ruhig und freundlich bleiben. Ja, ich muß mich auch einmal loben!

Ich glaube, Grandma ist, als sie klein war, geschlagen oder ausgeschimpft worden, wenn sie ins Bett machte; sonst würde sie jetzt nicht immer so verschreckt reagieren. Sie liefert alle möglichen Erklärungen für ihren Zustand: Eimer voll Wasser, die über sie geschüttet wurden, nasse Tücher, die man auf ihren Sitz gelegt hat, ein tropfender Wasserhahn, der auf geheimnisvolle Weise an ihrem Stuhl befestigt ist. Und sie bleibt so verängstigt, bis ich ihre Entschuldigung angenommen habe und ihr zustimme und sage, wie rücksichtslos andere Leute seien. Sie bittet mich sogar, es nicht ihrer Mutter zu erzählen; ich muß es ihr regelrecht versprechen. Wenn ich mit dieser Art von Problemen konfrontiert bin, entdecke ich in mir Geduldsreserven, die ich mir gar nicht zugetraut hätte. Aber sobald ich an die Gesamtsituation denke, reißt mir der Geduldsfaden. Ich wünsche genauso sehr wie Charlie, daß es bald ein Ende haben möge. Bridget, die nie länger als eine Woche vorausdenkt, weiß nicht, was es heißt, weitblikkend und folglich auch fatalistisch zu sein.

Bridget fährt morgen für drei Wochen mit Karl in Urlaub. Zunächst möchte sie noch etwas die spätherbstliche Sonne genießen (allerdings ist es schon verrückt von ihr zu glauben, es könnte noch richtig heiß werden). Sie fahren in den Schwarzwald und dann mit einem Schiff den Rhein hinauf. Die letzte Woche wollen sie bei Karl zu Hause in Berlin verbringen. Bridget ist aufgeregt und nervös und vor allem über ihre eigene Kühnheit erstaunt. Sie hat bis jetzt noch jeden Urlaub verplempert. Meistens verbringt sie ihre Ferien zu Hause und schläft, aber wenn sie sich gelegentlich aufgerafft hat und weggefahren ist, dann hat sie so schreckliche Pauschalreisen nach Benidorm gemacht – das ist kein Witz – oder irgendwelche Busreisen durch Belgien. Sie hat wirklich furchtbare Urlaube erlebt! Wenn ich ihr anbiete, einen schönen Urlaub für sie zu organisieren, sagt sie prompt, so etwas könne sie sich nicht leisten. Wo bleibt denn ihr ganzes Geld? Das Gehalt einer Krankenschwester ist nicht hoch, aber Bridget ist alleinstehend, und ihr Lebensstandard ist alles andere als extravagant. Sie hat ein Auto, sie raucht und trinkt, aber wofür sonst gibt sie ihr Gehalt aus? Sie weiß es selber nicht, widersetzt sich aber Charlies Bemühungen, ihre Finanzen in Ordnung zu bringen und ein paar sinnvolle Investitionen für sie zu tätigen. Er versucht, sie zu überreden, sich lieber eine Wohnung zu kaufen als eine zu mieten, aber sie lehnt das alles ab.

Sie ist zu uns herübergekommen, um sich ein paar Sachen für ihren Urlaub auszuborgen. Als erstes einen Koffer. Sie meint, sie müsse einen anständigen Koffer haben, würde aber natürlich nicht im Traum daran denken, sich selbst einen zu kaufen – Bridget borgt lieber. Sie würde sich auch meine Kleider ausleihen, aber da wir vollkommen verschiedene Figuren haben, passen ihr kaum welche von mir. Sie hat ein Wickelkleid mitgenommen, das jeder Frau passen würde (weiß der Himmel, wozu sie es in diesem Urlaub gebrauchen kann!), und einen leichten Morgenmantel. Ich schlug ihr vor, sich ein paar neue Kleider zu kaufen, und sie sagte, vielleicht, wenn Hannah sie begleite. Das würde Hannah wohl tun – es macht ihr Spaß, Kleider auszusuchen, und sie hat ein gutes Auge für Farbe und Stil. Aber jeder Ausflug dieser Art endet unweigerlich mit einer Katastrophe. Bridget fragt Hannah um ihren Rat und nimmt ihn nicht an, und dann wird Hannah böse. So unentschlossen zu sein wie Bridget ist etwas, was Hannahs Vorstellungskraft übersteigt.

Wenn wir Karl nur einmal richtig kennenlernen dürften! Jetzt, da seine Existenz anerkannt ist und wir alle über den bevorstehenden gemeinsamen Urlaub im Bilde sind – warum nicht? Ich habe Bridget feierlich eingeladen, ihn zum Abendessen oder sonntags zum Mittagessen mitzubringen, aber ihr graute schon bei dem Gedanken, und sie machte rätselhafte Bemerkungen und sagte, das sei »zuviel«. Als ich sie drängte zu erklären, für wen – für sie, für Karl oder für uns –, schüttelte sie den Kopf. Sie will einfach nicht darüber diskutieren. Karl gehört ihr, und sie will ihn uns nicht vorführen. Einmal sagte sie, er sei »für all das zu jung«. Es wurde immer mysteriöser. Ich versuchte, sie zu überzeugen, daß Karls Jugend in unserer Familie wohl kaum ein Hindernis sei oder ihm zum Vorwurf gemacht werden würde. Sie gab mir zwar recht, änderte ihre Meinung aber trotzdem nicht. Ich fragte sie, ob es Karl selber denn nicht seltsam vorkomme, daß sie ihn von ihrer Familie fernhalte, von der er doch wissen müsse, wie sehr sie an ihr hänge. Sie sagte, doch, er sei schon neugierig. Ich beobachtete sie genau und meinte, Karl denke vielleicht, sie schäme sich für ihn oder es sei ihr peinlich, mit ihm gesehen zu werden, aus Angst vor dem, was dumme Leute über eine reife Frau mit einem jungen Mann sagen könnten? Bridget wurde rot und sagte spitz: »Überhaupt nicht.« Aber das ist die einzig mögliche Erklärung dafür, daß Bridget eine Einladung zum Sonntagsessen ablehnt – es sei denn, sie will nicht, daß Grandma ihn auch nur zu Gesicht bekommt...

Bridget kann es nicht ausstehen, wenn ich versuche, ihre Beziehung zu ihrer Mutter zu analysieren, besonders, wenn ich unterstelle, daß daran irgend etwas unnormal sein könnte. Dann spottet sie und wirft mir vor, zu viele dieser lächerlichen pseudopsychologischen Bücher gelesen zu haben. Einmal ging ich so weit zu sagen, Bridget sei für Grandma eher Vater und Ehemann gewesen als Tochter, und da wurde sie wütend. Sie behauptete, ihr Wunsch, ihre Mutter zu beschützen und sich um sie zu kümmern, sei der Wunsch jeder Tochter (tatsächlich?). Sie sagte, ich scheine nicht zu begreifen, wie sehr sie ihre Mutter um ihrer selbst willen liebe, ganz abgesehen von ihrer wechselseitigen Beziehung. Und wahrscheinlich hat sie recht. Es fällt mir schwer zu glauben, daß Bridget nicht aus Pflichtbewußtsein bei Grandma bleibt, sondern weil sie sie amüsiert und unterhält und auf der gleichen Wellenlänge liegt wie sie. Wie Bridget selbst betont, hat sie ein erfülltes Leben; sie sei keine verzweifelte alte Jungfer, die sich an ihre Mutter klammern müsse, weil sie sonst nichts und niemanden auf der Welt habe. Es ist sehr verlockend zu fragen: Wenn die Dinge zwischen Bridget und Grandma tatsächlich immer so harmonisch waren, warum hat sie sie dann überhaupt jemals allein gelassen? Warum ist Bridget nicht in Glasgow geblieben? War die fehlende Aussicht auf Beförderung der wahre Grund? Ich bezweifle das. Und wenn ja, warum hat Bridget, als sie nach London zog, Grandma nicht gleich mitgenommen, die ja damals noch gesund war?

Grandma weiß nicht, daß Bridget in Urlaub fährt, obwohl wir es ihr oft genug gesagt haben. Es kränkt sie. Sie ist gegen Urlaub – »Urlaub, Urlaub, warum will sie denn Urlaub machen?« Als wir ihr sagen, daß Bridget nach Deutschland fährt, ist sie entsetzt und fragt, was an ihrem eigenen Land schlecht sei, was an den Highlands schlecht sei? Unklugerweise bemerkte Adrian, das Wetter sei schlecht, und gab damit den Startschuß für eine Tirade gegen Leute, die Lügen über das schottische Wetter verbreiteten. Als sie dort ihre Ferien verbrachten, hätten sie immer in der Sonne *gebraten*. Hannah erklärte, daß Bridget nach Deutschland wolle, weil sie noch nie dort gewesen sei, während sie Schottland satt habe, da sie dort aufgewachsen sei. Grandma war empört – »satt, satt«, krächzte sie – und verlangte zu wissen, wie jemand das schönste Land der Welt satt haben könne. Sie sagte, sie wolle jedenfalls nichts mehr davon hören: »Erzählt mir bloß nichts, ich will nichts davon wissen.« Es hatte keinen Sinn zu versuchen, sie an den Gedanken zu gewöhnen, daß Bridget nach Deutschland fuhr. Die ständige Wiederholung der Tatsachen hatte nur ständige Wut zur Folge. Wenn Bridget abgereist ist, werden wir uns vermutlich permanent mit Grandmas Fragen nach dem Warum und dem Wozu auseinandersetzen müssen.

Aber wir haben eine neue Helferin. Sie kommt sogar mit glänzenden Empfehlungsschreiben und nicht über das Schwarze Brett beim Zeitschriftenhändler oder über eine Agentur. Dr. Carruthers hat sie uns vermittelt, und wir sind ihm vor Dankbarkeit fast um den Hals gefallen. Sie heißt Mary, und Grandma wird bestimmt glauben, sie sei ihre Tante. Das bedeutet, daß jeder Tag glücklich beginnen wird, weil sie sie an die Mary erinnert, die sie einst kannte. Und sie ist Schottin, und zwar das, was Bridget ein echtes Edinburgher Gewächs nennt. Aus ihren Empfehlungsschreiben geht hervor, daß sie während der letzten zwanzig Jahre ältere Leute betreut hat (sie selbst ist zweiundsechzig). Charlie wies uns besonders darauf hin, daß sie jede Stelle mindestens zwei Jahre innehatte und keine von sich aus aufgab. Mary hat nie gekündigt. Entweder war der alte Mensch gestorben oder in ein Heim oder Krankenhaus gegangen, und Mary war ihm bis zum Ende treu geblieben. Der einzige Haken an der Sache ist, daß Mary gehbehindert ist. Sie hat einen Klumpfuß. Dr. Carruthers hatte es nicht einmal erwähnt, so daß wir, als Mary sich vorstellte, sichtlich überrascht waren. Wie konnte eine ziemlich kleine, schon etwas ältliche Frau mit einem Klumpfuß mit einer großen, schweren, noch älteren Frau fertig werden, die manchmal hinfiel und aufgehoben werden mußte? Es schien unmöglich. Doch niemand wagte es auszusprechen. Bridget sagte später, sie hätte am liebsten gelacht – so lächerlich sei es gewesen, so absurd. Aber Charlie, für den eine Lösung unseres Problems in greifbare Nähe gerückt schien, wollte es nicht wahrhaben. Kühn fragte er Mary, ob sie sich imstande fühle, mit einer ziemlich schwerfälligen alten Frau umzugehen, der oft aufgeholfen werden müsse. Mary begriff, worauf er abzielte, und sagte, ihre Gehbehinderung sei bei keinem ihrer Jobs ein Handicap gewesen und sie sei kräftiger, als sie aussehe.

Jetzt haben wir also Mary, Mary Black. Sie fängt morgen an und wird Bridgets fünf Nächte übernehmen, so daß uns beiden nur je eine bleibt. Gott weiß, wie es funktionieren wird, aber genau wie Charlie will ich unter allen Umständen einen Versuch wagen. Weil Bridget wegfährt, hatte sie viel weniger zu dem Thema zu sagen, als es normalerweise der Fall gewesen wäre. Es liegt in ihrem Interesse, ein bißchen Begeisterung zu zeigen, und sie hat es auch versucht. Aber sie gibt uns zu verstehen, daß es ihrer Meinung nach für *uns* eine Entlastung bedeutet. Ich glaube, sie hatte gehofft, mehr Anerkennung bei Charlie zu finden, wenn er einmal das hätte tun müssen, was sie selbst Woche für Woche tut. Aber diese Vermutung wäre vollkommen falsch. Denn wenn Charlie vier oder fünf Nächte in der Woche mit seiner Mutter verbringen müßte, würde es unweigerlich damit enden, daß er sehr schnell seine letzten Skrupel über Bord werfen und Grandma innerhalb einer Woche in irgendeine Anstalt bringen würde. Er würde sich weigern, diese Art von Tyrannei zu ertragen. Da bin ich mir sicher. Mary hat also Grandma vor dem Schlimmsten bewahrt, vorläufig zumindest. Mit Marys Hilfe können wir vielleicht noch einige Zeit weiterwursteln. Bis wieder etwas Neues kommt.

Ich male mir erschreckend oft aus, was dieses »Etwas« sein könnte. Ich dachte immer an einen Herzanfall, daß ich eines Nachmittags zu Grandma gehen und sie tot auf dem Fußboden vorfinden würde, und das wäre es dann gewesen. Wie naiv von mir! Grandmas Herz schlägt fest in ihrem geschundenen Körper und versorgt ihr sterbendes Gehirn zuverlässig mit Blut. Es wird nicht plötzlich zu Ende sein. So viel steht fest. Deshalb träume ich von einem Sturz, bei dem sie sich das Bein bricht: In diesem Wachtraum stelle ich mir vor, ich sei eine Nachbarin und riefe einen Krankenwagen, denn ich will Grandma nicht mit einem gebrochenen Bein zu Hause haben. Aber ich habe Angst, daß kein Krankenhaus sie aufnehmen würde, wenn sie wüßten, daß eine Schwiegertochter zur Hand ist und gar eine Tochter, auf der anderen Seite des Flurs, die Krankenschwester ist. Einmal im Krankenhaus, würde sie eine Infektion bekommen und sterben. Genauso unwahrscheinlich: Wenn Grandma tatsächlich einmal hinfällt, scheint sie sich nie irgendwelche Verletzungen zuzuziehen. Und so bleibt mir nur noch die Einbrecher-Phantasie, die ich nicht mag, und ich versage es mir auch, öfter auf sie zurückzukommen: Ein Einbrecher schlägt Grandma auf den Kopf – es ist nur ein leichter Schlag, sie fühlt ihn kaum (ich will nicht, daß sie leidet), aber ihre Schädeldecke bricht, weil sie dünn ist, und sie stirbt. Nur, ich wette, Grandmas Schädel ist hart wie ein Ziegelstein und sie käme jedem Einbrecher in einer Weise entgegen, daß er sie gar nicht niederschlagen müßte. Seit kurzem nimmt ein anderer, ganz attraktiver Wachtraum Gestalt an: Grandma glaubt, ihre Pillen seien Pfefferminzbonbons, und sie nimmt ein ganzes Fläschchen, das zufällig irgendwo herumsteht, auf einmal. Sie versinkt in tiefen Schlaf und stirbt. Aber ich sehe gleich den Haken an der Sache: Ihre Pillen sind bitter – es ist jedesmal ein richtiges Drama, bis sie überhaupt eine hinunterschluckt –, und sie mag nur Süßes. Sie würde niemals eine Überdosis nehmen.

Nein, dieses neue »Etwas« läßt sich unmöglich vorausahnen. Sehr wahrscheinlich wird es das zunehmende Nichts sein. Grandma wird weiterleben und weiterleben, zu immer weniger imstande sein und immer mehr Pflege brauchen. Es wird alles zu Hause passieren. Ich sehe es kommen und seufze.

Hannah

Diese Mary ist unglaublich. Sie ist zu gut, um wahr zu sein. Kein Wunder, daß Bridget mißtrauisch ist. Als Mary Grandma zum ersten Mal sah, gab sie ihr einen Kuß und sagte, der Herr liebe sie. Grandma sagte, sie freue sich, daß jemand sie liebe, denn sie sei wie die letzte Rose des Sommers usw. usw. Mir kommen Zweifel an der schottischen Herkunft dieser Mary – Schotten küssen sich nicht gleich bei der ersten Begegnung. Vielleicht läßt es sich damit erklären, daß sie schon so lange im lieblichen Süden lebt und unsere Sitten angenommen hat. Aber ihr Akzent stimmt, und sie scheint ihr Schottland zu kennen und kann sogar ein paar Zeilen Burns aufsagen, allerdings nicht viel mehr, als die meisten Leute auf Lager haben: »Meine Liebe ist wie eine rote, rote Rose« und so Sachen.

Grandma ist von Marys Klumpfuß tief beeindruckt. In ihrem Beisein flüstert sie: »Das arme Ding« und fragt sich, wie das nur passieren konnte, die Leute sollten besser aufpassen. Wenn Mary durch das Zimmer hinkt, verfolgt Grandma mit besorgtem, mitfühlendem Blick Marys Klumpfuß in seinem polierten stiefelähnlichen Schuh. Sie sagt: Na na, und erhebt sich mühsam, um »das arme Ding« zu überreden, sich hinzusetzen und das Bein auszuruhen. Mary hat ihr erklärt, daß sie mit dieser Behinderung auf die Welt gekommen sei und daß ihr rechtes Bein kürzer sei als das linke. Im Leib ihrer Mutter (sie sagt nicht »Bauch«) sei das linke Bein abgeknickt gewesen, was es noch schlimmer gemacht habe, und dann sei sie eine Steißgeburt gewesen und die Zange sei abgerutscht – es geht stundenlang so weiter, und Grandma ist entzückt. Mary ist, glaube ich, nicht mehr ganz so entzückt, denn sie muß die Geschichte immer wieder erzählen, weil Grandma sie jeden Tag wie eine Fremde begrüßt. Aber Mary wird ganz gut damit fertig. Sie hat offensichtlich ziemlich viel Erfahrung mit Altersschwachsinn. Und sie hat ihre eigenen Theorien, diese Mary. Sie ist ein Diät-Fan. Sie glaubt, Grandmas Gehirnzellen würden weniger rasch absterben, wenn sie das Richtige äße. Sie schleppt Melasse und Honig an statt des weißen Zukkers, den Grandma in riesigen Mengen verwendet, und hat das normale Kochsalz durch natriumarmes Salz ersetzt. Mum sagt, dagegen sei nichts einzuwenden und Mary habe recht. Weiß der Himmel, was Bridget sagen wird, wenn sie zurückkommt.

Zur Zeit bin ich jeden Tag bei Grandma, wenn Mary ihren Dienst antritt. Jetzt gehe ich mit Grandma die Straße entlang, und obwohl es eigentlich nicht kalt ist, ist sie fest in ihre Schals eingewickelt. Grandma stöhnt wie verrückt und zittert und klagt, bei so einem Wetter würde man nicht einmal einen Hund vor die Tür jagen, und es gebe keinen Frieden für die Gottlosen, und womit sie das verdient habe, und dann murmelt sie etwas über den »bitterkalten Windeshauch im Januar«. Ich sage, wir hätten erst November, nicht Januar, und der Wind sei nicht bitterkalt, eigentlich wehe überhaupt kein Wind, sonst würde sich der Baum vor uns bewegen. Grandma sagt, dort, wo sie herkomme, würden die Bäume sich nicht bewegen. Ich sage, sie wisse genau, was ich meine, und dann sind wir auch schon vor ihrem Gartentor angelangt. Wir bleiben stehen, und ich bücke mich, um das Tor zu öffnen. Grandma fragt mich, ob ich die Leute hier kenne. Ich sage: Ja, meine Großmutter und meine Tante wohnen hier. Grandma sagt: Die haben es aber schön. In der Küche brennt Licht. Mary kommt immer etwas früher, ich muß nie auf sie warten. Sie humpelt zur Tür, öffnet sie und führt uns lächelnd hinein. Sie muß mindestens seit einer dreiviertel Stunde hier sein, denn sie hat Gingerbread gebacken, das friedlich dampfend auf dem Tisch steht. Mary sagt, sie habe es gerade aus dem Backofen geholt, und Grandma müsse warten, bis es abgekühlt sei. Grandmas Augen leuchten gierig auf, sie streckt ihre große Hand aus und sagt ganz deutlich: »Verschwindet!« Ich stelle den Kuchen weg. Grandma starrt mich an. Ich sage zu ihr, heißer Kuchen würde ihre Verdauung durcheinanderbringen, und dann müsse Mary die ganze Nacht auf den Beinen sein.

Wer, verdammt noch mal, ist denn diese Mary?

Grandma!

Selber Grandma! Ich will meinen Kuchen.

Gleich. Wenn er abgekühlt ist.

Kümmere du dich um deine eigenen Angelegenheiten. Gib schon her!

Nein.

Ich versohl dir gleich den Hintern.

Grandma!

Ja, mach ich, verdammt noch mal. Ich bekomme nie etwas. Immer das gleiche!

Mary hat ihn doch extra für dich gebacken.

Ich *habe ihn gebacken, ich habe mich den ganzen Nach-*

mittag abgerackert, und das ist der Dank dafür. Verschwinde bloß!

Nein, Grandma. Mary war so nett, ihn für dich zu backen.

Wer verdammt noch mal ist denn diese Mary?

Doch Mary braucht nur mit etwas Tee heranzuhumpeln, und das Humpeln allein fesselt Grandmas Aufmerksamkeit so sehr, daß der Kuchen im Nu vergessen ist. Ich weiß, daß ich nur darauf warte, Mary zu entlarven, daß ich sie genau beobachte, um die eiserne Faust im Samthandschuh zu finden. Sie geht so liebevoll mit Grandma um, selbst dann, wenn Grandma böse ist. Es scheint ihr nichts auszumachen, milde beschimpft zu werden. Sie lächelt nur. Jetzt darf Grandma endlich ihr Gingerbread essen. Sie schiebt es mit unappetitlicher Hast in den Mund, verstreut überall Krümel, schlingt es gierig hinunter und sagt, es sei köstlich. Mary fordert mich auf, auch etwas davon zu probieren. Ich sage, nein danke. Da dreht Grandma richtig auf und versucht, mich zu überreden. Ich weiß ganz genau, daß sie Leute, die nicht mögen, was sie mag, nicht ausstehen kann. Sie will einfach nicht glauben, daß sie einen anderen Geschmack haben als sie. Ich merke, daß Mary denkt, ich könnte doch wenigstens zum Schein ein Stück nehmen, um Grandma einen Gefallen zu tun, um sie zu beruhigen, und das könnte ich auch. Aber ich mache es nicht. Grandma wird immer mehr verwöhnt, und das tut ihr nicht gut. Ich möchte kein Gingerbread, weil ich Gingerbread zufälligerweise nicht mag, und ich weigere mich, so zu tun als ob, bloß um Grandma nachzugeben. Ich bin nun mal nicht so wie die heiligmäßige Mary.

Mum ist in Mary verliebt. Dad ist in Mary verliebt. Mum sagt, Mary stelle ihren Glauben an die Menschlichkeit wieder her. Allein zu wissen, daß es so gute Menschen gibt, die nur geben wollen! Mum sagt, für Marys Opferbereitschaft könne es kein anderes Motiv geben. Nur eine Heilige würde fünf Nächte in der Woche mit Grandma zusammengepfercht sein wollen und die Hälfte der Zeit auch noch aufgeweckt werden. Dad meint zwar auch, daß Mary eine Heilige ist, aber da er nun einmal Dad ist, kann er es sich nicht verkneifen, darauf hinzuweisen, daß auch das Geld eine Rolle spielen könnte. Welchen anderen Job könnte die zweiundsechzigjährige Mary mit ihrem Klumpfuß denn noch bekommen? Wir geben ihr 200 Pfund in der Woche auf die Hand, sagt Dad. Mum betont, daß das, auf die Stunde umgerechnet, nicht so viel sei, denn Mary fange schließlich um sechs Uhr abends an, wenn wir Grandma zurückbrächten, und gehe erst wieder, wenn um 9 Uhr früh Susan komme, und damit sei sie länger da als jede andere Nachtpflegerin vor ihr. Dad fängt wieder mit allen möglichen Berechnungen an und stößt auf Summen, die ihn zu dem Schluß bringen, daß Mary für ihre Verhältnisse einen schönen Batzen Geld bekommt.

Und wenn schon? Hauptsache, Grandma ist versorgt und muß nicht in ein Heim!

–

Mum fragt, ob ich Lust hätte mitzufahren, wenn sie Grandma heute nach St. Alma bringe. Lust? Glaubt sie, das sei ein Vergnügen? Es ist nicht die Art von Ausflug, zu der irgend jemand Lust haben könnte, oder? Aber ich sage, ja. Ich sollte mir wirklich einmal eines dieser Heime ansehen, und sei es auch nur, um Argumente gegen sie zu sammeln. Ich bin noch nie in einem gewesen. Mum sagt, St. Alma sei nicht typisch, es sei das beste, und daß es ihr nicht im Traum eingefallen wäre, mir vorzuschlagen, das andere Haus zu besichtigen, das sie und Dad sich angesehen hätten. Sie sagt, ich würde gleich sehen, wieviel Glück wir hätten, wenn wir es schafften, Grandma in diesem großartigen Heim unterzubringen. Sie hält sich selbst die Daumen.

Susan hat den Vormittag natürlich freibekommen, aber den Grund nicht erfahren. Mum will nicht, daß sie weiß, wohin Grandma geht oder warum. Sie sagt, Susan sei dagegen, daß Grandma in ein Heim gehe, weil sie dann ihren Job verlieren würde. Mum hat keine Lust, es mit einer verstimmten Susan zu tun zu bekommen. Es ist wichtig, sie bei Laune zu halten, deswegen hat sie den Vormittag bei voller Bezahlung freibekommen, und Mum murmelt, sie werde Grandma zu einem Ausflug aufs Land mitnehmen. Ist East Finchley schon auf dem Land? Es sieht wirklich schon recht grün aus, als wir die Totteridge Lane entlangfahren. Wir kommen an einem Pferd vorbei, einem Pony, das auf einer Art Koppel weidet. Ein Lieferwagen ist dort abgestellt, wo man den Stall vermuten kann, und Mum muß stehenbleiben, bis er wegfährt. Grandma hat viel Zeit, das Pony zu bestaunen.

Das arme Pferdchen!

Es sieht doch ganz glücklich aus, Grandma.

So allein.

Vielleicht ist es gern allein.

Es sollte etwas Gesellschaft haben.

Gesellschaft?

Wenigstens ein paar Hühner.

Mögen Pferde denn Hühner?

Das arme Pferdchen!

Der Lieferwagen fährt los, dann fahren wir los. Das Pferd lassen wir hinter uns. Grandma glaubt, wir kämen schon in die Highlands, und schaut aus dem Fenster, ob sie Kühe erspähen kann. Mum sagt leise vor sich hin, sie habe noch nie eine Landschaft gesehen, die weniger an die Highlands erinnere.

St. Alma sieht tatsächlich recht ordentlich aus. Wenn Mum nur den Mund halten würde! Dann könnte ich selber das hübsche Haus und den schönen Garten, den frischen Anstrich und den glänzenden Türklopfer wahrnehmen. Grandma glaubt, es sei das Pfarrhaus, und wieder ist Mum irritiert, hebt die Augen zum Himmel und fragt mich, ob ich je ein Glasgower Pfarrhaus gesehen hätte. Mum ärgert sich richtig, wenn Grandma solche albernen Vergleiche anstellt, die auf überhaupt keiner Ähnlichkeit beruhen. Mum sagt, das habe nichts mit Grandmas jetzigem Geisteszustand zu tun, es sei schon immer eine Eigenart von ihr gewesen. Ich kann nur milde darüber lächeln.

Grandma macht es Spaß, St. Alma zu betreten, weil ich auf der einen Seite von ihr gehe und Mum auf der anderen. Der Fußboden glänzt. Grandma sagt, er müsse ganz schön gebohnert worden sein, er sei wie eine Eisbahn, und sie habe Angst auszurutschen. Mum sagt, er sei überhaupt nicht glatt, und demonstriert es. Es stimmt, der Boden sieht nur glatt aus, ist es aber nicht. Doch Grandma will sich nicht überzeugen lassen. Bei jedem Schritt, zu dem wir sie bewegen, ruft sie: Hilfe! Sie versucht nicht einmal, richtig zu gehen. Sie sagt, sie hätte ihre Schlittschuhe mitbringen sollen. Aber dann erinnert sie sich, daß sie nur noch einen hat, weil sie den anderen ihrem Cousin geliehen und nie wiederbekommen hat. Warum eigentlich nicht? Es sei ganz schön unverschämt von ihm, ihn so lange zu behalten. Wir führen sie über den Flur zum Büro der Heimleiterin, und Mum klopft, während Grandma fragt, was um Himmels willen los sei, ob wir jetzt vielleicht an die Tür klopfen müßten, wenn wir in unser eigenes Haus wollten?

Mir ist die Heimleiterin schon auf den ersten Blick unsympathisch. Sie sieht aus wie Mrs. Thatcher: steif, anbiedernd, scheißfreundlich. Und sie ist sogar wie Mrs. Thatcher gekleidet mit ihrer schlaffen Schleifenbluse und ihrem grauen Kostüm, und sie hat das gleiche Strohhaar und das gleiche korrekte Lächeln. Auch Grandma ist die Heimleiterin unsympathisch. Sie fängt an, laut zu schnauben, was immer ein Zeichen von Nervosität ist. Sie gibt mir einen Stups, ich stupse sie zurück. Diese Heimleiterin gehört genau zu der Sorte Frau, die Grandma einschüchtert, obwohl Grandma Mrs. Thatcher merkwürdigerweise liebt. Am liebsten hat sie Mrs. Thatchers Gerede über harte Arbeit, ihren Chauvinismus und ihre ständige heuchlerische Berufung auf viktorianische Werte – Grandma liebt so was an einem Premierminister. Aber nicht an dieser Heimleiterin. Bei Mum bin ich mir nicht sicher. Mum ist diese Frau vielleicht nicht unsympathisch, sonst hätte sie Grandma nicht hergebracht oder St. Alma als angenehm bezeichnet. Aber Mum nimmt sich vor ihr in acht und fühlt sich in ihrer Gegenwart keineswegs wohl. Wie gut, daß Bridget nicht da ist! Sie hätte sofort gefragt, ob Grandma sich setzen könne. Bridget ließe sich nicht einschüchtern.

Wir setzen uns, und der Tee wird gebracht. Grandma sieht das Porzellan an und fragt, wer ihr Aussteuer-Porzellan geklaut habe, sie habe sich schon gefragt, wo es geblieben sei. Die Heimleiterin sagt: Es ist hübsch, nicht wahr? Grandma sagt, es solle in die Porzellanvitrine zurück, wo es hingehöre, sie habe nicht die Erlaubnis gegeben, es da herauszunehmen, und soweit sie wisse, sei dies kein besonderer Anlaß. Mum beruhigt sie. Grandma hat große Mühe, ihre Finger um das hübsche, zarte Täßchen zu legen. Sie nippt an dem Tee und sagt, ogottogott, er erinnere sie an eine Freundin von früher, die keinen Tee machen konnte usw. usw. Die Heimleiterin lächelt und fragt, ob Grandma gerne starken Tee trinke. Grandma antwortet mit Nachdruck, sie könne starken Tee nicht ausstehen, habe ihn nie gemocht, aber sie möge nur Tee, der Tee sei, und nicht gefärbtes Wasser, und sie möge ihn heiß, er sei nur gut, wenn er heiß sei, und sie möge einen anständigen Becher, aus dem man auch trinken könne. Die Heimleiterin reagiert geschickt. Mit eisigem Lächeln geht sie zu einem Schrank, nimmt einen Becher heraus, schaltet ihren eigenen Elektrokocher ein und bereitet einen Becher Tee für Grandma zu. Dazu verwendet sie zwei Teebeutel. Grandma kostet, nickt und dankt Gott, aber nicht der Heimleiterin.

Die Heimleiterin fragt Grandma, ob sie zu den anderen gehen wolle.

Zu welchen anderen?

Den anderen Damen. Sie sind im Augenblick beim Malen, es ist unser Mal-Vormittag.

Ich habe so viel gemalt, das reicht fürs ganze Leben.

Sie malen gern, nicht wahr, Mrs. McKay?

Jemand muß es ja machen, und das faule Pack macht es nicht.

(Mum erklärt rasch, Grandma glaube, die Heimleiterin meine richtige Anstreicharbeiten.)

Ich glaube, diese Art von Malen würde Ihnen Spaß machen, Mrs. McKay.

Spaß? Da täte mir nur der Rücken weh.

Sollen wir es einmal versuchen? Sollen wir zu den anderen gehen?

Zu welchen anderen?

Wir marschieren alle zusammen hinaus, überqueren den Flur und gehen durch einen Raum, der mit seinen Chintzsesseln wie ein behagliches Wohnzimmer aussieht, in einen anderen Raum auf der Rückseite des Hauses. Auf dem schwarzweiß karierten Fußboden stehen lauter Staffeleien. Vor jeder Staffelei sitzt eine alte Frau in einem Kittel. Einige haben Pinsel in der Hand, und ab und zu gelingt es ihnen, sie in die Farben einzutauchen und etwas auf das Papier vor ihnen zu klecksen. Auf einem Tisch in der Mitte des Raumes, um den die Staffeleien gruppiert sind, steht eine Vase mit herbstlichen Zweigen. Drei Frauen in rosa Kittelschürzen betreuen die zwölf Künstlerinnen. Sie geben dauernd irgendwelche ermunternden Laute von sich wie: Oh! Ah! Mhm! Grandma ist wie vom Donner gerührt und glotzt nur. Mum ist verblüfft. Sie sagt, das habe sie beim letzten Mal nicht gesehen. Die Heimleiterin antwortet, nein, damals sei sie am Nachmittag dagewesen, und die Nachmittage seien dem Miteinander, der Muße und der Meditation gewidmet. Lachend erklärt sie, diese drei M würden in St. Alma ganz groß geschrieben. Die Vormittage dienten allerlei anregenden Aktivitäten, während einige Stunden des Nachmittags für die drei M reserviert seien.

Grandma läßt sich von uns aus dem Mantel helfen und sich fast widerstandslos einen Kittel anziehen. Eine alte Dame, die aussieht, als habe sie über der Staffelei ihr

Leben ausgehaucht, wird hinausgeführt (begleitet von den Kommentaren der anderen Damen, Elsie habe sich mit ihrem Papier zu sehr herumgeplagt, auf dem man jedoch nur zwei grüne Wellenlinien und einen gelben Fleck in der Ecke sieht). Grandma wird an ihren Platz gesetzt. Mum findet es schlimm, aber nicht so schlimm wie ich. Jetzt sollte Adrian hier sein! Adrian würde lachen, er bekäme einen Anfall, wenn er Grandma als Pseudokünstlerin sehen könnte, wie sie feierlich ihren Pinsel hebt – oh! ah! tönt es aus den Mündern des diensthabenden Personals –, ihn in rote Farbe taucht und dann ganz unerwartet und in demonstrativer Absicht in den Mund steckt und daran lutscht. Verblüffung und Gekreisch bei den Betreuerinnen, Kichern von seiten der aufgeweckteren alten Damen und Proteste von Grandma, die behauptet, sie habe nur mal probieren wollen. Ihr Mund wird gesäubert, der Pinsel wieder in ihre Hand gedrückt, und alle drei Betreuerinnen pflanzen sich um sie herum auf. Eine von ihnen führt Grandmas Hand. Eine rote Linie wird auf das Papier gemalt. Die Heimleiterin fragt: Sollen wir gehen? Und wir gehen. Grandma, in ihrem Kittel gefangen wie in einer Zwangsjacke, um sich herum die drei Betreuerinnen, die ihr die Sicht auf uns versperren, sagt keinen Piep.

Mum fragt, ob ihre Tochter einen kleinen Rundgang durch die übrigen Räumlichkeiten von St. Alma machen könne, wenn es nicht zuviel Mühe mache. Die Heimleiterin sagt, es sei *nie* zuviel Mühe. Während wir die Räume rasch durchqueren, denke ich, wie schrecklich fremd die Atmosphäre dieses Hauses auf Grandma wirken muß – es entspricht genau Mums Geschmack. Mum sieht den schönen Wandanstrich, die geblümten Tapeten, die Teppiche, die dezent gemusterten Vorhänge, die blanken Tische, die mit Schonbezügen versehenen Sessel, und schon fühlt sie sich wie zu Hause. Sauberkeit, Helligkeit, Farbe, ein bißchen Eleganz und Stil – das ist was für Mum. Aber nicht für Grandma. Mum muß verrückt sein. Grandma paßt nicht in dieses Haus, selbst wenn sie sie aufnähmen. Seine Vorzüge würden sie abstoßen. Sie mag Schäbigkeit und Unordnung und Chaos und lehnt alles ab, was zu sauber aussieht, weil es ja nur wieder schmutzig wird. Grandma mag nicht einmal Licht, jene Art von Licht, die durch St. Almas große Fenster hereinflutet. Zu Hause in Glasgow hockte sie die ganze Zeit in ihrer Küche hinter Spitzenvorhängen, die das an sich schon spärliche Licht vollends schluckten. Aber Mum sagt, ich müsse ihr doch recht geben, es sei doch alles sehr schön, und ich solle die Vasen mit den frischen Blumen und die Drucke an den Wänden bewundern. Und die Heimleiterin lächelt immer noch.

Wir sind an der Eingangstür angelangt. Die Heimleiterin sagt, wir sollten um vier Uhr wiederkommen. Mum sagt, wenn Grandma einen unglücklichen Eindruck mache, werde sie gleich kommen und sie abholen. Die Heimleiterin lächelt noch breiter. Sie sagt, Mrs. McKay werde keinesfalls unglücklich sein, das Problem werde vielmehr sein, sie um vier Uhr zum Weggehen zu bewegen. Mum errötet und sagt zögernd, man müsse Grandma daran erinnern, auf die Toilette zu gehen, vor allem dann, wenn sie viel Tee trinke. Die Heimleiterin versichert, sie brauche sich keine Sorgen zu machen, die Teemenge würde kontrolliert, und alle Damen würden regelmäßig auf den Topf gesetzt. Ein Glück, daß Bridget dieses »Auf den Topf gesetzt« nicht hört! Wir gehen. Mum fragt, was ich meine. Vielleicht ist es grausam, wenn ich es ihr sage, aber ich sage es trotzdem: Ich glaube, Grandma wird es schrecklich finden. Niemand, der bei klarem Verstand sei, könne davon ausgehen, daß sie dort glücklich werden könne. Über Mums Gesicht huscht ihr kleines bitteres Lächeln. Sie beanstandet das Wort »glücklich«. Sie sagt, außer Glück gebe es noch andere Erwägungen. Sie sagt, sie werde sich nicht selbst verrückt machen und versuchen, Grandma Glück zu garantieren, weil Glück nicht meßbar sei und ohnehin niemandem garantiert werden könne. Sie sagt, daß sie es andererseits als ihre Pflicht betrachte, dafür zu sorgen, daß Grandma richtig betreut und mit Respekt und Liebe behandelt werde. Jetzt ist es an mir, das Wort »Liebe« zu beanstanden. Ich frage: Etwa von *dieser* Heimleiterin? Mum sagt: Okay, dann eben Respekt und Freundlichkeit. Mehr könnten wir nicht tun.

Auf der Fahrt nach Hause verfolgt mich der Anblick der alten Frauen vor ihren Staffeleien. Ich sehe ein, daß es ein sinnvoller Versuch ist. Ich sehe ein, daß es viel einfacher ist, zwölf alte Frauen in Sessel zu setzen und sie den Tag über dort sitzen zu lassen. Ich sehe ein, daß St. Alma Anerkennung verdient, weil man sich dort wenigstens bemüht. Vielleicht hat die eine oder andere dieser alten Frauen auch Spaß daran, mit Farbe herumzuklecksen, vielleicht haben einige ihr ganzes Leben lang genau das vermißt, und jetzt kommen große primitive Künstlerinnen zum Vorschein. Vielleicht wird Grandma glauben, sie sei wieder in ihrer geliebten Schule, bloß daß man damals vielleicht gar keinen Malunterricht hatte, jedenfalls nicht in einer solchen Schule, die sie besuchte. Wer kann schon wissen, was Grandma denken wird? Das sage ich zu Mum.

Gleich darauf sage ich: Tut mir leid. Mum sagt ungefähr zehn Minuten lang gar nichts, aber dann läßt sie Dampf ab. Sie sagt, was sie verdammt satt habe, sei Kritik, was sie wolle, seien konstruktive Vorschläge. Was ich denn vorschlagen würde? Ich sage, im Augenblick scheine doch alles in Ordnung zu sein. Aber Mum unterbricht mich und schreit, darum gehe es ja gerade. Ob ich das denn nicht verstünde? Es würde eben nicht alles so bleiben, wie es jetzt sei. Wir müßten planen, wir seien verloren, wenn wir einfach nur abwarteten, bis alles noch schlimmer werde. Und sie sei die einzige, die das sehe. Stimmt. Sie habe es sich fest vorgenommen: Es müsse eine Grenze geben, die sie nicht überschreiten werde. Das werde sie Bridget nach ihrer Rückkehr auch sagen. Erstens, sie werde Grandma nicht säubern, wenn sie zweifach inkontinent werde; zweitens, sie werde Grandma nicht pflegen, wenn sie bettlägerig werde; drittens, wenn Grandma so weit sei, daß sie sie nicht mehr erkenne, fühle sie sich nicht mehr zur täglichen Pflege verpflichtet. Sie holt tief Luft. Sie sagt, das alles werde geschehen, und es sei besser, es geschehe, wenn Grandma schon in einem Heim sei, weil usw. usw. Ich schalte ab. Nicht, daß ich Mums Kummer nicht verstünde, aber ich habe das alles schon tausendmal gehört.

Was ich wissen möchte, ist folgendes:

Was werde ich mit Mum machen, wenn sie alt ist?

Warum ist das alles ein so schreckliches Problem und so ein Drama?

Warum tut *niemand etwas?*

Mum fährt allein zurück, um Grandma abzuholen. Ich will nicht noch einmal hingehen, und ich will auch nicht mit Mum zusammensein. Sie kommt ganz fröhlich zurück. Die Heimleiterin hat ihr gesagt, daß Grandma sehr brav gewesen sei, gut gegessen und sich nicht eingenäßt habe, und das Ganze sei ein großer Erfolg gewesen. Sie ist vorgemerkt, zusammen mit vierzehn anderen. Großartig! Grandma bekommt vielleicht ein Stipendium für St. Alma! Da wird Bridget aber begeistert sein! Mum sagt, ich bräuchte nicht so ironisch zu sein und es auch nicht Bridget zu erzählen. St. Alma sei nur eine mögliche Lösung, über die sie, Mum, sehr erleichtert sei. Dad lobt sie, er sagt, er sei entzückt. Wenn nur die Warteliste ein bißchen kürzer wäre und er nicht den bösen Verdacht hätte, Grandma werde bei einer erneuten Bewertung nicht mehr genügend Punkte erreichen, wenn sie erst einmal bis zur ersten Stelle vorgerückt sei. Dennoch, sagt Dad, es sei ein kleiner Erfolg und ein Trost. Grandma werde es viel besser gehen, wenn sie endlich in das schöne, helle und freundliche St. Alma komme, wo sie den ganzen Tag Gesellschaft habe und viel um sie herum los sei.

Ich bringe Grandma nach ihrem aufregenden Tag nach Hause. Sie wirkt todmüde. Sie schleppt sich noch langsamer dahin als sonst, seufzt und hat nicht einmal mehr die Kraft, sich zu bücken und eine leere Zigarettenschachtel im Rinnstein zu untersuchen. Ich frage, ob ihr eine Laus über die Leber gelaufen sei, aber sie lacht nicht einmal.

Wo ist diese Bridget? Läßt mich einfach allein.

Sie ist auf Urlaub, Grandma. Aber du bist nicht allein gewesen.

Auf Urlaub? *Wozu denn das?*

Zu ihrem Vergnügen.

Vergnügen? *Wo kämen wir denn hin, wenn wir alle an unser* Vergnügen *dächten?*

Das hättest du auch mal tun sollen.

Was?

Früher an dein eigenes Vergnügen denken.

Das wäre ja noch schöner gewesen! Wer hätte denn dann die ganze Arbeit gemacht?

Andere Leute.

Ah ja. Das glaubst du doch selber nicht.

Wie hätte übrigens dein Vergnügen ausgesehen, Grandma?

Ich brauchte kein Vergnügen, ich hatte meine Kinder.

Aber welches Vergnügen hättest du dir für dich selbst gewünscht?

Ich habe immer einen Haufen Geld gehabt.

Es geht nicht ums Geld, Grandma, sondern darum, was du gern im Leben gehabt hättest.

Ich habe meine Kinder.

Ich weiß, *aber einmal davon abgesehen.*

Ich wollte nie etwas anderes, Frauen sind nicht so. Die Männer, ja die, die wollen immer etwas.

Ich will sehr viel.

Ach, so ein Übermut! Na, ich hoffe, du bekommst es.

Bestimmt.

Wo ist Bridget, dieses Gör?

Als wir ihre Wohnung betreten, ruft sie nach Bridget. Mary humpelt lächelnd herbei, wird aber nur angestarrt. Grandma dreht sich um und sagt, sie werde jetzt nach Hause gehen, die Männer würden auf ihren Tee warten usw. usw. Mary sagt, der Tee sei fertig, eingeschenkt und warte nur auf sie – gut und heiß und süß. Grandma sagt, sie könne vielleicht eine Minute Rast machen, um den Tee zu trinken, da Mary ihn nun mal eingeschenkt habe, aber dann müsse sie los, weil die Männer usw. usw. Der Tee ist himmlisch, einfach köstlich, er ist genau so, wie sie ihn mag. Wie war doch gleich Ihr Name? Na, jedenfalls machen Sie einen guten Tee. Grandma hat die Beine hochgelegt, ihre Küche ist warm und gemütlich, ich kann sie ganz beruhigt zurücklassen. Jetzt haben wir Mary und brauchen nicht vor der Tür herumzulungern und heimlich zu lauschen. Man muß sich nicht mehr den Kopf darüber zerbrechen, wie Grandma behandelt wird. Mary *ist* eine Heilige.

–

Heute abend fliegen wir alle aus. Mum ist so besorgt, daß sie eigentlich lieber dableiben möchte. Sie sagt, wir sollten nicht alle weggehen, wegen Grandma. Dad ist sauer auf sie und sagt, er zahle Mary ein Vermögen, damit sie bei Grandma bleibe, und was für einen Sinn das Ganze hätte, wenn es uns nicht entlaste? Mum sagt: Aber wenn etwas passiert? Was, wenn Grandma hinfällt und Mary anruft und keiner ist da, was dann? Was wird Mary dann tun? Dad sagt, den Krankenwagen holen wie jeder andere Mensch auch. Und in seinen Bart hinein murmelnd, fügt er hinzu, es würde eine Menge Probleme lösen. Mum hört es. Sie geht auf ihn los und fragt, was er meine. Es würde Probleme *schaffen* und nicht lösen, und was würde Bridget dazu sagen? Dad seufzt und sagt, er werde mit Mary reden. Das tut er. Mary sagt, niemand brauche sich Sorgen zu machen, sie habe alles im Griff. Dad fragt nicht, wie. Er triumphiert und wiederholt, daß Mary gesagt habe, sie habe alles im Griff. Mum bezweifelt das, sie sagt, Mary sei zu gutmütig. Dann hat sie einen Geistesblitz. Sie sagt, sie werde Mary Stuarts Telefonnummer geben. Im Ernstfall müsse dann eben Stuart kommen, selbst wenn er danach nie wieder kommen werde, selbst wenn er es nur ein einziges Mal tue. Mum sagt, sie werde ihn erst gar nicht fragen, sie tue es einfach. Dad sagt, es sei ihm völlig egal, solange sie nur bereit sei, ihn zu begleiten.

Sie gehen zu einer Silberhochzeit in Cambridge. Dads bester Freund ist Dozent an der dortigen Universität. Dad freut sich wahnsinnig darauf, Mum nicht so sehr. Eigentlich mag Mum Dads alte Studienfreunde aus Cambridge nicht, und schon gar nicht die Frau dieses Dozenten. Aber es wird eine tolle Party werden – keine Kosten gescheut, Champagner bis zum frühen Morgen und dergleichen. Dad ist genauso versessen auf alles Eß- und Trinkbare wie Grandma, obwohl Grandma für Champagner niemandem danken würde. Adrian fährt nach Somerset, wo seine Schule eine Dependance hat. Er macht eine Exkursion mit seinem Geographiekurs und wird das ganze Wochenende weg sein. Ich gehe nur zu Frinny. Ich muß. Ich habe keine Lust, bei Frinny zu sein, aber sie wollen mich nicht in dem leeren Haus allein lassen. Ich bin die eine oder andere Nacht allein bei Grandma geblieben, aber das ist offensichtlich etwas anderes. Ich sage, ich sei siebzehn, es sei lächerlich. Dad sagt, gerade deshalb, *weil* ich siebzehn sei, dürfe ich nicht in einem leeren Haus allein bleiben. Er sagt, ich sei gefährdet. Sein Kopf ist voll von Horrorgeschichten über Einbrecher und Frauenschänder. Er ist da noch schlimmer als Grandma. Wenn er sich so ausgiebig über die Gefahren verbreitet, die das Leben in London mit sich bringt, denke ich manchmal, ich sollte mich einfach ins Bett legen und abwarten, bis ich so alt bin wie Grandma. Ich muß also zu Frinny gehen. Sie hat ein kleines Schlafzimmer, und ich muß auf dem Boden schlafen, und die Wohnung, in der ihre Familie lebt, ist immer überheizt. Ich schlafe schlecht dort, aber ich muß dankbar sein.

Frinny hat keine Ahnung, wovon ich rede, wenn ich ihr etwas über Grandma erzähle. Eine ihrer Großmütter ist erst siebenundsechzig und fährt mit Frinny in Urlaub. Letztes Jahr hat sie sie zum Beispiel für eine Woche nach Venedig eingeladen. Das muß man sich mal vorstellen! Die andere ist ein bißchen älter und ziemlich herrisch, aber sie verwöhnt Frinny und ihre Schwester so, daß es schon nicht mehr feierlich ist. Sie kauft ihnen ständig neue Kleider, schöne Kleider, und sie bezahlt auch ihre Reitstunden. Wenn Frinnys Eltern wegfahren, dann kommt diese Oma, paßt auf sie auf, kocht für sie und so weiter. Ich bin richtig eifersüchtig. Ich hätte auch gern eine Oma, mit der man etwas unternehmen kann. Aber arme Grandma, sie kann ja nichts dafür usw. usw. Ich glaube, wenn Mums Mum noch lebte, wäre sie jetzt auch nicht viel besser dran, aber ich kann mich kaum noch an sie erinnern. Meine Kinder werden einmal Glück haben. Dad wird ein toller Großvater sein, und wenn Mum auf sie aufpaßt, werde ich mich wie im siebten Himmel fühlen. Wenn ich überhaupt Kinder kriege. Wenn es überhaupt einen Sinn hat.

Heute früh kam eine Postkarte von Bridget, von irgendwo am Rhein. Bridgets Handschrift ist fürchterlich. Ich möchte mir mal ein Buch über Graphologie anschaffen und versuchen, sie zu deuten. Sie haben alle eine schreckliche Schrift – Bridget, Dad, Stuart. Aber *was* Bridget schreibt, ist witzig. Sie macht sich so herrlich über sich selbst und ihre Ignoranz lustig. Sie amüsiere sich prächtig, obschon »ich ein bißchen Aufsehen errege mit meinem mühelosen Deutsch, das natürlich zu entsprechenden Kommentaren reizt«. Kein Wort über Karl. Das Wetter ist fabelhaft. Mum ist zufrieden. Sie möchte unbedingt, daß Bridgets Urlaub ein Erfolg wird. Allein die Aussicht wegzufahren hatte ihr solchen Auftrieb gegeben; es wäre schrecklich, wenn es ihr keinen Spaß machen würde.

Grandma trinkt mit uns Tee, bevor wir alle weggehen. Ich zeige ihr die Postkarte. Sie nimmt sie mißtrauisch in die Hand. Es ist eine ziemlich kitschige Postkarte, das Blau des Rheins ein grelles, unnatürliches Türkis. Grandma starrt sie an.

Das sieht nicht aus wie der Clyde.

Ist er auch nicht, Grandma, das ist der Rhein.

Welcher Rhein?

In Deutschland, der Rhein. Bridget verbringt ihren Urlaub auf diesem Fluß.

Um Gottes willen – wozu denn das? Was ist denn in sie gefahren?

Es macht ihr Spaß.

Manche Leute haben wirklich einen komischen Geschmack! Wozu braucht sie das? Was hat sie an ihrem eigenen Land auszusetzen?

Sie kennt es schon.

Was?

Ihr eigenes Land. Sie möchte auch andere Länder kennenlernen.

Warum?

Na ja, es ist interessant, mal etwas anderes.

Nirgendwo ist es schöner als in den Highlands.

Doch.

Nein.

Dort regnet es, und das Essen ist grauenhaft.

Sei doch still! Du weißt ja gar nicht, was du sagst.

Doch. Und in den Highlands kann man nichts unternehmen, jedenfalls nicht das, was Bridget mag.

Und das wäre?

Sieh doch mal, wie schön das Blau auf dieser Karte leuchtet! Man merkt gleich, daß es dort schön und sonnig ist.

Das sieht nicht aus wie der Clyde.

Ich habe sie nervös gemacht. Kritik an Schottland macht sie immer nervös. Wenn jemand Statistiken aus Zeitungen zitiert und sagt, Glasgow sei im Hinblick auf Alkoholismus die schlimmste Stadt der Welt, oder Schottland sei das schlimmste Land in bezug auf Lungenkrebs, gerät Grandma außer sich. Sie behauptet, die Leute saugten sich das alles aus den Fingern. Sie habe sich mit zehn Jahren strikte Abstinenz geschworen, und ihr Vater habe niemals auch nur einen Tropfen angerührt, und sie wisse nicht, wovon die Leute redeten oder warum sie diese Lügen verbreiteten. Wenn ich boshaft sein will, sage ich, daß Robert Burns höchstpersönlich ein Säufer und Weiberheld war. Grandma schnaubt und sagt, das würde ich doch wohl selbst nicht glauben usw. Ich sage, doch, das seien Tatsachen, Burns habe mindestens fünf uneheliche Kinder gehabt, darunter zwei Zwillingspärchen. Grandma sagt, Zwillinge seien etwas Nettes. Am Ende kommt sie immer vom Thema ab. Wird niemals zugeben, daß an Tatsachen nicht zu rütteln ist.

Aber heute muß ich sie bei Laune halten, damit Mary keine Schwierigkeiten bekommt. Ich hole das Bügelbrett heraus und spiele Hausmütterchen. So was liebt Grandma. Sie sitzt da, die Beine hochgelegt, sieht mir zu und hat, glaube ich, das Gefühl, es selbst zu machen. Sie summt den »Skye Boat Song«. Ich bügle einen Rock, einen schwarzweißen, glänzenden Flatterrock, den ich letzte Woche gekauft habe. Frinny und ich gehen nämlich zu einer Party. Da haben wir gedacht, wir könnten die anderen mal schockieren und Röcke tragen. Grandma sagt, das sei hübsch, was das sei, wo ich es her hätte und für wieviel? Ich erzähle es ihr. Ich erzähle ihr von der Party. Sie sagt, alle gingen auf Partys, nur sie nicht, es sei schon Jahre her, seit sie das letzte Mal auf einer Party war. Ich grinse bei dem Gedanken, was Grandma von der Party halten würde, zu der Frinny und ich gehen, und was für eine Vorstellung sie wohl von einer Party haben mag. Ich frage sie, was sie denn an Partys am meisten möge. Sie sagt, die Singerei und den Wackelpudding – sie liebt Wackelpudding –, und es sei schön, wenn ein Geiger oder ein Dudelsackpfeifer da sei. Sie seufzt und sagt, heutzutage wisse niemand mehr, wie man sich amüsiert. Jeder bleibe in seinen eigenen vier Wänden und sei verdammt unglücklich, und das sei allen egal. Ich sage: Oh, Grandma!, und sie sagt, ich solle mit meinem »Oh, Grandma!« aufhören.

Mum kommt herein, um mich zu fragen, wie ich ihr Kleid für dieses Silberhochzeitsfest finde. Es ist schwarz und steht ihr gut. Normalerweise bevorzugt Mum blasse Farben, obwohl ich ihr gesagt habe, daß sie schrecklich darin aussieht, aber heute abend ist es Schwarz, und ihre Haut wirkt milchig und glatt, und ihr Haar glänzt. Es ist ein schlichtes Kleid, wirklich klasse. Ich frage, wo sie es her hat. Sie sagt, ich würde nur die Nase rümpfen. Ich sage, nein, das Kleid ist schön, egal, wo du es her hast. Sie sagt: Halt dich fest, es ist von Marks & Spencer (sie weiß, daß ich M&S fast genauso hasse wie Laura Ashley). Ich sage: Schon gut, und was meinst du, Grandma? Grandma sagt, Mum werde bei der Beerdigung hübsch aussehen, brauche aber noch einen Mantel. Mum sagt, sie gehe zu einer Party. Grandma schnaubt und sagt, alle gingen auf Partys, nur sie nicht, und sie hätte ein schönes Rot passender gefunden. Mum findet das alles sehr taktlos, eilt hinaus, kommt mit ihren Jeans und einem alten Jumper zurück und macht frischen Tee für Grandma. Ich sage, ich würde Grandma nachher nach Hause bringen.

Mary hat ein Tonband mit schottischer Musik – Tanzmusik – mitgebracht. Es läuft gerade, als Grandma und ich die Küche betreten. Grandma ist entzückt, tänzelt ein bißchen herum, und Mary strahlt. Grandma sagt, wir könnten eine Party geben, sie könne etwas Limonade und Knuspergebäck besorgen. Mary sagt, das sei eine gute Idee, vielleicht sollten wir das machen. Es ist schön, Grandma mit einem so glücklichen Gesichtsausdruck zurückzulassen. Ich muß es unbedingt Mum erzählen, bevor sie weggeht.

–

Ich bin als erste zurück. Ich komme am nächsten Tag, Sonntag, um die Mittagszeit zurück. Ich gehe hinüber, um Grandma das Mittagessen herzurichten. Mary ist wohl um elf Uhr gegangen und wird erst um sechs wiederkommen, und ich habe Mum und Dad gesagt, sie bräuchten sich nicht zu beeilen, ich könnte mich bis sechs um Grandma kümmern. Wahrscheinlich werde ich tricksen. Ich werde meinen Walkman und meine Hausaufgaben mitnehmen und über vieles hinwegsehen. Aber zuerst gönne ich mir den Luxus eines ausgiebigen Bades und esse dann ein Sandwich. Ich esse nicht gern bei Grandma. Es macht mir nichts aus, für sie etwas zuzubereiten, aber ich mag nicht mit ihr essen.

Kurz vor eins trotte ich die Straße entlang – mit etwas schlechtem Gewissen, denn ich hatte Mum gesagt, ich würde früher gehen. Ich spüre sofort, daß etwas nicht stimmt: Die Eingangstür, die Haupteingangstür, die in den kleinen Hausflur führt, steht offen. Die beiden inneren Türen sind fest geschlossen, die eine zum Erdgeschoß (wo Grandmas und Bridgets Wohnungen liegen) und die andere zum ersten Stock (zu den beiden Schauspielern, die wir nie sehen). Aber die Eingangstür ist offen, und das ist so ungewöhnlich, daß ich beunruhigt bin. Ich beeile mich. Ich benutze meinen Schlüssel, gehe in Grandmas Wohnung und rufe ihren Namen. Keine Antwort. Sie ist nicht da. Ich suche alles gründlich ab, einschließlich des Gartens, und als ich gerade in Panik geraten will, läutet das Telefon. Ich stürze hin. Es ist Mary. Sie ruft aus dem Krankenhaus an. Sie sagt, es sei eine lange Geschichte, sie habe eine furchtbare Nacht hinter sich. Sie ist den Tränen nahe, möchte wissen, wann meine Eltern zurück seien. Ich sage, nicht vor dem späten Abend, aber ich käme sofort. Aber was denn los sei, was passiert sei? Die Münzen gehen ihr aus. Ich zögere, ich warte, das Telefon klingelt nicht wieder.

Ich laufe schnell zum Krankenhaus. Es ist nicht weit. Innerhalb von zwanzig Minuten bin ich in dem Gebäude, aber dann weiß ich nicht, wo ich hingehen soll. An der Pforte nenne ich Grandmas Namen, und nach sehr langer Zeit werde ich in den siebten Stock geschickt, auf Station G 5. Mary sitzt draußen und wartet.

Sie wirkt sehr aufgeregt und ringt die Hände. Ich sage ihr, daß sie sich keine Sorgen zu machen brauche, was immer auch geschehen sei. Und dann fängt sie an, alles in einem wilden Durcheinander zu erzählen. Ich will sie bremsen, aber offensichtlich muß sie mir alles in dieser ungeordneten Weise schildern. Ich will sie unbedingt dazu bewegen, mit dem Schluß anzufangen, mir zu sagen, wie es meiner Großmutter geht, aber sie ist nicht zu bremsen.

Und so ist es ungefähr passiert: Grandma fiel um drei Uhr morgens hin. Mary konnte sie nicht auf die Beine bringen, Grandma klagte, daß ihr das Bein weh tue, und Mary befürchtete, es könne gebrochen sein. Sie rief Stuart an, wie man ihr gesagt hatte, und Stuart sagte, sie solle einen Krankenwagen rufen, wenn er käme, würde er auch nichts anderes tun. Mary rief also an, der Krankenwagen kam, und Grandma wurde eingeliefert. Es war nichts gebrochen. Grandma schlief jetzt friedlich. Mary kommt sich dumm vor. Stuart war schon da. Er werde wiederkommen, sobald Grandma wach sei, und sie dann zu ihr nach Hause bringen. Arme Mary. Sie glaubt, Mum enttäuscht zu haben. Sie hat das Gefühl, überstürzt gehandelt zu haben. Es tut ihr leid, daß sie Stuart angerufen hat. Es tut ihr leid, daß sie den Krankenwagen geholt hat. Sie macht sich Vorwürfe wegen dieser ganzen Aufregung für nichts und wieder nichts. Ich beruhige sie. Ich sage ihr, meine Mutter werde wegen ihr, Mary, weit mehr besorgt sein als wegen Grandma. Ich frage sie, wie es ihr gehe. Ich sage, sie müsse sich doch mitgenommen fühlen. Sie sagt, ja, doch. Sie zögert. Dann sagt sie, sie sei nicht einmal sicher, ob sie es heute nacht schaffen werde, sie fühle sich so zerschlagen und... Ich unterbreche sie und sage, natürlich, niemand würde das von ihr erwarten; einer von uns werde für sie einspringen.

Ich werde zu Grandma geführt. Sie ist soeben aufgewacht. Sie lächelt und pfeift und runzelt die Stirn. Sie sieht so süß aus in ihrem Krankenhaushemd, mit ihrem weißen Haar auf den großen Kissen. Eine Krankenschwester kommt herein und sagt, Grandma könne jetzt heimgehen, wo ihre Kleider seien? Ich sage, sie sei wohl in ihrem Nachthemd eingeliefert worden. Die Schwester seufzt und sagt: Natürlich, hier ist es. Beeilen Sie sich bitte, wir brauchen das Bett. Es ist mir so peinlich, daß Grandma falschen Alarm ausgelöst hat. Mary und ich ziehen die Vorhänge um das Bett herum zu und tauschen Grandmas Krankenhaushemd gegen ihr eigenes Nachthemd aus. Sie ist empört, protestiert, will allein gelassen werden. Wir drängen sie aus dem Bett. Die Schwester sagt, wir könnten einen Rollstuhl benutzen. Wir packen Grandma in einen Rollstuhl. Sie beklagt sich bitterlich. Wir eilen von der Station zum Aufzug. Grandma fragt mehrfach: Warum diese Eile? Was ist los? Muß das sein?

Unten wartet schon der schreckliche Stuart. Er hat seine Uniform an. Grandma ringt bei seinem Anblick nach Luft und flüstert: »Die Polizei!« Stuart sagt, er habe keine Zeit, er sei im Dienst. *Los,* Mutter.

Wer ist hier Mutter?

Du. Versuch, dich hinzustellen.

So was, ein Polizist! Mit solchen Schuhen!

Bleib stehen, Mutter.

Was für eine Größe haben Sie? War Ihr Vater groß?

Das solltest du selber wissen.

Wer?

Du.

Was?

Um Gottes willen, Mutter.

Wer ist hier Mutter?

Stuart ist wütend. Er verfrachtet Grandma unsanft in seinen Wagen, ohne noch ein Wort mit ihr zu reden, und Mary und ich steigen demütig hinten ein. Ich hasse Stuart so sehr für seine Grobheit, daß ich mich erdreiste, ihn zu fragen, ob er bitte zuerst Mary nach Hause bringen könne. Mary protestiert, sie sagt, sie könne zu Fuß gehen. Stuart grunzt, fährt aber dann doch Mary schweigend nach Hause. Während sie mühsam aussteigt, sage ich zu ihr, sie solle sich gut ausruhen, und danke ihr überschwenglich. Kaum ist sie weg, legt Stuart los. Er fragt, wo, verdammt noch mal, meine Eltern wären. Grandma sagt: He, was ist das denn für ein Ton? Stuart fragt, was los sei, warum sie ihm nicht gesagt hätten, daß sie ihn belemmern würden. Belemmern? frage ich. Grandma fragt, wo die Lämmer seien. Sie haben es darauf ankommen lassen, sage ich. Na, sagt Stuart, das sollten sie lieber nicht noch einmal tun, er mache so was nicht noch einmal mit. Er habe es satt, er habe immer klipp und klar gesagt, daß solche Sachen bei ihm einfach nicht *drin* seien. Grandma sagt, sie glaube, nein. Die Leute hätten heutzutage keinen Respekt mehr. Inzwischen sind wir zu Hause angekommen. Stuart hievt Grandma genauso brutal aus dem Auto, wie er sie hineingesetzt hat. Mitgefühl ist ein Fremdwort für ihn. Sobald wir in Grandmas Küche sind, sagt er, er müsse wieder weg. Er sagt, er werde Dad anrufen. Ich sage ironisch, das würde ich ihm ausrichten, ich sei sicher, daß Dad sich auf seinen Anruf freuen werde.

Grandma fragt: Sind die Männer jetzt weg? Ich sage,

ja. Sie sagt, Gott sei Dank, sie sind nur Quälgeister, es ist schöner ohne sie. Ich bringe nicht die Kraft auf, sie anzuziehen. Ich lege ein Plaid um sie und wickle sie fest darin ein. Sie fragt, ob ich sie erdrosseln wolle. Ich gebe ihr einen Kuß. Sie sagt: Ach, du meine Güte! Bist du hinter meinem Geld her? Ich mache Tee und Toast und schalte das Radio ein. Es kommt gerade »Down Your Way«, das Grandma so gern hat. Ich fühle mich sehr matt. Die Station, auf der Grandma lag, war voller todkrank aussehender Leute, die alle bleich und gottergeben in Reihen dalagen. Einige stöhnten, die Frau im Bett nebenan weinte leise vor sich hin. Und jetzt sitzt Grandma in ihrem Plaid da, zu Hause, strahlt, schlürft ihren Tee, zerbeißt ihren Toast, redet mit dem Radio und hat alles vergessen, was passiert ist.

Ich wollte, Mum und Dad wären schon zurück.
Ich wollte, Bridget wäre hier.
Ich wollte, Stuart hätte Grandma lieb.
Ich wollte, die Menschen müßten nicht älter werden.
Ich wollte, ich könnte aufhören, so dummes Zeug zu denken.

Jenny

Ich wußte ja, daß es passieren würde. Für Charlie und mich kann es keine Entschuldigung geben. Es war unverzeihlich von uns, Grandma ohne die entsprechende Rückendeckung in der Obhut einer alten, schwachen Dame mit einem Klumpfuß zu lassen – fast schon kriminell fahrlässig. Mein Gott, wie stünden wir vor einem Gericht da? Charlie war wütend, als ich das sagte. Er schrie, es sei kein Verbrechen begangen worden, und was das ganze Gerede von den Gerichten überhaupt solle. Er begreift immer noch nicht, daß tatsächlich etwas Schlimmes passiert ist. Na, wenn Mary kündigt, wird er es schon begreifen.

Ich rief Mary natürlich sofort an, nachdem ich die ganze schreckliche Geschichte von Hannah erfahren hatte. Ich entschuldigte mich, tat einen Kniefall und flehte sie um Verzeihung an dafür, daß ich sie diesen Qualen ausgesetzt hatte, und sie ihrerseits entschuldigte sich dafür, daß sie Grandmas Zustand falsch eingeschätzt und Stuart angerufen hatte. Zum Thema Stuart sagte ich nichts, ich überhörte es einfach. Eigentlich hatte ich mich auch für Stuarts Benehmen entschuldigen wollen, aber ich hatte nicht den Mut, mich darauf einzulassen. Mary sagte, sie sei froh, daß sie heute nacht frei habe, und sie sei sicher, daß sie danach wieder zu Grandma kommen könne, »wenn Sie mir das noch zutrauen«. Meinte sie das im Ernst? Oder versuchte die arme Frau, uns auf möglichst schonungsvolle Weise beizubringen, daß sie es nicht mehr schaffte? Charlie sagte, er habe es satt, daß ich immer Brücken überquerte, bevor sie überhaupt in Sicht wären, aber ich kann nicht anders. Mary sendet Signale aus, und ich empfange sie.

Ich empfange auch Signale von Hannah. Selbst wenn, wie Charlie behauptet, nichts Schlimmes passiert ist, kann ihm nicht entgangen sein, wie aufgeregt Hannah ist. Sie hat einen schweren Schock bekommen, als sie hinüberging und merkte, daß Grandma weg war, und als dann dieser verwirrte Anruf von Mary kam. Sie erzählte mir, daß sie, als sie zum Krankenhaus rannte, sicher gewesen sei, Grandma sei schwer verletzt und liege im Sterben und daß es ihr Fehler gewesen sei, weil sie zu spät gekommen sei und nicht von vornherein angeboten habe, bei ihr zu bleiben. Und Grandma auf dieser Station zu sehen, war ein weiterer Schock für sie. Hannah sagte, Grandma habe zwar süß ausgesehen und sei ganz glücklich gewesen, habe aber sehr hilflos und verletzlich gewirkt. Das Signal leuchtete unübersehbar auf: In einem Heim wäre es noch schlimmer.

Charlie rief Stuart an. Ich saß neben Charlie, als er mit Stuart telefonierte, und die furchteinflößende Stimme seines Bruders dröhnte so laut, daß ich jedes Wort mithören konnte. Das Gespräch verlief ungefähr so:

Stuart, ich bin's.

Du hast dir aber Zeit gelassen.

Was?

Ich habe auf deinen Anruf gewartet. Was zum Teufel hast du eigentlich gemacht?

Na, wir sind zu dieser Silber –

Ich weiß, wo du warst. Davon rede ich nicht. Das interessiert mich nicht. Ich meine, daß du dieser Frau gesagt hast, sie solle mich anrufen.

Na, wir mußten ihr doch eine Nummer geben für den Fall eines Falles, und wir haben gedacht –

Gedacht? *Das hast du, verdammt noch mal, nicht getan, mein lieber Freund. Du kannst dir überhaupt nichts dabei gedacht haben, denn wenn du nachgedacht hättest, hättest du dich erinnert, daß ich nichts damit zu tun habe. Daß ich schon seit langem die Nase voll habe. Ich lasse mir mein Leben nicht mehr von Mutter verpfuschen, und das habe ich dir klipp und klar gesagt.*

Es war ja nur –

Was heißt hier nur? *Du hast dich da selber hineinmanövriert. Ich habe dir doch gesagt, was passieren würde. Du bist ein Dummkopf, Charlie! Du solltest Vernunft annehmen und dem ganzen Theater ein Ende machen.*

Na ja, normalerweise funktioniert das System ganz gut, aber jetzt, wo Bridget –

Kein Wort über Bridget! Versuch nicht, mich damit zu erpressen!

Erpressen? Wie käme ich denn darauf? Ich wollte nur sagen, daß wir jetzt, wo Bridget weg ist –

Das interessiert mich nicht. Wenn Bridget den Märtyrer spielen will, ist das ihre Sache. Aber laß mich aus dem Spiel. Und tu mir das nie wieder an!

Nein.

Na gut.

Es tut mir leid, daß du Unannehmlichkeiten hattest.

Na, du brauchst mir nichts vorzumachen. Ich sage dir das

ganz offen. Ich habe Heuchelei nie ausstehen können. Aber es ist nicht persönlich gemeint.

Nein?

Nein, Charlie, in dieser Welt muß man hart sein. Man lebt nur einmal, und da kann man es sich nicht leisten, sich dieses eine Leben versauen zu lassen.

Sie ist unsere Mutter, Stuart, und –

Du lieber Gott! Ich weiß, *daß sie unsere Mutter ist. Was erzählst du mir denn da? Du denkst, ich bin ein Unmensch, nicht? Nein, das bin ich nicht. Ich weiß, sie ist unsere Mutter, ich weiß, sie ist alt und krank, ich weiß, sie kann nichts dafür. Aber ich lehne das ab, was Bridget für unsere Pflicht hält, nämlich daß wir uns um sie kümmern müßten. Ich sehe es nicht ein, Charlie. Ich war ihr während meiner ganzen Kindheit eine Stütze. O ja, ich weiß, es war nicht ihre Schuld, nichts, was geschehen ist, war ihre Schuld, und ich gebe zu, sie war eine gute Mutter, eine sehr gute sogar, aber das bedeutet nicht, daß ich mein ganzes Leben lang dafür zahlen muß. Sie sollte in ein Heim gehen und damit basta.*

Es hat wohl keinen Sinn, daß ich dazu noch etwas sage.

Nein. Du solltest den Sozialdienst anrufen und dafür sorgen, daß sie Mutter übernehmen.

Jedenfalls tut es mir leid.

Warum in aller Welt sollte es Charlie leid tun? Stuart ist auch Grandmas Sohn. Er gehört dazu, ob es ihm paßt oder nicht. Ich war wütend auf Charlie. Angenommen, Stuart und Paula gingen einmal abends aus und gäben einem Babysitter unsere Telefonnummer, und wir würden in einem Notfall gerufen, wären wir dann so empört? Natürlich nicht. Wir würden hinstürzen und uns liebend gern kümmern. Sobald Charlie aufgelegt hatte, fragte ich ihn, warum er es so eilig hatte, sich zu entschuldigen, warum er so nett zu Stuart war, warum er ihm überhaupt zugehört hat. Er sagte, Stuart habe ihm nur noch einmal vor Augen geführt, wie absurd die ganze Situation mit Grandma sei und daß sie gelöst werden müsse. Ich fragte ironisch, wie diese Lösung wohl aussehen solle, und Charlie sagte, so, wie Stuart gesagt habe – man werde Grandma in ein Heim schicken, und zwar jetzt, noch vor Bridgets Rückkehr. Das war das Ekelhafte daran. Die Idee, irgendeine Entscheidung über Grandma zu treffen, ohne Bridget daran zu beteiligen, war gemein. Ich sagte das. Charlie sagte, die Gemeinheit mache ihm weit weniger zu schaffen als die Unmöglichkeit, zu einer Entscheidung zu kommen. Stuart habe gesagt, man müsse den Sozialdienst anrufen. Und genau das beabsichtige er, Charlie, jetzt zu tun, zu sagen, daß wir es nicht mehr schafften. Vielleicht würden sie sich dann genötigt fühlen, etwas zu unternehmen. Charlie sagte: Wenn du ein bißchen nachdenkst, dann stimmt es auch, wir schaffen es nicht – es muß doch Heime für Leute mit Altersschwachsinn geben, die kein Geld haben und niemanden, der sich um sie kümmert. Vielleicht, sagte Charlie, müssen wir grausam sein, um Gutes zu tun. Mir verschlug es die Sprache.

Aber Charlie befolgte Stuarts Vorschlag. Er rief den Sozialdienst an und sagte, die Betreuung seiner senilen Mutter funktioniere nicht mehr, seine Schwester sei nicht da, und er wisse nicht, was er jetzt tun solle. Zu seiner Überraschung wurde ihm sofort ein befristeter Platz in einem Heim namens Birchholme angeboten. Sie würden Grandma für eine Woche nehmen, um uns

Zeit zu geben, »andere Arrangements zu treffen«, bis die Schwester aus dem Urlaub zurück sei. Charlie war freudig erregt, sagte, er hätte schon vor Jahren daran denken sollen, und beschuldigte Bridget, ihn davon abgehalten zu haben, sich früher zu erkundigen. Er bestand darauf, daß wir nach Birchholme fuhren, um es uns wenigstens einmal anzusehen, und daß wir es, falls es halbwegs anständig war, versuchen sollten. Es wäre dumm von mir gewesen, Einwände zu erheben.

Birchholme war nicht St. Alma, aber das kann man von einem kommunalen Heim auch nicht erwarten (warum eigentlich nicht?). Es war ein großes viktorianisches Gebäude, recht ungeeignet für alte Leute wegen der vielen Treppen und etwas unheimlich mit seinen hohen Decken und langen Korridoren. Aber es war nicht deprimierend – die Wände waren hell gestrichen und mit vielen Plakaten bedeckt, und es gab ein paar nette Details wie ein Klavier in der Ecke des größten Aufenthaltsraumes und ein großes Aquarium und sogar einen Käfig mit Wellensittichen. Das Personal wirkte jung und trug nicht diese abscheulichen Kittel, wie sie in solchen Anstalten so beliebt sind. Eigentlich wirkte alles eher ein bißchen zu lässig. Ich konnte nicht feststellen, daß irgendeine wirksame Aufsicht erfolgte – nicht, daß ich für Reglementierung bin, aber ich wollte schon, daß Grandma sich gut aufgehoben fühlen konnte. Die Heimleiterin, ein Strich von einem Mädchen, wie mir schien, war von einer erschreckenden Aufrichtigkeit. Sie sagte, ja, es sei richtig, es gebe keine Aufsicht im eigentlichen Sinne, dafür hätten sie nicht das Personal, und es sei auch richtig, daß die Alten selbst ein bißchen mitmachen müßten. Ich sagte, meine Schwiegermutter sei dazu überhaupt nicht imstande. Was würde also mit ihr passieren? Die Heimleiterin sagte, man würde schon mit ihr fertig werden. Was das bedeuten sollte, wollte ich mir lieber gar nicht erst vorstellen.

Charlie teilte es Mary am nächsten Tag mit. Er sagte, wir hätten nur für eine Woche einen Heimplatz in Birchholme angeboten bekommen. Angesichts der Lage würde er es gerne einmal ausprobieren, wolle aber natürlich nicht auf ihre Dienste verzichten und sie deshalb für diese Woche bezahlen. Mary sagte, sie wolle kein Geld dafür. Sie meine, Birchholme sei wahrscheinlich ein gutes Experiment, denn sie wisse beim besten Willen nicht, ob sie unbegrenzt weitermachen könne. Für Charlie war der problemlose Verlauf dieser Verhandlungen ein richtiges Erfolgserlebnis. Alles geschah in einem solchen Tempo, daß ich schon nicht mehr wußte, was ich denken sollte. Morgen werden wir Grandma hinbringen. Charlie wird mit mir kommen – er muß, ich könnte es nicht allein. Es war schlimm genug, sie die paar Male zur Altentagesstätte zu bringen und dort zurückzulassen. Und Charlie darf es dann auch Hannah und Adrian beibringen. Ich schaffe es nicht. Hannah wird sich maßlos aufregen und die Gründe nicht begreifen. Sie wird uns fragen, ob Bridget Bescheid weiß.

–

Ich mußte natürlich einen Koffer für Grandma pakken, und das konnte nicht geschehen, ohne daß sie es sah und falsch verstand. Sie sagte, sie habe vergessen, ihre Witzblätter aufzuheben, und habe für die Reise nichts zu lesen. Ich tröstete sie, sagte ihr, ich würde ein paar Witzblätter auftreiben, und die Reise sei nicht lang. Ich hätte ihr klarmachen müssen, daß sie *nicht* in die Highlands fährt, aber ich brachte es nicht übers Herz. Was war schon Schlimmes dabei? Na, ich hätte es mir denken können: Das Schlimme war ihre Aufregung. Sie bekam rote Wangen und wurde ganz unruhig, als sie mir zusah, und überlegte, was sie alles in die Highlands mitnehmen müsse. Dann fing sie an, ihre Brüder und ihren Vater zu rufen. Das Gefühl, sie absichtlich zu täuschen, wurde mir immer unangenehmer, und schließlich konnte ich es nicht mehr aushalten. Ich setzte sie auf einen Stuhl und nahm ihr gegenüber Platz. Ich ergriff ihre Hände, die vor Erregung schwitzten, sah ihr fest in die Augen und sagte, daß sie nicht in die Highlands reisen werde. Ich sagte, sie fahre für eine Woche in eine Art Ferienheim, damit sie etwas Abwechslung habe. Ich sagte, es sei sehr schön dort, und ich würde sie jeden Tag besuchen. Sie lächelte und sagte: »Na gut, wie du meinst.«

Es gab das übliche Theater, als ich sie ins Auto setzte, und die übliche Plackerei, bis sie wieder draußen war. Es macht Charlie kribbelig, obwohl er normalerweise nicht ungeduldig ist. Als wir durch die Eingangstür von Birchholme gingen, waren wir ganz erhitzt und erschöpft. Drinnen sahen wir eine alte Frau uns entgegenkommen, die sich mit Hilfe eines Gehbocks mühsam den Flur entlangschleppte. Grandma begann mit ihrem »tz-tz-tz« und »armes Ding«, und ich hätte die Begegnung am liebsten vermieden. Aber es ging nicht. Die alte Frau kam mit ihrem Gehbock direkt auf uns zu und sagte zu Grandma: »Sie bringen dich nur zum Sterben hierher. Glaub ihnen bloß nichts! Jaja, sie bringen uns nur zum Sterben hierher.« In diesem Augenblick trat eine junge Frau in einem knallrosa Overall aus dem Aufenthaltsraum heraus und sagte: »Ach, halt doch den Mund, Marjorie, du altes Klageweib!« Bei diesen Worten lächelte sie Grandma an, nickte und führte dann Marjorie fort, die weiter schimpfte und klagte. Grandma sagte, sie wolle jetzt lieber nach Hause gehen, die Männer kämen zum Tee.

Wir brachten sie in den Aufenthaltsraum, zogen ihr den Mantel aus und fanden eine Sitzgelegenheit für sie. Dann ging Charlie los, um irgendwo Tee für sie aufzutreiben. Die Anordnung der Stühle und Sessel erinnerte in nichts an eine Anstalt. Sie waren um kleine runde Tische gruppiert; an einigen Tischchen standen drei, an anderen vier. Wir hatten einen Dreiertisch ausgesucht. Grandma saß in einem bequemen Ohrensessel, und ich holte mir einen Stuhl dazu. Rechts von ihr saß eine winzig kleine, verschrumpelte alte Frau, aus deren linkem Ohr ein Hörgerät herausragte, und auf der linken Seite eine auffallend rüstige Frau mit geradem Rücken und einem seltsam starren Blick. Sie fixierte zuerst mich, dann Grandma. Grandma sagte: »Es ist kalt für die Jahreszeit, nicht?« Die Starrende sagte: »Nein.« Grandma sagte: »Wie Sie wollen«, blinzelte mir zu und begann zu pfeifen. Die taube alte Dame wachte auf und rief: »Hören Sie sofort mit dem verdammten Lärm auf!« Grandma brach ab, die Lippen noch zu einem stummen, erschrockenen Pfeifen gespitzt. Sie fragte mich in gespreiztem Ton: »Ist es nicht Zeit aufzubrechen?«

Charlie kam mit dem Tee. Er holte sich ebenfalls einen Stuhl, und während Grandma gierig ihren Tee schlürfte, versuchte er, sich mit den beiden anderen alten Frauen zu unterhalten. Aber die Taube war schon wieder eingenickt, und die Starrende wollte nicht mit ihm reden. Sie drehte sich zur Seite und reckte das Kinn in die Luft. Ich blickte mich verzweifelt um auf der Suche nach jemandem, der besser zu Grandma passen würde. In einer Ecke des Raumes saß eine Gruppe von vier alten Frauen, die sich im Gegensatz zu den anderen dösigen Bewohnerinnen des Heimes zu amüsieren schienen. Sie lachten hin und wieder und schnatterten, und ich hoffte sehnlichst, daß Grandma zu dieser Gruppe gehören könne, selbst wenn sie nicht imstande sein würde, irgendwelche neuen Beziehungen anzuknüpfen oder irgendein vernünftiges Gespräch zu führen. Ich beobachtete die Frauen, und als eine aufstand und wegging und nicht zurückkam, nickte ich Charlie zu. Wir halfen Grandma auf – sie kam ganz leicht und geschickt auf die Beine, weil sie wohl glaubte, wir würden nach Hause gehen – und führten sie hinüber zu der anderen Gruppe. Die alten Frauen verstummten sofort. Charlie sagte, das sei seine Mutter, Mrs. McKay, sie sei für einen kurzen Urlaub gekommen. Er fragte sie nach ihren Namen: Alice, Vera und Mrs. Dorothy Gibson. Er fragte jede von ihnen, wie lange sie schon in Birchholme seien – eine törichte Frage natürlich. Alle schienen gekränkt zu sein. Wir kamen keinen Schritt weiter und fühlten uns unbehaglich wie Eindringlinge.

Ich verließ Charlie und begab mich auf die Suche nach der Heimleiterin. Sie war in ihrem Büro, einem chaotischen, vollgestopften Raum, und packte aus einem großen Pappkarton Dinge aus, die wie Tabletts aussahen. Sie kniete auf dem Boden, und obwohl sie aufblickte und geistesabwesend lächelte, fuhr sie in ihrer Tätigkeit fort und bemerkte, daß das nicht die Art von Tabletts mit Klemmvorrichtung sei, die sie gewollt habe. Ich sagte, ich mache mir Sorgen, meine Schwiegermutter hierzulassen, weil sie im Aufenthaltsraum so isoliert wirke. Ich sagte, sie unterhalte sich gern, sei aber sehr scheu gegenüber Fremden und reagiere empfindlich auf Feindseligkeit. Die Heimleiterin tat meine Besorgtheit ab. Sie sagte, manche neigten ein wenig zur Cliquenbildung, aber es würde schon in Ordnung kommen, und sie erinnerte mich daran, daß Grandma sich auch nicht wirklich bewußt sei, unter Fremden zu sein, und daß sie wahrscheinlich denke, wieder in der Schule zu sitzen. Sie empfahl mir, einfach zu gehen, und da sie mir das offenkundig erleichtern wollte, hörte sie mit dem Auspacken auf und sagte, sie werde mitkommen und sich kurz zu Grandma setzen. Ich war ihr richtig dankbar. Wir gingen zurück in den Raum, in dem Charlie jetzt allein mit seiner Mutter saß. Die anderen drei seien Arm in Arm fortgegangen, sagte er. Charlie machte ein für seine Verhältnisse ungewöhnlich besorgtes Gesicht.

Die Heimleiterin führte eine würdevoll aussehende alte Dame zu uns, die sie als Violet vorstellte. Sie sagte, Violet sei zweiundneunzig, aber im Vollbesitz ihrer geistigen Kräfte. Sofort fing Violet an. »Komm in den Garten, Maud« zu rezitieren. Unglücklicherweise stimmte Grandma – hochbeglückt – ein, was Violet wiederum zutiefst kränkte. Grandma fragte sie, ob sie Gedichte möge, und Violet sagte, in Maßen. Sie beobachtete Grandma sehr aufmerksam. Nachdem Grandma ein paar ziemlich unzusammenhängende, nicht zur Sache gehörende Bemerkungen gemacht hatte, auf die man unmöglich hätte antworten können, wandte sich Violet an die Heimleiterin und fragte: »Ist *sie* im Vollbesitz ihrer geistigen Kräfte?« Grandma war empört und sagte: »So eine Unverschämtheit!« und »Zurechnungsfähig, allerdings!« und »Manche Leute sind wirklich das Letzte«. Die Heimleiterin lachte nur, tätschelte Violets Knie und sagte: »Wie wär's mit einem Liedchen, meine Damen?« Dann zog sie die beiden zum Klavier, Violet an einem Arm und Grandma am anderen, und rief nach einer Frau namens Freda. Freda, eine weitere Angestellte in Jeans und Jumper, stürzte herein und begann »My Old Man Said Follow The Van« zu spielen. Es schien uns der richtige Zeitpunkt zum Aufbruch.

Bevor wir gingen, nahm ich Grandmas Koffer mit hinauf in ihr Zimmer. Die Frau im rosa Overall zeigte mir den Weg und plapperte die ganze Zeit über die Schwierigkeit, alle Birchholme-Damen, wie sie sie nannte, zufriedenzustellen. Sie sagte, die Eifersüchteleien seien schlimmer als im Kindergarten, und was die Cliquenbildung anginge, so sei das eine unangenehme Sache. Damit machte sie es mir leichter einzugestehen, daß ich mir Gedanken machte, wie Grandma damit fertig werden würde. Die Frau, sie hieß Sophie, sagte – was mich ein bißchen erschreckte –, daß es Grandma vielleicht nie gelingen werde, mit jemandem Freundschaft zu schließen, aber da sie nur eine Woche hierbleibe, brauche man sich ja keine Sorgen zu machen. Ich sagte, meiner Meinung nach sei eine Woche eine lange Zeit für jemanden, der sich unglücklich fühle. Oh, sagte Sophie, sie werde sich nicht unglücklich fühlen, in Birchholme fühle sich niemand unglücklich, bis auf Marjorie, aber mit ihr sei es ein Elend, egal, wo sie sei.

Inzwischen waren wir in dem Zimmer angelangt, in dem Grandma schlafen sollte. Es war ein sehr angenehmer Raum mit nur zwei Betten. Ich fragte, mit wem sie es teilen werde, und Sophie sagte, mit niemandem, sie hätten im Augenblick ein paar freie Betten. Ich zögerte, weil ich nicht sicher war, wie ich es ausdrücken sollte, was ich meinem Gefühl nach sagen mußte: Wenn ich sagte, Grandma könne eigentlich nicht allein gelassen werden, ohne daß jemand in Hörweite sei, würden sie sie vielleicht nicht hierbehalten. Und außerdem war ich nicht sicher, was Charlie genau gesagt hatte, wozu Grandma imstande sei. Schließlich erklärte ich, daß Grandma vielleicht herumwandern werde, und fragte, ob jemand in der Nähe sei. Sophie sagte, natürlich, jemand habe die ganze Nacht über Dienst und führe die Hälfte der Frauen zum Klo und wieder zurück. Das war das Stichwort für mich: Wo war überhaupt das Klo? Sophie zeigte es mir auf dem Rückweg. Es war meilenweit von Grandmas Zimmer entfernt; sie würde es nie rechtzeitig schaffen. Ich blieb stehen und sagte zu Sophie, ich glaubte eigentlich nicht, daß das funktionieren werde. Sophie sagte, ich würde staunen und daß ich mir zu viele Gedanken machte.

Natürlich teilte Charlie diese Meinung voll und ganz. Auf dem Heimweg predigte er mir, wie abwegig es sei, »emotional zu reagieren«. Er war sogar dagegen, daß ich Grandma besuchte, und versuchte, mir einzureden, daß es viel vernünftiger sei, sie diese Woche in Ruhe zu lassen. Ich könne ja jeden Tag anrufen und um einen Bericht bitten. Bridget, sagte ich, wenn Bridget herausbekommt, was wir während ihrer Abwesenheit gemacht haben, wird meine einzige Verteidigung in der Tatsache bestehen, daß ich ihre Mutter jeden Tag besucht, sie mit eigenen Augen gesehen habe und zufrieden war. Und ich möchte es auch selber, sagte ich. Ich hätte das Gefühl, sie brutal im Stich gelassen zu haben, und könne nicht eine ganze Woche mit diesem Gefühl leben. Charlie stöhnte. Er sagte, er könne mich nicht daran hindern, aber ich müsse versprechen, keine Dummheit zu begehen. Als ich ihn fragte, was er mit Dummheit meine, sagte er: Grandma wieder nach Hause zu bringen. Ich sagte, wenn ich den Eindruck hätte, daß sie unglücklich sei, würde ich sie bestimmt auch ohne seine Erlaubnis nach Hause bringen. Charlie sagte, sehr gut, wenn ich glaubte, sie müsse nach Hause gebracht werden, wolle er aber ein Wörtchen mitreden. Ich müsse es ihm sagen. Er werde dann mit mir gehen und selbst sehen, und falls nötig, würden wir sie gemeinsam nach Hause bringen. Ob das klar sei? Ich sagte, ja, absolut klar.

–

Ich habe Grandma heute, Donnerstag, nach Hause gebracht, ohne Charlie vorher zu fragen. Ich konnte den Gedanken, daß sie noch eine Sekunde länger dort sein würde, nicht ertragen.

Als ich am Dienstag zum ersten Mal hinfuhr, konnte ich sie nirgends finden. Ich ging in den Aufenthaltsraum, blickte mich um, konnte Grandma nicht sehen, hatte keine Idee, wen ich fragen sollte, und so machte ich mich denn auf die Suche. Ich ging in ihr Schlafzimmer, hatte große Angst, sie dort vernachlässigt und vergessen im Bett liegend vorzufinden, aber sie war nicht da. Das Bett war gemacht, die Tagesdecke glattgezogen. Auf keinem Flur war eine Menschenseele zu sehen. Überall, wo ich nachsah, schien es nur dösende alte Frauen zu geben, und ich begann instinktiv, auf Zehenspitzen zu gehen. Ich versuchte es im Büro der

Heimleiterin, aber es war niemand da. Schließlich hörte ich in der Ferne etwas klappern. Ich ging dem Geräusch nach und landete in einer Küche. Ein ungefähr zwanzigjähriger Junge spülte Teekannen aus. Ich sagte, ich suchte Mrs. McKay, eine neue – ich zögerte, weil ich nicht wußte, ob ich Patientin oder Bewohnerin oder ein neuer Gast sagen sollte – eine neue Dame, die erst gestern gekommen sei. Er setzte ein – wie ich fand – ziemlich unverschämtes Lächeln auf und sagte, ja, er habe von ihr gehört. Sie sei in jedem Zimmer gewesen und habe die Leute aufgeweckt und zur Arbeit gescheucht, und man habe kurzen Prozeß mit ihr gemacht. Ich merkte, daß ich rot wurde – halb aus Scham (wofür ich mich wiederum schämte) und halb aus Wut. Ich fragte kurz angebunden, ob er wisse, wo Mrs. McKay sei, und er zuckte die Achseln und meinte, ich solle einmal im Speisesaal nachsehen.

Sie war dort, saß allein an einem Vierertisch. Der Raum war leer, das ganze Dutzend oder mehr Tische abgeräumt und für die nächste Mahlzeit gedeckt. Es war ein grauer Nachmittag, und der Raum war, trotz des großen Fensters, ziemlich dunkel. Grandma saß regungslos da und starrte in tiefer Niedergeschlagenheit vor sich hin. Ich eilte zu ihr und rief ihren Namen, aber sie ließ nicht die geringste Reaktion erkennen. Ich ging auf sie zu und sagte: »Hallo, ich bin's«, aber sie sah mich nur mit leeren Augen an. Ich hatte den Eindruck, daß ein etwas unangenehmer Geruch von ihr ausging und winzige Schaumflöckchen in ihrem Mundwinkel hingen – aber es waren nur Baiserkrümel, die in ihrem sprießenden Schnurrbart klebten. Ich wischte sie fort, viel zu schwungvoll, und redete immer weiter auf sie ein. Es dauerte lange, bis irgend etwas in ihr dämmerte und sie mich erkannte. Aber selbst dann wußte sie meinen Namen nicht. Ich war den Tränen nahe. Am liebsten hätte ich jemanden angebrüllt und ihm Vorhaltungen gemacht. Aber es war noch immer niemand zu sehen. Ich führte Grandma in den viel fröhlicheren Aufenthaltsraum, setzte sie auf einen Stuhl und gab ihr ein Pfefferminzbonbon und etwas von dem Tee, den ich in einer Thermosflasche mitgebracht hatte. Sie war noch immer wie ein Zombie. Es dauerte mindestens zwanzig Minuten, bis sie zu reden begann, und dann kam: »Wo ist diese Bridget, das Gör?«

Als ich das alles am Abend Charlie erzählte, stieß ich auf wenig Verständnis. Daß sie allein im Speisesaal herumsaß, war für ihn nichts Erschreckendes. Er sagte, sie sei um diese Zeit auch in ihrer eigenen Wohnung allein. Das stimmte, aber das war etwas anderes, nur daß Charlie es nicht zur Kenntnis nehmen wollte. Und was das nächtliche Umherwandern anbelange, so mache sie das zu Hause auch. Ich sagte: Zu Hause ist immer jemand da, wenn sie herumwandert, steht sofort auf und hilft ihr. Stell dir ihre Angst vor, wenn sie einem Fremden in die Arme läuft, einer fremden Person, die sie womöglich noch anschreit, sie solle verschwinden! Charlie seufzte und sagte, er habe meine blühende Phantasie satt. Er sagte, ich wisse doch gar nicht, ob irgend jemand sie angeschrien habe, ich vermute es nur. Und wenn es jemand getan hätte, hätte seine Mutter es ohnehin sofort vergessen. Er rief die Heimleiterin an – ich hatte sie vor meiner Abfahrt nicht mehr sprechen können – und richtete mir aus, daß sie gesagt habe, seiner Mutter gehe es gut, obwohl es in der Nacht irgendwelche Störungen gegeben habe. Sie würden ihr heute nacht eine Schlaftablette geben, das werde das Problem lösen. Da fing ich an zu schreien. Bridget war doch immer so stolz darauf, daß Grandma keine Schlaftabletten bekam! Sie hatte mir immer wieder erklärt, daß Schlaftabletten uns zwar alle ungestörte Nächte bescheren würden, die Nebenwirkungen aber zu schwerwiegend seien: Schlaftabletten erhöhten die Wahrscheinlichkeit, daß Grandma inkontinent würde, und auch ihr geistiger Abbau könne sich dadurch beschleunigen. Charlie sagte, es sei ja nur für eine Woche.

Gestern ging ich schon voll düsterer Vorahnungen hin. Ich fuhr etwas später los, weil ich annahm, daß ich am Tag zuvor eine ungünstige Zeit erwischt hatte, die Zeit nach dem Mittagessen, wenn die meisten Birchholme-Damen ihr Nickerchen hielten. Diesmal war Grandma wenigstens nicht allein. Sie saß im Aufenthaltsraum, offensichtlich zu zwei anderen Frauen gesetzt, die aber ihre Stühle so herumgedreht hatten, daß sie ihr den Rücken zuwandten. Als ich eintrat, schien sie zu schlafen. Ich flüsterte ihr etwas ins Ohr, aber sie versuchte nur, mich wegzuscheuchen wie eine Fliege, und sagte, man solle sie nicht belästigen. Sie sagte, ich solle weggehen, sie habe es satt, sie wolle allein sein. Ich redete auf sie ein, schmeichelte ihr und versuchte, sie so weit zu bringen, daß sie die Augen öffnete. Als sie es tat, erschrak ich. Ihre Augen sahen rot aus, und aus einem Winkel trat etwas Eiter aus. Sie sah mich mit dem gleichen leeren Blick an wie am Tag zuvor und fragte dann: »Wie lange geht das denn noch so weiter?«

Ich fand die Heimleiterin und sagte ihr, daß Grandma sehr unglücklich aussehe und daß ihre Augen entzündet seien. Die Heimleiterin sagte ganz offen, ja, Mrs. McKay sei ein bißchen niedergeschlagen, aber das sei nicht erstaunlich, wenn man bedenke, daß sie bis jetzt in ihrer häuslichen Umgebung gewesen sei. Sie sagte, sie täten ihr Bestes, aber sie könnten natürlich nicht mit der intensiven persönlichen Pflege, die sie zu Hause bekommen habe, mithalten. Und was die Augen anbelange, nun, es grassiere unglücklicherweise gerade eine leichte Konjunktivitis, und die sei sehr ansteckend. Sie würden sie aber sorgfältig beobachten. Ich fragte, ob Grandma geschlafen habe, und die Heimleiterin lächelte und sagte, sie hätten dafür gesorgt, aber ich bräuchte mir keine Sorgen zu machen, die Tabletten, die sie verwendeten, seien nicht stark und machten sie bestimmt nicht süchtig. Da ging ich zu Grandma zurück, gab ihr eine Duncan's Walnußrosette und versuchte, mit ihr zu reden. Sie wollte nicht. Eine der anderen Frauen – ich hatte sie vorher noch nicht gesehen – sagte: »Die da ist beleidigt. So geht das nicht, so geht das überhaupt nicht. Damit kommt sie hier nicht durch. Sie sollte besser damit aufhören, *sofort!*« Grandma machte ein Auge auf und murmelte: »Verschwinde!«

Ich blieb den ganzen Nachmittag. Ich gab Grandma ihren Tee, als er gebracht wurde, doch obwohl ein köstlicher Schokoladenkuchen dazu serviert wurde, wollte sie nichts essen. Eine der jungen Helferinnen fragte sie, ob sie sich im Hungerstreik befinde, und sagte, sie solle aufwachen, wir hätten inzwischen das Wahlrecht für Frauen. Dann wandte sie sich an mich und sagte: »Sie haben sie zu sehr verwöhnt, das ist das Problem!« Dann schob sie den Wagen weiter. Ich saß da, hielt Grandmas schlaffe Hand und ließ meine Blicke schweifen. Zwölf alte Frauen in diesem Raum, und wo kamen sie alle her? Ich fragte mich, wie viele genauso verwöhnt worden waren und wie viele sich wohl erst jetzt verwöhnt fühlten. Ich ging und half etwas beim Füttern und war überrascht, was für Riesenmengen sie vertilgen konnten. Wo war Grandmas Gefräßigkeit geblieben? Wenn das so weiterging, würde sie abmagern, und wir müßten Bridget nach ihrer Rückkehr einen verschrumpelten Schatten präsentieren. Als ich um fünf Uhr ging, hatte Grandma weder gegessen noch getrunken und war kaum wach gewesen. Ich fühlte, daß sie von den anderen Frauen zunehmend abgelehnt wurde – ihre Verzweiflung machte ihnen angst.

Also habe ich sie heute wieder nach Hause gebracht. Was für einen Sinn hätte es gehabt, das noch vier Tage lang durchzustehen? Warum hätten wir es tun sollen? Stündlich verkroch sich Grandma mehr in ihre tiefe Niedergeschlagenheit, und ihr Kummer trieb mich zum Wahnsinn. Heute warf ich nur einen Blick auf sie – ein verlassenes Häufchen Elend –, ging hinauf, packte ihren Koffer, brachte ihn in mein Auto und sagte dann der Heimleiterin, daß ich Grandma wieder mit nach Hause nähme. Sie reagierte ganz stoisch und war nicht im geringsten gekränkt. Sie half mir, Grandma den Mantel anzuziehen, und wir nahmen sie in unsere Mitte und führten sie zum Wagen. Grandma wußte, daß sie nach Hause fahren würde, selbst wenn sie nicht begriff, woher sie kam, ja nicht einmal, wo jetzt ihr Zuhause war. »Ist es vorbei?!« fragte sie, und als ich sagte, ja, öffnete sie beide Augen und sagte, sie habe gehofft, daß man sich nach dieser Zeit mit dem verdammten Tee beeilen würde und daß sie zu keinem Ausverkauf mehr gehen werde, es sei reine Zeitverschwendung, und sie könne die Leute, die dort hingingen, nicht leiden.

Hannah

Grandma ist wahnsinnig gut aufgelegt. Ich komme herein, werfe meine Tasche in eine Ecke, mache Kaffee und setze mich zu ihr. Sie hat ihre Brille auf, die lustige mit den runden Gläsern, die sie irgendwann in den dreißiger Jahren bei Woolworth gekauft hat und von der sie sich nicht trennen kann. Ich sage, ich hätte schon vergessen, daß sie überhaupt eine Brille hat. Sie blickt mich über den Rand der Gläser hinweg an und sagt feierlich: »Erstaunlich bei einem so jungen Menschen, was?« Dann streckt sie mir die Hand hin, mit der Handfläche nach oben. Sie starrt darauf.

Was ist das?
Wo?
Da.
Auf deiner Hand?
Ja.
Ich kann nichts sehen, Grandma.
Warum suchst du dann?
Weil du mich gebeten hast.
Hab ich nicht.
Doch.
Warum sollte ich dich bitten, nichts zu suchen?
Weiß ich nicht.
Du hältst mich wohl für blöd?
Nein.
Was ist es also?

Schließlich bläst sie das, was dort gewesen sein soll, fort und lacht und setzt ihre Brille ab. Sie sagt, sie bräuchte eigentlich eine neue Brille, aber das sei so teuer, daß sie lieber die Finger davon lasse. Ich sage, sie würde vom Staatlichen Gesundheitsamt eine gratis bekommen, aber sie sagt: Das glaubst auch nur du. Sie ist putzmunter, pfeift, während sie plaudert, und schneidet lustige Grimassen. Die Veränderung, die mit ihr vorgegangen ist, ist faszinierend. Mum glaubt, daß diese Tage in Birchholme ihr wohl auf eine unerklärliche Weise gut getan haben. Sie ist seither sehr fröhlich und lebhaft und versucht mitzumachen. Selbst die alte Frage: »Gehst du gern zur Schule?« wird mit echtem Interesse gestellt, und sie ist bemüht, die Antwort aufzunehmen und sich nicht in endlosen Erinnerungen zu verlieren. Und auch Mum ist fröhlicher. Sie hat aufgehört, die ganze Zeit darüber nachzudenken, was wir tun können. Bridget wird begeistert sein.

Bridget kommt nächste Woche zurück. Insgesamt vier Ansichtskarten an uns, und auf allen war davon die Rede, daß sie sich prächtig amüsiere. Mum macht schon Pläne, Grandma zum Friseur zu schleppen und sie für Bridgets Rückkehr etwas aufzudonnern – sie will unter allen Umständen beweisen, wie gut Grandma von uns versorgt worden ist. Niemand wird die kleine Episode im Krankenhaus oder die größere in diesem kommunalen Heim erwähnen, um Gottes willen, bloß nicht! Adrian und ich sind zwar nicht ausdrücklich aufgefordert worden, sie nicht zu erwähnen, aber das ist auch gar nicht nötig. Mum sagt, sie werde Bridget natürlich alles erzählen, aber zuerst solle Bridget sehen, in welch guter Form Grandma sei. Na, wenn man von heute ausgeht, dann könnte Grandma keine bessere Figur machen.

Ich bringe sie nach Hause, und sie sagt tatsächlich: Schön, wieder nach Hause zu kommen, schön, im eigenen Nest zu sein. Ich kann es kaum glauben. Dabei weiß sie bestimmt genausowenig wie vorher, wo sie sich befindet. Als die treue Mary, die wieder ihren Dienst angetreten hat, hereinkommt, begrüßt Grandma sie wie eine lange vermißte Freundin: »Hallo!« ruft sie aus. »Hallo! Hallo! Wer ist die Dame Ihres Herzens? Oh, Sie sind selber eine Dame, verzeihen Sie meine Unhöflichkeit.« Mary sagt, sie sei Mary, und Grandma sagt, natürlich, und wie es ihr gehe, und daß sie sich freue, sie so schnell wiederzusehen. Mary sieht mich stirnrunzelnd an. So ist es die ganze Woche gewesen, seit Grandma aus Birchholme zurück ist. Sie ist richtig euphorisch. Und dann wird sie, sagt Mum, unweigerlich irgendwann wieder in ein Stimmungstief stürzen. Doch dafür gibt es keine Anzeichen.

Wer hätte gern einen hübschen Mann und einen Haufen Geld?

Ich nicht, Grandma.

Du möchtest keinen hübschen Mann und keinen Haufen Geld?

Das müßte schon sehr *viel Geld sein, und warum sollte ich einen Mann wollen?*

Einen hübschen *Mann.*

Hübsch oder häßlich. Ich habe übrigens immer gedacht, du magst keine Männer.

So ein Unsinn! Alle Männer haben mich gemocht.

Das habe ich auch nicht bestritten – ich habe gesagt, daß ich immer geglaubt habe, du *hättest Männer nicht gemocht.*

Oh, ich mag die Männer, hatte nie irgendwelche Scherereien mit ihnen.
Was verstehst du unter »Scherereien«?
Du weißt schon – Scherereien eben. Obwohl ein Offizier sich einmal ein bißchen komisch benahm, als ich beim NAAFI in der Militärkantine gearbeitet habe.
Oooh, Grandma!
Er hat mich im Auto mitgenommen und angefangen zu – na ja, du weißt schon –, und da habe ich gesagt, ich würde es meiner Zimmerwirtin sagen, sie war berüchtigt, meine Wirtin.
Wofür?
Wie sie mit lästigen Männern fertig wurde.
Und dann?
Nichts. Er ist gegangen.
Und dann hast du den hübschen James McKay kennengelernt.
Wen?
Deinen Mann.
Möchtest du einen Mann?
Nein.
Möchtest du einen hübschen Mann und einen Haufen Geld?

Es ist ziemlich albern, aber Grandma macht es Spaß. Sie sieht Mary und mich an. Ich versuche, sie mir als kokette junge Frau vor sechzig Jahren vorzustellen. Ich versuche, sie mir auf dem Heimweg von der Kantine auszumalen, wie der Offizier anhält und der langbeinigen jungen Schottin anbietet, sie nach Hause zu fahren, und wie Grandma einsteigt, aufgeregt, und wie dann seine Hand auf ihrem Knie oder auf ihrer Schulter liegt, und wie Grandma dann dem Typ mit ihrer

Zimmerwirtin droht... Es gelingt mir nicht. Ich kann mir die Grandma von damals überhaupt nicht vorstellen. Und ich kann mit dieser Haltung gegenüber Männern nichts anfangen.

Heute abend fällt mir das Weggehen leicht. Mary ist ganz guter Dinge – am ersten Abend, als sie zurückkam, war sie sehr nervös –, und Grandma ist in sprühender Laune. Seit ihrer Rückkehr ist sie kein einziges Mal nachts aufgestanden oder hat sich eingenäßt. Es ist alles so gut ausgegangen. Mum sagt, sie habe ihre Lektion gelernt, sie werde den Dingen einfach ihren Lauf lassen und aufhören, ihnen immer zuvorkommen zu wollen. Bridget wird erleichtert sein. Dad sagt nichts. Er war wütend, als Mum Grandma heimholte, aber seither hat er sich nicht mehr dazu geäußert. Und auch er freut sich zu sehen, daß Grandma plötzlich wieder in Topform ist.

–

Wenigstens ist es nicht mitten in der Nacht passiert. Für Mum ist das ein Trost. Gott weiß warum! Und alle waren da, was sie als weiteren Trost empfindet. Das einzig wirklich Schreckliche ist, daß es dieses Mal Susan traf und nicht die wunderbare Mary.

An einem Freitagmittag um elf. Ich bin in der Schule, Adrian ist in der Schule, Dad ist arbeiten, Mum einkaufen. Grandma fällt. Sie tanzt einen Highland Fling, um Susans Neffen-des-Tages aufzuheitern, die angegurtet in einem Zwillingskinderwagen sitzen und plärren. Grandma tanzt, bleibt an einem Rad des Kinderwagens hängen, fällt hin, stößt dabei mit dem Kopf gegen das Blech, verletzt sich und blutet aus einer Schnittwunde. Susan fängt an zu schreien und rennt kopflos hin und her. Dann läuft sie schreiend auf die Straße und schreit, bis sie bei uns anlangt, wo sie gegen die Haustür trommelt: Niemand zu Hause. Dann schreit sie den ganzen Weg zurück, die Neffen fallen in ihr Geschrei ein, und einmal in ihrem Leben merken die Schauspieler, daß sie eingreifen müssen, weil es sich hier nur um einen Mord handeln kann. Sie kommen herunter und verschaffen sich ein Bild von der Lage. Der eine versucht, die hysterische Susan zu beruhigen, während der andere einen Rettungswagen ruft. Grandma wird abgeholt, allein weggefahren, und der eine Schauspieler wartet zusammen mit Susan (der Arme!), während der andere an unserer Haustür auf einen von uns wartet. Ich komme ungewöhnlich früh nach Hause, schon um die Mittagszeit, um ein Buch zu holen, das ich vergessen habe. Ich gehe mit Schauspieler Nummer zwei. Er fährt mich liebenswürdigerweise zum Krankenhaus. Es ist dieselbe Station, auf der Grandma auch neulich war. Eine Krankenschwester sagt, ich solle mir keine Sorgen machen, meine Großmutter sei zäh wie Leder, es gehe ihr gut, sie habe sich höchstens den Knöchel gebrochen – sie warteten noch auf die Röntgenaufnahmen –, und sie werde wohl eine Zeitlang starke Kopfschmerzen haben.

Das wär's also. Wir sollten in diesem Krankenhaus ein Bett abonnieren. Susan macht sich wichtig. Immer wieder müssen wir uns anhören, wie alles passiert ist. Niemand fragt, warum ein blödsinniger Zwillingskinderwagen mitten in einem vollgestopften Wohnzimmer stand, noch was er überhaupt dort verloren hatte. Niemand fragt Susan, warum sie nicht im Zimmer war. Susan verdreht die Augen und sagt, sie sei untröstlich und fühle sich nicht mehr imstande, sich weiterhin um

Grandma zu kümmern, denn einen zweiten Schock wie diesen werde sie nicht überleben. Das war's dann wohl, sagt Susan und wartet. Mum zückt ihre Geldbörse. Sie bedankt sich bei Susan und zahlt sie bis zum Monatsende bar auf die Hand aus. Susan ist beschwichtigt. Sie sagt, Grandma werde ihr fehlen. Sie sagt, es sei sehr, sehr schwer gewesen, auf Grandma aufzupassen, obwohl sie, Susan, das niemals hätte sagen wollen. Aber sie werde sie vermissen. Sie hoffe, wir wüßten, daß sie immer ihr Bestes getan habe. Mum sagt, wir seien ihr dankbar. Sie bringt Susan nach Hause (die Neffen wurden bereits von irgend jemandem, aber bestimmt nicht von den Schauspielern, abgeholt). Dann setzen wir uns alle zusammen hin und sehen uns an.

Dad sagt, wenigstens sei Grandma jetzt im Krankenhaus. Großartig! sagt Mum. Dad betont, daß im Augenblick kein Grund zur Panik bestehe, daß Grandma im Krankenhaus bleiben werde, bis ihr Knöchel wieder in Ordnung sei. Mum fragt: »Und dann?« Dad sagt, daß wir dann eine Konferenz einberufen und entscheiden müßten, was zu tun sei. Mum sagt, sie könne ihm die Unannehmlichkeit einer Konferenz (sie spuckt das Wort geradezu aus) ersparen und ihm schon gleich sagen, was *nicht* geschehen könne:

Erstens: Grandma könne nicht nach St. Alma gehen, weil sie vom obersten Platz auf der Warteliste noch weit entfernt sei;

Zweitens: Sie könne nicht nach Birchholme gehen, weil weder sie, Mum, geschweige denn Bridget da mitspielen würden;

Drittens: Sie könne nicht nach Hause, bevor wir einen Ersatz für Susan gefunden hätten.

Dann, sagt Mum, wüßten wir auch nicht, in welcher

Verfassung Grandma sein werde. Werden ihre Knochen wieder richtig zusammenwachsen? Wird sie wieder gehen können? Sie ist schon vorher schlecht gegangen; die Sache jetzt könne auch einfach das Ende bedeuten. Und dann das Aufschlagen mit dem Kopf. Wird sie nur starke Kopfschmerzen haben? Vielleicht wird es auch mit ihrer Verwirrtheit schlimmer werden...

Ich sage kein Wort. Es gibt nichts zu sagen. Niemand denkt an die arme Grandma, die mit ihren Schmerzen im Krankenhaus liegt – wir sind alle viel zu sehr damit beschäftigt, an unsere eigenen Unannehmlichkeiten zu denken. Mum ist beinahe hysterisch vor Besorgtheit und wird schon wieder rückfällig, während Dad so tut, als stehe er wegen eines Verbrechens, das er nie begangen hat, am Pranger. Er ist niedergeschlagen, verstimmt und gereizt. Er hat wohl das Gefühl, daß Mum ihn angreift – und es hört sich auch ein bißchen so an, wie sie die Stimme erhebt und in eindeutig anklagendem Ton spricht. Ich sollte mir etwas einfallen lassen, damit sie aufhören, aus Grandmas Unfall eine Privatfehde zu machen. Wenn doch nur Bridget schon zurück wäre! Ihnen wäre das aber gar nicht recht. Vor allem Mum fürchtet sich angesichts der neuen Lage vor Bridgets Rückkehr. Was wird jetzt aus Grandmas Gang zum Friseur und dem neuen Kleid?

Wir alle besuchen sie täglich. Noch ist das einfach. Keine Familie könnte fürsorglicher sein. Mum geht um zwei Uhr und bleibt bis vier. Dann komme ich und bleibe bis fünf, bis Adrian kommt, und Adrian geht entweder um halb sechs oder bleibt etwas länger, wenn Dad es nicht schafft, vor sieben da zu sein. Adrian fragt mich, was ich mache, wenn ich dort bin. Ich sage, ich rede. Adrian sagt, er rede auch, aber Grandma scheine ihn gar nicht zu hören, und das bringe ihn in Verlegenheit. Ich kann ihn mir lebhaft vorstellen: Er murmelt und brummelt etwas vor sich hin und sitzt dann nur mit finsterer Miene da und schaut auf die Uhr. Aber eigentlich bin ich auch nicht viel besser. Ich rede zwar, aber mein Gott, wie schnell geht mir der Gesprächsstoff aus! Adrian hat recht, es kommt absolut keine Reaktion, nicht einmal irgendein Kauderwelsch. Grandma brabbelt nur vor sich hin. Sie verdreht die Augen, und ihr Unterkiefer klappt nach unten. Sie haben ihr das Gebiß herausgenommen.

Krankenschwestern sollten doch eigentlich Engel sein. Auf anderen Stationen gibt es vielleicht Engel – auf dieser jedenfalls nicht. Oder vielleicht glauben sie nur, daß Grandma keine engelähnlichen Wesen braucht, weil sie ihre fürsorgliche Familie hat. Sie scheinen kaum in ihre Nähe zu kommen und sich immer im Stationszimmer oder in der Spülküche aufzuhalten und ihre Privatwitze zu machen. Grandma liebt Witze – wenn sie das bloß wüßten! Grandma würde über alles lachen, sich über jeden ihrer Witze freuen. Mum erkundigt sich bei ihnen immer nach Grandmas Befinden, deswegen tue ich es nie. Die Schwestern haben Mum gesagt, daß Grandma nicht einmal versuchen wolle, zu gehen oder zu stehen. Dabei sei ihr Knöchel doch gar nicht gebrochen, nicht einmal verstaucht. Sie hätten ihn geröntgt und nur eine leichte Prellung festgestellt. Aber sie wolle nicht einmal versuchen, fest aufzutreten. Sie stellen sie auf die Beine, aber sie weigert sich, ihr eigenes Gewicht zu tragen – und sackt in sich zusammen. Das stimmt. Ich habe es selbst gesehen. Die Schwestern sind zweimal gekommen, während ich da war, und haben versucht, Grandma auf die Beine zu stellen. Für mich sah es mitleiderregend aus, aber sie waren offensichtlich anderer Meinung. Sie redeten laut auf Grandma ein und sagten: »Na los!« und erklärten ihr, daß das »nicht so weitergeht«. Wenn sie schon in meiner Gegenwart so mit ihr reden, wie behandeln sie sie erst, wenn ich nicht dabei bin? Grandma hängt nur zwischen ihnen, und sie müssen es aufgeben. Ich bin sehr erleichtert, als sie wieder im Bett liegt.

Manchmal versuche ich, mit den anderen alten Frauen auf der Station zu sprechen. Sie sind nicht alle so senil wie Grandma. Zwei von ihnen lesen und leihen sich immer neue Bücher vom Bücherwagen aus. Ich frage sie, welche Bücher sie gerade lesen, aber beide weichen, jede auf ihre Art, ziemlich rasch vom Thema Literatur ab und kommen auf Grandma zu sprechen. Sie sagen, sie sei nachts eine Plage. Sie sagen, sie schreie auf und brülle die ganze Nacht: »Bridget!« und wecke alle auf. Die eine sagt, wenn Grandma nicht alle Tassen im Schrank habe, sollte sie nicht auf dieser Station sein, sondern zu den anderen gebracht werden. Zu welchen anderen? Ich fühle mich so verletzt, daß ich gehen muß. Und ich führe keine Gespräche mehr mit meinen Bücherfreundinnen. Übrig bleiben nur noch eine andere Frau, die am Tropf und an irgendwelchen anderen Apparaten hängt, so daß ich Angst habe, mich ihr überhaupt zu nähern, und zwei andere, die andauernd zu schlafen scheinen. Eine quicklebendige Station ist das nicht gerade...

Ich mache ungefähr alle zehn Minuten einen Spaziergang, laufe die Korridore auf und ab, bleibe auf den Treppenabsätzen stehen und starre aus den Fenstern. Grandma hat immer von Krankenhäusern geschwärmt – sie ist richtig vernarrt in sie. Sie hat mir gesagt, sie seien wie Hotels, und sie wisse nicht, warum die Leute sie nicht mochten. Sie ist dreimal im Krankenhaus gewesen, hat es jedesmal genossen und wollte nicht entlassen werden. Sie hat mir erzählt, daß sie geweint habe, als die Schwester ihr nach der Venenoperation gesagt habe, sie dürfe nach Hause gehen. Es war so ein Glück, in einem schönen, sauberen, bequemen Bett zu liegen, das Essen serviert zu bekommen und den ganzen Tag lesen zu dürfen! Sie hätte ewig dort bleiben wollen, obwohl sie wegen ihrer Kinder Gewissensbisse hatte. Grandma sagte, die Leute, die heute zur Welt kämen, wüßten gar nicht, was für ein Glück es sei, solche Krankenhäuser zu haben. Der Luxus häufig gewechselter Bettwäsche und Handtücher erregte und erschreckte sie zugleich, und die häufigen heißen Bäder fand sie extravagant. Und dann die Gesellschaft! Natürlich liebte Grandma die Gesellschaft anderer Frauen und den ganzen Klatsch und Tratsch von zu Hause, den sie sich zu erzählen hatten.

Und jetzt weiß sie nicht einmal, daß sie im Krankenhaus ist.

–

Heute morgen weint Mum. Sie sitzt im Korbstuhl in unserer Küche, auf Grandmas angestammtem Platz, und weint. Dad sagt, sie solle nicht so albern sein, und fragt sie, warum in aller Welt *sie* weine. Er sagt, wenn überhaupt jemand Grund zum Weinen hätte, dann *er*. Wenn Mum weint, kann ich mich ihr nicht nähern. Sie ist unnahbar. Es wäre nur natürlich, den Arm um sie zu legen und sie zu trösten, aber das mache ich nicht. Ich kann es bei Grandma machen, aber nicht bei Mum.

Nicht daß Grandma je weinen würde, aber sie sieht oft so aus, als wollte sie weinen, wenn sie bloß wüßte, wie es geht.

Anlaß für die Tränen, die inzwischen versiegt sind, war die Tatsache, daß das Krankenhaus Grandma loswerden will. Sie sagen, sie habe nichts, was sie behandeln könnten. Die Nachfrage nach Betten sei enorm groß, und sie hätten genug dringende Fälle, die sie aufnehmen müßten. Am liebsten sollte Grandma schon morgen gehen, spätestens aber am Montag. Bridget kommt am Freitag zurück. Mum hat um eine Verlängerung bis Samstag gebeten und das mit Bridgets Abwesenheit erklärt, aber die vom Krankenhaus haben gesagt: Nein, völlig ausgeschlossen. Dad, der in solchen Fällen nie glaubt, daß Mum sich wirklich bemüht hat, ruft selber im Krankenhaus an, um mit der Person zu sprechen, die für dieses Ultimatum verantwortlich ist – wer es auch sei. Er bewirkt nichts, muß sich aber ein paar unmißverständliche Wahrheiten anhören. Da versinkt er in die gleiche Depression wie Mum.

Adrian sagt, sie könnten Grandma nicht einfach so mir nichts, dir nichts an die Luft setzen, es müsse doch irgendwo einen Platz geben, wo sie hin könne. Ach, der Charme der Naivität! Mum sagt: Genau! Nämlich hier, bei uns. Dad stöhnt laut auf. Mum sagt, wenn jemand einen anderen Vorschlag habe, würde sie ihn mit Freuden vernehmen. Dad geht hinaus. Niemand sagt einen Ton. Wir beenden unser Frühstück, räumen das Geschirr in die Spülmaschine und rascheln mit unseren Zeitungen. Dad kommt zurück. Er setzt den Kessel auf. Mum sagt, sie wisse genau, was er gemacht habe. Er habe in Birchholme angerufen. Sie sagt, sie könne von seinem Gesicht ablesen, daß sie sie nicht nehmen würden, und St. Alma natürlich auch nicht, und er habe Glück, daß sie abgelehnt hätten, denn wenn sie ja gesagt hätten, hätte es Krach gegeben. Mum sagt, es gebe nur zwei Alternativen: Entweder wir holten sie hierher zu uns, oder wir brächten sie wieder in ihre eigene Wohnung und wechselten uns mit ihrer Betreuung rund um die Uhr ab. Was sollen wir also tun?

Ich sage: Zu uns.

Mum sagt: Zu uns.

Dad sagt: Zu ihr.

Adrian meint, er würde eher sagen, hier, aber er könne sich nicht vorstellen, wie es funktionieren solle, wenn Grandma nicht gehen könne, weil wir sie nicht im Erdgeschoß lassen könnten. Deshalb sagt auch er: Zu ihr.

Ein Patt also. Wessen Stimme gibt den Ausschlag?

Ich glaube, jemand sollte versuchen, etwas Lustiges zu sagen, und so sage ich, in der Hoffnung, nicht wie unser lieber Adrian zu klingen, daß Grandma, wenn sie wieder zu Hause sei, vielleicht wieder gehen und ganz zu sich kommen werde. Vielleicht veranstalte sie nur eine Art Rebellion, ohne es zu wissen, so etwas wie einen Protest gegen das Krankenhaus. Adrian sagt ironisch, ich sei zwar eine scharfsinnige Denkerin, aber dieser Gedanke sei nun wirklich absurd: Wenn sie wirklich gegen das Krankenhaus protestierte, würde sie sich bestimmt für eine logischere Lösung entscheiden, die auch mehr Aussicht auf Erfolg habe. Ich sage, sie würde gar nichts bewußt entscheiden. Darauf Adrian: Aha, jetzt tauchen wir wohl ab ins Unterbewußte, wie? Und wir geraten uns in die Haare. Dad brüllt uns an. Dann nennt er die Gründe, wieso er Grandma lieber in ihre eigene Wohnung zurückbringen will. Es hat hauptsächlich mit dem zu tun, was Adrian schon erwähnt hat, mit dem Zuschnitt unseres Hauses, den Badezimmern und all dem anderen. Aber Dad versucht auch, schlau zu sein, indem er argumentiert, Grandma werde sich in ihrer gewohnten Umgebung besser zurechtfinden. Sie wisse vielleicht nicht, wo sie sei, aber fünf Jahre Vertrautheit mit ihrer Umgebung müßten irgendeinen Eindruck hinterlassen haben. Und außerdem – sagt Dad in einem aufrichtigen Augenblick – könne er besser damit fertig werden, wenn seine Mutter nicht im gleichen Haus sei wie er.

Es war klug von ihm, das zuzugeben. Das sagt Mum, und sie sagt, sie wisse, daß das der eigentliche Grund sei. Überraschenderweise fügt sie hinzu, sie habe das gleiche Gefühl. Sie hätte ein besseres Gewissen, wenn Grandma in unserem Haus wäre, aber ihre Nerven würden da nicht mitspielen. Auch sie müsse sich einen Fluchtweg offenhalten. Sie nähme lieber das umständliche Hin und Her in Kauf, weil es jedesmal so ein Gefühl der Erleichterung sei, wieder wegzugehen. Sie faßt zusammen und sagt, wir *sollten* Grandma zu uns holen, aber wir alle würden es besser überstehen, wenn sie in ihrer Wohnung bliebe. Und es würde auch Bridget weniger beunruhigen. Dagegen erhebe ich Einspruch: Warum sollte es? Na, sagt Mum, wenn Grandma in ihrem eigenen Sessel sitzt und wie immer aussieht, kommt Bridget wahrscheinlich nicht auf die Idee, daß etwas Schreckliches geschehen sein könnte. Zöge Grandma dagegen zu uns, würde Bridget es gleich merken. Na, sage ich, es stimmt doch auch. Mum sagt, es komme vor allem darauf an, wie man es Bridget beibringe; das sei alles. Dad sagt, wenn es etwas gebe, von dem er nichts hören wolle, dann sei es Bridget.

Ich gehe hinüber in Grandmas Wohnung. Meine Aufgabe ist es, sie herzurichten. Mum und Dad gehen Grandma abholen. Sie sind sich einig, daß eine Verlängerung ihres Aufenthalts im Krankenhaus sinnlos ist. Ich beziehe zuerst Grandmas Bett neu. Mein Gott, muß es ihr da drinnen warm sein! Als der große Umzug stattfand, brachte Bridget Grandmas ganzes Bettzeug aus Glasgow mit. Die Laken sind aus dickem Baumwollflanell, und dann gibt es noch sechs alte Decken, lauter schwere Dinger, und eine Daunendecke. Es dauert Stunden, bis alles abgezogen und neu bezogen ist. Dann staubsauge ich und wische den Badezimmerboden auf. Ich stecke ein paar Chrysanthemen, die ich mitgebracht habe, in eine Vase und stelle sie auf Grandmas Nachtkästchen. Eigentlich dumm von mir! Grandma mag gar keine Blumen, jedenfalls keine gekauften. Sie sagt, sie seien schön, aber sie rechnet sich nur aus, wieviel sie gekostet haben. Dann werfe ich einen Blick ins Wohnzimmer. An dem Teppich hier kann ich nicht viel machen. Er ist ruiniert. Grandma und Susans Neffen haben Unmengen von klebrigem Zeug darauf fallen lassen, und alles ist eingetreten. Diese Wohnung hätte wirklich einen Frühjahrsputz nötig! Niemand hat Zeit, sie richtig in Ordnung zu halten.

Sie kommen. Grandma ist kein Stück zu Fuß gegangen. Sie ist aus ihrem Krankenhausbett in einen Rollstuhl gesetzt und ins Auto verfrachtet worden. Jetzt ist es unmöglich, sie wieder herauszuhieven. Das Krankenhaus hat uns einen leichten Rollstuhl geliehen, bis wir einen eigenen bekommen. Er steht auf dem Gehsteig neben dem Wagen. Grandma sitzt zusammengesunken auf dem Vordersitz. Dad versucht, sie so weit zu bringen, daß sie wenigstens die Beine aus dem Auto streckt. Sie will oder kann sie nicht bewegen. Dad hebt ihre Beine hoch und versucht, sie zur Seite zu drehen. Grandma schreit auf. Mum sagt, er solle aufhören. Wir treten zurück und sehen uns an. Adrian wird zu Hilfe gerufen. Er kriecht in den Wagen, beugt sich von der anderen Seite her über Grandma und hebt sie zu Dad hinüber, der auf dem Pflaster kniet. Mum macht sich am Rollstuhl zu schaffen. Adrian und Dad bekommen Grandma zwar aus dem Auto heraus, bringen sie aber nicht in den Stuhl hinein. Es geht einfach nicht. Sie lassen Grandma beinahe fallen. Beim zweiten Anlauf schaffen sie es: Sie heben Grandma in den Stuhl, und auf geht's.

Niemand weiß so recht, ob man sie ins Bett legen soll oder nicht. Dad und Adrian verabschieden sich. Mum und ich stehen in der Küche und sehen Grandma an. Sie sieht schrecklich aus, entsetzlich. Alles an ihr scheint verdreht, und ihr Kopf wackelt fürchterlich. Mum sagt: Komm, wir bringen sie ins Bett. Wir legen sie ins Bett. Sie scheint zu schlafen. Ich sage, ich würde den ganzen Nachmittag bei ihr bleiben, bis Mary kommt. Wir haben mit Mary ausgemacht, daß einer von uns jetzt immer erreichbar ist, kein Ausgehen mehr, und unter dieser Voraussetzung ist sie bereit, uns noch »eine Zeitlang« zu helfen. Mum gefällt dieser Vorbehalt nicht. Und sie ist besorgt, weil Grandma nicht auf die Toilette gehen kann. Im Krankenhaus hat sie Inkontinenz-Einlagen getragen. Sie haben ihr einige für zu Hause mitgegeben. Mum faßt sie nur mit spitzen Fingern an. Sie weiß nicht, wie sie Mary bitten soll, sie anzuwenden. Bei dem Gedanken beißt sie sich aus Verlegenheit auf die Lippen. Ich muß sagen, ich möchte diese Einlagen auch nicht wechseln. Allein der Gedanke ist mir zuwider. Grandma als groteskes Baby, mit gespreizten Beinen auf eine saubere Windel wartend. Bridget hätte nur Spott für uns übrig. Was für armselige Typen Mum und ich doch sind, wenn uns der Mut fehlt, einer alten Frau die Windeln zu wechseln und es ihr so bequem wie möglich zu machen!

Noch bevor Mum geht, weiß ich, daß ich schummeln werde. Ich werde nicht nachsehen, ob Grandma eine neue Windel braucht. Es ist wirklich zu blöd. Niemand würde Dad und Adrian auffordern, so was zu machen. Die ekelhaften Sachen machen die Frauen, und dann erwartet man von ihnen auch noch, daß es ihnen nichts ausmacht. Das gehört alles zum Frau-Sein dazu. Dad sorgt dafür, daß ab Montag eine richtige Krankenpflegerin kommt, über eine Agentur. Man hat ihm bereits gesagt, daß diese Pflegerin – die zu bekommen ein großes Glück für uns sei – weder kochen noch putzen wird. Sie wird Grandma pflegen und die übrige Zeit vermutlich wie Madame Defarge in einer Ecke sitzen und stricken. Mum und ich werden kochen und einkaufen und saubermachen. Mum sagt, in vieler Hinsicht sei es leichter, eine Krankenpflegerin zu bekommen als eine Betreuerin. Eine Pflegerin tue schließlich nichts anderes als pflegen und brauche nicht nett zu sein oder Grandmas Witzeleien zu ertragen. Der Aufgabenbereich einer Krankenpflegerin sei klar umrissen.

Es gibt überhaupt nichts zu tun. Grandma schläft fest. Ich lese. Ich habe meine Beine auf das Bett gelegt und lese und lese, ungefähr hundertfünfzig Seiten von *Bleak House*. Hin und wieder schiele ich zu Grandma hinüber, aber es gibt kein Anzeichen von Wachheit oder einer Bewegung. Sie schnarcht ziemlich laut. Als ich von *Bleak House* genug habe, mache ich Kaffee. Ich sitze mit dem dampfenden Becher da und beobachte Grandma.

Mary kommt. Sie ist nervös. Sie ist gar nicht mehr die alte Mary. Ich erkläre, daß ich den Eindruck hätte, Grandma wolle nur noch schlafen. Mary nickt ein wenig verängstigt. Ich weiß nicht, ob ich die Inkontinenz-Einlagen erwähnen soll. Ich sehe, wie Marys Blicke zu dem Paket wandern. Es ist eine sehr große Packung, kaum zu übersehen. Mary sieht mich an und fragt: »Ist sie...?« und verstummt. Ich sage, ja. Mary zögert. Sie sagt, es tue ihr leid, aber sie wisse nicht, ob sie dieser Art von Pflege gewachsen sei. Es tue ihr leid, sie schäme sich, aber damit habe sie eigentlich keine Erfahrung. Sie werde versuchen, damit fertig zu werden, sie wolle uns nicht gern im Stich lassen, aber vielleicht sollte sie es doch besser jemand anderem überlassen, der besser Bescheid wisse. Ich bin versucht zu fragen, wie jemand Inkontinenz-Einlagen »besser« wechseln könne als ein anderer, unterlasse es aber. Mary ist so wunderbar! Es ist ihr wirklich peinlich, mir das sagen zu müssen. Ich antworte, daß ich es meiner Mutter ausrichten würde und daß ich sie gut verstehen könne. Ich sage – ganz unaufrichtig, weil ich es nie gemacht habe –, daß ich es auch nicht gern machte, daß es unangenehm sei. Mary ist mir für meine fromme Lüge dankbar.

Ich gehe nach Hause und erzähle Mum, was Mary gesagt hat. Mum sagt, sie habe es erwartet. Heute ist Samstag. Bridget kommt am Freitag zurück. Es wäre schön, wenn Mary noch bis dahin durchhalten könnte.

–

Grandma kann wieder gehen. Am Sonntagmorgen wacht sie auf, erhebt sich, geht aufs Klo und plagt sich mit der Inkontinenz-Einlage ab, die sie schrecklich irritiert. Sie ist wütend und fragt, wer ihr diesen Streich gespielt habe. So eine Unverschämtheit! Mary ist erleichtert, wir alle sind wie erlöst und jubeln. Zu früh. Den ganzen Sonntag über näßt Grandma sich ein. Sie kann das Badezimmer nicht finden, und selbst wenn sie drinnen ist, starrt sie auf die Toilette und sagt, sie wolle »gehen«, und wenn wir dann sagen: »Na, dann geh doch!«, fragt sie, wo die Toilette sei. Man kann sie nicht dazu zwingen, sie läßt sich nicht hinsetzen, sie schreit Mum und mich an, wenn wir versuchen, ihr zu helfen. Es ist jedes Mal die Hölle.

Sie kann gehen, aber ihr Gang ist unsicher. Sie schwankt und stößt gegen die Möbel. Sie klagt, die Beine täten ihr weh. Sie bleibt ewig lange stehen und schaut auf ihre Füße hinunter, als wolle sie herausfinden, was sie mit ihnen anfangen soll. Und ihre Sprache ist völlig durcheinandergeraten. Sie hat die Namen der Dinge und die Stellung der Wörter vergessen.

Soundso auf.

Was, Grandma?

Auf. Ich will auf.

Dann komm. Hau-ruck!

Unter dem Was-Sitz, wo der du weißt.

Was, Grandma?

Papagei.

Was willst du?

Und sie verdreht die Augen. Also nicht einmal mehr Sich-im-Kreise-Drehen, nur noch Satzfetzen, sinnloser Wortsalat. Am beunruhigendsten aber ist, daß sie überhaupt nicht mehr allein essen und trinken kann. Sie blickt auf den Tee, tastet den Becher ab und starrt ihn dann nur an. Eßbares wird flach gedrückt, zermatscht, auf dem Teller im Kreis herumgeschoben und an die Nase gehoben, ja sogar in die Ohren gesteckt. Es dauert Stunden, bis man ein kleines Stück Toast in sie hineinbringt.

Was wird Bridget sagen?

–

Jetzt geht alles so schnell. Jahre, Monate, Wochen sind vergangen, und nichts schien sich zu verändern. Die Veränderungen gingen so allmählich vor sich, daß nur ein Außenstehender sie überhaupt wahrnehmen konnte. Doch jetzt überstürzen sich die Ereignisse, täglich gibt es eine neue Katastrophe. Sonntagnacht fiel Grandma viermal aus dem Bett. Mary rief an. Dad ging hinüber. Wer könnte es Mary übelnehmen, daß sie am Montag sagt, sie schaffe es nicht mehr? Selbst Dad konnte Grandma nur mit äußerster Mühe hochheben. Sie beschimpfte ihn wild – Grandma, die Flucherei haßt, niemals flucht. Sie schlug nach ihm, ihrem Sohn, und schrie, alle Männer seien gleich. Ich bin froh, daß ich das nicht gesehen habe. Ich bin immer noch ihr »Liebling«, und bei mir ist sie tagsüber ganz ruhig, zu ruhig. Mum läßt nicht zu, daß ich die »Nachtschicht« übernehme. Die verflixte Krankenpflegerin fängt erst am Mittwoch an; die Agentur hat vorher niemand »Geeigneten« zur Verfügung. Dad übernimmt die Nacht von Montag auf Dienstag und kommt am nächsten Morgen ganz verstört zurück, als Mum ihn abgelöst hat (da es keine Susan mehr gibt, muß sie hinübergehen). Mum übernimmt den Dienstag, und so trifft es dieses Mal Mum.

Um zwei Uhr nachts hört Mum, daß Grandma aufsteht. Sie geht in ihr Zimmer. Grandma ist im Badezimmer. Die Tür ist zu. Mum versucht, die Tür zu öffnen, die normalerweise weit offensteht, um Grandma die Suche zu erleichtern. Sie ist zugesperrt, denkt sie. Sie hört Stöhnen. Sie drückt gegen die Tür und hämmert dagegen. Die Tür öffnet sich einen Spaltbreit; sie ist nicht abgeschlossen, sondern von Grandmas Körper blockiert. Mum ruft Dad an, der nach der schrecklichen Nacht zuvor so tief schläft, daß er das Telefon nicht hört. Und leider hören auch Adrian und ich es nicht läuten. Arme Mum! Sie ruft einen Krankenwagen, obwohl sie Angst hat, daß sie sagen könnten, sie hätten die Nase voll und würden nicht mehr zu dieser verrückten Alten kommen. Es dauert so lange, bis sie eintreffen, daß Mum glaubt, Grandma sei vielleicht schon tot. Das Geräusch ist verstummt; es ist kein Stöhnen mehr zu hören. Die Männer sagen, man müsse die Tür aushängen. Sie sagen, das sei strenggenommen nicht ihre Aufgabe. Mum müsse eigentlich die Polizei oder die Feuerwehr holen. Mum fleht sie an. Die Männer zertrümmern die Türangeln und heben die Tür aus. Als Mum mir das alles später erzählt, geht sie nicht ins Detail. Sie sagt nur, daß Grandmas Mund so merkwürdig verzerrt gewesen sei und ihr Gesicht eine ganz gräßliche Farbe gehabt habe. Die Männer aus dem Krankenwagen jedenfalls meinen, sie habe vielleicht einen Schlaganfall erlitten. Sie fahren sie weg. Mum begleitet sie.

Den Rest erfahre ich von Dad, der die Dinge nicht so erzählt wie Mum. Er fährt am Morgen ins Krankenhaus, will mich aber nicht mitfahren lassen. Ich muß in die Schule. Da ist er unerbittlich. Ich mache mir den ganzen Vormittag Sorgen. In dem schrecklichen Krankenhaus ginge es mir viel besser. Mittags stürze ich nach Hause. Dad sagt, Mum sei immer noch bei Grandma, aber im Gegensatz zu dem, was sie mir heute morgen am Telefon sagte, hat Grandma doch keinen Schlaganfall gehabt. Sie hat überhaupt nichts. Wieder einmal ist sie nur ein Störfaktor im Krankenhaus, wieder einmal haben wir falschen Alarm ausgelöst, und sie wollen sie los sein. Dad sagt, er fahre jetzt nach King's Wood, um dort mit jemandem zu sprechen. King's Wood? wiederhole ich. King's Wood ist ein psychiatrisches Krankenhaus, eine Irrenanstalt, eine Klapsmühle. Du lieber Gott, King's Wood? Dad bleibt ungerührt. Er sagt, er wisse ganz genau, was King's Wood sei, aber es gebe keine Alternative. Dort hätten sie eine Station für Leute mit Altersdemenz. Grandma werde dorthin müssen. Dad verbittet sich selbstgerechte Predigten. Er sagt: »Ich verbitte mir das, Hannah!« Er habe genug. Mum mache sich krank, wir würden nicht damit fertig. Selbst wenn die Pflegerin käme, wären wir dem einfach nicht gewachsen. Er sei mit seinem Latein am Ende. Er sagt, er wolle die Tat vollbringen, bevor die heilige Bridget zurückkomme. Ich sage, Bridget werde Grandma nicht in King's Wood lassen, das werde sie nicht erlauben. Sie könne sie herausholen, antwortet er, aber wenn sie das tue, müsse sie sich allein um alles kümmern. Und, sagt er, dann wäre es unmöglich, sie je wieder dort einzuliefern.

King's Wood. Ich bin nie dort gewesen, aber es ist in unserer Gegend berüchtigt, berüchtigt wie das Holloway-Gefängnis oder der Jugendknast Borstal, berüchtigt dafür, eine Art Tollhaus zu sein. Ich bin oft daran vorbeigegangen. Es ist ein großes Gebäude auf einem riesigen Gelände. Als ich einmal mit dem Bus daran vorbeifuhr, konnte ich über die hohe Mauer blicken und Leute herumwandern sehen. Es hat einen Sicherheitstrakt, in dem die gewalttätigen Patienten untergebracht sind. Jeder hat Angst vor King's Wood. Es nützt nichts, wenn man sagt, es sei ein psychiatrisches Krankenhaus. Bridget wird außer sich sein und vor Wut schäumen. Als sie wegfährt, ist ihre Mutter ganz fröhlich, wenn auch verwirrt, und sitzt lachend, Kekse kauend, Tee trinkend und sich mit dem Radio unterhaltend in der Küche, und drei Wochen später kommt sie zurück und findet sie als Zombie in King's Wood wieder! Wer wird es ihr beibringen? Es wird sein wie mit diesen griechischen Boten, die man umbrachte, wenn sie schlechte Botschaften übermittelten. Dad muß es ihr sagen, es ihr erklären. Aber Bridget wird die Wahrheit von Mum erfahren wollen, oder sogar von mir. Sie wird Dad nicht trauen.

King's Wood wird Grandma aufnehmen. Das Krankenhaus wird morgen die Verlegung veranlassen. Mum kommt angeschlagen und erschöpft nach Hause. Die Idee mit King's Wood reizt sie nicht zum Widerspruch. Sie ist noch nie dort gewesen. Sie fragt Dad, wie es sei. Dad zögert. Mum sagt, es sei zwecklos zu lügen, sie werde morgen selber hingehen. Dad sagt: Der erste Eindruck ist furchtbar. Die Korridore sind lang, die Farbe blättert von den Wänden, der Gestank ist höllisch. Die Station, auf die Grandma kommen wird, ist eine geschlossene Abteilung. Sie besteht aus drei Räumen. Der eine ist groß und dient gleichzeitig als Aufenthaltsraum und Speisesaal; der zweite ist von mittlerer Größe und wird als separater Aufenthaltsraum benutzt; der dritte ist auch groß – ein Schlafsaal mit vierundzwanzig Betten. Der erste Eindruck, sagt Dad, sich mühsam beherrschend, sei ziemlich schlimm. Alte Frauen, die auf Stühlen herumsäßen, der Fernseher plärre, und die Hälfte von ihnen schreie laut herum. Aber das Personal wirke freundlich und aufmerksam. Die Patienten seien alle sauber und gekämmt. Überall stünden Topfpflanzen und Blumen, und an der Wand hingen Bilder. Draußen sei ein Garten, und es gebe eine Tür, die hinausführe. Wenn man einmal drinnen sei, wiederholt Dad, sei es gar nicht so übel. Für seine Verhältnisse scheint Dad ziemlich aufgewühlt zu sein, schließlich aber sagt er mit fester Stimme, es gebe keine Alternative. Wir hätten zu lange gewartet. Entweder King's Wood oder gar nichts. Er sagt, wenn Mum morgen hingehe, müsse sie immer daran denken: Es gibt keine Alternative.

Ich wette, daß es eine gibt. Es muß doch eine geben! Dad will sich nur nicht richtig bemühen und danach suchen. *Er* glaubt, er habe gesucht, aber *ich* finde, er hat nicht gründlich genug gesucht. Ich weiß, daß die meisten privaten Heime keine Senilen und Inkontinenten aufnehmen, aber es muß doch ein paar Heime geben, die eigens auf sie eingerichtet sind! Und wenn nicht, dann könnten wir Vollzeitbetreuer anstellen. Tag und Nacht. Das wird auch Bridget sagen. Aber Bridget hat kein Geld. Dad schon. Es würde 500 Pfund in der Woche kosten, sagt er, rund um die Uhr eine Krankenpflegerin für Grandma zu beschäftigen, und dann würde die Verantwortung immer noch auf uns lasten. Er wolle unbedingt von dieser verdammt schweren Verantwortung befreit sein. Und er wolle nicht womöglich noch zehn Jahre oder länger 500 Pfund in der Woche zahlen. Er sagt, *so* reich sei er nun auch wieder nicht, wirklich nicht. Er sagt, das müsse Bridget einsehen, und da sie eine McKay sei, werde sie es auch einsehen.

Arme Bridget.

Jenny

Charlie hatte recht. King's Wood ist am schlimmsten, wenn man das Gebäude betritt. Können diese Korridore denn nicht etwas hergerichtet werden? Andere Krankenhäuser haben doch auch kein Geld, aber dort ist der Anstrich weder schmutzig noch rissig, noch ausgerechnet dunkelgrün. Aber da King's Wood bald geschlossen werden soll, hat es wohl keinen Sinn mehr, die Wände neu zu streichen. Und bei der Einlieferung hat Grandma den Anstrich nicht bemerkt, sie hat überhaupt nichts mitbekommen. Ich hätte mir so sehr gewünscht, sie würde schlafen, und man würde sie auf einer Bahre hereintragen, aber sie war für ihre Verhältnisse hellwach, und ich schob sie im Rollstuhl hinein. Mein Herz klopfte vor Angst, so sehr scheute ich mich, sie hierherzubringen. Als ich vor der verschlossenen Tür stand und läutete, zitterte ich vor Nervosität. Ein Mann schloß auf. Grandma sagte: »Ein Mann!« Er machte keine Anstalten, sie anzulächeln oder ihr in beruhigendem Ton zu sagen, daß er zwar ein Mann, aber ein Freund sei. Er trat beiseite, groß und unheimlich, mit seinen Schlüsseln, die an einem Ring an seinem grauen Overall hingen.

Keiner kam uns entgegen, um uns zu begrüßen, aber es war auch gerade Teezeit, alle waren beschäftigt. Alle alten Frauen saßen um einen langen Tisch herum und wurden gefüttert. Für die zwanzig Frauen waren vier

Angestellte da. Der Lärm war entsetzlich – ein einziges wildes Gekrächze, als hätte sich ein Schwarm Krähen dort niedergelassen. Eine Frau schlug die ganze Zeit mit einem Löffel auf den Tisch, während eine andere immer wieder: »Höchste Eisenbahn! Höchste Eisenbahn!« schrie. Ich schob Grandma an den Tisch und war froh, daß ich hinter ihr stand und ihr Gesicht nicht sehen konnte. Die vier Angestellten in ihren gelben Kitteln starrten uns an. Ich fragte, ob die Leiterin in der Nähe sei, und sagte, wir würden erwartet. Eine von ihnen ging, offensichtlich widerwillig, hinaus und kam mit einer kleinen, pummeligen Frau in einer blau-weißen Uniform zurück, die sagte, sie sei Schwester Grice und hier die Leiterin. (Ich erfuhr erst später, daß sie »Grice« hieß – sie selbst und alle anderen sprachen es wie »Grease« aus.) Die Oberschwester war sehr stark geschminkt. Anstelle von Augenbrauen hatte sie beängstigend schwarzgemalte Bögen im Gesicht, und ihr Lippenstift glänzte so, daß sein Rot eigentlich keiner Farbe des Spektrums glich. Sie war gesprächig, hatte aber einen so breiten Akzent – sie kam unüberhörbar aus Northumbria –, daß es fast unmöglich war zu verstehen, was sie sagte. Während sie auf mich einredete, stand am Ende des Tisches eine weißhaarige alte Frau mit einem goldigen Gesicht auf und schlurfte zu mir herüber. Sie legte ihre Hand auf meine und gab Laute von sich, die ich nicht verstand. »Geh weg, Leah«, sagte die Schwester. »Los, weg mit dir, laß die Dame in Ruhe!« Ich sagte, sie würde mich nicht stören, und fragte die Schwester, was sie mir hatte sagen wollen. »Sie ist taub«, sagte die Schwester. »Nichts, was sie sagt, ergibt einen Sinn. Lassen Sie sich nicht von ihr stören! Uns stört sie nicht mehr.«

Nach dem Tee wurden die Frauen zu Stühlen geführt, die eine Art Kreis bildeten. An manchen war ein Tablett befestigt. Ich begriff bald, daß die Frauen so am Herausfallen gehindert wurden. Eine winkte mir zu und rief: »Fiona! Fiona! Ich wußte doch, daß du kommen würdest, meine Liebe. Ich habe immer gesagt, Fiona wird kommen. Wie geht es dir, meine Liebe? Komm her und laß dich ansehen.« Meine Hände froren am Griff von Grandmas Rollstuhl fest. Grandma, genauso verstört wie ich, fragte unwirsch: »Wer um Gottes willen ist denn das? Was will sie?« Glücklicherweise forderte uns die Oberschwester auf, ins Zimmer nebenan zu gehen. Auf dem Weg dorthin kamen wir an einer Reihe von sechs Stühlen vorbei. Auf jedem saß jemand, der wie tot aussah. Eine Frau hatte ihren Körper grotesk verdreht, den Kopf in einem unnatürlichen Winkel zurückgelegt, die Beine gespreizt, die Arme weit ausgebreitet. Eine hing so weit nach vorn, daß ihr Kopf fast die Zehen berührte. Die anderen hatten die Augen offen, blinzelten aber nicht und regten sich auch sonst nicht. Grandma murmelte immer wieder: »Die armen Dinger, die armen Dinger!« Die Oberschwester führte uns in einen kleinen Raum mit zwei Betten. Sie zeigte auf ein Bett und sagte, dort werde Grandma schlafen, bis sie sich eingewöhnt habe. Neben dem Bett befand sich eine gläserne Trennwand, und die Oberschwester erklärte, daß der Raum auf der anderen Seite ihr Büro sei und daß sie so die Neuankömmlinge im Auge behalten könne. Sie sagte, ich könne Grandma jetzt ausziehen und ihr ein King's-Wood-Hemd anziehen. Sie hielt ein merkwürdiges Gewand mit wildem Blumenmuster in die Höhe, zeigte mir voll Stolz den Klettverschluß am Rücken und demonstrierte mehrmals, wie leicht er zu öffnen und zu schließen war.

Eigentlich war Grandma überhaupt nicht richtig angezogen. Sie hatte ihren Mantel an, aber darunter nur ihr Nachthemd. Die Oberschwester sagte, daß sie kein eigenes Nachthemd brauche und daß ich es wieder mitnehmen solle. Während ich Grandma umzog, sagte ich mir immer wieder, Kleider seien unwichtig, vor allem für Grandma, die sich nie etwas aus Kleidern gemacht hatte. Aber ich bin anders. Ich hatte dieses Nachthemd mit so viel Liebe ausgesucht. Es war aus einem weichen, warmen Stoff, der Grandmas Haut schmeichelte, in einem hübschen Lavendelblau mit Spitzenbesätzen an Hals und Manschetten und mit vielen kleinen Biesen rund um die Manschetten und quer über die Passe. Der Ersatz war ein pinkfarbenes, zu kurzes und zu weites Ungetüm aus Nylon, das, wenn der von der Schwester heißgeliebte magische Klettverschluß geschlossen war, Grandmas Po unbedeckt ließ. Ich machte die Schwester darauf aufmerksam. Sie sagte fröhlich, daß es im Bett niemand sehe und es die »Sache« einfacher mache. Es war erst fünf Uhr, aber Grandma wurde schon ins Bett gelegt, und sie freute sich darüber. Sie schloß sofort die Augen. Ich gab ihr einen Kuß und sagte, ich würde morgen wiederkommen.

Die Oberschwester führte mich in ihr Büro. Sie lutschte ein großes Bonbon und bot mir auch eines an. Ich lehnte ab. Sie bat mich um ein paar Auskünfte über Grandma, die ich ihr bereitwillig gab; ich spulte sie ab wie ein Automat. Die Oberschwester sagte, es sei beunruhigend für die Angehörigen, wenn sie jemanden hier einlieferten, aber ich dürfe nicht vergessen, daß meine Schwiegermutter die Dinge nicht so sehe wie ich. Sie habe keine Ahnung, wo sie sei, und werde gut versorgt. Ich sagte, ich würde das gern glauben, aber ich hätte den Eindruck, daß Grandma bereits eine Ahnung habe und spüre, daß sie sich an einem seltsamen und feindseligen Ort befinde. Die Schwester sprang darauf an und sagte: »Nein, nein, nicht feindselig! Wir sind freundlich hier, eher eine Familie als ein Krankenhaus.« Fasziniert von dem Ausmaß ihrer Selbsttäuschung, starrte ich sie an, während sie die Vorteile ihrer Station pries, auf der alle die »lieben Alten« liebten und sie »wie die eigene Mutter« behandelten. Schon befürchtete ich, die Oberschwester beleidigt und durch diese Kränkung die Lage für Grandma erschwert zu haben. Deshalb entschuldigte ich mich, bevor ich ging, war völlig niedergeschlagen und mir selbst zuwider.

Am nächsten Tag kam ich in Begleitung von Charlie. Er nahm sich einen Nachmittag frei, und wir fuhren beide hin. Wieder durch die Hölle des Korridors mit dem gräßlichen Gestank, den wir beide lieber nicht genauer analysieren wollten; womöglich hätten wir feststellen müssen, daß es noch etwas Schlimmeres war als Uringeruch. Wieder auf die schrill tönende Klingel drücken und hinter der verschlossenen Tür warten. Dann das Klappern der Schlüssel des schweigsamen Mannes, der uns aufschloß. Ich erblickte Grandma sofort. Sie saß am anderen Ende des Raumes auf einem Stuhl, an dem ein Tablett festgeklemmt war. Der Fernseher lief nicht, wie am Tag zuvor, aber es herrschte derselbe Lärm in dem Zimmer. In der Mitte des Kreises, den die Stühle bildeten, stand eine Frau. Sie hatte einen weichen Ball, den sie der Reihe nach allen Frauen zuwarf, und sie forderte sie auf, ihn zurückzuwerfen. Einigen gelang es auch, unter Aufbietung erstaunlicher Kräfte. Sie gerieten in wilde Erregung, wenn sie genau gezielt oder den Ball richtig aufgefangen hatten. Manche aber behielten den Ball und versuchten, ihn unter ihrem Kleid zu verstecken, und dann schimpften die Frauen rechts und links von ihnen los, zeigten mit dem Finger auf sie und schrien. Charlie sagte: »Jedenfalls kannst du nicht behaupten, daß sie nur stumpfsinnig herumsäßen.« Nein, wirklich nicht! Während wir zusahen, wurde der Ball auch Grandma zugespielt. Wir waren beide gespannt, was sie tun würde. Charlie sagte sogar leise vor sich hin: »Los, Mum!« Grandma schien den Ball nicht zu sehen. Er lag auf ihrem Tablett, und sie stieß ihn nicht einmal von sich weg. Immer wieder nahm die Gruppenleiterin den Ball und warf ihn Grandma zu, die ihn immer wieder ignorierte. Ich konnte es nicht mehr ertragen. Charlie ärgerte sich, weil ich eingriff. Aber ich ging nach vorn und sagte, daß das meiner Meinung nach nichts für meine Schwiegermutter sei. Ich entfernte das verflixte Tablett, nickte Charlie zu, mir zu helfen, Grandma auf die Beine zu stellen, und dann führten wir sie aus dem Kreis heraus.

Ich hatte keine Ahnung, wo wir hingehen sollten. Nur weg von dem Lärm! Wir gingen an den sechs Stühlen mit den komatösen Patienten vorbei. Grandma stöhnte und sagte, sie hätte so gern eine Tasse Tee, und die Beine täten ihr weh. Charlie fragte mich, ob ich wisse, wo ich hinginge. Ich sagte, ich suchte nur ein ruhiges Plätzchen. Das fand ich in Grandmas Schlafraum. Dort war niemand. Ich setzte Grandma auf den einzigen Stuhl, und Charlie und ich ließen uns auf dem

Bett nieder. »Sieh dir doch bloß dieses Gewand an! Schau dir ihre Haare an!« schimpfte ich. Charlie sagte nichts. Da schielte Grandma zu ihm hinüber und fragte: »Haben Sie Feuer, Mister? Eine Zigarette?« Charlie sagte, Rauchen sei im Krankenhaus verboten. Grandma lachte und sagte: »Wie du willst. Es war schon immer so mit dir.« Charlie sagte, er könne nichts dafür. Grandma seufzte und sagte: »Das sagen die Männer immer, alle!« Ich kramte die Walnußrosetten aus meiner Tasche hervor. Grandma biß in die erste, und die Cremefüllung spritzte ihr an die Nase. Dann nahm sie den Rest aus dem Mund, griff mit der anderen Hand nach einer neuen und wiederholte die Prozedur. Die untere Hälfte ihres Gesichts sah aus wie mit Rasierschaum bedeckt. Charlie beugte sich vor, um sie zu säubern, doch sie glaubte, er wolle ihr die Pralinen stehlen, und schlug mit beiden Händen nach ihm. Ich lachte. Er sagte, er hoffe, daß ich mich gut amüsiere. Grandma sagte: »Und was ist schon dabei, wenn sie sich amüsiert! Ihr Männer seid doch alle gleich!«

Ich schickte Charlie auf einen Spaziergang rund um das Gelände und sagte, er solle in einer halben Stunde wiederkommen. Was hatte es für einen Zweck, wenn er länger blieb? Ich war besser mit Grandma allein, obwohl es, weiß Gott, wenig genug gab, was ich für sie tun konnte. Sie trank etwas Tee, den ich mitgebracht hatte, und dann wischte ich ihr Mund und Kinn ab. Ich war gerade fertig, als die Frau, die das Ballspiel geleitet hatte, den Kopf durch die Tür steckte. Sie lächelte freundlich und sagte, sie heiße Jane und sei die Krankengymnastin. Sie meinte, sie könne gut verstehen, daß ich als Besucherin ein bißchen Intimität vorzöge, und deshalb habe es ihr gar nichts ausgemacht, daß ich Mrs.

McKay mitten aus der Stunde herausgeholt hätte, überhaupt nicht. Aber sie glaube, sie sollte mir – für den Fall, daß ich es nicht verstanden hätte – erklären, daß das Ziel ihrer Tätigkeit darin bestehe, die Muskeln der Alten ein wenig zu trainieren. Die Arme müßten ebenso trainiert werden wie die Beine, und das sei gar nicht so dumm und sinnlos, wie es mir vielleicht vorgekommen sei. Ich beeilte mich zu sagen, es tue mir leid, wenn ich ihr unfreundlich erschienen sei, und natürlich wisse ich ihre Arbeit zu würdigen. Ja, ich fände den Gedanken, daß überhaupt etwas gemacht werde, wirklich großartig. Die ganze Zeit über fragte Grandma: »Geht sie jetzt?« abwechselnd mit: »Frag sie, ob sie eine Zigarette hat.« Jane ging, nachdem sie ihrerseits noch eine Zeitlang geprahlt und ich meinerseits noch ein paar Entschuldigungsfloskeln von mir gegeben hatte.

Ich führte Grandma zu ihrem ursprünglichen Stuhl zurück – wieder vorbei an dem, was für mich nur noch die sechs Totenstühle waren – und setzte sie hin. Ich wußte, ich mußte versuchen, Freunde für sie zu gewinnen: Es war töricht, sie zu isolieren und andere eifersüchtig zu machen. Ich setzte mich also ihr zu Füßen, nahm ihre Hand und versuchte, mit den Frauen rechts und links von ihr ins Gespräch zu kommen. Die eine wirkte auffallend vernünftig. Sie sagte, sie heiße Ellen und sei seit einem Jahr in King's Wood, und es gefalle ihr sehr gut hier, vielen Dank, nur ihre Kinder fehlten ihr. Ich fragte sie, wie viele sie habe, und sie sagte, sechs. Ich fragte, ob es Jungen oder Mädchen seien, und sie sagte, das sei nie ganz geklärt worden, die Ärzte hätten sich nicht darüber einigen können. Ich verstummte. Aber Ellen war von einer fast königlichen Grazie, und jetzt, da ich sie in Schwung gebracht hatte, wollte sie sich die Gelegenheit nicht entgehen lassen, mir ihr ganzes Leben zu erzählen. Ich hörte ihr sehr gern zu, aber Grandma nicht. Sie zerrte ungeduldig an meiner Hand und fragte, wann wir nach Hause gingen. Sie starrte Ellen an, die gerade in voller Fahrt war, und unterbrach sie, um sie zu fragen, wer *sie* denn überhaupt eingeladen habe. Die Frau auf der anderen Seite, an die ich mich in meiner Verlegenheit wandte, hatte sehr helle, wache Augen, konnte aber nicht sprechen. Sie versuchte es, aber alles, was sie herausbekam, war mm-mm-mm, obwohl ihre Lippen sich verzweifelt bewegten. Grandma sagte, diese Frau links von ihr solle gefälligst den Mund halten und sie in Ruhe lassen. Ich merkte, daß ich immer wieder auf die Uhr sah und betete, daß die Zeit ein bißchen schneller vergehen möge. Außer mir gab es keine Besucher. Alle anderen Frauen saßen da und starrten mich gierig an. Als Charlie an der Tür läutete, sprang ich auf, gab Grandma schnell einen Kuß und eilte davon.

Auf dem Weg nach Hause sagten wir kein Wort. Es war nicht nötig. In unserem Wagen waberte die Niedergeschlagenheit wie eine dicke Nebelschwade. Mir fiel eine alberne Frage ein, die in Frauenzeitschriften oder in Talkshows immer wieder auftaucht: Wie würden Sie Glück definieren? Ich hatte es soeben definiert und wollte dazu befragt werden: Glück ist, aus King's Wood herauszukommen. Das Gefühl der Befreiung, der Erleichterung – es war abscheulich. Nicht in King's Wood zu sein, ist die Seligkeit. Frische Luft zu atmen, die Bäume zu sehen, normale Gespräche zu hören. Nicht mit den hoffnungslosen, verzweifelten Menschen konfrontiert zu sein, die auf ihren Tod warten. Nicht mit dem schrecklichen moralischen Dilemma ringen zu müssen: Warum ist so etwas erlaubt? Warum tue ich nichts? Ja, Glück war ganz gewiß, King's Wood hinter sich zu lassen.

–

Entsetzlicher Gedanke, daß Bridget morgen zurückkommt. Entsetzlich in jeder Hinsicht. Entsetzlich *für* Bridget und entsetzlich *wegen* ihr. Bedauern und Schuldgefühle, Mitleid und Angst, Mitgefühl und Grauen. Sie wird um zehn Uhr abends in Gatwick landen. Vor ihrer Abreise haben wir ausgemacht, daß sie am nächsten Tag zu uns zum Mittagessen kommen und sich »den ganzen Tratsch anhören« wird. Sie wird Grandma nicht um diese nachtschlafene Zeit stören, sicher aber am nächsten Morgen nach ihr sehen, bevor sie zu uns kommt. Ganz sicher. Was sollen wir also machen? Eine Nachricht hinterlassen? Wie sollte diese Nachricht aussehen? Ich meine, wir sollten nach Gatwick fahren. Charlie ist dagegen. Er sagt, Bridget werde bei unserem Anblick furchtbar erschrecken und glauben, Grandma sei tot. Einer von uns muß die Nacht in Grandmas Wohnung verbringen, um zu verhindern, daß Bridget möglicherweise doch hereinschneit und merkt, daß Grandma nicht da ist, bevor sie mit uns gesprochen hat. Also werde ich dort bleiben, und wenn Bridget kommt, werde ich entweder Charlie anrufen oder Bridget gleich mit zu uns hinübernehmen. Wir haben vorbereitet, was wir sagen werden. Ich habe Charlie eingeschärft, sich an die nackten Tatsachen zu halten und zu diesem Zeitpunkt keine Rechtfertigungen zu liefern, die Bridget wütend attackieren und zerpflücken könnte. Wir sind verloren, wenn wir uns auf einen Streit einlassen, bevor Bridget die Fakten kennt. Und Charlie ermahnt mich, ich solle mich nicht in einen so blödsinnigen Rechtfertigungsdruck hineinzwingen lassen und nicht so nervös sein, sondern ruhig und sachlich bleiben. Ich solle so tun, als sei der Gedanke an King's Wood durchaus akzeptabel. Und vor allem solle ich daran denken, daß es keinen Weg zurück gibt. Sollte Bridget sofort Gift und Galle spucken, auf dem Absatz kehrtmachen und sagen, sie werde Grandma auf der Stelle herausholen, dann solle ich konsequent bleiben. Charlie werde in unser beider Namen sagen, daß Bridget das natürlich machen könne, aber daß ihr klar sein müsse, daß wir in diesem Fall unsere Unterstützung einstellen würden. Sie, Bridget, würde allein dastehen, wenn sie es vorziehe, Grandma zu sich nach Hause zu holen.

Er muß *verrückt* geworden sein. Wie könnten wir Bridget im Stich lassen? Diese Idee ist ungeheuerlich! Wenn es soweit kommt, werde ich Charlie verraten müssen und zu Bridget halten. Wenn ...

–

Ich lag fast die ganze Nacht wach und wartete darauf, Bridget zurückkommen zu hören. Ich hatte mich in dem vorderen Zimmer, in dem die Betreuerinnen immer schliefen, eingerichtet. Das Scheinwerferlicht des Taxis tauchte den Raum in helles Licht, und ich vernahm das typische tiefe Schnurren eines Londoner Taximotors, der läuft, während der Fahrer auf sein Geld wartet. Bridget zählte wohl – wie Charlie – den Betrag genau ab, um ihr Kleingeld loszuwerden, und errechnete dann das Trinkgeld. Die Taxitür fiel zu. Bridgets Schlüssel drehte sich im Schloß. Sie ging leise in ihre Wohnung. Es waren die Schritte nur einer Person, also kein Karl. Unter meiner Tür war bloß ein ganz schwacher Lichtschein zu sehen. Sie würde den Zettel lesen, den ich zu dem Päckchen mit dem frischgemahlenen Kaffee und dem Brot gelegt hatte. Ich hatte nur geschrieben: »Hoffentlich war's schön. Bis morgen.« Würde sie es komisch finden, daß ich nicht hinzugefügt hatte: »Grandma geht es gut«? Sie würde zu müde sein, um darüber nachzudenken. Der schwache Lichtschein verschwand. Sie ging sofort zu Bett. Bridget kann, genau wie Charlie, überall und unter allen Umständen auf der Stelle einschlafen.

Auf der anderen Seite des Flurs also schlief Bridget, und ich war wach. Ich lag da und dachte über Grandma in dieser schrecklichen Anstalt nach, wo sie ganz verstört war, barsch behandelt wurde und niemanden kannte. In Gedanken forderte Charlie mich heraus: »Barsch behandelt?« Woher ich das wisse? Ich weiß es nicht. Aber ich habe Augen und Ohren im Kopf und Gefühle, und sie alle sagen es mir überdeutlich. Grandma ist niemals anders behandelt worden als mit Liebe, Zuneigung und Fürsorglichkeit. Ich brauche keine Bridget, die mir sagt, daß diese Dinge in solchen Anstalten Mangelware sind – wie gutwillig das Personal auch sein mag. Und ich brauche keine Bridget, die mir erklärt, daß selbst ein Tier merkt, wenn es mit Sympathie und Zuwendung behandelt wird. Ich stimme mit Charlie überein: Wir *wollen* nicht weiter für Grandma sorgen, aber er kann mich nicht dazu zwingen, mir vorzulügen, daß wir es nicht *können*. Wir könnten. Aber wir haben beschlossen, es nicht zu tun, und zwar aus guten Gründen.

Gründe, die Bridget natürlich alle beiseite fegen wird. Es wird eine harte Nuß für mich sein, ihr innerlich recht zu geben und trotzdem zu Charlie zu halten. Und das werde ich tun. Ich habe es versprochen. Es ist die einzig vernünftige Lösung. Ich werde Grandma jeden Tag in King's Wood besuchen. Ich werde die Angestellten kennenlernen und mich mit ihnen anfreunden. Ich werde die anderen Patientinnen kennenlernen und mich für sie einsetzen. Ich werde die Augen offenhalten. Ich werde meine instinktive Neigung, mich an solchen Orten »brav« zu verhalten, unterdrücken. Ich werde mich beschweren, kritisieren und für Verbesserungen kämpfen. Wenn es eine Patienten-Angehörigen-Gruppe gibt, werde ich mich ihr anschließen und aktiv mitarbeiten. Wenn nicht, werde ich selber eine gründen. Falls ich andere Angehörige finde. King's Wood, nehme ich mir fest vor, wird keine bequeme Lösung sein. Grandma wird nicht eine der tausend Vergessenen sein.

Ich war noch immer wach. Ich ging in Gedanken immer wieder alle Argumente durch, die ich Bridget gegenüber vorbringen konnte, bis mir der Kopf schrecklich weh tat. Ich führte Hunderte von imaginären Gesprächen mit Bridget und legte ihr jedes Mal einen anderen Text in den Mund, um mich selber besser für den Kampf zu wappnen. Wenn der heutige Tag vorüber ist, werde ich schlafen können – egal, was bei der Auseinandersetzung herauskommt.

Hannah

Was für ein Mittagessen! Alle sind mehr oder weniger schweigsam. Es herrscht die Art von Schweigen, die auf ein Geschrei folgt, aber es hat noch gar kein Geschrei gegeben. Ich jedenfalls habe nichts gehört. Bridget raucht beim Essen. Das ist nicht erlaubt. Bridget weiß das, und sie macht es auch nie, nur heute. Paff, schluck, paff, schluck. Wie kann sie schmecken, was sie ißt? Möchte sie überhaupt etwas schmecken? Ich glaube nicht. Schade, es schmeckt nämlich wirklich ausgezeichnet. Lauter Lieblingsspeisen von Bridget (obwohl Bridget, genau wie Dad, alles gern ißt): Champignons mit Knoblauch, Rinderfilet in feiner Weinsauce, scharfer Roquefort – Bridget liebt diesen Käse, sie kann ein halbes Pfund davon essen, und Dad sagt, das sei, wie wenn man Pfundscheine äße, nur daß es keine Pfundscheine mehr gebe. Hahaha, Dad! Der Wein fließt in Strömen. Paff, glucks, paff, glucks. Und keiner sagt etwas.

Soll ich hinterher verschwinden? Ich schaue Mum fragend an. Keine Reaktion. Ich frage: Will irgend jemand mich los sein? Dad sagt, nein, ich sei kein Kind mehr. Ich sage, freut mich außerordentlich, das zu hören. Ich frage: Warum dieses Schweigen? Mum sagt kurz angebunden, das liege doch auf der Hand. Bridget sagt, sie nehme an, ich wisse über King's Wood

Bescheid. Sie spuckt die Worte geradezu aus und hustet dann minutenlang. Als sie fertig ist, sage ich, ja. Und füge kühn hinzu, es klinge wie die Hölle. Dad räuspert sich ungehalten. Bridget sagt, ja, es sei die Hölle, das sei eine zutreffende Beschreibung. Genau das sei es. Die Hölle. Man habe ihre Mutter in die Hölle geschickt. Niemals in ihrem ganzen Leben auch nur einer Fliege etwas zuleide getan, aber zur Hölle verurteilt. Bridget bleibt für ihre Verhältnisse erstaunlich ruhig, spricht aber mit großer Bestimmtheit und versprüht Gift dabei. Dad sagt, Melodramatik nütze nichts. Melodramatik, wiederholt Bridget mit erhobener Stimme. Dad sagt, King's Wood sei ein Krankenhaus und habe eine ausgezeichnete Reputation. Reputation, äfft Bridget ihn nach. Was Dad auf diesem Gebiet denn schon von Reputation verstehe? Einen Dreck. *Sie* sei Krankenschwester, sie wisse etwas darüber, und King's Wood sei verrufen. Dad fährt sie an und sagt, sie sei es doch gewesen, die einmal gesagt habe, wenn es zum Schlimmsten komme und Grandma in völlige Senilität abgleite, wäre die psycho-geriatrische Station eines psychiatrischen Krankenhauses besser als jedes Heim. Bridget erwidert, das sei vor Jahren gewesen, noch bevor das Staatliche Gesundheitssystem zusammengebrochen sei, noch vor der Personalknappheit, jeder Art von Knappheit, noch bevor es so heruntergewirtschaftete Orte wie King's Wood überhaupt gegeben habe. Und sie bestreite sowieso, daß Grandma dieses Stadium schon erreicht habe. Wenn ja, sagt Bridget, dann ist es verdammt schnell gegangen.

Mum läßt den Kopf hängen. Ich glaube, ich sollte ihr beispringen. Ich stimme Bridget zwar zu, finde aber, daß sie sich Mum gegenüber nicht gerade fair verhält.

Also mische ich mich ein. Ich sage Bridget, daß ich Grandma im Krankenhaus gesehen hätte, und es sei wirklich schnell gegangen, sie habe völlig verändert gewirkt. Ich sage, niemand könne etwas dafür, daß sie hingefallen sei, Mary ... Bridget wischt das beiseite. Sie sagt, sie beschuldige weder Mary noch Susan noch Mum (Dad schließt sie nicht ein). Sie habe die ganze Geschichte gehört. Es sei niemandes Schuld, und sie sei sich sicher (doch ihre Stimme verrät keine echte Überzeugung), sie sei sich sicher, daß sie selbst all diese Mißgeschicke auch nicht besser in den Griff bekommen hätte. Aber, sagt Bridget, es habe keinen Sinn, das alles noch einmal durchzukauen, sie sei nur über die gegenwärtige Situation besorgt, über Grandmas Aufenthalt in King's Wood. Sie könne nicht fassen, daß ihre Mutter dort sei, es sei entsetzlich. Und sie sei sich vollkommen sicher, daß sie es besser gemacht hätte, besser machen werde. Es gebe eben Dinge, die einfach unannehmbar seien, und dazu gehöre, offen gestanden, auch King's Wood.

Dad sagt, er habe das erwartet, es überrasche ihn nicht. Er sagt, es wäre ihm lieber gewesen, wenn Bridget hier gewesen wäre und die Verantwortung mitgetragen hätte, aber Tatsache sei, daß sie nun einmal nicht da war. Bridget fühlt sich kritisiert, gerät in Rage und fragt, ob Dad damit meine, sie dürfe nicht wenigstens einmal in hundert Jahren in Urlaub fahren? Dad sagt, natürlich nicht, sie solle nicht so albern sein. Bridget wisse ganz genau, daß er ihr öfter mal einen Urlaub wünsche. Er meine nur, daß sie vielleicht nicht richtig einschätzen könne, was passiert sei und wie sich die Lage darstelle. Es habe keinen Sinn, wenn wir ihr sagten, sie hätte dasein sollen. Sie sei nun einmal nicht da gewesen, und das sei nicht ihre Schuld. Aber, sagt Dad, er habe genug davon, als der böse und herzlose Schurke, als gefühlloses Monster dazustehen. Es sei, sagt er, eine Frage der richtigen Wahl. Bridget fährt ihn an, ob er damit sagen wolle, daß er King's Wood *ausgewählt* habe, und mein Gott, was das denn für eine Wahl sei. Dad beißt die Zähne zusammen und sagt, er freue sich darauf zu sehen, wie Bridget es besser mache, und er wünsche ihr viel Glück. Bridget sagt, sie werde es bestimmt besser machen. Es sei kein Kunststück, etwas Besseres zu finden als King's Wood, auch wenn man – wie sie – nicht über Dads Mittel verfüge. Dad sagt, er habe ja gewußt, daß es aufs Geld hinauslaufen werde. Er zieht ein Stück Papier aus der Tasche und sagt, da er gewußt habe, daß ihm das an den Kopf geworfen werden würde, habe er seine Hausaufgaben gemacht. Er überreicht Bridget den Zettel und fordert sie auf, ihn sehr sorgfältig zu studieren. Bridget liest. Sie ist sichtlich schockiert. Sie drückt sogar ihre Zigarette aus. Sie holt tief Luft. Sie sagt, mein Gott, das ist ja ein Vermögen! Dad habe recht, sie habe keine Ahnung gehabt, daß er in den letzten fünf Jahren allein für Grandmas Betreuung 140000 Pfund ausgegeben habe, die Miete für ihre Wohnung nicht eingerechnet.

Dann sammelt Bridget neue Kräfte. Nie hat sie schöner ausgesehen. Sie reckt den Kopf in die Höhe, wirft das Haar zurück und legt die Hände auf den Tisch. Sie sagt, es sei klar, was sie tun müsse: ihre Stelle aufgeben. Sie werde Grandma zu Hause, in ihrer eigenen Wohnung, betreuen, und wenn ihre Ersparnisse aufgebraucht seien, was nach ungefähr zwei Wochen der Fall sein werde, weil sie keine Ersparnisse habe – sie lacht –, werde sie eben eine Beihilfe beantragen. Mum ist entsetzt und sagt zu Bridget, das sei doch wohl nicht ihr Ernst. Bridget lächelt und nickt. Dad sagt, verrückt wie sie sei, sei sie zweifellos dazu imstande. Er beobachtet sie genau und versucht herauszukriegen, wie sie ihn einfangen will. Bridget sagt, er brauche sie gar nicht so anzusehen, sie werde nicht versuchen, sein Herz zu erweichen, sie lege es nicht auf eine moralische Erpressung an, sie werde es einfach tun. Dad fragt, warum. Bridget sagt, weil ihre Mutter es ihrer Meinung nach wert sei. Sie glaube, wenn das Leben überhaupt einen Sinn habe, dann den, daß man sich um die kümmert, die man liebt und die einen lieben. Dad sagt: Bravo!

Mum ist zutiefst unglücklich. Sie fummelt an ihrem Besteck herum und spielt mit ihrem Weinglas (das noch voll ist, im Gegensatz zu Bridgets und Dads Gläsern, die schon unzählige Male geleert und nachgefüllt wurden). Ich weiß, sie hätte gern selber das gesagt, was Bridget gesagt hat; diese Art zu reden liegt genau auf Mums Linie. Ich finde Bridget großartig, will aber nicht, daß sie Mum unglücklich macht. Bridget wendet sich an Mum und fragt sie, ganz gelöst, ob sie gelegentlich mit Mums Hilfe rechnen könne. Dad sagt, nein. Bridget sagt, sie habe Mum gefragt, nicht ihn. Dad sagt wieder: Nein. Bridget wartet, blickt Mum an. Mum sieht Dad an. Sie sagt, ein Besuch dann und wann sei kein Problem, sie sei ja auch täglich nach King's Wood gegangen – was sei der Unterschied? Dad sagt, sie kenne den Unterschied. Bridget sagt, sie wolle keine ehelichen Meinungsverschiedenheiten heraufbeschwören. Dad sagt, sie solle den Mund halten. Mum sagt, sie könne für sich selber sprechen. Sie sagt, daß *sie* – unabhängig davon, was Dad denke – es nicht für richtig halte zuzulassen, daß Bridget ihre Stelle aufgibt.

Ihrer Meinung nach sei das grundfalsch. Grandma könne in ihrem gegenwärtigen Zustand noch Jahre weiterleben, und Bridgets Leben sei wichtiger als Grandmas. Bridget sagt, das zu entscheiden, sei ihre, nicht Mums Sache. Jedenfalls, sagt Bridget, tue es ihr leid, daß sie gefragt habe, sie brauche niemandes Hilfe, sie könne es allein schaffen, wenn es sein müsse, und es sehe ja auch ganz danach aus. Nun, sagt Bridget und steht auf, sie freue sich richtig darauf – egal, was die anderen denken mögen. Sie sei ohnehin nie glücklich gewesen mit all diesen schrecklichen Helferinnen, und endlich habe sie sie vom Halse. Und jetzt gehe sie nach King's Wood, um Grandma nach Hause zu holen. Dad sagt: Setz dich.

Es enttäuscht mich etwas zu sehen, daß Bridget ihm gehorcht. Dad sagt sehr verärgert: Setz dich! Aber obwohl ich geglaubt hatte, Bridget würde ihn einfach überhören und hinausrauschen, setzt sie sich hin. Ich bin noch überraschter festzustellen, daß ihre Hände zittern, als sie sich die nächste Zigarette anzündet. Dad sagt, das sei keine Art sich zu benehmen, Grandma würde sich schämen. Er sagt, wir hätten die letzten fünf schwierigen Jahre überstanden, ohne miteinander zu streiten, warum also jetzt? Es sei lächerlich. Mum wirft ihm einen dankbaren, ja stolzen Blick zu. Bridget sagt, sie sei wohl etwas zu voreilig gewesen, obwohl sie jedes Wort ernst gemeint habe. Sie sagt, sie wolle auch keinen Streit. Mein Gott, Bridget wird doch nicht in Tränen ausbrechen? Nein. Aber sie scheint verdammt nahe dran zu sein. Selbst Dad hat das bemerkt. Er fragt: Wie wär's mit einem guten, heißen, starken Kaffee? Mum springt auf, um Kaffee zu machen. Wir stehen vom Tisch auf und gehen nach nebenan. Ich nutze die Gelegenheit – es ist ja so etwas wie eine natürliche Unterbrechung – und frage, wie es in Deutschland war. Dad ist mehr als entzückt über mich und schenkt mir ein aufmunterndes Lächeln. Er würde viel lieber über Deutschland reden als über Grandma.

Bridget legte ihre Beine auf das Sofa. Sie sagt, sie sei erschöpft, es sei eine lange Reise gewesen gestern, und sie sei die ganze Nacht davor auf den Beinen gewesen. Ich wickle sie in die Decke ein, die ich immer über Grandma gebreitet habe. Dad fragt, ob sie ein bißchen schlafen wolle. Bridget sagt, nein, sie werde etwas Kaffee trinken (sie sagt nicht: Und dann gehen wir nach King's Wood). Sie sagt, daß sie eigentlich – trotz des herrlichen Urlaubs, den sie wirklich genossen habe – das Gefühl habe, er habe ihr nicht sonderlich gutgetan. Sie begreife es nicht, sie fühle sich irgendwie abgespannt und es tue ihr alles so merkwürdig weh. Wahrscheinlich bloß wieder ihr verdammtes Rheuma. Mum bringt den Kaffee und sagt, Bridget sehe ein wenig blaß aus. Aber jedenfalls – sagt Bridget schnell, da sie merkt, daß sie Dad in die Hände spielt – habe sie es schön gehabt. Die Bootsfahrt den Rhein hinauf – oder war es den Rhein hinunter, sie kann sich nicht erinnern – war phantastisch. Dad sagt, mal abgesehen von der Landschaft, wie war Karls Mutter, und wie war Karl? Sie sagt, sie und Karl seien sehr gut miteinander ausgekommen, und seine Mutter sei sehr nett und gastfreundlich, aber ehrlich gesagt, sie könne niemals in Deutschland leben. Oder mit Karl. Wie erleichtert sie war, als sie gestern nacht wieder allein war, einfach nur allein! Unverschämterweise fragt Dad, ob das bedeute, daß es mit Karl aus sei. Bridget stellt ihre Stacheln auf und sagt, überhaupt nicht, sie habe ihn sehr gern, mehr als gern sogar, aber sie brauche einfach den Luxus, einen Großteil ihrer Zeit allein zu sein.

Ich bin sicher, Bridget wollte es nicht, aber gleich nach dem Kaffee, von dem sie gehofft hatte, er werde sie wieder aufrichten, schlief sie ein. Ich wickelte sie noch fester in die Decke. Mum zog ihr vorsichtig die Schuhe aus. Dad legte den Hörer neben das Telefon. Und dann schlichen wir alle hinaus.

–

Bridget ist krank, aber diesmal ist es nicht das Rheuma. Sie hat Grippe, hat ein Wahnsinnsfieber und halluziniert. Der Arzt ist dagewesen, hat sie mit Antibiotika vollgestopft und gesagt, sie habe eine besondere Art von Grippe mitgebracht, die gerade auf dem Kontinent grassiere. Sie ist natürlich hier, bei uns, und wird von Mum versorgt. Und sie ist wütend. Heute nachmittag hat sie versucht aufzustehen, nachdem der Arzt da war, ist aber ohnmächtig zusammengeklappt. Jetzt gibt sie zu, so schwach zu sein, daß sie sich nicht rühren kann. Sie träumt, sie sei in King's Wood und suche nach Grandma, und als sie sie findet, ist Grandmas Kopf ein Totenschädel. Mum sagt, Bridget müsse sich damit abfinden, eine Woche im Bett zu bleiben, mindestens eine Woche. Mum fügt nicht hinzu: »Stell dir vor, du hättest Grandma gleich nach Hause gebracht.« Sie braucht es nicht zu sagen. Niemand muß es sagen. Bridget weiß es. Als ich eine Stunde an ihrem Bett sitze, sagt sie: »Es wird nicht klappen, oder, Hannah? Ich schaffe es nicht, oder? Es hat keinen Zweck.« Ich habe sie nicht beleidigt und einfach so getan, als wisse ich nicht, was sie meine. Bridget tut mir so leid. Was kann sie nur tun?

Ich denke, ich sollte mir King's Wood einmal mit

eigenen Augen ansehen. Adrian macht ein entsetztes Gesicht. Er sagt, er wolle auf keinen Fall hin, er habe Angst davor. Aber ich möchte mir selber ein Bild machen und feststellen, ob es, wie Bridget behauptet, die Hölle ist. Mum ist strikt dagegen, daß ich hingehe. Ist das schon ein Beweis dafür, daß es wirklich die Hölle ist? Sie sagt, es würde mich umwerfen. Na, vielleicht brauche ich das – etwas Umwerfendes. Wenn Grandma da drinnen ist, dann sollte ich doch wirklich tapfer genug sein, einmal hinzugehen und sie zu besuchen. Mum sagt, ich würde Alpträume bekommen, und Grandma werde mich ohnehin nicht erkennen, was für einen Sinn habe es also, wenn ich es auf mich nähme? Dad sagt, ich könne gehen, wenn ich wolle. Er beschuldigt Mum, überbesorgt zu sein, und weist sie darauf hin, daß ich beinahe achtzehn bin. Ich glaube, Bridget wäre dafür, daß ich hingehe, sie hätte irgendwie ein besseres Gefühl. Und ich bin neugierig, sehr neugierig. Ich bin niemals in so was wie einer Nervenklinik gewesen. Solche Anstalten faszinieren mich. Es wäre eine mutige Tat hinzugehen. Also gehe ich, aus ebendiesen richtigen und falschen Gründen.

–

Ich gehe mit Dad. Mum will nichts damit zu tun haben. Dad ist ganz ruhig. Er verfolgt irgendein Fußballspiel im Autoradio und ist ganz vertieft. In einem Punkt kann ich sicher sein: Von Dads Seite habe ich keine Gefühlsduselei zu erwarten. Das ist mir sehr recht. Ich starre aus dem Fenster. Wir fahren durch eine Reihe trostloser Hauptstraßen, alle leer und vollgeweht mit Abfall, weil Sonntag ist. Grandma würde anhalten wollen, das ganze Papier aufheben und es ordentlich in einen Abfallkorb werfen. Sie würde sich fragen, wo all die Leute seien, und mich mit ihrer Erklärung – in der Kirche – zum Lachen bringen. Wir biegen in die Auffahrt zu King's Wood ein, fahren durch ein riesiges Eisengittertor. Zu beiden Seiten hohe Bäume und Büsche, dahinter große Rasenflächen. Niemand zu sehen, aber es ist auch naß und kalt. Dad hält am Ende des unglaublich langen Gebäudes an. Er bleibt noch einen Augenblick sitzen und wartet auf das Halbzeitergebnis: das Wichtigste zuerst. Dann steigen wir aus, und er sieht auf seine Uhr. Er sagt, zwanzig Minuten seien mehr als genug. Er sagt, er werde ein bißchen mit der Oberschwester plaudern, und ich könne mich mit Grandma unterhalten.

Mum hat mir von der Wandfarbe, dem Gestank und der verschlossenen Tür erzählt. Es ist wirklich so schlimm, wie sie gesagt hat, aber ich bin darauf gefaßt. Worauf ich aber nicht gefaßt bin, ist Grandma. Mir dreht sich der Magen um, als ich sie sehe: Sie wirkt wie ein Klumpen, ein unförmiger Haufen Fleisch, schlaff und in sich zusammengesackt. Sie hat ein gräßliches Kleid an und große weiche Pantoffeln mit Pompons obendrauf, und die Hälfte des Essens ist auf das Kleid gekleckert. Ich sinke auf den Hocker neben ihr. Ich sage: Grandma und muß würgen. Sie öffnet ein Auge, fast zu träge, mich anzublicken.

Wo hast du gesteckt, du Gör?

Nirgends. Zu Hause.

Zu Hause, zu Hause, Polly, stell den Kessel auf ...

... und dann trinken wir alle Tee.

Ja, bitte schön, wenn du nichts dagegen hast. Wie geht es deinem Vater?

Er spricht gerade mit der Oberschwester.

Viel Glück wünsch ich ihm, viel Glück für die Jungen in Blau, wau, wau.
Er kommt gleich.
Wer?
Mein Vater.
Vater, Vater, Rater, Rater, Kater, Kater, hat er, hat er?
Ja.
Na, das ist gut, wirklich gut. Erinnerst du dich?
Nein.
Nein, nein! Menschenskinder, was ist denn mit dir los? Hör doch auf damit!

Die alte Frau neben Grandma zieht ihr Kleid hoch. Mühsam, mit kurzen, ruckartigen Bewegungen, hoch, immer höher, bis ihr Schlüpfer sichtbar wird, und dann fängt sie an, ihren Schlüpfer hinunterzuziehen, und ein Mädchen in einem Kittel schreit sie an und sagt: »Nein, Elsie! Hör auf, Elsie! Du bist wirklich unartig, Elsie!« Elsies Kleid wird energisch heruntergezogen. Der Fernseher ist sehr laut aufgedreht. Es läuft gerade das Fußballspiel, auf das Dad großmütigerweise verzichtet hat. Ich schaue für ihn hin. Er ist jetzt wohl im Büro der Oberschwester und spielt seine Rolle. Ich blicke mich ein paarmal um. Zwei Frauen wandern auf und ab. Sie sehen, daß ich schaue, und kommen auf mich zu. Sie bleiben vor mir stehen, und ich weiß nicht, was ich sagen soll. Deshalb sage ich: Hallo. Die eine nickt, die andere starrt mich an. Was soll ich sagen? Also lächle ich nur und warte. Sie gehen weg und nehmen ihre Wanderung wieder auf. Zwanzig Minuten, hat Dad gesagt? Es sind erst zwei vergangen ...

Grandma umklammert meine Hand.
Mich können sie nicht aus der Ruhe bringen.
Womit, Grandma?

Selber Grandma. Wo ist ihr Funktelegramm, wer hat es geklaut, das ganze Geld, hast du Geld?

Ja. Warum? Willst du was?

Was?

Geld.

Geld, Geld, Geld ist die Wurzel allen Übels.

Die Oberschwester kommt mit Dad heran. »Immer machen Sie sich Sorgen wegen des Geldes, Mrs. McKay. Aber hier brauchen Sie keines, mein Schatz.« Grandma sieht sie mürrisch an, fragt, wer denn hier ein Schatz sei, und sie werde sich schon um ihr eigenes Geld kümmern, besten Dank! Die Schwester lacht und sagt, Grandma sei ein Original. Dad fragt, wie es ihr gehe, die Oberschwester sagt, gut, sie habe anfangs nicht geschlafen, aber jetzt schon, sie würden ihr etwas geben. Sie erzählt einen etwas anzüglichen Witz über Grandma und einen Milchmann, den Grandma ihr angeblich erzählt hat, lacht und sagt, Grandma sei zum Totlachen. Dad ringt sich zu einem Lächeln durch. Ich nicht. Die Oberschwester fragt, ob ich Mrs. McKays Enkelin sei, und ich sehe mich gezwungen, ja zu sagen. Sie sagt, das sei aber nett, hier kämen nicht viele junge Leute zu Besuch, obwohl die Alten sie doch so liebten. Dad sieht sich angelegentlich um und fragt, ob überhaupt viele Besucher kämen. Die Oberschwester sagt, o ja, heute sei eher eine Ausnahme. Elsie bekommt Besuch, und Leah und Vera und Ida, alle bekämen Besuch. Sie fügt hinzu, daß die meisten Leute am Anfang die besten Absichten hätten, dann aber den Mut verlören. Es tue ihnen entweder zu weh, immer wieder herzukommen, oder sie dächten, es sei sowieso egal. Dad fragt, ob es denn egal sei. Die Oberschwester sagt mit Nachdruck: Nein. Und auch für das Personal nicht, sagt sie. Die Angestellten mögen Besucher. Es sei nicht wie auf einer normalen Station, wo die Besucher den Schwestern aus DANKBARKEIT GESCHENKE mitbrächten (ich hatte wirklich den Eindruck, daß diese beiden entscheidenden Worte mit ganz großen Lettern geschrieben wurden). Es sei nicht sehr lustig, sagt die Oberschwester, auf einer Station wie dieser zu arbeiten. Hier gebe es keine Fortschritte. Es sei sehr deprimierend, auf der Endstation tätig zu sein. Es gebe keinen Dank, keine Anerkennung. Alles, was sie tun könnten, sei, es den Alten bequem zu machen, und das sei keine angenehme Arbeit. Selbst Dad macht ein entsetztes Gesicht. Aber die Oberschwester ist noch nicht fertig. Sie sagt, er könne ja selber sehen, wie hilflos sie seien, wie die Babys, bloß machten sie doppelt soviel Scherereien.

Wir verabschiedeten uns von Grandma. Es scheint ihr egal zu sein, ob wir gehen oder nicht. Als ich ihre Hand loslasse, fällt sie schlaff herunter. Die Tür wird für uns aufgeschlossen. Der Mann steht mit seinen Schlüsseln da. Zwei der alten Damen, die beiden, die zu mir hergekommen sind, um mich anzustarren, die beiden, die die ganze Zeit auf und ab wandern, versuchen, durch die offene Tür zu gehen. Eine Schwester eilt hinzu und ruft: »Nein, du nicht, Doreen! Und du auch nicht, May! Heute nicht!« Doreen sagt, das Auto warte schon auf sie. May sagt, sie wolle nur den Mülleimer leeren. Wir gehen hinaus. Die Tür wird schnell zugeschlossen. Hinaus auf den stinkenden Gang, vorbei an einem großen Wagen, der beladen ist mit Haufen von Kleidern, die vermutlich auf dem Weg in die Wäscherei sind. Ah, frische Luft! Es ist zwar kein schöner Tag – es ist schon fast dunkel und regnet ein bißchen –, aber die

Luft ist so frisch und befreiend. Wir steigen ins Auto. Dad schaltet das Radio ein und dreht an den Knöpfen herum. Wir sagen kein Wort. Ich platze fast vor Wut, aber wir sagen kein Wort. Dad pfeift, die Musik aus dem Radio erfüllt den Wagen. Ich denke an Grandma in diesem Haus. Ich denke daran, wie man ihr ihren Tee bringt, wie man ihr Brot und Butter in den Mund stopft und den Tee die Kehle hinunterschüttet. Und was machen sie dann? Nur dasitzen? Schon wieder? Bis zur Schlafenszeit. Gibt es dort eine Heizdecke? Bekommt sie eine Wärmflasche? Was ist mit ihren sechs dicken Decken? Und sagt irgend jemand: Schlafe gut, träume süß?

Mum sieht mich besorgt an, als wir hereinkommen. Sie fragt, wie es war. Ich sage – hoffentlich unmißverständlich –, daß es schrecklich war. Ich sage, ich wolle nicht darüber reden. Mum sagt, sie habe ja gewußt, daß ich nicht hätte hingehen sollen. Ich sage wutentbrannt, daß ich sehr wohl habe hingehen sollen und daß ich auch in Zukunft hingehen würde und daß ich wissen müsse, wie es dort sei. Mum sagt, ich sei noch zu jung. Ich frage, wozu. Zu jung, um zu wissen, daß da etwas Gräßliches geschieht? Zu jung, um etwas über die Alten zu erfahren? Ich sage: Im Gegenteil, ich bin nicht jung genug! Wenn ich jünger wäre, käme es mir vielleicht so vor, als hätte ich nichts damit zu tun. Aber nein, ich habe sehr wohl etwas damit zu tun. Wenn Grandmas Schicksal auf uns alle lauert, dann möchte ich lieber gar nicht älter werden, nein, besten Dank. Mum sagt, ich sei ganz verstört. Ich lache und schreie: Natürlich bin ich ganz verstört. Dad sagt, wir alle seien ganz verstört. Da wende ich mich an ihn. Du? Du bist ganz verstört? brülle ich. Dad bewahrt die Ruhe. Er sagt, ja, doch. Er schreie oder brülle oder weine vielleicht nicht, aber er sei dennoch völlig verstört. Er sagt, er sei wahrscheinlich noch verstörter als ich, weil er, im Gegensatz zu mir, dafür verantwortlich sei, daß Grandma jetzt in King's Wood ist. Das also ist es, was ihn so verstört. Aber, sagt Dad, deshalb ändere er seinen Entschluß nicht. Wir seien die Gründe durchgegangen, wieso Grandma da ist, wo sie jetzt ist, tausendmal sogar, und er habe genug davon, er werde nicht noch einmal von vorne damit anfangen. Er habe seine Entscheidung getroffen: Es sei vielleicht nicht die richtige Entscheidung, aber sie sei nun einmal getroffen. Er geht aus dem Haus und knallt die Tür so zu, wie er es uns immer verbietet.

Mum sagt, ich solle Dad gegenüber nicht so hart sein. Sie sagt, er sei kein Ungeheuer, und ich wisse das usw. Dann sagt sie, ich solle bitte schonend mit Bridget umgehen. Ich frage sie, was sie damit meine, obwohl ich es nur zu gut weiß. Mum sagt, man dürfe Bridgets Vorurteile gegen King's Wood nicht noch verstärken, wir brauchten nicht in die Einzelheiten zu gehen oder zu erzählen, wie verzweifelt und hilflos Grandma wirke. Es würde Bridget nur bedrücken, und es gehe ihr nicht gut genug, um selber hinzugehen und sich zu überzeugen. Mum sagt, sie verlange keine Lügen von mir (jedenfalls keine großen), sondern nur etwas Zurückhaltung. Sie sagt, es wäre grausam von mir, wenn ich Bridget sagte, was ich wirklich dächte. Ich sage: Geht in Ordnung. Ich werde so vage sein wie möglich, aber ich sage Mum, daß sie nicht darauf zu hoffen brauche, Bridget hinters Licht führen zu können. Und wenn sie dann selber hingehe und Grandma sehe, werde sie mir Vorwürfe machen, weil ich ihr nicht gesagt hätte, wie sehr sich Grandmas Zustand verschlimmert habe, und ihr Schock werde um so größer sein. Mum sagt, ich solle nicht so dumm sein. Bridget werde mit Sicherheit schockiert sein, aber es komme darauf an, es so lange wie möglich hinauszuzögern.

–

Mit dem Hinauszögern ist es jetzt vorbei. Bridget geht es zwar nicht wirklich besser, aber immerhin schon so viel besser, daß sie nach King's Wood gehen kann, oder jedenfalls behauptet sie das. Sie gibt jedoch zu, daß es ihr noch nicht gut genug geht, um Grandma nach Hause zu holen. Sie sieht ein, daß sie dazu noch nicht stark genug ist und daß sie sich nach einer Woche im Bett ziemlich wackelig auf den Beinen fühlt. Sie sagt, sie gehe Grandma nur besuchen und werde sie dann nächste Woche, wenn sie die notwendigen Arrangements getroffen habe, herausholen. Sie erklärt nicht, was für Arrangements das sind, und weder Mum noch Dad fragen sie danach (obwohl Blicke gewechselt werden). Mum sagt, sie werde Bridget begleiten. Bridget lehnt das Angebot sofort ab. Sie sagt, Mum habe wahrhaftig schon genug getan, indem sie sich um sie, Bridget, gekümmert und täglich auch noch Grandma besucht habe. Ich denke, ich sollte mich bereit erklären, aber natürlich gehe ich davon aus, daß Bridget allein gehen will. Ich biete ihr meine Begleitung an. Bridget nimmt das Angebot an. Ich muß mich plötzlich sehr eifrig mit meinem Frühstück beschäftigen, um meine Verwirrung zu verbergen. Und Mum ist nicht gerade erfreut. Sie zögert und überlegt, ob sie etwas sagen soll. Obwohl ich letzten Sonntag behauptet hatte, daß ich weiter nach King's Wood gehen würde, bin ich seither nicht mehr dort gewesen, kein einziges Mal diese Woche. Aber schließlich war ich auch in der Schule. Das ist eine echte Entschuldigung.

Bridget sagt, wir würden nach dem Mittagessen, so um zwei, gehen. Mum sagt, das sei eigentlich keine gute Zeit für Besuche, sie passe auch dem Personal nicht. Patzig erwidert Bridget: »Ich scheiß auf das Personal!« Mum wird rot – nicht wegen des vulgären Ausdrucks, sondern wegen Bridgets Einstellung. Sie sagt, sie habe geglaubt, Bridget würde als Krankenschwester den Standpunkt des Personals verstehen. Bridget sagt, sie verstehe ihn vollkommen. Sie sagt, in allen Krankenhausstationen im ganzen Land sei der Gedanke, daß die Bequemlichkeit des Personals an erster Stelle stehe, beiseite gefegt worden: Auf *ihrer* Station komme zuerst der Patient, dann der Besucher und dann das Personal. Ein zufriedener Patient, sagt Bridget, ist ein Patient, dessen Angehörige und Freunde zur Mithilfe aufgefordert werden. Man solle ihr also bloß nicht mit dem Gerede von der Bequemlichkeit des Personals kommen! Mum wird immer gereizter. Sie sagt, Bridget wolle sie nur provozieren. Sie habe niemals, keinen Augenblick lang, gemeint, daß das Personal wichtiger sei als die Patienten oder die Besucher. Bridget sagt, es sei sowieso egal. Sie wolle einfach klarstellen, daß sie ihre arme, liebe Mutter besuchen werde, wann *sie* es wolle.

Wenn Bridget so aufdreht, haßt Mum sie richtig – na ja, vielleicht nicht gerade hassen, aber sie mag sie dann nicht. Sie fühlt sich von Bridget vor den Kopf gestoßen, und die Ungerechtigkeit bringt sie in Rage. Es stimmt, daß Bridget sich als Ritter ohne Furcht und Tadel gebärdet, als Mensch mit hohen moralischen Prinzipien, der auch danach handelt. Das Problem ist, daß Mum diese Rolle gerne selber spielen möchte, es ihr aber nicht gelingt. Dad versucht es natürlich erst gar nicht. Tugend und moralische Prinzipien lassen ihn kalt, er überläßt sie gern seiner lieben Schwester. Er ist nur an praktischen Dingen interessiert, und davon versteht Bridget wenig, abgesehen von ihrem beruflichen Leben (Dad glaubt eigentlich nicht, daß Bridget eine Station leiten kann). Insgeheim wünscht er sich -- das weiß ich genau –, daß Bridget durch die Arrangements, die sie für Grandma trifft, in die Bredouille gerät. Dann will er herbeieilen und sagen, er habe sie ja gewarnt, und genußvoll die Scherben auflesen.

Bridget hat sich mit Sorgfalt gekleidet. Das ist weniger ungewöhnlich als seltsam: Warum sollte man sich für King's Wood besonders sorgfältig anziehen? Sie trägt leuchtende Farben, als wolle sie schon von weitem gesehen werden – einen knallrosa Pulli, einen lila Rock, rosa Strumpfhosen, ein violett, rosa und blau gemustertes Halstuch und darüber eine wehende weiße Jacke. Sie hat sogar Make-up aufgelegt, was sie sonst fast nie tut – die altbekannten Augen sind mit Lidschatten und Wimperntusche überladen. Als wir ins Auto steigen, weht mir der Duft ihres Parfüms entgegen. Ich frage sie, was es ist. Sie sagt, Chanel No. 5, Karl habe es im Flugzeug für sie gekauft, sie selber hätte es sich nie gekauft, reine Geldverschwendung. Natürlich raucht sie, hat schon zwei Zigaretten geraucht, bevor wir überhaupt die Hälfte des Weges nach King's Wood zurückgelegt haben. Ich muß sie dirigieren, obwohl sie schwört, sie sei schon einmal dort gewesen und kenne den Weg. Sie hat überhaupt keinen Orientierungssinn und biegt immer links ab, wenn ich rechts sage. Als wir durch das Tor fahren, sagt sie, sie habe Angst. Sie sagt, sie wisse, wie es sei, aber sie fürchte sich davor. Sie sagt, wenn sie einmal drinnen sei, werde es nicht mehr so schlimm sein, aber beim Anblick von Grandma werde sie zusammenbrechen.

Ich sage Bridget, daß wir läuten müssen, und zeige auf die Klingel. Sie drückt energisch auf den Knopf und sagt: »Verdammte Klingel.« Der Mann läßt sich Zeit und späht, nachdem er aufgeschlossen hat, erst mißtrauisch durch den Türspalt – King's-Wood-Besucher treten meist nicht so fordernd auf. Bridget setzt ein übertrieben strahlendes Lächeln auf und sagt in einem Ton »Guten Tag!«, der ironischer nicht sein könnte. Sie rauscht hinein und erblickt sogleich die Stühle, auf denen die alten Damen sitzen. Sie preßt die Lippen zusammen und sagt wütend: »Um Gottes willen, wo haben sie sie denn abgeladen?« Ich berühre ihren Arm und deute mit dem Kinn in eine Ecke. Bridget sagt: »Um Gottes willen, was haben sie bloß mit ihr gemacht?« Sie marschiert durch den Raum, ich trippele hinterher, verlegen wegen ihres autoritären Auftretens. Grandma hängt mehr oder weniger in einem Sessel; ihre rechte Schulter ist zur Seite gesackt, und ihr Kopf wackelt. Ein Bein liegt auf einem Hocker, das andere seltsam verdreht darunter. Bridget ruft: »Mutter! Mutter! Um Gottes willen!« und zieht sie hoch, so daß sie aufrecht im Sessel sitzt; zu mir sagt sie kurz angebunden, ich solle irgendwo ein Kissen auftreiben. Ich habe nicht den blassesten Schimmer, wo ich ein Kissen auftreiben könnte. Vielleicht im Schwesternzimmer? Ich klopfe. Drinnen sitzen vier Schwestern und trinken Tee. Eine kommt widerwillig zur Tür, aber schließlich darf ich nicht vergesssen, daß ich eine kostbare Teepause störe. Ich sage, meine Tante wolle es meiner Grandma etwas bequemer machen und möchte wissen, ob es irgendwo ein Kissen gebe. Ich hasse den entschuldigenden Ton in meiner Stimme; es ist der Tonfall und die Stimme meiner Mutter. Ich müßte so sein wie Bridget. Die Schwester macht ein verdutztes Gesicht, aber im Hintergrund sagt die Oberschwester: »Gib ihr ein Kopfkissen. Es hat keinen Sinn, aber gib es ihr.« Ich werde in den Schlafsaal geführt. Mein Herz klopft – vor Angst, natürlich –, als wir an den sechs Stuhl-Leichen vorbeikommen. Ich wage nicht, sie anzusehen. Gibt es denn keine Leichenhalle? Aber dann dringt aus einer von ihnen ein krächzender Schrei, und im Vorübergehen sagt die Schwester zu ihr: »Hör auf, Ruby!« Sie geht zu einem Bett, das vermutlich Grandma gehört, und reicht mir das Kopfkissen.

Bridget greift ungeduldig danach. Sie schüttelt es auf, steckt es hinter Grandmas Rücken, lehnt sie dagegen und legt ihre Beine fein säuberlich nebeneinander auf den Hocker. »Sie einfach so dasitzen zu lassen!« sagt Bridget. Dann setzt sie sich auf einen Hocker neben Grandma und redet auf sie ein, völlig unbeeindruckt von den alten Frauen um sie herum. Grandma schlägt nicht einmal die Augen auf. Bridget tätschelt ihre Hände, die sie beide festhält. Sie sagt immer wieder: »He, Mutter! He, ich bin's!« Grandma reagiert nicht. Bridget flucht vor sich hin und fängt dann an, sich über Grandmas Kleider aufzuregen. »Was haben sie ihr denn da bloß angezogen? Wo sind ihre eigenen Sachen? Mein Gott, was ist denn das für ein Mistzeug? Wo sind ihre eigenen Pantoffeln?« Grandma schlägt die Augen auf. Sie sind ganz trübe. Bridget blickt sie an und ruft wieder: »He, Mutter!« Grandma starrt vor sich hin. Sie bemüht sich zu sprechen, aber alles, was herauskommt, ist ein unverständliches Murmeln. »Was, Mutter? Was?« schreit Bridget. »Was war das?« Grandma macht noch einen Anlauf. In meinen Ohren klingt es wie ein zerhacktes »Lollobrigida«. Aber Bridget sagt triumphierend: »Da hörst du's. Sie sagt: Hallo, Bridget! Hallo, Mum! Was haben die denn mit dir gemacht, hm? He, Mum? Wie geht's denn so? Los, erzähl schon, erzähl's mir!« Grandma murmelt etwas. Ich verstehe nur »Beine«. Bridget interpretiert: Grandma sagt, ihr täten die Beine weh. Bridget untersucht sie. (Grandma hat Strümpfe an, aber sie sind bis zu den Knöcheln heruntergerollt.) Sie sagt: »Verdammt noch mal! Sie hat blaue Flecken, *blaue Flecken*!« Sie steht mit hochrotem Kopf auf. Sie sagt, ich solle mich nicht von der Stelle rühren, sie gehe jetzt zu Schwester Grice. Doch gerade in diesem Augenblick erscheint die Oberschwester, eine Tüte mit Weingummis in der Hand.

Es ist eine sehr seltsame Szene. Grandma sitzt in einem Sessel in der Ecke, rechts und links von ihr je eine der anderen Damen, und wir stehen vor ihr. Ich setze mich auf den freien Hocker, so daß Bridget und die Oberschwester mich überragen. Die Oberschwester bietet Grandma ein Weingummi an. Grandma reagiert nicht (obwohl sie vor einem Monat noch nach der ganzen Tüte gegriffen hätte). Sie sucht ein rotes Weingummi aus – »Sehen Sie, es ist ganz weich!« – und schiebt es Grandma mit routiniertem Griff durch die geschlossenen Lippen in den Mund. Grandma würgt ein wenig, beginnt aber dann, daran zu lutschen. »Na bitte!« sagt die Oberschwester. »Jetzt ist sie glücklich!«

Und was dann folgt, ist wie ein Tennismatch. Bridget schlägt auf.

Meine Mutter kommt mir nicht gerade glücklich vor.

Aber ich bitte Sie! Es geht ihr gut. Heute ist sie ein bißchen niedergeschlagen, aber wissen Sie, einen schlechten Tag hat eben jeder mal.

Ich bin selber Krankenschwester.

Dann sind Sie also die Tochter?

Richtig.

Die, die einen Monat lang auf Urlaub war? Sehr schön. Wo waren Sie denn?

In Deutschland. Aber was ich Sie *fragen wollte: Wo kommen denn diese blauen Flecken her?*

Was für blaue Flecken?

Hier und hier.

Ach, das hat nichts zu bedeuten. In diesem Alter geht das ganz schnell. Sie ist wohl mit dem Bein gegen einen Stuhl gestoßen.

Aber meine Schwägerin hat gesagt, daß sie gar nicht mehr allein gehen kann.

Das stimmt. Aber wir führen sie. Wir führen sie herum, nicht wahr, Mrs. McKay?

Und ich frage mich, wo ihre Kleider geblieben sind.

Da werden gerade die Namensschilder eingenäht. Sie sind bald wieder da.

Mir wäre es lieber, sie könnte ihre eigenen Kleider behalten.

Aber sie sind unpraktisch, sie sind nicht so bequem wie die hier, nicht so leicht. Sehen Sie selbst: Klettverschluß, das ist leichter für die Alten.

Wie schläft sie?

Gut. Zuerst war sie ein wenig unruhig, aber jetzt geht es.

Wie ist ihr Appetit?

Sie ißt nicht viel, aber sie hat noch genug Fett gespeichert. Keine Sorge, sie wird nicht verhungern.
Na, sie wird sowieso nicht mehr lange hier sein.
Ach ja?
Ich hole sie nächste Woche nach Hause.
Aha. Na, das wird aber mühsam werden. Sie kann jetzt nichts mehr allein machen, wissen Sie. Man ist rund um die Uhr mit ihr beschäftigt.
Ich weiß. Aber ich werde es machen. Sobald es mir selber etwas besser geht.
Ich dachte, Sie haben gerade Urlaub gemacht ...?
Ja, aber dann bin ich krank gewesen, hatte Grippe.
So ein Pech! Wenn Sie Ihre Mutter zu Hause haben, dürfen Sie aber nicht krank werden!
Nein.
Sonst sind Sie verloren. Aber Sie haben ja noch Ihre Schwägerin. Sie sind eine großartige Familie. Ich wünsche Ihnen viel Glück, Sie werden es brauchen. Noch ein Weingummi, Mrs. McKay?

Die ganze Zeit über haben Bridgets Augen gefunkelt, und die Oberschwester hat ihrem Blick standgehalten, ihn abgelenkt, ihn ignoriert und Bridget gereizt. Spiel, Satz und Sieg für die Oberschwester. Ohne es direkt zu sagen, läßt sie durchblicken, daß Bridget sich etwas vormacht und in Wirklichkeit genau weiß, daß sie Grandma niemals zu sich nach Hause holen wird. Und sie ihrerseits läßt sich nicht im geringsten durch das stören, was Bridget unterstellt, nämlich daß Grandma irgendwie mißhandelt oder zumindest nicht sorgfältig genug versorgt wird. Sicher hat Bridget erwartet, daß die Schwester in die Defensive geht, aber das tut sie nicht, keineswegs. Was Bridget denkt, ist ihr völlig egal. Sie schlendert weiter, von einem sabbernden Mund zum nächsten, und verteilt ihre Weingummis, schiebt sie den Alten zwischen die Lippen, ohne sich auch nur einmal zwischendurch die Finger abzuwischen. Der Fernseher plärrt. Doreen und May marschieren auf und ab. Leah quäkt. Bridget steht da, vor Wut kochend. Sie hat eine Idee. Sie geht der Oberschwester nach. Ich höre sie nach einem Rollstuhl fragen. Die Oberschwester nickt und zeigt ihr einen. Bridget holt den Rollstuhl, und wir versuchen, Grandma hineinzusetzen. Es gelingt uns nicht. Die Oberschwester schlendert zu uns herüber. Sie nimmt Grandma in eine Art Klammergriff und hat sie im Handumdrehen in den Rollstuhl gepackt. Sie erklärt Bridget, daß es da einen Trick gebe, daß die Pflege von Leuten mit Altersdemenz eben eine besondere Qualifikation erfordere. Und sie grinst. Sie weiß, daß Bridget diese Qualifikation nicht besitzt. Wir schieben Grandma ein Stückchen, aber wohin sollen wir gehen? Ich weiß es nicht, und Bridget weiß es auch nicht. Die Oberschwester kommt uns zu Hilfe. Sie sagt, wir dürften ihr Büro benutzen, sie wäre in der nächsten halben Stunde sowieso nicht da. Bridget sieht sich genötigt, sich bei ihr zu bedanken, aber nicht in der überschwenglichen Art, wie Mum es getan hätte. Das Büro ist sehr freundlich. Es gibt Plakate, Pflanzen und ein paar alte, aber sehr hübsche Sessel mit Chintzbezügen. Es ist offensichtlich das Allerheiligste der Oberschwester, und wir erfreuen uns einer Vorzugsbehandlung. Ich wage es, darauf hinzuweisen, aber Bridget faucht mich nur an. Sie sagt, es sei eine Schande, daß es hier nicht einmal so etwas wie einen Tagesraum gebe. Ich sage, das sei wohl kaum die Schuld der Oberschwester, wahrscheinlich nicht einmal die von King's Wood. Bridget sagt: »Ach, sei bloß still! Du klingst ja schon genau wie deine Mutter!« Es wundert mich, Tränen in ihren Augen zu sehen. Als ich mir gerade überlege, wie ich darauf reagieren soll, macht Grandma den Mund auf und sagt ganz deutlich: »Ist noch etwas Tee in dieser Kanne?« Wir starren sie an. Auf dem Schreibtisch der Oberschwester steht tatsächlich eine braune Teekanne, und Grandma hat ihren Blick genau auf sie gerichtet. Bridget springt auf, befühlt die Kanne, hält Ausschau nach einem Becher, entdeckt einen, schenkt Tee ein, findet Milch und Zukker und führt den Becher liebevoll an Grandmas Mund, die gierig schlürft. Bridget streicht ihr dabei leise summend übers Haar. Als der Becher leer ist, blickt Grandma Bridget an, als sähe sie sie zum ersten Mal. Sie sagt: »Du hast dir aber Zeit gelassen, du Gör« und droht Bridget in der wohlbekannten scherzhaften Manier mit dem Zeigefinger. Grandma lächelt. Bridget lächelt. Sie strahlen sich an, ihre Gesichter nähern sich einander, als Bridget sich über den Rollstuhl beugt; ich komme mir wie ein Eindringling vor. Ich sollte gehen. Das ist etwas zu Intimes. Sie merken nicht einmal, daß ich hinausschlüpfe, oder wenn Bridget es bemerkt hat, dann hat sie sich dadurch nicht stören lassen. Als ich draußen bin, fühle ich mich so erleichtert, als wäre ich wirklich schon draußen, an der frischen Luft, dabei bin ich immer noch auf der Station.

–

Auf dem Heimweg schwört Bridget, daß sie Grandma »auf dem schnellsten Weg« herausholen werde. Sie ist wahnsinnig erregt. Ich sage kein Wort. Sie donnert die Gänge nur so rein. Noch bevor wir die Hälfte des Weges zurückgelegt haben, muß sie an den Straßenrand fahren und stehenbleiben, um sich mit zitternden Fingern eine Zigarette anzuzünden. Sie schlägt mit der Hand auf das Steuer, klopft mehrmals dagegen, ohne ein Wort zu sagen. Sie inhaliert den Rauch in tiefen Zügen. Würde ich wegen Mum jemals in einen solchen Zustand geraten? Nein. Ich würde Mum herausholen und sie erschießen, wenn ich ein Gewehr fände. Aber warum ein Gewehr? Ich würde ihr Pillen geben, das wäre angenehmer und sauberer und würde besser zu jemandem wie Mum passen. Warum tut Bridget das eigentlich nicht? Sie ist doch Krankenschwester. Es wäre leicht für sie. Warum tut sie es nicht? Ich traue mich nicht, sie danach zu fragen. Vielleicht sieht Bridget etwas, was mir entgangen ist. Schließlich platze ich damit heraus: »Bridget, möchtest du, daß Grandma tot ist?« Bridget lacht, sie scheint sich zu entspannen. Sie sagt, nein, sie möchte, daß es Grandma gut gehe, das sei es, was sie wolle. Sie wünsche sich ein würdiges, natürliches Ende für Grandma. Sie wünsche sich, daß Grandma bis zu ihrem Tod mit Liebe und Fürsorglichkeit gepflegt werden könne. Selbst ein Tier, sagt Bridget, nehme Liebe und Fürsorglichkeit wahr. Und Grandma bekomme diese Pflege nicht. Niemand in King's Wood bekomme sie. Sie seien wie Vieh, das zum Schlachthof gebracht und einem langen, langsamen, qualvollen Tod zugeführt werde. Aber nicht mehr lange, sagt Bridget, denn ich hole sie auf dem schnellsten Weg da heraus.

Bridget stürzt in unser Haus. Vor Mum und Dad wiederholt sie, daß sie Grandma auf dem schnellsten Weg aus King's Wood herausholen werde. Dann schreit sie los. Sie fragt Mum und Dad, wie sie als menschliche Wesen das aushalten könnten. Könnten sie wirklich ertragen zu sehen, was Grandma da alles mitmachen müsse? Wie könnten sie das nur aushalten? Dad sagt, Bridget übertreibe. Er sagt, Grandma sei gut versorgt – und das ist ein Fehler, es ist genau das, worauf Bridget abzielt. Sie fordert Dad auf, dieses »gut versorgt« einmal zu analysieren und zu sagen, was es seiner Meinung nach bedeute. Dad sagt, Grandma werde gefüttert und gewaschen, sie habe es warm und bequem. Bridget zischt ihn an und wiederholt das Wort »bequem« mit einem solchen Hohn in der Stimme, daß es wie ein Peitschenhieb klingt. Sie sagt, bequem habe es Grandma keineswegs, sie sei voller blauer Flecken, und diese blauen Flecken könnten nur auf eine grobe Behandlung zurückgehen. Sie sagt, daß Grandma es keineswegs bequem habe, sondern leiden müsse. Mum erhebt Einspruch. Sie sagt, Grandma habe auch schon blaue Flecken gehabt, als wir sie noch betreuten, Grandma habe schon immer leicht blaue Flecken bekommen. Sie sei eben empfindlich. Mum sagt, wenn Bridget wirklich glaube, daß Grandma grob behandelt werde, müsse sie es dort melden. Bridget sagt, sie werde doch ihre Zeit nicht mit so was verplempern. Dad sagt, sie solle sie aber auch nicht damit verplempern, ihn anzuschreien. Bridget reißt sich zusammen und sagt: Sehr richtig. Sie sagt, sie gehe jetzt wieder nach Hause, in ihre eigene Wohnung. Es gehe ihr besser. Sie dankt Mum für die Pflege. Dann wendet sie sich Dad zu und läßt zum Abschied die Bombe platzen: Er könne dem Eigentümer von Grandmas Wohnung kündigen und das Geld für die Miete sparen. Dad sagt, sie brauche nicht ausfallend zu werden, das Geld sei ihm völlig egal, und er habe genug von Bridgets Unterstellungen. »Dann hol doch Mum nach Hause«, faucht

Bridget ihn an, »und zahle dafür, daß sie in ihrer eigenen Wohnung anständig betreut wird!« Jetzt ist Dad an der Reihe. Er schreit. Er brüllt: »Nein!« Er sagt, kein Geld der Welt könne diese schreckliche Verantwortung aufwiegen. Er schreit Bridget an, das sei es, was er los sein wolle: Diese lähmende Verantwortung, alles organisieren und in den Griff bekommen zu müssen. »Und wir«, sagt er zum Schluß, »*wir,* Jenny und ich, *wir* haben den Löwenanteil getragen.«

Was für eine Erleichterung, als Bridget gegangen ist! Aber dann kommt der Katzenjammer. Mum fragt mich mehrmals: »Und was meinst du dazu, Hannah?« Als ob ich wüßte, was ich denke.

Ich glaube, alles ist ein Chaos.
Ich glaube, das Alter ist ein Chaos.
Ich glaube, Bridget hat recht.
Ich glaube, Dad hat recht.
Ich glaube, es sollte möglichst bald ein Ende haben.
Ich glaube, das alles ist überflüssig.
Ich glaube, es gibt eine Menge gescheiter Leute.
Ich glaube, die sollten sich mal mit dem Problem beschäftigen.
Ich glaube, wenn Bridget Grandma herausholt, ihre Stelle aufgibt und von der Sozialhilfe lebt, ist sie verrückt.
Die Frage ist nur: Ist es besser, verrückt zu sein, oder ist es besser, normal und grausam zu sein?

Jenny

Bevor ich mich auf den Weg machte, um Grandma zu besuchen, rief ich bei Bridget an, aber es meldete sich niemand. Deshalb war ich schon beinahe darauf gefaßt, in King's Wood entweder Bridget bei Grandma anzutreffen, oder zu erfahren, daß man sie bereits abgeholt hätte. Aber Grandma war da, und Bridget nicht. Grandma saß wie gewöhnlich in ihrem Sessel – so schnell, in so kurzer Zeit, kommt es einem schon gewohnt vor –, von Kisssen umgeben: ein Kissen hinter dem Kopf, eines hinter der rechten Schulter, ein drittes unter ihrem rechten Bein, das auf einem Hocker lag. Nachdem der Mann an der Tür mich hereingelassen hatte, schlich ich mich in den Aufenthaltsraum, weil ich befürchtete, daß Bridget am Tag zuvor Ärger gemacht haben könnte und wir jetzt alle als Störenfriede abgestempelt wären. Aber Schwester Grice stürzte aus ihrem Büro und überschlug sich fast vor lauter Gegrüße und Gelächle.

»Wir haben ein kleines Problem mit dem Atmen«, sagte sie und zeigte auf Grandma. »Sie hat sich ein wenig verkühlt. Deshalb haben wir sie etwas abgestützt, sehen Sie. Wir wollen nicht, daß sie nach vorne fällt. Es ist schrecklich, daß sie immer vornüberfällt.« Ich gab einen Laut der Besorgnis von mir. »Ach, Sie werden sich doch keine Sorgen machen! Sie ist ein zäher Brokken, und wir passen gut auf sie auf.« Ich sagte, davon sei ich überzeugt. Schwester Grice machte mich auf Grandmas Haare aufmerksam. »Bitte sehr, Sie sehen, frisch gewaschen. Wir haben es nicht eingelegt und auch kein Edel-Shampoo verwendet. Aber immerhin, wir haben es gewaschen. Schön, nicht?« Ich sagte, ja. Grandmas Haar war wirklich ganz weiß und sah richtig sauber aus. Ich wagte, laut darüber nachzudenken, wie sie es geschafft hätten, ihr die Haare zu waschen, denn ich weiß ja, wie schwer es Grandma einem dabei macht. Schwester Grice sagte, es sei kein Problem gewesen. Sie erklärte mir, daß sie eine Hebevorrichtung hätten. Die alten Frauen würden festgebunden und dann »ganz vorsichtig, natürlich« in die Wanne gehoben. »Sie baden schrecklich gern«, machte sich die Oberschwester wichtig. »Ach, es ist jedes Mal ein richtiger Kampf, bis sie wieder draußen sind. Manche haben, wenn sie zu uns kommen, seit Jahren nicht mehr gebadet, seit Jahren nicht.« Ich sagte, wir seien auch nicht imstande gewesen, Grandma in eine Wanne zu heben, und hätten uns mit einfachen Körperwäschen zufriedengeben müssen. »Ein Bad ist wirklich unersetzlich«, sagte die Oberschwester. »Es ist ein Luxus, den sie lieben. Sie baden doch auch gern, nicht wahr, Mrs. McKay? Hm? Sie lieben doch Ihr Bad?«

Nicht das geringste Anzeichen einer Reaktion. Die Oberschwester verschwand, weil in ihrem Büro das Telefon läutete. Ich trat näher an Grandma heran. Trotz des Lärms, der aus dem Fernseher kam, und trotz des Gekrächzes und der jähen Wahnsinnsschreie, die die Hintergrundgeräusche alle paar Minuten unterbrachen, konnte ich ihr mühsames Atmen hören. Es fiel mir sehr schwer zu glauben, daß Grandma irgend etwas von dem, was um sie her geschah, wahrnahm. Aber ob sie litt? Woher sollte ich das wissen? Dann nahm ich ihre Hand und erschrak über die Festigkeit ihres Griffs; ich hatte eine ganz schlaffe Hand erwartet. Sie klammerte sich an mich, bohrte mir ihre Nägel in die Handfläche. Das änderte alles. Wo immer Grandmas Verstand auch geblieben sein mochte – sie brauchte jemanden, an den sie sich klammern konnte. Ich senkte den Kopf und versuchte gar nicht erst, etwas zu sagen; ich war plötzlich noch verwirrter als zuvor. Ich hatte Angst, daß Bridget kommen und mich hier antreffen würde, aber da meine Hand in Grandmas eisernem Griff gefangen war, brachte ich es nicht über mich, mich zu bewegen. Eine halbe Stunde später, als der Tee gebracht wurde, saß ich immer noch regungslos da.

Grandma bekam ihren Tee in einer Schnabeltasse. Letzte Woche hatte ich sie noch aus einer gewöhnlichen Tasse trinken sehen, die sie selbst festhielt, nachdem man sie ihr in die Hand gedrückt hatte. Und jetzt bekam sie ihn in einer Schnabeltasse. Die Schwester reichte sie mir. Ich versuchte, den Schnabel in Grandmas Mund zu schieben, aber sie zuckte zurück. Ich versuchte es wieder. Sie ließ ihren Unterkiefer herabfallen, und der Tee rann ihr aus dem Mund. Die Schwester kam zurück, weil sie meine Ungeschicklichkeit bemerkt hatte. Sie legte eine Hand unter Grandmas Kinn, kippte ihren Kopf ganz leicht nach hinten und achtete dann darauf, daß der Tee nur tröpfchenweise aufgenommen wurde. Grandma schluckte. Das alles wurde nicht mit der Liebe und Fürsorglichkeit gemacht, die Bridget erwartete, aber mit Geduld und Geschick. Die Schwester lächelte mir zu, als sie mir die

Tasse zurückgab. Sie war selbst nicht mehr jung, älter als ich, und ihr Gesicht wirkte genauso müde und alt, wie Grandmas immer schon ausgesehen hatte. In ihren Augen konnte ich keinen besonderen Ausdruck erkennen. Ich suchte vielleicht nach Geringschätzung oder gar Ablehnung, aber ihr Blick war ganz sanft. Sie fällte kein Werturteil, oder ließ es sich zumindest nicht anmerken.

Als ich ging, war Bridget immer noch nicht gekommen. Ich fragte niemanden, ob sie schon dagewesen sei, weil ich nicht wollte, daß der Eindruck entstand, in unserer Familie herrsche keine vollkommene Eintracht. Aber ich dachte auch, daß Schwester Grice es mir sicher gesagt hätte, wenn Grandma heute schon Besuch bekommen hätte. Als ich zu Hause war, rief ich wieder bei Bridget an, obwohl ich nach der Szene am Tag zuvor eigentlich überhaupt keine Lust hatte, mit ihr zu reden. Charlie hatte gesagt, ich solle sie in ihrem eigenen Saft schmoren lassen – wie er es unfein ausdrückte –, aber ich war nicht gewillt, seine hartherzigen Anweisungen zu befolgen. Bridget litt, und das ließ Charlie völlig außer acht. Ich konnte sie nicht im Stich lassen, selbst wenn sie mich nicht wollte. Als sie sich wieder nicht meldete, ging ich hinüber. Karl war da. Er öffnete Bridgets Wohnungstür, trat aber nicht zur Seite und bat mich auch nicht herein. Es war mir peinlich. Ich kannte Karl kaum und war mir nicht einmal sicher, wie ich ihn anreden sollte. Ich fragte ihn, ob ihm sein Urlaub gefallen habe, und er sagte, ja, danke sehr. Er war sehr liebenswürdig, blieb aber in der Tür stehen. Ich sah mich genötigt, ihn zu fragen, ob Bridget zu Hause sei. Karl sagte, nein. Sie sei nebenan, in der Wohnung ihrer Mutter. Sofort durchströmte mich ein lächerliches Gefühl der Erleichterung darüber, daß Bridget ihm nicht aufgetragen hatte, mich nicht hereinzulassen.

Bridget packte. Grandmas Wohnung stand auf dem Kopf; der Inhalt sämtlicher Schubladen und Schränke war auf dem Boden verstreut. »Reg dich nicht auf«, rief Bridget, »ich werde alles wegräumen und die Wohnung blitzsauber hinterlassen.« Sie sah unglaublich heiter aus. »Ich schaffe das schon«, sagte sie. »Der ganze Plunder da kommt auf den Flohmarkt – ohne Rücksicht auf Verluste. Es muß sein, sonst reicht der Platz in meiner Wohnung nicht für uns beide.« Ich ging mit ihr in Grandmas Schlafzimmer. Das Bett war weg. Bridget sagte, Karl habe es bereits hinübergeschafft. Erst jetzt begriff ich, daß Bridget es ernst meinte. Mein Gesicht muß Bände gesprochen haben. Bridget sagte etwas grimmig: »Du hast wohl geglaubt, es wäre nicht mein Ernst, wie? Es war mein Ernst, und es ist mein Ernst. Jetzt fühle ich mich schon besser. Aber ich gehe erst wieder nach King's Wood, wenn ich so weit bin, daß ich Mum herholen kann. Ich kann es nicht ertragen. Ich kann es nicht ertragen, da hinzugehen. Nur noch ein paar Tage, und ich bin soweit.« Ich sagte nichts. Mein Herz pochte lächerlicherweise ganz dumpf, und ich fühlte mich irgendwie schwach. Demütig half ich Bridget, Grandmas gräßliche Bettdecken in ihre Wohnung hinüberzutragen. Karl hatte das Doppelbett in Bridgets Wohnzimmer aufgestellt. Wir legten die Decken darauf. Ich mußte mich hinsetzen, weil mir die Knie zitterten. Bridget sang, sie war glücklich. Ich überlegte, warum Karl es zuließ, daß sie diesen Plan in die Tat umsetzte, warum er nicht protestierte. Ich kenne ihn nicht, ich habe nie mehr als

Artigkeiten mit ihm ausgetauscht. Er ist ja immer nur eine Randfigur in Bridgets Leben gewesen. Der Urlaub schien daran nichts geändert zu haben: Karl spielte immer noch eine Nebenrolle. Die Hauptrolle in Bridgets Leben spielte Grandma, und Karl war entweder so dumm, daß er das nicht begriff, oder so verliebt, daß es ihm egal war.

Ich starrte die beiden an und wußte nicht, was ich sagen sollte. Ich beobachtete sie aufmerksam. Bridget kommandierte Karl herum, überhäufte ihn aber gleichzeitig mit Kosenamen, die ich sie niemals zuvor hatte sagen hören: »Schätzchen« und »Liebling« und »Engel«. Und ihr Gesichtsausdruck war irgendwie merkwürdig, als sie so geschäftig herumwuselte und ihre Befehle erteilte – sie wirkte verkrampft, exaltiert und unnatürlich, während sie versuchte, ihm zu schmeicheln und ihn gleichzeitig zu beherrschen. Ich begann, mich unwohl zu fühlen. Ich begriff plötzlich, daß nur die physische Anziehung Bridget bei Karl hielt. Aber wußte er das? Er schien so darauf bedacht, ihr zu gefallen. Nichts war ihm zuviel, mit ernstem Gesicht beeilte er sich, jede Arbeit auszuführen. Er bemühte sich, ihren Blick einzufangen, aber es gelang ihm nie – sie war immer schon wieder weg. Die ganze Zeit plapperte Bridget, gab immer wieder das gleiche alberne Zeug von sich, während Karl kaum etwas sagte.

Er fertigte einen Schrank für Grandmas Sachen an. Auf dem Boden lagen Holzbretter und eine Hartfaserplatte. Bridget lobte ihn und erzählte mir, wie geschickt Karl im Schreinern sei. Sie lachte und neckte ihn und sagte, er solle ruhig weitermachen, alle Mann an Deck! und gab noch ein paar von Grandmas Redensarten zum besten. Ich sagte, ich sei in King's Wood gewesen, aber Bridget schnitt mir das Wort ab. Sie sagte, sie wolle diesen verdammten Namen nicht hören. Sie flehte mich an, ihr nichts zu erzählen, denn sie versuche, so zu tun, als existiere King's Wood nicht und als sei ihre Mutter nicht dort. Ich saß auf dem Bett und war vollkommen verwirrt. »Sie wird hier sehr glücklich sein«, schwärmte Bridget. »Es wird herrlich! Ich werde es ihr ganz gemütlich machen, ich weiß genau, was sie mag, und kenne all ihre kleinen Freuden.« Plötzlich entbrannte in mir ein unerklärlicher Zorn auf Bridget, und ich fragte: »Alles ganz allein?« Bridget war nicht die Spur verlegen. Sie sagte: Genau. »Und wenn du krank wirst?« fragte ich. »In letzter Zeit bist du zweimal krank gewesen ...« »Danke sehr, Jenny«, sagte Bridget, »das ist mir nicht entgangen. Wenn ich krank bin, muß eben der Gesundheitsdienst in Aktion treten.« – »Der wird sie nach King's Wood bringen«, sagte ich. »Ja«, erwiderte Bridget seelenruhig, »einverstanden. Aber wenigstens wird Grandma dann die längste Zeit außerhalb von King's Wood verbringen.«

Man konnte nicht mit ihr diskutieren, aber warum sollte ich auch diskutieren wollen? Mein Bedürfnis zu reden verwirrte und bedrückte mich. Ich fühlte mich in einen Wettbewerb mit Bridget gedrängt, und es mißfiel mir, wie sie mit mir umsprang: *Ich* war schließlich diejenige, die nach King's Wood ging, Grandmas Hand hielt und sich für ihre gegenwärtige Situation rechtfertigen mußte, während Bridget Betten herumschob und ein Nest für Grandma baute. Ich sollte Bridget eigentlich bewundern. Ich sollte in die Hände klatschen und staunen und sie loben, aber ich kann es nicht. Vielmehr entsetzt mich, was Bridget macht, es kommt mir nicht großartig vor, sondern schon fast obszön. Aber warum? Ich habe einfach so ein Gefühl. Alles, was Bridget unternimmt, ist bewundernswert, trotzdem stößt es einen gefühlsmäßig ab. Sie will ihren Beruf aufgeben, einen Beruf, der kein gewöhnlicher Beruf ist, sondern einer, dem sie ihr Leben geweiht hat und der sie erfüllt, und statt dessen will sie ihrer Mutter dienen, die nicht mehr gehen und sprechen kann und die vielleicht noch Jahre leben wird. Bridget kann nicht wissen, ob dies Grandmas »letzte Tage« sind – sie soll doch nur einmal an die Toten-Stühle in King's Wood denken! Mit der Art von Fürsorge, mit der Bridget Grandma umgeben will, kann Grandma noch zehn Jahre weiterleben. Und so lange würden natürlich auch meine Scham- und Schuldgefühle und meine Verwirrung anhalten. Bridget weiß, daß wir uns da nie »herausstehlen« können, wie sie sagt. Niemals. Grandma wohnt in unserer Straße, in Bridgets Wohnung, und wir würden wieder in den Strudel hineingerissen werden, denn wir sind ja nicht aus Stein. Wie lange würde es dauern, bis wir wieder bei den Wochenplänen angelangt sein würden (um Bridget eine Erholungspause zu ermöglichen) und bei der Unterstützung, die wir so lange gezahlt haben, nur daß es diesmal darum gehen würde, Bridget in ihrem Wahn zu unterstützen.

Als ich ging, sagte Bridget: »Keine Sorge, Jenny, ich werde euch nicht zur Last fallen. Das wird *meine* Sache sein, ich verspreche es dir. Ich weiß, was ich tue, und werde damit fertig. Ich habe mir alles gut überlegt. Ehrlich! Du brauchst dich nicht aufzuregen. Und dank dir dafür, daß du Mum besuchst, bis ich sie da rausholen kann, dank dir, Jenny. Es ist mir nicht egal, glaub nicht, daß ich es nicht zu schätzen weiß. Du bist sehr lieb.« Ich machte wohl eine spöttische Miene. »Nein, wirklich, Jenny! Du bist sehr lieb, bist es immer gewesen. Mum hat immer gesagt, daß du lieb warst und bist. Du solltest dich nicht aufregen. Es ist höchstens Charlies Problem, nicht deines.« Da brach der Zorn hervor, den ich die ganze Zeit verspürt hatte. Ich sagte kühl zu Bridget, daß sie Charlie und mich nicht so einfach auseinanderdividieren könne, sie habe es immer versucht, aber es würde ihr nicht gelingen. Charlies Mutter sei für mich wie meine eigene Mutter gewesen. Jeder von uns habe die Familie des anderen wie die eigene behandelt. Bridget zuckte die Achseln. Ich konnte ihr ansehen, daß es ihr völlig egal war, und meine hehren Gefühle über eheliche Harmonie nahm sie mir auch nicht ab. Wie könnte sie auch? Plötzlich verachtete ich Bridget und ihren Karl. Sie benutzte ihn, tolerierte ihn und genoß ihn, aber wenn es um Liebe ging, gab es für sie nur noch ihre Mutter.

–

Als ich Grandma heute besuchte, saß sie nicht in ihrem Sessel, und auch Schwester Grice war nicht in ihrem Büro. Es war eine andere Oberschwester da, mit viel angenehmeren Umgangsformen, viel freundlicher und leiser. Sie sagte, Grandma liege im Bett, der Arzt sei dagewesen und habe es angeordnet, weil es mit dem Atmen schlimmer geworden sei und es Anzeichen für eine Infektion gebe. Wir gingen zusammen zu Grandma, die in dem kleinen Nebenraum lag, in dem sie auch am Anfang gewesen war. Sie war gegen riesige Kissen gelehnt und auf die linke Seite gedreht. Die neue Oberschwester ging. Ich setzte mich an Grandmas Bett und war richtig erleichtert, daß ich nicht im

Aufenthaltsraum sitzen mußte und daß Grandma wirklich im Bett lag und gut eingepackt war. Hier war es ruhig und friedlich. Grandma schlief und atmete pfeifend. Ihre Gesichtsfarbe war schrecklich, durch ihre übliche gelbliche Blässe schimmerte ein schmutziges Grau. Da schlug sie zu meiner Verwunderung die Augen auf und starrte mich an. Ich beugte mich vor und nannte laut meinen Namen. Ein Hauch von einem Lächeln huschte über ihr Gesicht, und sie versuchte, etwas zu sagen. Ich nahm ihre Hand – wieder dieser feste, schrecklich feste Griff –, und wieder ein Murmeln. Als ich mein Ohr fast an ihre Lippen legte, hörte ich sie deutlich: »Danke dir!« sagen. Dank – wofür? Dafür, daß ich sie hierhergebracht hatte? Dafür, daß ich Bridget auszureden versuchte, sie hier herauszuholen? Dafür, daß ich zuerst an mich selbst dachte? Ich wollte alles andere von ihr als ausgerechnet Dank. Dank war unerträglich.

Dann schien sie wieder einzuschlafen und wirkte für ihre Verhältnisse ganz entspannt. Es hatte wenig Sinn, bei ihr sitzen zu bleiben – ihre Hand hielt meine jetzt nicht mehr umklammert –, aber ich war ja gerade erst gekommen. In diesem Zimmer gab es nichts zu tun. In meiner Handtasche hatte ich eine Tüte mit den Weingummis, wie Schwester Grice sie neulich verteilt hatte. Ich zog das Päckchen hervor und beschloß, mutig zu sein, zu versuchen, meine Zeit sinnvoll zu verbringen und mir zu vergegenwärtigen, daß es hier noch andere alte Frauen gab, die kein Mensch besuchte. Und was die Toten-Stühle anbelangte, war es wirklich eine Frage des Mutes, ja der Tapferkeit. Ich hatte solche Angst – Angst, genau hinzusehen, Angst davor, etwas zu sagen, was womöglich einen unverständlichen Kauderwelsch-

Schwall auslösen würde, Angst vor einer Berührung. Es hatte keinen Sinn, den Frauen auf den Toten-Stühlen die Weingummis aus der Packung anzubieten. Sie konnten sich nicht mehr selbst bedienen. Die einzige Möglichkeit war Schwester Grices Methode: ihnen das Weingummi in den Mund zu stecken. Das heißt, ich mußte mit meinem Finger durch die Lippen, die wie Hautlappen waren, und die Weingummis in die ekelhaft weiche Höhle ihres Mundes schieben. Ich überwand mich. Die Bonbons glitten hinein und hinunter. Der große Aufenthaltsraum wirkte dagegen plötzlich so, als sei er voller großartiger Vertreterinnen des weiblichen Geschlechts. Dort konnten einige Frauen ihr eigenes Weingummi auswählen, und noch mehr waren sogar imstande, vor Freude zu jauchzen. Alle bis auf zwei bedankten sich immer wieder. »Danke sehr« – so viel Höflichkeit trotz aller Senilität. Eine sagte sogar, sie habe großen Hunger, und nahm zwei in jede Hand.

Und dann waren da noch die Schwestern. Zwei saßen an einem sehr langen Tisch und sortierten Strümpfe, haufenweise Baumwollstrümpfe. Beide Frauen waren schwarz, beide wirkten müde und erschöpft. Ich schämte mich plötzlich meiner Rolle als gute Fee, die dumme kleine Bonbons austeilte. Sie hatten zugesehen, wie ich meine Runden machte, aber ich konnte nicht sagen, ob sie mich mit zynischen Blicken verfolgt hatten. Ich setzte mich zu ihnen und fragte, ob ich ihnen helfen könne. Sie schüttelten den Kopf und sagten, es sei nicht nötig. Ich fragte, wie lange sie schon hier seien, wo sie wohnten und für welche Schichten sie eingeteilt waren. Ich sagte, es müsse sehr schwer sein, auf so einer Station zu arbeiten. Sie nickten bedächtig. Sie stellten mir keine Fragen, aber warum sollten sie auch? Um das Gespräch in Gang zu halten, fragte ich sie über die einzelnen Patientinnen aus und hörte eine so traurige, mit ausdrucksloser Monotonie vorgetragene Litanei, daß ich mir wünschte, ich hätte nicht gefragt. Eine der Schwestern blickte mir direkt in die Augen, als sie zum Schluß sagte: »Aber die armen Leutchen wären doch gar nicht hier, wenn sie jemanden hätten, der sich um sie kümmerte, oder?«

Nein, dann wären sie nicht hier. Ich ging zurück zu Grandma, die immer noch schlief. Bevor ich fortging, blieb ich vor Schwester Grices Tür stehen, um mich genauer nach Grandmas Zustand zu erkundigen. Die Aushilfsschwester war da, war aber gerade mit Papierkram beschäftigt. Doch sie forderte mich auf einzutreten und deutete auf einen Stuhl. Sie sagte, sie hätte mich sowieso noch erwischen wollen, »um einiges zu klären«. Grandma aß nicht, und, was wichtiger war, sie trank kaum noch. Ihr Lungeninfekt hatte sich verschlimmert. Die Oberschwester beobachtete mich aufmerksam, als sie sagte: »Der Arzt ist sich nicht sicher, ob Antibiotika helfen würden.« Jede ihrer Gesten schien eine Botschaft übermitteln zu wollen – der gesenkte Kopf, die bedachtsam gespreizten Finger, die Art, wie sie mit ihrem Kugelschreiber spielte. Es wurde überhaupt nichts Eindeutiges gesagt. Ich sagte, es sei vielleicht besser, abzuwarten und zu sehen, ob die Infektion von selber wieder abklinge. Und ob man ihr etwas gegen die Schmerzen geben könne? Die Oberschwester runzelte die Stirn. Sie sagte, das sei vielleicht ein guter Vorschlag, aber sie glaube, daß Grandma im Augenblick überhaupt keine Schmerzen habe. Dann fragte sie mich, ob sich die Familie einig sei. Ich kämpfte mit mir. Beinahe hätte ich es ihr bestätigt, aber das ging natürlich nicht. Und so legte ich eine Beichte ab und sagte, daß meine Schwägerin ihre Mutter nach Hause holen werde, wahrscheinlich in ein paar Tagen. Die Oberschwester war natürlich verblüfft. Sie fragte, ob meine Schwägerin heute dagewesen sei. Ich sagte, nein, sie sei damit beschäftigt, ihre Wohnung so herzurichten, daß sie ihre Mutter aufnehmen könne, und daß sie erst dann kommen wolle, wenn sie sie von hier abholen könne. Die Schwester sagte, daß meiner Schwägerin in diesem Falle mitgeteilt werden müsse, daß ihre Mutter sehr krank sei. Ein Umzug könne den Tod für sie bedeuten. »Also wäre es besser, sie hierzulassen?« fragte ich. Die Oberschwester nickte zustimmend, hatte aber dann doch das letzte Wort: »Oder auch nicht«, sagte sie, »man kann das nie im voraus sagen.«

–

Charlie blieb eisern: Es sei nicht nötig, Bridget etwas über Grandmas Zustand zu sagen. Sie habe gesagt, sie wolle es nicht wissen, wolle nicht einmal den Namen King's Wood hören, und das allein reiche schon als Rechtfertigung für mich aus, ihr nichts zu sagen. Aber Charlie wurde noch deutlicher. Er fuhr am selben Abend, gleich nachdem er nach Hause kam, nach King's Wood und sprach mit der Oberschwester – dieses Mal war es wieder Schwester Grice. Sie sagte, Grandma sei zwar sehr krank, aber immer noch sehr stark. Ihr Herzschlag sei erstaunlich für eine Frau ihres Alters, und ihr Puls gehe regelmäßig. Schwester Grice war der Meinung, daß Grandma sich erholen und noch lange leben könne. Warum – so argumentierte Charlie – sollten wir also Bridget etwas sagen? Es würde die Dinge nur komplizieren. Bridget würde Grandma sofort mit Antibiotika vollpumpen lassen. Man solle der Natur ihren Lauf lassen, sagte Charlie. Ich drückte das in etwas anderen Worten aus und konfrontierte ihn damit: »Du meinst wohl«, sagte ich, »die Natur könnte sie vielleicht umbringen, während die Wissenschaft sie vielleicht retten könnte? Also geben wir der Natur eine Chance.« Charlie schämte sich nicht zu sagen: »Genau!« Und er wies darauf hin, daß die Natur mit Zähnen und Klauen bekämpft würde, sobald Grandma sich in Bridgets Obhut befände.

Wir haben Bridget also nicht ins Bild gesetzt. Ich habe sie gestern nicht gesehen. Heute stürmte sie herein, um sich eine Trittleiter auszuleihen: Karl strich gerade das Wohnzimmer, das jetzt Grandmas Zimmer werden sollte. »Rosa«, sagte Bridget, »ich habe an ein hübsches, fröhliches, warmes Rosa gedacht – was meinst du?« Ich sagte, ich fände Rosa schön, und Bridget strahlte. Ich sagte sogar, ich würde neue Vorhänge nähen, ich hätte noch rosa und weiß geblümten Vorhangstoff, der Hannah nicht gefallen habe. Bridget gab mir einen Kuß. Sie war so glücklich, so kindlich in ihrem Glück! Wie üblich, machte mich ihr Glück unglücklich. Ich sagte ihr nicht einmal, daß ich Grandma erst eine halbe Stunde zuvor besucht hatte. Ich sagte ihr nicht, daß Schwester Grice sich vergewissert hatte, ob sie eine Telefonnummer habe, über die sie uns auch nachts erreichen könne. Ich habe sie überhaupt nicht vorbereitet.

Schwester Grice rief in der Nacht nicht an. Aber sie rief am Morgen an, kurz nachdem Charlie seine Geschäftsreise nach München angetreten hatte. Sie sagte mir, daß Grandma eine sehr schlimme Nacht gehabt habe und daß sie wirklich sehr krank sei. Ich konnte nicht allein hin. Es war so ein Pech, daß Charlie weg war, so gemein, daß das ausgerechnet jetzt, während einer seiner seltenen Reisen, passieren mußte! Ich mußte Bridget unbedingt informieren. Ich durfte ihr weder die Chance vorenthalten, ihre Mutter noch einmal zu sehen, bevor sie starb, noch die Chance, sie möglicherweise zu retten. Ich mußte also zu Bridget hinübergehen und um sieben Uhr morgens bei ihr läuten. Es dauerte eine Ewigkeit, bis sie zur Tür kam. Sie hatte trübe Augen und war ganz verschlafen. Ich hoffte, sie würde mich ansehen und sofort den Grund meines unangekündigten Besuchs um diese Uhrzeit begreifen. Aber das war nicht der Fall. Oder wenn, dann tat sie, als begriffe sie es nicht, obwohl das Sichverstellen eigentlich nicht Bridgets Art ist. Sie rieb sich die Augen, gähnte und sagte: »Ach du bist's, Jenny. Komm rein!« Aber ich blieb stehen, entschlossen, es rasch hinter mich zu bringen. Ich sagte in einem falschen, einstudierten Tonfall, daß ich gerade einen Anruf von King's Wood bekommen hätte, daß Grandma sehr krank sei und daß ich jetzt zu ihr fahren würde. Bridget starrte mich an und wickelte sich fester in ihren Morgenmantel. »Krank?« wiederholte sie. »Was zum Teufel haben sie denn jetzt schon wieder mit ihr gemacht?«

Ich fuhr sie hin. Die ganze Fahrt über fluchte Bridget auf King's Wood und auf jeden, der dort arbeitete. Sie verfiel in eine Non-stop-Tirade gegen die Anstalt und heulte und tobte, daß es so etwas überhaupt nicht geben dürfte. Ich sagte nichts. Gott sei Dank fragte sie mich kein einziges Mal, warum ich es ihr nicht schon früher gesagt hätte. Als wir vor Grandmas Station anhielten, sprang sie aus dem Wagen und rannte los, als müsse sie einen Zug erreichen. Ich schloß mechanisch die Wagentüren ab und folgte ihr. Ich fürchtete mich vor der Szene, die ich miterleben würde. Für mich war das Wichtigste, ganz, ganz ruhig zu bleiben. Ich atmete tief ein – atmete die von dem widerlichen Gestank erfüllte Luft. Bridget drückte energisch auf die Klingel, aber niemand reagierte. Als sich die Tür endlich öffnete, stürmte sie herein. Ich folgte ihr langsam. Die Patientinnen saßen alle um den Tisch herum und bekamen gerade ihr Frühstück. Bridgets Sturmschritt schreckte sie auf. Inzwischen kannte ich die meisten von ihnen, Ida und Doreen und Leah und May, und ich sah, wie jede, genau ihrem Typ entsprechend, reagierte, wie jede ihre Individualität bewahrte, auch wenn die Senilität die Konturen verwischt hatte.

Grandma lag immer noch in dem kleinen Zimmer neben dem Büro der Oberschwester. Es war sechs Tage her, seit Bridget sie das letzte Mal gesehen hatte, aber selbst in den vierundzwanzig Stunden seit meinem letzten Besuch hatte sich eine dramatische Änderung vollzogen. Ihr Atem ging schwer und mühsam, und um ihre Nasenlöcher lag ein blauer Schatten. Ihr Mund stand weit offen, eine große, häßliche, sabbernde blaßrosa Höhle. Ihre Augen waren geschlossen. Bridgets Kampfeslust war im Nu verflogen. Sie sagte nichts. Sie setzte sich links neben ihre Mutter, nahm ihre Hand, beugte sich über sie und sagte: »Mutter! Ich bin's, Bridget!« Grandmas Augenlider zitterten, das Weiße ihres Augapfels schimmerte eine Sekunde lang auf und verschwand wieder. Der Mund versuchte, sich zu schließen – vergebens. Aber dann griff die Hand zu. Ich konnte es sehen. Ich sah, wie überrascht und wie erfreut Bridget darüber war, wie fieberhaft sie sich dieser lebendigen Hand widmete, wie sie sie streichelte, drückte und liebkoste. Ich saß ängstlich auf der anderen Seite und wußte nicht, ob Bridget mich lieber nicht dabeihaben wollte. Ich nahm Grandmas andere Hand. Jede von uns hielt eine von Grandmas Händen, und zwischen uns lag dieser keuchende, kämpfende Körper.

Bridget fing als erste an zu reden. Sie erzählte Grandma, daß sie ihr Zimmer rosa gestrichen und eine neue Heizdecke gekauft hatte und daß sie das ganze übrige Bettzeug gewaschen hatte und daß sie bald wieder zu Hause sein werde. Aber nach einiger Zeit verstummte sie. Sie streichelte Grandmas Haar und berührte ihr Gesicht. Keine Tränen. Nach einer Stunde mußte Bridget hinausgehen, um eine Zigarette zu rauchen, hinaus auf den Flur. Sie hatte mich noch nicht angesehen oder mit mir geredet. Doch als sie zurückkam, freute ich mich plötzlich über den Zigarettengeruch, weil er einen Augenblick lang den Verwesungsgeruch überdeckte, der aus Grandmas Mund kam. Als sie ihren Posten wieder bezog, sagte sie: »Ja, das war es dann wohl. Kein Zweifel. Und das hier, an so einem Ort!« Ich hatte das Gefühl, daß alles, was ich sagen würde, fehl am Platze war, also sagte ich nichts. »Sie erkennt mich nicht einmal, sie weiß nicht, daß ich bei ihr bin, sie ist schon tot, sie ist allein gestorben.« Jetzt fiel es mir leicht, Bridget etwas Beruhigendes zu sagen. Ich zeigte auf Grandmas Hand, die in meiner Hand lag. »Schau«, sagte ich, »fühl doch den Griff. Sie weiß, daß sie nicht allein ist. Sie weiß, daß du da bist, natürlich weiß sie das.« – »Zu spät«, sagte Bridget, »ich habe mir etwas vorgemacht und es gewußt. Ich habe gewußt, daß ich mir etwas vormache.«

Es war ein langer, ein sehr langer Tag. Wenigstens ließ man uns in Ruhe. Hin und wieder kamen May und Doreen auf ihren Wanderungen zu uns hereingeschlurft; sie rissen die Augen auf, schnalzten mit der Zunge und gingen wieder. Von Zeit zu Zeit kam eine Schwester vorbei und brachte uns Tee. Bridget und ich unterhielten uns und tauschten hauptsächlich Erinnerungen an Grandma aus. Wir lachten sogar, wenn wir uns bestimmte Späße ins Gedächtnis zurückriefen. Und die ganze Zeit ihr schreckliches, gepreßtes Atmen, das an einen krächzenden alten Blasebalg erinnerte. Jedesmal, wenn ein Atemzug vorbei war, warteten wir auf den nächsten. Und er kam. Das Rasseln in der Kehle wurde stündlich stärker, bis Atmen und Rasseln miteinander um die Vorherrschaft kämpften. Als Bridget wieder eine Zigarette rauchen ging, versuchte ich, Grandmas Mund zu schließen. Es gelang mir nicht. Der Widerstand gegen meine Bemühung war so heftig; der Unterkiefer wollte einfach dort bleiben, wo er war. Das Sterben erwies sich als so schwer. Ich dachte an die Übungen, die der Vorbereitung auf eine natürliche Geburt dienten und die ich gewissenhaft gemacht hatte. Wie aber bereitet man sich auf einen natürlichen Tod vor? Grandma wußte nicht, wie man stirbt, und sie wollte nicht sterben. Kein Aufgeben, keine Kapitulation. Sie leistete den ganzen langen Tag schwere Arbeit, um am Leben zu bleiben; sie rackerte sich ab, wie sie es ihr ganzes armseliges Leben lang getan hatte, und niemand half ihr, niemand versuchte auch nur, ihr zu helfen. Die Natur nahm ihren bösen Lauf und war entsetzlich grausam. Die barmherzige Wissenschaft blieb draußen vor der Tür.

Um acht Uhr abends riet uns die nette Vertreterin

der Oberschwester, nach Hause zu gehen. Sie sagte, Grandmas Puls sei noch stark, und sie forderte Bridget auf, ihn selbst zu fühlen. Bridget gab ihr zwar recht, sagte aber, sie wolle die Nacht über bleiben. Die meisten Leute würden nachts sterben, sagte Bridget, und sie wolle dabeisein. Aber wir einigten uns, daß wir für eine Stunde nach Hause gehen, essen, uns frisch machen und dann, für die Nacht gestärkt, zurückkehren würden. Wir gingen, und kaum hatten wir die Haustür aufgemacht, da klingelte das Telefon: Sie war natürlich gestorben. Grandma war gestorben, während wir nach Hause fuhren. Nur noch eine halbe Stunde, und es wäre vorbei gewesen, und Bridget wäre dabeigewesen – so, wie sie es sich so leidenschaftlich gewünscht hatte. Dreißig Minuten, von denen jede einzelne in Bridgets Augen ein Verrat war. Wir fuhren sofort zurück, obwohl ich eigentlich dagegen war. Selbst im Tod hatte der Unterkiefer nicht nachgeben wollen, das Loch klaffte immer noch. Schwester Grice, die wieder im Einsatz war, sagte, sie werde ihn mit einem Band hochbinden.

–

Bridget rief Stuart an. Sie bestand darauf. Sie war ganz ruhig. Weder Wut noch Bitterkeit schwangen in ihrer Stimme mit, auch keine übermäßige Trauer. Am Telefon wirkte sie sogar ganz heiter. Sie teilte ihm die Nachricht in sachlichem Ton mit, ohne spürbare innere Bewegung. Sie benutzte keine Euphemismen – »Mum ist tot«, sagte sie geradeheraus. An längeres Aufbleiben war nicht zu denken. Wir waren zu erschöpft, und als Bridget mit ihrem Telefonat fertig war, gingen wir beide zu Bett und schliefen, zu unserem Erstaunen, ganz tief.

Am nächsten Tag hatten wir viel zu tun. Der Tod deckte uns mit Arbeit ein. Wir mußten den Todesfall registrieren lassen, eine unangenehme Sache, die viel Zeit in Anspruch nahm. Dann mußten wir zum Bestattungsinstitut. Das war schon etwas aufregender. Bridget und ich saßen in einem kleinen Zimmer im Büro des Bestattungsinstituts, einem Raum, der mit seiner braunen Geschmacklosigkeit geradezu unheimlich wirkte, und ließen uns informieren: über Sargpreise und Sargtypen, über Leichenwagenpreise und Leichenwagentypen und schließlich über die Tarife der unterschiedlichen Geistlichen und ihre jeweiligen Dienstleistungen. Alles wurde mit der größten, überaus aufrichtigen und daher höchst lächerlichen Rücksicht vorgetragen. Der Bestattungsunternehmer hätte sich nicht so anzustrengen brauchen; denn wir hatten weder Glacéhandschuhe nötig noch den ständigen besorgten Blick nach möglichen Tränen. Dieser Teil des Dramas brachte uns wirklich nicht aus der Fassung. Wir setzten die Einäscherung für den nächsten Tag fest und gingen.

Am Morgen rief dann auch endlich Charlie an, den ich am Abend zuvor nicht hatte erreichen können. Ich sagte ihm, daß seine Mutter tot sei. »Mach keine Witze!« sagte er erschrocken. Was für eine ungewöhnliche Reaktion: »Mach keine Witze!« Nein, sagte ich, es ist wahr. Dann sagte Charlie: »Ich habe einfach nicht mehr geglaubt, daß es passieren würde, ich hatte die Hoffnung aufgegeben.« Ich sagte, daß seine Hoffnungen sich erfüllt hätten. Er sagte, er werde umgehend nach Hause kommen. Ich dachte daran, ihm zu sagen, das hätte wenig Sinn, erkannte dann aber, daß er bei der Bestattung seiner Mutter dabeisein sollte, wenn schon nicht sich selbst zuliebe, dann wenigstens Bridget zuliebe. An diesem Abend kochte ich ein gutes Essen, und Bridget griff tüchtig zu – warum auch nicht? Ich war nicht so dumm, es als Zeichen mangelnder Trauer zu werten. Wer hätte nach alledem erwartet, daß Bridget weinen oder jammern oder zusammenbrechen würde? Niemand, der sie kannte. Was ich erwartet und befürchtet hatte, war Zorn, und der war Gott sei Dank ausgeblieben. Ich hatte erwartet, daß er sich gegen mich richten würde. Bridget war aber besonders freundlich zu mir. Ich fragte, ob sie vielleicht Karl in ihrer Nähe haben wolle, aber sie schüttelte energisch den Kopf und sagte: »Nein, ich brauche nur meine eigene Familie.«

Und das sind natürlich wir – wir sind jetzt Bridgets Familie. Ohne Mann und ohne Kind, ist Bridget jetzt auch ohne Mutter. Wen hat sie außer uns?

Hannah

Mum ist nicht religiös, Dad ist nicht religiös, Stuart ist ganz bestimmt nicht religiös, und Bridget haßt Religion. Und doch sind wir alle hier, in einer Kirche, bei einer Trauerfeier. Es ist verrückt. Ich verstehe nicht, wozu das gut sein soll. Mum sagt, es ist für Bridget, Bridget sagt, es ist für Grandma. Aber Grandma ist tot, wie kann es also für sie sein? Bridget sagt Bridget-ungemäße Sachen wie zum Beispiel: »Grandma wäre tief betroffen, wenn sie keine Trauerfeier und keinen richtigen Gottesdienst bekäme.« Als ich sage, Grandma sei tot, lächelt Bridget sonderbar und sagt, sie wisse das, glaube aber, es sei richtig so.

Ich glaube, es ist falsch. Und unsinnig. Wir alle sitzen in diesem schrecklichen Warteraum beim Krematorium. Eine große Trauergesellschaft hat soeben den Raum verlassen. Wir sind keine große Gesellschaft. Wir sind nur zu siebt, es ist so traurig. Nur Stuart und Paula sind dem Anlaß entsprechend gekleidet. Stuart trägt einen dunkelgrauen Anzug und ein fast abstoßend weißes Hemd mit steifem Kragen und eine schwarze Krawatte. Seine schwarzen Lederschuhe glänzen, und sein Haar sieht wie geleckt aus. Paula trägt einen schwarzen Mantel, ein dezent silbergrau-schwarz gemustertes Halstuch und schwarze Stiefel, die ebenfalls schön poliert sind, doch nicht so stark glänzen wie Stuarts

Schuhe. Dad ist auch ganz beerdigungsgerecht gekleidet, aber seine Alltagsanzüge sind sowieso alle furchtbar langweilig. Er hat einen dunkelblauen Anzug an, doch sein Hemd ist blaßblau und seine Krawatte blau-weiß-gold gestreift. Mum ist in Grau, sie trägt ihren grauen Rock und die graue Jacke dazu und irgend etwas Getupftes darunter. Bridget ist in Rot. Sie sagt, es sei Grandmas Lieblingsfarbe gewesen. Sie trägt ein scharlachrotes Kleid mit einer schwarzen Jacke darüber. Sie hat sich eine rote Nelke an die Jacke gesteckt. Adrian und ich fallen aus dem Rahmen. Es hat hitzige Debatten darüber gegeben, was wir anziehen sollten. Dad meinte, ich sollte einen Rock oder ein Kleid tragen, aber ich habe nur einen einzigen Rock, und der fand bei ihm keine Gnade. Ich fand, ich sollte einfach etwas Normales anziehen, aber normal heißt bei mir Jeans, und da sagt selbst Mum nein. Also trage ich schwarze Hosen und einen weißen Pulli, und da es kalt ist und ich nur eine warme Jacke habe, mußten sie mich in meiner Pilotenjacke gehen lassen. Adrian besitzt gar keinen Anzug. Er trägt ebenfalls schwarze Hosen und ein weißes Hemd, hat sich aber standhaft geweigert, sich eine Krawatte umzubinden. Darüber hat er seinen schrecklichen Anorak an.

Ich habe viel Zeit, unsere Kleider zu begutachten. Es gibt nichts anderes zu tun. Bridget hat gerade gesagt, sie befürchte, daß dieser Gottesdienst traurig werde. Wie könnte es auch anders sein? Sieben Leute anwesend, nur sieben, die nie in die Kirche gehen. Stunden um Stunden hat uns dieser verflixte Gottesdienst gekostet. Bridget wollte brausende Choräle. Brausend mit sieben Sängern? Sie sagte, Grandma habe »Fight the Good Fight« gemocht. Sie und Mum kramten all diese

Lieder aus ihrem Gedächtnis hervor. Bridget war entsetzt, daß ich den Text von »The Lord is My Shepherd« nicht kenne. Sie fragte mich immer wieder, genau wie Grandma, ob man mir in der Schule denn überhaupt etwas beibrächte. Dann die Sache mit der Musik. Offensichtlich müssen zwei Musikstücke ausgewählt werden, das eine für den Augenblick, wenn der Sarg hereingetragen wird, und das zweite für die Trauergemeinde, wenn sie den Raum verläßt. Bridget wollte »Charlie is My Darling« als erstes, aber der Bestattungsunternehmer, der hier die Regie führt, sagte, es sei »nicht angemessen«. Bridget sagte, das sei ihr egal, sie wolle es. Der Bestattungsunternehmer sagte, der Organist könne es nicht spielen. Bridget war sich sicher, daß er es sehr wohl konnte, aber Mum schlug »The Skye Boat Song« vor, den der Bestattungsunternehmer durchgehen ließ und den der Organist kannte, und Bridget gab nach. Mum sagte, der Bestattungsunternehmer könne Bridget nicht leiden. Alles wegen des Sargs. Bridget erkundigte sich, wieviel der Sarg kosten würde. Der Bestattungsunternehmer sagte, es sei der billigste Holzsarg, den sie hätten, mit Politur und Messinggriffen. Bridget fragte, wozu Messing und Politur, warum könne er nicht aus Hartfaserplatten sein? Der Bestattungsunternehmer sah sich genötigt zuzugeben, daß es auch einen Sperrholzsarg mit Stoffdeckel gebe, glaubte aber wohl, daß Bridget keinen Stoffdeckel wolle. Da täuschte er sich. Bridget wollte ihn. Bridget wollte auch, daß Dad, Stuart und Adrian den Sarg trugen und nicht die Angestellten des Bestattungsinstituts, aber Dad weigerte sich. Er sagte, sein Rücken mache da nicht mit, er werde zahlen, und Bridget solle aufhören, sich über die Ausgaben aufzuregen. Bridget sagte, sie mache das Grandma zuliebe.

Es ist fünf vor zwei. Unsere Bestattung ist für zwei Uhr angesetzt, und die nächste findet um halb drei statt. Der Bestattungsunternehmer, der aussieht, als sei er einem Buch von Dickens entstiegen oder zumindest von einer Komparsenagentur gestellt worden, betritt mit einem anderen Mann den Warteraum. Es ist der Geistliche, ein Schotte, der wie wir McKay heißt. Er ist sehr alt und grauhaarig und macht ein griesgrämiges Gesicht, aber er hat einen herrlichen Akzent. Er schüttelt uns die Hand und sagt, er komme von den Hebriden. Bridget hat ewig lang mit ihm telefoniert und ihm viel über Grandma erzählt, damit er etwas über sie sagen kann. Ich habe mitbekommen, wie sie ihm dreimal sagte – aber Bridget sagt jedem alles dreimal –, daß sie kein salbungsvolles Gerede über Grandma wolle. Das war das Wort, das sie benutzte: salbungsvoll. Bridget sagte, es wäre peinlich, »wissen Sie, was ich meine?« Der Geistliche muß ja gesagt haben, denn sie schien beruhigt. Jetzt, da Hochwürden McKay vor uns steht, sehe ich, daß er niemals salbungsvoll sein könnte. Er strahlt nichts als Wortkargheit und Bitterkeit aus. Anscheinend bekommt er nur 25 Pfund dafür, und selbst das geht wahrscheinlich noch an seine armselige Kirche, und er hat den ganzen Weg von East Barnet hierher zurücklegen müssen, nur um diesen Gottesdienst abzuhalten.

Wir marschieren aus dem Wartesaal über einen Hof zu einer kleinen Kapelle. Eine große Gesellschaft geht gerade hinüber zu einer anderen Kapelle, und wir warten etwas verwirrt, um sie vorbeizulassen. Sie haben Vorfahrt. Sie sind viele, und die meisten weinen. Die

Frauen sind sogar tief verschleiert, was mich fasziniert. Zwei sind so gramgebeugt, daß sie gestützt werden müssen. Weiße Taschentücher – richtige, keine aus Papier – werden an rotgeweinte Augen gedrückt. Als sie vorbei sind, gehen wir weiter und fühlen uns hoffnungslos fehl am Platze. Die Kapelle ist tatsächlich sehr klein, viel kleiner als unser Wohnzimmer. Da hier höchstens fünfundzwanzig Personen Platz haben, fühlen wir uns nicht ganz verloren. Die Kapelle ist wirklich sehr schön. Ein Fenster ist aus buntem Glas, ein rundes, über dem Altar, und die Wände sind mit dunklem Holz verkleidet. In einem großen urnenähnlichen Gefäß stehen weiße Chrysanthemen (Mums Werk). Charlie, Stuart und Bridget sitzen in der vordersten Reihe und Mum, Paula, ich und Adrian hinter ihnen. Der Geistliche stellt sich an seinen Platz. Ich spüre, wie kalte Luft hereinströmt, und weiß deshalb, daß die Türen hinter uns offen sind, aber ich werde mich nicht umdrehen, um zuzuschauen, wie der Sarg hereingetragen wird. Aber Bridget schaut sich um. Sie dreht sich ganz um, herausfordernd, und blickt starr nach hinten. Ihr Gesicht ist angespannt. Keine Tränen. Es hat überhaupt keine Tränen gegeben, jedenfalls hat niemand welche gesehen. Ihre Lippen bewegen sich von einer Seite zur anderen, erst nach links, dann nach rechts, als wollten sie winken. Um Bridget nicht ins Gesicht sehen zu müssen, beschließe ich, ebenfalls auf den Sarg zu schauen, auch wenn das bedeutet, daß ich von meiner ursprünglichen Absicht abweichen muß.

An der Tür stehen vier Männer, den Sarg auf den Schultern. Es ist eine große Überraschung zu sehen, daß er in ein Plaid gehüllt ist. Bridget hat mir das nicht gesagt. Grandmas leuchtend rot-gelb-schwarzkarierter Schal ist über den Sarg gebreitet, und auf dem Plaid liegt ein Sträußchen Heidekraut. Davon wußte ich. Es ist kein echtes Heidekraut. Mum ist es nicht gelungen, einen Blumenhändler ausfindig zu machen, der im Dezember Heidekraut auftreiben konnte. Es ist irgendein lila Heidekraut-Ersatz. Bridget lächelt und dreht sich wieder nach vorne um. Der Geistliche beginnt mit seiner Ansprache. Was er sagt, ist vorhersagbar, nämlich, daß Grandma eine gute Ehefrau und Mutter war und ein gutes Leben führte. Aber sein Akzent ist wunderbar. All seine S-Laute sind lang gedehnt, seine Satzmelodie ist rhythmisch und wirkt hypnotisierend. Dann singen wir »The Lord is My Shepherd«, immerhin vier Strophen. Bridget singt aus voller Kehle, genau wie Stuart. Hinter mir kann ich den Bestattungsunternehmer schmettern hören. Die Gebete sind für mich nur Hokuspokus. Bridget wird während der Gebete unruhig, macht aber beim Kopfsenken und Händefalten mit. Wir singen *Fight the Good Fight*. Es kann doch nicht mehr lange dauern? Dann folgt etwas, was ich als abschließende Predigt auffasse. Ich habe den Eindruck, es ist ein Seitenhieb auf uns, weil wir nicht gläubig sind, denn sie endet mit dem Satz: »Wie kann der Mensch wissen?« und einer Erinnerung daran, daß Gott auf geheimnisvollen Wegen wirke, die wir nie zu beurteilen versuchen sollten. Ein Moment des Schweigens, ein leises Knirschen, und der Sarg bewegt sich langsam zwischen zwei diskreten kleinen Vorhängen hindurch. Das wirkt jetzt einen Augenblick lang dramatisch. Ich kann Bridgets Gesicht nicht sehen. Sie sitzt direkt vor mir. Aber ich kann Dad von links und Stuart von rechts im Profil sehen. Es erstaunt mich zu sehen, daß eine Träne Stuarts Wange hinunterrollt. Ach du lieber Gott! Ob Mum das gesehen hat? Dad weint nicht. Aber er macht eine schöne Geste: Als der Sarg verschwindet, sehe ich, wie er Bridgets Hand nimmt. Das war's dann also.

Draußen müssen wir uns noch einem weiteren Ritual unterziehen. An der Rückseite der Kapellen, zwischen den Krematoriumsgebäuden und den Gartenanlagen, werden die Blumen abgelegt. Es gibt Reihen scheußlicher kleiner Holzschilder, auf denen der Name der jeweiligen Kapelle steht. Manche Schilder verschwinden fast unter Blumen, Bergen von Blumen in allen nur erdenklichen Formen. MUM steht da in rosa Blütenlettern von einem Meter Höhe und GRAN, und es gibt auch ein ganzes Motorrad aus roten und weißen Nelken. Bei unserem Schild liegt im Augenblick nur der Strauß mit dem unechten Heidekraut. Darauf sind wir alle stolz bis auf Stuart und Paula, die bei dem Anblick richtig zusammenzucken. Sie hatten einen Kranz schicken wollen, aber Bridget sagte, daß Grandma sich über die Verschwendung nur geärgert hätte. Dann gibt es nichts mehr zu tun. Wir schütteln dem Geistlichen und dem Bestattungsunternehmer die Hand, steigen in unsere Autos und fahren nach Hause.

–

Es ist ein gutes Essen. Bridget wollte Grandma zu Ehren ein paar schottische Gerichte haben, also gibt es Haggis und Neeps und Tatties und verschiedene ekelhafte Nachspeisen, die nichts mit Schottland zu tun haben, die Grandma aber liebte. Und es gibt Whisky, besten Highland Malt. Sobald wir die Tür geöffnet hatten, fragte Dad, ob die Männer einen Whisky wollten, und Bridget sagte, was denn mit den Frauen sei, und deshalb tranken sie nun alle Whisky. Dad sagte, er habe nur deshalb gefragt, ob die Männer einen wollten, weil bei einer echten schottischen Beerdigung nur die Männer zum Friedhof gingen; sie kämen nach den meisten Beerdigungen völlig durchgefroren nach Hause und bräuchten dann einen Whisky. Bridget sagte, es sei schon erstaunlich, wie die Männer die Tradition ausnutzten, um die Frauen auszuschließen. Daraufhin reichte Dad ihr einfach die Flasche.

Sie hat den größten Teil der Flasche ausgetrunken, wirkt aber nicht betrunken. Wir sind vor zwei Stunden zurückgekehrt und sitzen alle noch am Tisch. Jeder scheint auf etwas zu warten, aber ich kann mir nicht vorstellen, auf was. Es kommt sehr selten vor, daß die ganze Familie um einen Tisch herumsitzt (die ganze Familie bis auf Stuarts und Paulas Kinder, Gott sei Dank!). Ich kann nicht umhin, die äußerliche Ähnlichkeit der McKays untereinander und ihre jeweilige Ähnlichkeit mit Grandma festzustellen. Es hat mehr mit dem Gesichtsausdruck zu tun, als mit den einzelnen Zügen, und die unterschiedlichen Haarfarben täuschen das träge Auge über die Ähnlichkeit der Geschwister hinweg. Auch Bridget schaut alle aufmerksam an. Sie sagt, Grandma hätte das genossen. Alle stimmen ihr zu. Grandma sagt, sie habe es immer genossen, ihre Familie um sich zu haben. Wieder geben alle ihr recht. Bridget sagt, es sei so schade, daß sie fast nie an einem Familientisch wie diesem hier gesessen habe. Niemand sagt etwas. Bridget fragt mit gespielter Unschuld, wann wir alle zum letzten Mal so beisammen gesessen hätten? Aus welchem Anlaß? In welchem Jahr? Ob jemand sich erinnere? Nein, niemand. Bridget sagt, es wäre ja so einfach gewesen. Grandma wollte keine vergoldeten Jachten oder Diamanten oder Luxus-Penthäuser oder Pelzmäntel – alles, was sie wollte, war, ihre Familie um sich zu haben. Und das habe sie nicht bekommen. Mit erhobener Stimme sagt Bridget, ihre Familie sei am Ende nicht besonders gut mit ihr umgegangen.

Tischaufwärts und tischabwärts werden Blicke gewechselt. Mum schaut Dad an, Dad schaut die Whiskyflasche an, Stuart sieht Paula an. Niemand schaut Bridget an. Alle sind aufbruchbereit. Stuart steht als erster auf und dankt Mum für das Essen. Er sagt, er und Paula müßten gehen und die Jungen abholen. Bridget stößt einen Rauchring aus. Paula ist ihren Mantel holen gegangen. Stuart sagt, an niemanden direkt gewandt, er sei froh, daß alles vorbei sei und daß wir alle unsere Sache sehr, sehr gut gemacht hätten. Bridget sagt: Lob aus dem Munde des Mächtigen ist wahres Lob. Stuart sollte das überhören, aber er tut es nicht. Er steht neben Bridgets Stuhl. Er berührt leicht ihre Schulter und sagt, er sei ihr dankbar. Dankbar! Bridget zuckt zusammen. Sie fragt, wofür zum Teufel er ihr dankbar sei. Stuart sagt, dafür, daß du dich um Mum gekümmert hast. Du hast die Hauptlast getragen, sagt er. Aha, das hast du also bemerkt, erwidert Bridget, das ist ja direkt ein Wunder. Nun, sagt Bridget, du mußt doch sehr froh sein, jetzt, da Mum aus dem Weg ist, da sie dir den Gefallen getan hat zu sterben. Hast ein ruhiges Gewissen, was? Stuart sagt, nein, wirklich nicht. Nein, er habe nie ein ruhiges Gewissen gehabt, habe aber damit gelebt, obwohl sein Gewissen ihn immer gequält habe. Er habe schon vor langer Zeit beschlossen, daß er genug habe, und er habe den Mut gehabt, zu seiner Überzeugung zu stehen. Mut? Überzeugung? schreit Bridget.

Sie sagt, sie habe nicht gewußt, daß Stuart so etwas überhaupt besitze, das sei neu für sie. Stuart sagt leise, daß sie die Dinge gern einseitig sehe. Bridget fährt ihn an: Nämlich wie? Stuart sagt, sie wolle ihn als kaltherziges Ungeheuer sehen, das seine Mutter nicht geliebt habe und dem es egal gewesen sei, was mit ihr geschah, solange es ihm nur keine Unannehmlichkeiten bereitete. Richtig, sagt Bridget. Falsch, sagt Stuart. Dad unterbricht sie und sagt, sie seien jetzt weit genug gegangen, und das sei nicht schön. Wir hätten alle einen langen Tag gehabt und seien durcheinander – aber er wird zum Schweigen gebracht. Bridget sagt, das sei jetzt überhaupt das erste Mal, daß Stuart etwas Interessantes sage, und sie wolle es sich anhören. Sie fordert Stuart auf fortzufahren. Aber Stuart sagt, er sei schon fertig, was er zu sagen habe, habe er gesagt. Bridget sagt, sie könne darin keine Logik erkennen. Ob Stuart sagen wolle, daß er seine Mutter geliebt habe? Ja, sagt Stuart, früher einmal. Ach, früher einmal! sagt Bridget. Wie witzig, sie habe immer geglaubt, daß Liebe, die irgend etwas bedeute, ewig dauere, oder ob Stuart etwa von der Art rede, wie Männer liebten? Stuart sagt, es habe nichts damit zu tun, daß er ein Mann sei: Er habe seine Mutter früher einmal geliebt, aber diese Liebe sei wohl in dem Moment erloschen, als die seiner Mutter zu ihm erlosch.

Jetzt ist es raus. Bridget springt auf, und wir alle zittern. Sie sagt zu Stuart, seine Mutter habe *niemals* aufgehört, ihn zu lieben, wie er nur so etwas behaupten könne? Stuart sagt, nein, es sei Bridget gewesen, die seine Mutter niemals zu lieben aufgehört habe. Er sagt, Bridget habe geben können, weil sie empfangen habe, das sei ihr ganzes Leben so gewesen. Stuart sagt, er und Charlie seien nie auch nur eines Blickes gewürdigt worden, seit sie erwachsen waren. Er sagt, seine Mutter habe Männer nicht gemocht, habe sie als ihre Feinde, als Quälgeister, als Tyrannen betrachtet. Sie habe geglaubt, sie hätten ihr das Leben verpfuscht. Sie habe nur Frauen gemocht. Und das, sagt Stuart, habe viel ausgemacht. Er sagt zu Bridget, sie solle seine sogenannte Gleichgültigkeit seiner Mutter gegenüber nicht ihm allein in die Schuhe schieben, sondern auch ihr. Bridget sagt, das sei ungeheuerlich, sie traue ihren Ohren nicht, Stuart sei *verrückt*. Stuart zuckt die Achseln. Paula macht ihm verzweifelt irgendwelche Zeichen. Er sagt, er werde jetzt gehen, und es tue ihm leid, wenn er Bridget verärgert habe, aber es sei nicht zu ändern, und dann *gibt er ihr einen Kuß*. Und er geht. Und Bridget sinkt verdutzt auf ihren Stuhl zurück.

–

Als Stuart und Paula gegangen sind, ist alles anders. Wir räumen den Tisch ab. Es ist noch früh. Adrian geht aus, nachdem er besorgt gefragt hat, ob es auch angemessen sei (die Redeweise dieses Bestattungsunternehmers hat ansteckend gewirkt). Mum zündet den Kamin an, und wir setzen uns alle ans Feuer. Dad bleibt noch etwa eine Stunde dabei und geht dann hinaus, um ein paar Telefonate zu erledigen. Wir drei – Mum und Bridget und ich – bleiben sitzen und trinken Kaffee. Bridget trinkt ihn literweise. Sie sagt, sie werde über Nacht bleiben, wenn es recht sei, und Mum sagt, natürlich, sie habe sowieso mit ihr gerechnet. Gegen neun Uhr fragt Mum Bridget, wie sie sich fühle. Bridget sagt, es gehe ihr gut, sie sei nur etwas müde. Mum hakt nach. Sie sagt zu Bridget, daß sie hoffe, sie werde nicht sie,

Mum, dafür verantwortlich machen, wie und wo Grandma starb, oder dafür, daß sie überhaupt starb. Bridget lächelt schwach. Sie sagt, nein, daran denke sie nicht, es habe doch keinen Sinn, obwohl sie sich natürlich selber Vorwürfe mache wegen all dieser Dinge, das sei ja klar. Worüber sie aber nachdenke und was sie deprimiere, sei, was Stuart gesagt habe. Sie grüble darüber nach, ob auch nur ein Körnchen Wahrheit in dem stecke, was er gesagt habe? Das Fragezeichen schwang in ihrer Stimme mit.

Mum sagt, sie habe Stuart nicht als Kind gekannt. Sie habe auch Charlie und Bridget nicht gekannt, aber darum gehe es wohl auch nicht. Mum sagt, nach dem, was sie gehört habe, müsse Stuart eine schwere Kindheit gehabt haben, denn sein Vater starb, als er zwölf Jahre alt war, ein schwieriges Alter, weil man schon so viel mitbekommt, und dann dieser Umzug nach Newcastle und wieder zurück. Mum sagt, Grandma habe ihr immer erzählt, wie brav Stuart als Kind gewesen sei: Er habe ihr geholfen und sich um sie gekümmert, habe im Geschäft zwei Jobs gehabt, Zeitungen ausgetragen und Botengänge gemacht, und ihr sein ganzes Geld abgeliefert. Mum sagt, sie glaube, daß Grandma sich bei Stuarts Scheidung vielleicht nicht ganz richtig verhalten und Stuart verletzt habe. Bridget fährt sie an, Stuart habe sich auch nicht richtig verhalten, Grandma habe ganz recht gehabt, daß sie auf Stuart wütend war. Mum sagt, daß sie ja genau das sagen wolle, daß Grandma ihre Mißbilligung deutlich gezeigt und damit – ob sie recht hatte oder nicht – Stuart gereizt und verletzt habe. Und dann sei Grandma auch zu Paula nicht besonders nett gewesen. Bridget lacht hämisch. Sie sagt, ach komm, meine Mutter war zu jedem nett, und überhaupt – Paula! Mum entgegnet mit fester Stimme, daß Grandma eben nicht zu *jedem* nett gewesen sei, daß sie auf ihre Art gemein sein konnte – vielleicht sei es nicht sehr schlimm gewesen –, aber sie habe so eine Art gehabt. Mum sagt, Bridget habe nie begriffen, wie ausgrenzend sie und Grandma sein konnten und wie sehr sie Paula einschüchterten. Bridget sagt, Mum solle nicht so schrecklich albern sein, Grandma habe keine Fliege einschüchtern können, sie sei die freundlichste, liebenswürdigste, harmloseste Frau der Welt gewesen. Mum sagt, vielleicht, aber sie hat Paula gequält. Bridget schreit jetzt: »Gequält!« Mum sagt, Grandma sei gemein gewesen, sie habe über Paulas Kleider gespottet, sie habe ihr das Gefühl gegeben, noch unscheinbarer zu sein, als sie ohnehin sei, und sie habe sie nicht wie eine neue Tochter behandelt.

Mum hat Bridget ganz offensichtlich aus ihrer Lethargie gerissen. Bridget ist wütend. Sie funkelt Mum an. Sie sagt, jetzt werde Mum wohl auch noch Stuart recht geben. Mum ist sehr mutig. Sie sagt, Stuart könne durchaus damit recht haben, daß seine Beziehung zu seiner Mutter von ihr bestimmt worden sei. Jedenfalls könne man ihm nicht – wie Bridget es tue – vorwerfen, daß er sie nicht mehr verehrt habe. Mum sagt, sie bewundere eigentlich Stuart dafür, daß er es offen ausspreche, denn die meisten Männer würden das nicht tun. Die »Liebe« zu ihrer Mutter sei oft nur eine schöne Erinnerung, überlagert von der Liebe zu ihrer Frau und ihren Kindern, aber sie empfänden es als unpassend, das auch laut zu sagen. Mum sagt, Charlie würde es nicht aussprechen, aber sie wisse, daß er genauso fühle. Aber was die andere Sache angehe, die Stuart gesagt habe, fährt Mum fort, so sei sie absolut nicht damit einverstanden, wie Stuart sich seiner Mutter gegenüber verhalten habe. Er habe sie mehr oder weniger im Stich gelassen, und das sei grausam gewesen. Er habe sie schon vor Jahren »wegschaffen« wollen, und es sei nicht recht gewesen, das zu wollen, solange ihr Leben noch lebenswert gewesen sei. Mum sagt, so eine Haltung sei nicht richtig, damit werde alles geleugnet, was vorher gewesen sei. Bridget sieht etwas glücklicher drein. So etwas hört sie schon lieber.

Jetzt versucht Mum sie aufzumuntern. Sie erinnert Bridget daran, daß nun alles überstanden sei und ihr Leben sich ändern könne. Mum sagt, Bridget sei frei, sie könne tun und lassen, was sie wolle, und müsse ihr Leben nicht mehr um Grandma herum organisieren. Freie Tage würden wirklich freie Tage sein, kein unterbrochener Schlaf mehr zwei Nächte in der Woche. Mum drängt Bridget zuzugeben, daß sie darüber froh sei. Aber Bridget will es nicht zugeben. Sie zuckt die Achseln und sagt, es habe ihr nie etwas ausgemacht, ihre Tage mit Grandma zu verbringen, und sie sei nachts kaum gestört worden. Mum sagt, Bridget lüge sich in die eigene Tasche. Sie sagt, Bridget sei bereits auf dem besten Wege, die letzten fünf Jahre zu verklären. Sie fragt sie, ob sie schon das Theater vergessen habe, wenn sie einmal länger arbeiten mußte, die gräßlichen Anrufe, um eine Betreuerin zu beschwatzen, länger bei Grandma zu bleiben? Sie fragt, ob Bridget vergessen habe, wie sie immer stöhnte, weil sie wegen Grandma den ganzen Abend keine Zeile lesen konnte? Oder ihre Erschöpfung an den Bade-Abenden? Oder der Ärger darüber, ständig etwas wiederholen zu müssen, wenn sie müde war? Oder nicht bis zum Mittag schlafen zu können? Bridget sagt, nichts davon habe ihr wirklich etwas ausgemacht. Mum sagt: Ob es dir etwas ausgemacht hat oder nicht, es ist vorbei, und du bist frei, also genieße es. »Was genießen?« fragt Bridget. »Deine Freiheit«, sagt Mum. Bridget wiederholt das Wort und sagt, sie nehme an, das gelte für sie, Mum. Mum sagt, für sie gelte es ganz bestimmt, sie werde die Vorteile sofort genießen, aber die größte Freiheit werde darin bestehen, daß sie sich nicht mehr über die nächste Phase von Grandmas Krankheit den Kopf zerbrechen müsse. Mum sagt, daß wir letzten Endes Glück gehabt hätten und ob Bridget sich denn nicht bewußt sei? Bei Grandma habe es vom Zustand der leichten Senilität, mit der man noch gut fertig werden konnte, bis zum Sterben nur wenige Monate gedauert, und deshalb hätten wir Glück gehabt. Bridget solle froh sein.

Doch Bridget ist nicht froh. Sie sagt, ihr falle nichts ein, worüber sie froh sein könne. Sie sagt, jetzt, da Grandma tot sei, gebe es niemanden mehr, für den sie »solche« Gefühle hege. Mum fragt, welche. Bridget sagt, sie sei so stolz auf Grandma gewesen, sie habe es so gemocht, wenn man Grandma bewunderte. Sie sagt, sie sei vermutlich besitzergreifend gewesen, und jetzt gebe es niemanden mehr, den sie besitzen oder von dem sie besessen werden wolle. Mum sagt, es sei schon seltsam, was sie da sage. Sie sagt, Bridget spreche von Grandma, als wäre sie, Bridget, Grandmas Mutter gewesen, und nicht umgekehrt. Bridget sagt, überhaupt nicht, Mum phantasiere. Aber sie wolle sowieso nicht darüber reden. Mum sagt, schön, sie auch nicht. Worüber sie aber reden wolle, das sei Bridgets Zukunft. Bridget fragt gereizt, was das heißen solle, was für eine Zukunft, was es denn um Gottes willen darüber zu reden gebe? Sie werde so weitermachen wie bisher, was sonst? Auf ihrer Station habe ohnehin nie jemand geglaubt, daß sie weggehen werde, also sei es leicht gewesen, ihre Kündigung rückgängig zu machen, sie seien entzückt gewesen. Mum fragt, was mit Karl sei. Bridget fragt zurück, was mit ihm sein solle. Es gebe ihn noch, sie empfinde immer noch das gleiche für ihn, auch da habe sich nichts geändert. Mum erinnert Bridget daran, daß sie dreiundvierzig ist. Bridget sagt, dessen sei sie sich durchaus bewußt, besten Dank. Mum sagt, Bridget habe nicht einmal ein eigenes Zuhause, ob sie denn ihr ganzes Leben lang Miete zahlen wolle? Bridget fragt, warum nicht, ihr gefalle ihre Wohnung, sie habe überhaupt nicht den Wunsch, ein eigenes Heim zu besitzen oder eines einzurichten oder so etwas. Sie habe auch nicht den Wunsch, zu heiraten oder Kinder zu bekommen, bevor es zu spät sei, na ja, es sei ja eigentlich schon zu spät. Mum fragt, ob Karl ihr also nichts bedeute, sie habe gehofft usw. Bridget sagt, sie wisse, worauf Mum gehofft habe, und sie sei selber schuld, wenn sie solche Hoffnungen hege. Mum sagt, daß Grandmas Tod für Bridget also keinen Gewinn bedeute. Bridget sagt nein, keinen Gewinn, nur Verlust.

Dann geht sie ins Bett und läßt Mum und mich allein. Mum ist ganz durcheinander. Sie stochert mit finsterer Miene im Feuer herum. Sie fragt mich, was ich von Bridgets Reaktion auf Grandmas Tod halte. Ich sage, Grandma sei ja gerade erst gestorben, und ich wisse nicht einmal, wie ich selbst reagierte. Es sei so plötzlich gekommen. Nach dieser ganzen Zeit sei es ein Schock, auch wenn sie schon so lange krank war und so alt. Ich sage, daß Bridget vielleicht unter Schock stehe. Sie scheine es noch gar nicht richtig begriffen zu haben. Sie habe überhaupt nicht geweint oder so. Sie scheine die Bridget zu sein, die sie immer war. Ich sage Mum, sie hätte Bridget meiner Meinung nach nicht so bohrende Fragen über die Zukunft stellen dürfen. Ich sage, Bridget könne es wahrscheinlich gar nicht ertragen, daran zu denken, und wir wollten doch auch nicht, daß sie daran denke. Mum fragt, warum nicht? Ich sage, daß Bridgets Zukunft mir nicht gerade vielversprechend erscheine. Was bleibe ihr denn? Ihre Arbeit? O ja, zum Glück habe sie einen wirklichen Beruf, und sie liebe ihn. Was wäre erst, wenn sie den nicht hätte, das wäre noch viel, viel schlimmer. Aber was bleibe ihr sonst noch? Habe Bridget etwa einen Haufen enger Freunde? Den Teufel habe sie. Sie habe Karl, aber sie habe uns ja gerade gesagt, was sie von ihm halte und wie wenig er ihr bedeute. Und sie habe uns, aber was sei das schon? Wir würden kein Ersatz für Grandma sein. Sie liebe uns nicht so vorbehaltlos und ausschließlich, wie sie Grandma geliebt habe. Und dann sage ich zu Mum, daß ich mir wünschte, sie würde nicht immer so Wörter benutzen wie »Glück« und »froh« und »Erleichterung«, wenn es um Grandmas Tod gehe, selbst wenn sie zuträfen. Ich sage ihr, daß *ich* das nicht gut fände, geschweige denn Bridget. Es sei schrecklich. Mum sagt, es tue ihr leid. Sie sagt, sie sei nur aufrichtig gewesen, sie glaube, Glück gehabt zu haben, und sei froh und erleichtert, daß Grandma tot sei. Aber sie sagt, sie komme sich auch wie ein Feigling vor, weil Grandma jetzt tot sei und sie das Problem all der anderen Grandmas ignorieren könne, und das sollte sie nicht, sie sollte sich herausgefordert fühlen, etwas zu tun, und sie wisse, daß sie nichts tun werde. Sie werde sich jetzt davor drücken. Es sei egoistisch, aber das werde sie tun. Sie wolle nie wieder über Altersdemenz nachdenken oder etwas davon hören oder darüber lesen. Sie sei eben keine Aktivistin, und daran könne sie nichts ändern. Aber irgend jemand werde irgendwo bald etwas tun müssen. Man werde etwas tun müssen. Wir griffen doch in die Vorgänge um den Beginn des Lebens so aktiv ein, wir mischten uns in alle möglichen natürlichen Abläufe ein, und es sei an der Zeit, auch einmal an das Lebensende zu denken. Mum sagt: »Deine Generation, Hannah, wird Pro-Todes-Demos organisieren müssen, ihr werdet aufhören müssen, Angst davor zu haben, die Alten umzubringen.« Werden wir das wirklich müssen?

–

Das sonntägliche Mittagessen wird abgeschafft. Sagt Mum. Sie hatte es schon abschaffen wollen, als Grandma ins Krankenhaus kam, aber sie sagt, sie habe nicht den Mut dazu gehabt. Jetzt hat sie ihn. Heute sagt sie: »Keine Sonntagsessen mehr!«, und Dad und Adrian bekommen prompt einen Anfall. Dad sagt, es sei das Glanzlicht seines Wochenendes. Mum sagt, das tue ihr leid, aber da müsse er sich eben nach einem anderen Glanzlicht umsehen. Adrian sagt, er komme nach dem Fußballspielen immer um vor Hunger, was er nun tun solle? Mum sagt, sie wisse es nicht und es sei ihr auch völlig egal, im Kühlschrank sei genug zum Essen, er müsse sich eben selbst bedienen. Adrian sagt, in Ordnung, das werde er tun, aber es werde nicht das gleiche sein, und er habe geglaubt, daß gerade Mum diejenige sei, die an dieser Tradition festhalten wolle. Mum sagt, die Tradition habe darin bestanden, daß sie den ganzen Sonntagvormittag in der Küche verbracht und ein Essen zubereitet habe, das sie zu einer Tageszeit, zu der sie niemals Hunger habe, überhaupt nicht essen wolle. Es sei eine Tradition gewesen, die Grandma zuliebe aufrechterhalten wurde, weil es so wenige Dinge gegeben habe, die sie noch habe schätzen und genießen können. Mum sagt, es habe sie vor den von Grandma so geliebten riesigen Fleischstücken geekelt, sie hätten ihr regelrecht Übelkeit verursacht. Sie äße dann schon lieber einen Tomatensalat mit frischem Basilikum und etwas Brot dazu. Dad stöhnt und fragt, warum Mum nicht *ihm* zuliebe diese Tradition fortsetzen könne? *Er* liebe Zusammenkünfte genauso wie Grandma, ob er denn keine Tradition wert sei? Mum sagt, nein, sie habe genug.

Aber was ist mit Bridget? Ich frage Mum, was ist mit Bridget? Wo wird Bridget am Sonntag hingehen, wenn es kein großes Mittagessen, keinen gemeinsamen Treffpunkt mehr gibt? Sie wird glauben, keine Familie mehr zu haben. Dad hakt hier ein und sagt, ich hätte ganz recht, wir hätten die Pflicht, das Sonntagsessen Bridget zuliebe fortzuführen. Mum sagt, Quatsch, Bridget ißt auch lieber abends. Dads Miene hellt sich auf, er sagt, er habe sie mißverstanden. Wenn Mum meine, wir würden am Sonntagabend essen statt am Mittag, dann sei das etwas anderes, darauf könne er sich einrichten, er könne sich anpassen. Aber Mum sagt, nein, das meine sie nicht. Der Sonntag würde wieder ein Tag ohne großes Familienessen. Bridget werde an einem Werktag kommen und mit uns zu Abend essen. Dads Miene verfinstert sich wieder. Warum ist ihm das so wichtig? Ich habe keine Ahnung. Ich habe das Sonntagsessen sowieso nie gemocht, und ohne Grandma wäre es eine Farce.

So ist es also. Jetzt gibt es keinen alten Menschen mehr in unserer Familie. Keine Großeltern mehr und keine älteren Verwandten, die uns nahestehen. Also auch keine Gelegenheit mehr, diesen schrecklichen Verfall zu beobachten. Ich kann den Verlust nicht betrauern. Ich kann nicht einmal um Grandma trauern, ich würde wirklich nicht wollen, daß sie wieder lebendig wäre und sonntags mit uns am Mittagstisch säße. Nicht ahnend, was noch auf sie zukäme. Selbst als sie noch einigermaßen klar bei Verstand war, war es qualvoll. Sie hatte seit Ewigkeiten kein richtiges Leben mehr. Es kann doch nicht so gemeint, nicht so beabsichtigt sein, daß Menschen auf diese Weise sterben, oder? Ich frage mich, ob gläubige Menschen das alles einfach so hinnehmen können. Wenn man daran glaubt, alles sei Gottes Wille und er wandle auf geheimnisvollen Wegen, um seine Wunder zu wirken, wie Hochwürden McKay sagte? Ich vermute, es ist ein Trost, wenn man gläubig ist.

Wenn es bei mir soweit ist, werde ich es nicht zulassen.
Wenn es bei mir soweit ist, werde ich auf keinen geheimnisvollen Weg vertrauen.
Wenn es bei mir soweit ist, werde ich sagen, ich hätte genug, und werde abtreten.
Das heißt, wenn es bei mir so weit ist wie bei Grandma, wenn es dann genauso ist wie bei ihr.
Aber dann würde ich nicht dazu imstande sein, oder?

Margaret Forster

Das Vermächtnis meiner Mutter

Roman

Aus dem Englischen von

Roseli und Saskia Bontjes van Beek

Band 14871

Catherine ist 31, als sie die sorgfältig verpackte, fuchsienfarbene Hutschachtel auf dem Dachboden ihres Elternhauses in Oxford entdeckt. Sie erinnert an eine Tote, von der Catherine nie etwas wissen wollte – die früh verstorbene Mutter, von der alle immer nur erzählten, wie vollkommen sie gewesen ist. Doch wirft die Entdeckung auf dem Dachboden eine neue Frage auf: Was existierte jenseits der Legende, und kann eine solche Andenkenschachtel die Geheimnisse eines Lebens enthalten?

»Mit beängstigend leisen Tönen wird eine suggestive Spannung aufgebaut, der man sich kaum entziehen kann. Ein Familienroman der Spitzenklasse, über eine Frau, die sich einen Weg durch die eigenen widersprüchlichen Gefühle bahnen muß, bevor sie in ein neues befreites Leben starten kann.«

Brigitte

Fischer Taschenbuch Verlag

fi 14871 / 1

Margaret Forster

Familiengeheimnisse

Roman

Aus dem Englischen von Dietlind Kaiser

Band 14167

Großmutter Margaret Ann heiratete mit 21 Jahren den Metzger Thomas Hind. Ihre drei Töchter Lilian, Nan und Jean erfahren erst 1936 am Tag der Beerdigung ihrer Mutter, daß es noch eine weitere Tochter gegeben hat. Denn plötzlich steht eine fremde Frau vor der Tür und teilt den erstaunt-entsetzten Töchtern mit, daß sie das vierte Kind der eben Verstorbenen ist. So wird offensichtlich, was, streng geheimgehalten, völlig im Dunkeln bleiben sollte: das verborgene Leben der Margaret Ann. Auf der Suche nach Spuren dringt Margaret Forster in ein Frauenleben ein, dessen Maximen noch tief in den Moralvorstellungen des 19. Jahrhunderts verwurzelt sind. Und sie versucht den Schleier zu lüften, hinter dem sich die ersten 23 Lebensjahre der Großmutter verborgen hielten. Voller Anteilnahme erzählt der Roman von den Wünschen, Hoffnungen und Sorgen, die drei Generationen von Frauen bewegten.

Fischer Taschenbuch Verlag

fi 2073 / 7

Margaret Forster

Die Dienerin

Roman

Aus dem Englischen von Dietlind Kaiser

Band 12292

Vierundzwanzig Jahre alt ist Elizabeth Wilson, als sie 1844 in London in den Dienst der fast vierzigjährigen Dichterin Elizabeth Barrett tritt. Von Anfang an empfindet sie ihr gegenüber mehr als bloße, durch den Dienst auferlegte Ergebenheit. Und auch für die viktorianische Dichterin wird die »Wilson« bald zum guten Engel. Als Elizabeth Barrett heimlich den Dichter Robert Browning heiratet und aus dem Haus ihres Vaters flieht, ist sie es, die das Paar als einzige Vertraute über Paris, nach Pisa und von dort nach Florenz begleitet. Hier bleibt Elizabeth Wilson für sechzehn Guineen im Jahr und als Mädchen für alles die billige Arbeitskraft des Dichterpaares, das in seinen wunderbaren Gedichten humanistische Ideale besingt, ansonsten aber kein Verständnis für fremde Belange aufbringt. Als Elizabeth Wilson den Diener Ferdinand heiratet, führt eine zunehmende Entfremdung im Verhältnis von Herrin und Dienerin zu Kälte und Distanz und letztlich zur Trennung.

Fischer Taschenbuch Verlag

fi 1607 / 6

Margaret Forster

Christabel

Roman

Aus dem Englischen von Dietlind Kaiser

Band 11315

Zwei Frauen in London: Rowena, ohne festes Lebensziel und in den Tag hineinträumend, wünscht sich ein Kind, das sie alleine großziehen möchte; sie bekommt es von einem Schwarzen. Ihrer Freundin Isobel hingegen ist der Beruf wichtiger als alles andere. Als Rowena tödlich verunglückt, hinterläßt sie die inzwischen fünfjährige Christabel, deren Vater von der Existenz des Kindes nie etwas erfahren hat. Die Verwandten Rowenas, die gutsituierte, konservative Großmutter, aber auch die Schwester, lehnen es ab, Christabel zu sich zu nehmen. Das kleine Mädchen wird also zunächst in einer Pflegefamilie untergebracht und dann zur Adoption freigegeben. Selbstverständlich sucht das Jugendamt eine gemischtrassige Familie. Aus der Perspektive Isobels, der engsten Freundin Rowenas, wird von diesem Kinderschicksal erzählt. Schritt um Schritt weicht Isobels anfänglich so nüchterne Betrachtungsweise lebhafter Anteilnahme und dem Wunsch, für Christabels Glück zu kämpfen.

Fischer Taschenbuch Verlag

fi 1080 / 7

Margaret Forster

Daphne DuMaurier

Ein Leben

Aus dem Englischen von Einar Schlereth und Brigitte Beier

Band 12891

Daphne DuMaurier (1907-1989) war die Tochter eines berühmten Schauspielers und das »Golden Girl« der Londoner High Society. Bei einem Aufenthalt in Cornwall verliebte sie sich in Major ›Boy‹ Browning und heiratete ihn kurze Zeit später. Sie begann schon in jungen Jahren zu schreiben und wurde durch die Veröffentlichung ihres Romans ›Rebecca‹, der von Hitchcock verfilmt wurde, weltberühmt. Zur erfolgreichen Schriftstellerin avanciert, wollte sie zwar von den Kritikern beachtet werden, aber literarische Empfänge oder Interviews waren ihr ein Greuel. So gibt diese Biographie erstmals einen Einblick in das Leben Daphne DuMauriers, der das Schreiben alles bedeutete und die unglücklich war, wenn sie nach Fertigstellung eines Buches nicht bald eine Idee für ein neues Projekt hatte. Und sie zeigt das Bild einer Frau, die nach außen hin das konventionelle Leben an der Seite eines hochrangigen britischen Militärs führte, den »Jungen in ihr aber in einen Käfig« eingesperrt hatte.

Fischer Taschenbuch Verlag

fi 1366 / 6

Colette

La Vagabonde

Roman

Aus dem Französischen von Grit Zoller

Band 14320

La Vagabonde ist der Roman einer unabhängigen, modernen Frau, die nach einer enttäuschenden Ehe zurückkehrt in die bunte glitzernde Welt des Varietés und der kleinen Bars am Montmatre. Als Tänzerin und Schauspielerin möchte die junge Renée Néré im Paris der Jahrhundertwende frei und ungezwungen leben. Ihre Selbstbestätigung sucht sie im Spiel auf der Bühne, ihre innere Ruhe in den Refugien einer einsamen Frau – der Wohnung für sich allein, dem engen Freundeskreis und unter den Kollegen vom Varieté. Doch sie fühlt – obwohl mißtrauisch gegenüber jeder männlichen Gunstbezeugung – die Versuchungen der Liebe als eine beständige Irritation der einmal gewählten Freiheit.

Colette

Chéri

Roman

Aus dem Französischen von Roseli und Saskia Bontjes van Beck

Band 14216

Eine klassische Konstellation: Ein junger Mann muß sich entscheiden – zwischen der erfahrenen Geliebten und der jungen Ehefrau. Wunderbar direkt erzählt Colette von der Liebesverstrickung eines Paares und den Empfindungen einer reifen Frau, die sich auf einmal dem ersten großen Schmerz ihres Lebens ausgeliefert sieht: der Trennung von jenem »schönen Dämon«, der für sie zum Abschied von der Jugend und verführerischen Ausstrahlung ihrer Weiblichkeit wird.

»Chéri war die Addition aller Fehler, die – bei einem jungen Mann – eine reife Frau verführen konnten.«
Colette

Fischer Taschenbuch Verlag

fi 645 / 11